表达
你的
发现

散文 2021 精选集

《散文》编辑部　编选

天津出版传媒集团
百花文艺出版社

图书在版编目（CIP）数据

散文2021精选集 /《散文》编辑部编选. -- 天津 :
百花文艺出版社, 2022.1
ISBN 978-7-5306-8194-7

Ⅰ. ①散… Ⅱ. ①散… Ⅲ. ①散文集-中国-当代
Ⅳ. ①I267

中国版本图书馆CIP数据核字(2021)第256903号

散文2021精选集
SANWEN 2021 JINGXUANJI
《散文》编辑部编选

统筹策划:汪惠仁 张 森 **封面设计:**蔡露滋
责任编辑:沙 爽 田 静
出版发行: 百花文艺出版社(天津)有限公司
地址: 天津市和平区西康路35号 **邮编:** 300051
电话传真: +86-22-23332651（发行部）
+86-22-23332656（总编室）
+86-22-23332478（邮购部）
网址: http://www.baihuawenyi.com
印刷: 天津新华印务有限公司
开本: 787×1092毫米 1/16
字数: 330千字 **插页:** 6
印张: 20.25
版次: 2022年1月第1版
印次: 2022年1月第1次印刷
定价: 58.00元

如有印装质量问题,请与天津新华印务有限公司联系调换
地址:天津东丽开发区五经路23号
电话:(022)58160306
邮编:300300

写在前面

汪惠仁

一

屈原与其作品不容易归类。屈子是诸子之外巍然独立之一“子”，不能堂皇“入经”，但《离骚》等他的作品，在中国读书人的心目中，一直有着“经”的分量。

先秦诸学诸子在当时之流转，重在以学说面目。《诗经》作为我们的文学源头之一，其背后同样有着强大的学说选择系统与阐释系统。而屈原及其作品，在这样的历史文化氛围中，伸张出了特异的气质。

屈原，在文学史上，第一次清晰地为我们勾勒出了伦理世界中，被各种社会性关系作用着的“那个人”：家国概念不再沉浮隐现在论辩及游说之中，一个“情”字被屈原诗化而凸现出来，因为，缠绕屈原的生活与理想的各种因素是具体而清晰的，这是屈原与学说化的诸子的相异之处。屈原建立起了自己的个人化的爱憎与象征系统——屈原之前，没有屈原；屈原之后，他的爱憎与象征系统一直活到了今天。

一个现代诗人说，蓝墨水的上游，是汨罗江。

也许，在强调“不及物写作”的作家的眼里，重提屈原、家国与美政理想会制约文学的“飞翔”能力；也许，在强调“理”的写作的作家眼里，重提“情”字，会降低文学的格局与眼光。

而我知道的是，每一种风格的写作要保持持续的活力，它的唯一办法就是向世界敞开。私人与世界，相互敞开。情与理，相互敞开。只有这样，家与国，才是最方便可感的世界；情，才会是“理”的另一种呈现。

二

我们常说，时间是最终的尺度。因为有“最终”两个字，因为这一表述所涉及的似乎是渺远的未来,我们常以为这与当前关系不大。尤甚的是,人们以为这一表述里暗含的是对恒久价值的追求,是一小部分人的事,与多数的“我”是无关的。而事实上并非如此,时间尺度伴随着每个人的每个瞬间。

从出生证明开始,表格管理便介入了我们的生活。年龄,是最常见的登记项。与年龄相近似而逻辑缘起略有不同的时间概念一个一个来了:学龄、工龄、婚龄……一些表格中,还要填写参加革命的时间。也另有一些人,看破了红尘,遁入空门,他的特殊工龄从受具足戒开始,他的特别工龄叫“僧腊”。

每一种文化的逻辑与规定性都在生产自己的时间概念。而对此种时间概念的运用,塑造了文化价值中的人。

写作者是语言的自治者,这种自治能力的获取途径很多,其一便是人生时间的算法。韩愈如果仅仅是职场时间里的韩愈,我们还能记住他吗?他的觉悟在于,他不忘自己身为儒者的年龄,然后将自己的心血汇入这一传统;李叔同若是甘于做一个文艺能手,他会在出家前表现出那般的不安吗?他要结束自己俗世的年龄,重新开始人生。

让时间去说,让时间去评判,不是消极地等来一张看不见的奖状,写作者应当知道,时间与人,是相互生产的。

三

编辑不能替代作家、批评家来发声,编辑有来自本岗的特别感喟。不得不说,来自编辑的一些感喟,在作家与批评家眼里也许只是低级问题。比方说“认真”二字——是不是大家见到这两个字都已经烦了?

很多作家写出所谓代表作之后,写作生涯就结束了。还有很多作家,处女作就是其代表作,然后,他就在读者视野里消失了。其中原因当然是复杂的,但“认真”二字之在与不在,是主要原因。

中国艺术多有写意趣味,但写意趣味之最终实现绝非草率得来。放胆落墨是不错的,还得细心收拾。从花疏叶间,齐白石老人总能找到那个最需补白的位置,以草虫让整个画面生动起来——这就是认真,这就是“惨淡经营”啊。

生活变得方便了,但我想,好作品的生产却没有“方便”的途径。

目录

【卷壹】

【卷贰】

【卷叁】

【卷肆】

卷壹

游侠小木客 THE ELVES IN THE WOODS

散文

2021

精选集

李汉荣　奇迹

植物的思想

土豆、红薯、芋头、魔芋、地瓜、花生……在乡村，在大地，多少优秀植物，都被埋没着，它们在埋没中，是如何呼吸？如何睡眠？如何生长？如何思考？——它们不会没有自己的思想，我一直以为，万物都是大自然用以思考和呈现自身的一种思维器官，植物根系大地、头顶苍天，它们更是“顶天立地”“思接天人”的优秀思想者。

它们有的深居简出，或者干脆避开喧嚣尘世，隐居在泥土的幽静密室，那肯定是要进行一种更深沉的终极思考：它们的藤蔓——那伸出去很远、它们无法看见的手在摸索和寻找什么呢？那肯定是在搜寻用于思考的更多资料和论据，以对它们生活的环境和周遭的事物做出逼近真相的研判和结论。

对植物，特别是田园的植物，我一直对它们怀着好奇和尊敬，我以为它们身上藏匿着一种古老的灵性和神秘性，我们可以吃掉和消化它们，但是我们无法吃掉它们的灵性，无法消化掉它们的神秘性。它们永远属于它们自己，我们貌似占有了它们，但我们占有的只是它们表面的物性和所谓的营养，而它们更深奥的灵性和秘密，是我们不能占有和抵达的。也许最终倒是它们占有和征服了我们——它们占有并深入了我们的身体，甚至组织了我们的身体。它们直接或间接地影响和改变着我们的健康、情绪、相貌、气质、性格和人生态度。我们说一方水土养一方人，其实一方水土首先要养一方的植物，然后是植物养人，因为人无法直接去吃这一方水土。一方水土养一方植物，一方植物养一方人，养一方人心人情，养一方文化文脉。看看，我们还不是植物培养出来的吗？植物若是没有智慧、思想和情感，能做成这样大的事情吗？

植物们貌似迟钝，貌似没什么智慧，貌似一生都在睡眠，其实它们有着不为我们所知的特殊智慧和灵性，它们一直都在跟踪和研究我们，它们把一切都看得清清楚楚。植物们既不拿枪也不拿刀，也不到处乱跑瞎折腾，更不做任何伤害大地、伤害万物、伤害生灵的事，相反，它们尽其所有、竭其所能地成就着大地，庇护着万物，喂养着生灵，我们今天能看到的大自然的成就，无论是物质的成就、生态的成就还是审美的成就，其实绝大多数乃是植物的成就。而每一种植物都安分守己勤勉处世，一辈子都扎扎实实平平和和安安静静，为什么却能让整个地球都变成自己的家园和乐土？而且取得了覆盖整个地球的恢弘成就？若是没有智慧，植物们能达到这样高的境界，能取得如此非凡成功吗？

植物甚至把我们的来处和归宿都看得清清楚楚，它们要么提前走在前面为我们引路，要么耐心跟在后面为我们送行，多数都安静地生活在我们身边，陪伴我们一点点走远，它们知道我们的归宿在哪里——当我们在人间消失，住进了土地下面的某个暗室时，植物的种子和根须立即就找到我们的踪迹，它们那柔软的藤蔓、慈悲的浓荫，还会在我们的墓地上做深情的缠绕和长久的覆盖，表示哀悼和缅怀。

一群傻瓜在菜地里

地瓜、黄瓜、丝瓜、葫芦、南瓜、金瓜、苦瓜、香瓜、冬瓜……

一群傻瓜全都在菜园里傻睡。

呼噜噜，呼噜噜，微风里还打着鼾。

路过的鸟儿还传播几句它们偷听到的梦话。

全是傻瓜们说的傻乎乎的傻话。

地瓜没进过城，没见过世面，没受过励志教育。

除了憨，它没别的见识和想法。

被我那也没见过世面的爹爹埋没在土里。

埋没了就埋没了。土里暖和，土里有营养。

果然，这没见过世面的傻子，却长成了敦实汉子，地道的瓜。

一排排黄瓜手扶着藤蔓做引体向上体操。

比赛的结果皆大欢喜：每一根黄瓜都获得绿色光荣称号。

丝瓜走哪儿都喜欢做卷螺丝的游戏。

恨不得在妹妹的窗口也卷几个螺丝，把春天固定在那儿。

也把自己固定在那儿。

亲眼看妹妹怎样一笔一画把自己写进一篇作文。

谁说葫芦喜欢收藏酒？没这回事。父亲说葫芦喜欢收藏露水。

葫芦对人很客气。

那天不小心碰了母亲的头。葫芦一个劲儿道歉，低下头颤抖着对妈妈说对不起。

我妈摸了摸它害羞的头，说，傻孩子，没事的。

快静下来，可别把头摇晕了，把后面的节令摇乱了。

没人知道南瓜花耷拉在地上在想什么。但是爹知道它的心事。

爹把路边串门的南瓜蔓领回地里，就像老师修改了我作文的思路。

那花立即结出一个嫩瓜，为善解瓜意的爹爹点了一个大赞。

金瓜从不拜金，也不拜银。谁起了这俗气的名字？

不过，金瓜不管雅俗，不懂金银，即使你叫它俗瓜愣瓜闷瓜也行。

到时候它老老实实捧出来的总是纯正的金瓜。

苦瓜是土地的苦孩子，土地的艰辛和悲苦，它心知肚明。

它尽最大努力把土地之苦藏进自己心里。

能让土地老娘喘一口气，它情愿生生世世都做苦瓜。

苦瓜旁边的香瓜有点不好意思了。谢谢苦瓜大哥。

你把苦水喝了，甘露都留给我这做弟弟的。

土地老娘啊，我身上的香，心里的甜，都是你积的德。

都是苦瓜大哥咽着苦水成全了我，你是佛，他是菩萨。

冬瓜，大家都看到冬瓜了，顺着农历的线索摸索着走啊走。

不知听到土地一句什么悄悄话，扑通一下，就蹲在那儿不走了。

哪儿都不去了，天堂都不去了。

半夜里月亮走下来把它当枕头枕着睡了一觉。

醒来发现自己也长胖了一圈。嗬，这傻瓜有傻福。

什么福？无非是让自己天天变傻，越来越傻。

直到变得和土地一样傻，能傻在一起的，才是一家。

傻傻的土地养出一群傻傻的大傻瓜，满身满心都是傻傻的感情。

都是傻傻的思念，都是傻傻的不掺任何杂质的纯朴营养和单纯想法。

傻土地什么都见过，见过尖锐的刀锋、厉害的轮子、伤心的毒药。

见过精明的算计、残酷的榨取、贪婪的脑瓜。

傻土地都快被贪婪的脑瓜榨干啦。

好在天上有傻太阳傻月亮傻星星傻银河。

照着傻傻的土地老妈，老妈怀里还抱着希望的种子。

抱着一群憨厚的孝子，一群憨厚的傻瓜。

要不是怀里还有这样的傻瓜，土地老妈真的受不了啦……

一粒葵花子的秘密奋斗

在一辆长途闷罐运输车上，一粒葵花子拥挤在成吨的葵花子里，拥挤在拥挤的梦里，它抑郁憔悴，苦闷不乐。可是，它只是沧海一粟，苦闷的沧海不知道一粟的苦闷。

此番远行，它们要穿越少量绿洲和大片沙漠，抵达炎热的内陆。

然后抵达市场，抵达烈火焚烧的炒锅和电流奔涌的烤箱。

最终抵达消费的牙齿。

然后化为碎壳和垃圾，灰飞烟灭。

它驯服了吗？它心甘情愿就范于时光和命运的暴力了吗？

植物有着我们不能想象的隐秘幻想和庄严梦境。植物把千万年的幻想封存在种粒里——那是密封的遗嘱，只能在一个庄严时刻虔诚地开启，然后我们才能读懂植物缤纷的心事；那是土地的神谕，只能在阳光的注释下，我们才能理解和欣赏，土地的浩瀚潜意识和它高贵、热烈甚至华美的情怀。

可是，这一望无际的一列列闷罐运输车，却让海量种粒离开土地，更远更远地离开土地，更远更远地离开神性，更近更近地逼近商业的烤箱和欲望的烈火，接着，更近更近地逼近垃圾并最终变成俗世的垃圾。

我们只知道我们活得难，活得不容易，有时活得很苦闷，活得焦头烂额。

可是，我们可知道植物的难、植物的不容易？可知道种粒的苦闷，可知道它们岂止是焦头烂额？

一粒葵花子苦闷、绝望得不行了。它知道，不用打听，整整一个闷罐车里，挤压着的都是数不清的苦闷和绝望。

时光庄严的遗嘱，将被爆炒成干货；土地神圣的暗示，将被烹制成垃圾。

遗嘱将被背弃，神谕将被篡改，时光托付的遗嘱执行者，土地之神的神子啊，该是何等焦虑苦闷？

这粒葵花子，苦闷得心都快要炸了。

它想逃出这苦闷的海，逃出苦闷的闷罐车，逃出这牢狱。

终于，情况有了点变化。在公路急转弯处，闷罐车狠狠地颠簸了几下，苦闷的沧海开始倒流，但是，并没有流出海之外，无数的苦闷只是互相交换了苦闷，立刻，挤压成更大更密集更深重的苦闷。

就在闷罐车颠簸的那一刻，这粒葵花子，身子一个趔趄，它顺势蹦出了闷罐车。

它掉在了戈壁滩的一个土堆上。

若干年后，我流浪来到这里。

一望无际的荒原上，出现了一小片绿洲，一排排的向日葵，正在向大地鞠躬，向落日致敬。

它，在土地怀里，开启了时光密封的遗嘱，宣示了土地的神谕，它向神圣的太阳捧出心灵的诗句。

它侥幸逃出了商业的闷罐车，逃离了消费的火焰和烤箱，逃离了俗世的牙齿们对神性的大规模粉碎和否定，它守护了植物的尊严与荣誉。

它庆幸那九死一生的冒险出逃。

它怀揣着一个巨大梦想，它要绿化和改良无边的人类沙漠。

此时，它一边向落日致敬，一边向大地鞠躬宣誓。

顽石

许多年前的一天，因为有急事匆忙赶路，路上无人，见原野葱翠，流泉泛碧，时有飞鸟，盘桓左右，似与人亲。但急事催逼，无心顾盼，还一脚踢飞了路旁的一块暗蓝色石头，将它踢进了溪涧里，嫌它挡路，误人前程。当时，脚起石飞，眼前忽地腾起一道幽光，十几秒钟才散去，接着扑通一声，溪涧里水花泼溅，哽咽了数声，再无声息。心里掠过一种逞能的快感。

数年以后，我读了若干地质演化书、天文学书、哲学书、文学书和历史书，我那蒙昧肤浅的心智，渐渐出现了此前没有的深沟巨壑和幽思远想，我看地看天看万物看众生的眼光和情怀彻底变了，变得宽阔、深邃、细腻和悲悯，觉得万物艰辛、众生多难、尘世悲苦，物不分动植，命不论大小，来世上走一遭，皆是一次冒险和受苦，皆不易，皆可怜矣。而万物经受时间熔炉的激烈锻打、严酷汰选和漫长提炼，才终于成为某一物，哪怕是一块石头、一粒细沙、一只虫儿，也必得是亿万年时空运作的劳绩，其间说不清经历了多少磨难和惊险。

后来我有了寻觅和收藏石头的爱好，石头不论样子丑俊，更不管有无商业价值，只要遇到，能让我突然眼睛一亮，心里一动，我就认定是有缘的石头，也是有灵的石头。我见到这石头，或这石头见到我，都缘于某种天意，是这石头想到我了，于是来找我了，这石头就不是木讷顽石，而是时光老人传递给我的一句悄悄话。而我自己，不过是石头面前的过客，也是石头的学生。哪怕一块小小的丑石，也在给我讲授一门叫作“永恒与消逝”的功课。我来之前它是石头，我去之后它仍是石头——小小的石头，把一茬茬人群都看成越去越远终归看不见的虚无的幻影。功名利禄哪儿去了？富贵荣华哪儿去了？升官发财哪儿去了？多吃多占哪儿去了？问时间，时间无言，时间是奔跑着的删除键。若是石头会说话，它说出的很可能是这一句不大令人悦耳的箴言：白茫茫一片大地真干净，只留下遍地石头大如斗。

那一段时间，我认识了许多种石头，并略知其生平。我也才得知当年那块被我一脚踢飞的暗蓝色石头的身世，并猜想它大致的遭逢际遇：

它来自泥盆纪早期的大规模造山运动，来自大约四亿年前的一次岩浆喷发，宇宙之火熔铸了它博大、深奥、坚固的灵魂。漫长的时日里，它一直安卧在寂静大地上，映照和辨认那不断流转的无边星云和人间烟火。后来，它落荒在夕阳古道上，因颠簸了秦始皇巡游的车辇，导致始皇帝臀部瘀血肿痛，被凶狠太监厉声叱骂，就被几脚踢出了秦朝，不幸又滚落在汉朝，被司马迁写进了《史记》的一个血腥细节。后来它辗转来到唐朝，在春天的芳草路上，它不小心硌疼了李白醉醺醺的脚，于是在那首诗里，它押了一个不合平仄的险韵。

在后来，它从诗里走失，掉落在历史的荒野，它曾被砌进监狱的围墙，曾被砌进衙门的台阶，曾被砌进庙宇的禅房，曾被砌进书生的陋室，后来还曾被砌进猪圈，砌进井沿，砌进灶台。近百年前，它遗落在祖父耕作的水稻田边，祖父把它当作磨刀石，深秋的夜里，新磨的镰刀晃动着一弯新月，收割着熟透的星光。最近发生的故事，也已有些时日了，它曾被砌进生产队晾晒稻麦和开批斗会斗争地主的场院里，还曾躺在孩子们奔跑的上学路上，向他们变换着正午的阳光的角度，逗娃娃们高兴，而当时，我也许就奔跑在那条路上，石头反射的蓝光，使童年的书包和记忆烙上了微妙的斑驳……

当猜到了它的经历时，我立即吓了一跳，我对当年那冒失的一脚，是那么愧疚。

我急着想找到那个地方，想找到那条小路，找到那条溪流，找到那块石头，我要从水里捞起它，我要向那块终于重逢的石头，立正，鞠躬，致敬，道歉，表示真的对不起它——其实更是对不起我自己——我那轻薄狂妄的一脚，踢走的是什么呢？竟然是万古和永恒。我踢掉的是石头吗？石头还是石头，只是翻了一下身换了一个地方。我那轻狂的一脚，其实是踢掉了我自己啊！我踢掉了我身边的万古消息，我亵慢了我心中的永恒念想。我错了，现在我要把它找回来。我要把它当作时光的舍利子，在书房里供起来，或者作为一块镇书石，镇住那些总是被轻薄的风一再吹乱而得不到细心阅读的生命之书、命运之书、智慧之书和心灵之书。我要让自己停留在书的空白处，在无字的地方读出深意来。我要把它作为一块镇魂石，镇住我躁动不安的坏脾气，镇住我那不知天高地厚自以为是的野心，镇住小人之心，唤回赤子之心。

噫吁嚱，神乎奇哉，那仅仅是一块懵懂无知的石头吗？不，不，那是来自天地深处的一声长叹，那是天长地久的一句叮咛。

我一定要找回它——

可是，当我赶到那里，那里已变成购物广场、证券大厦、游戏基地和娱乐中心，楼高千尺，霓虹万丈，笙歌动地，气焰啸天，历史被水泥一举封死，记忆被金钱无情深埋——金钱拜物教已成为疯狂的现代宗教，消费主义和及时行乐也成为抵抗死亡和价值虚无的唯一盾牌。当年被我踢飞的那块暗蓝色石头，已被埋葬于数百米深的暗黑地层，也许数万年后才能重见天日，而那时，人类可能早已不复存在。

跳鱼潭

小河蜿蜒，斗折蛇行，白石卧其底，幽草护其岸，水极清冽，时见云影，徘徊水中，像在打量自己的前生，对了，云，真的找到了它的流水前生。

缘河而行，听水声，会听出古琴、古筝、二胡、琵琶、箫、笛等乐器的声音。或独奏，或合奏，或欢喜，或忧伤，或低回，或清越，转一个弯换一种奏法，绕一座山换一个曲调。不时出现的石头和水草，改变着它的情绪，加深了它的意境。人就明白了为何中国乐器只能是这些柔和、古朴、清简的竹木乐器，而不是西洋乐器那钢的、铜的金属的隆隆轰响。古老中国，高山流水洗其心，田园明月养其情，这高古意境、草木氛围、温柔性情，正适合竹木管弦徐徐倾诉，娓娓道来。

索性闭了眼睛，心空空的，水就流了进来。空空的心，就做了流水的河床，从千年万古流来的水，又流回千年万古。

人不动，人不在，只有水流过心的河床。此时的心，无古无今，无物无我；此时的心，无限透明、旷远、浩渺，没有涯际。

睁了眼睛，心从时间那边折回，一时回不了神，不知此身是谁，不知今夕何夕。

原来是在跳鱼潭，有巨石横亘，形成落差，河水于此跌落、走低，漩涡画出层层波澜。每年春天，有鱼儿从下游桃花水中，逆水上行，到上游平缓水湾产卵，完成母亲的天职。

游至此，高坎阻路，顽石狰狞，激流喷溅，怎么办？辞职？国王可以辞职不干，作家可以封笔不写，总裁可以申请破产，唯有母亲无法辞职不干，这母血不能封存冻结，这生育的事业不能破产，这河流的记忆不能中断。怎么办？且看鱼儿——

只见它们如一支支银箭嗖嗖射出，有的射上去了，有的即将射上去，却被俯冲而下的急浪打下来，就在水底喘口气，咬紧牙，又射，直到射上去，到达春天温暖的腹部。

也有的被激流狠狠踢下，折断撞碎于水底岩上，母性的血，生命的芽，使本来乐呵呵的流水变得特别苦涩，无法不带着幽咽的哭腔。

在激流险滩里，在死的险恶布局里，爱的冲动、生殖的冲动，究竟是怎样苦苦坚持，是怎样一个又一个坚忍的跳、义无反顾的跳，才使河流的故事得以流传？

生命、生殖和爱，是在布满虚无墓穴的长夜里的一次次逆水而行，一次次温柔而英勇的战斗。虽然生命最终要败给死，但是，在死之前，生命曾经战胜了死。越过死的巨石列阵，终于，在上游，跃动起了新生的月光。

那一次次悲壮的跳，令山水动容。

我们人类一直不停地解剖鱼，我更愿意把这个行为理解成：我们是在寻找和研究鱼的心灵。

但是很遗憾，我们每一次的解剖，都只发现了鱼的苦胆。

生命的秘密一经揭开，便苦不堪言。

但是，我要说，鱼是有心灵的，万物是有心灵的，万物的心灵，来自宇宙。而宇宙，就是一颗大心。宇宙之心，均匀地分布、珍藏于万物，就是万物的心。

从那一次次悲壮的跳，我看见了鱼的心灵，看见了河流疼痛的心灵。

这是多么值得尊敬的心灵。

朱以撒　**出外**

对于出外，我是没有太大的兴致——所谓兴致不大，主要是指不主动积极地策划。对于外面的活动，如果有幸被对方邀请，又觉得地理位置不错，那就欣然前往。否则，明知某个活动很有意思，参加了一定开心不已，但对方不邀请，自己绝不会开口讨要。若说自由度舒适度，在家无疑还是最大的。

出外只能算是对居家的一种反向活动，对俗常人来说，居家日长，出外日短。如果反过来，很难想象会是怎么样一种生活。

波德莱尔的想法和我截然相反，他的一生都在不停地与港口、码头、火车、轮船、酒店相逢，这些具有陌生趣味的空间居然使他感觉比在家中舒适，他甚至认为只有到了外面，才能听到自己内心的呐喊。艾略特认为出外可以把现代工具的美感展示出来。如此生硬、冰冷、呼啸着穿过无垠空间的机器，在他富于情感的笔下，变得温暖而又柔和了。每个人出外都自觉地借助交通工具，否则行之遥远是有难度的。交通工具从心理上分为两类——期待与不期待。早年高铁不被开发，我通常乘坐飞机。这个行程一开始就充满期待，人在空港，心在天上，期待着起飞的时刻。期待使人迫切。如果不能守时就会关系到此后的一些安排，让人茫然无着。飞机是看天行动的。遇上飞不起来的情况，空港用大巴把人运到城里的酒店安置，这时，和一个不明身份的旅客合住一个房间，真是沉闷之至。每一个乘机者都养成期待的心理，希望能如机票上显示的那个时间腾空而起，否则，时间被延误了，内心充满杂草。完全理解德波顿的金句："生活中很少有什么时刻能像飞机起飞升空时那样让人释然。"期待就是负重，又有着希望的可能，所以还是被出外者高度运用。我乘高铁居多，高铁与飞机不同，不必腾空而起，而是匍匐行于地面，由于恪守时间，双方都形成一种默契，准时候车，准时开车。很少有人咨询高铁准时不准时，反而是担心自己不准时赶不上。在我的朋友中，周先生是习惯踩着时刻进入车厢的第一人。车子开动了，他和手下坐在位子上喘气，纾解一下刚才狂奔的激情。其实他如果早十分钟出发就不至于如此紧迫，但他总是不肯，认为时间就是让人遵守的，既然是这个时刻开车，那就在这个点数上车。这真是一位精于算计时间的人，如此这般地讲究严丝合缝。可是有几次，人还未到，车子已经带着呼啸远去，他的心情变得不快起来。他的计算原本无误，却忘了计算自己赶车途中的意外——比如堵车了、路改道了、车子出故障了这些未知因素。未知因素往往摧毁出外计划，这也使出行者比闲居家中的人多了几分警觉，不时地看看时间，算算时间，成为最关心时间进展的人。

坐在高铁车厢里，两边的平阔画面砉然而过，坐在飞机上的人则看到了立体景物。高铁上的人们有着不小的自由度，其中就包含了走动，至少不必用一条安全带把自己绑上几个小时。车在坚实的地上疾驰，这是自己熟悉的一种安稳状态，只不过是他人代替自己驾车而行。飞机在虚空中穿云破雾，有时抖得厉害，像要散架一般，比飞机大得多的气流把飞机推搡得摇摇晃晃，让人想到坠落的不祥——没有几个人知晓飞机在虚空中飞行的原理，觉得如此厚重之物能凌空蹈虚，真是内含神秘。空姐推着餐车来了，有的人根本不吃，几百个人一个样式，心想过几个小时落地了，马上能和朋友去品尝特色佳肴。更多的人还是接受了——人在空中就不能有太多讲究，要讲究到地面再说吧。空中行程培养了人们小心翼翼的动作，在自己狭小的位置上，在系着安全带的条件下，打开小餐桌，接过食品盒，把其中的番茄酱、辣酱、酱菜一袋袋奋力又沉着地扯开，浇在饭上，至于水果、矿泉水、小蛋糕、小面包，品尝时也需要几分斯文，否则汁水四溅。影视里总是渲染豪爽的吃肉喝酒场面，似乎如此放纵才是快意人生——酒往往倒得满桌都是，然后一饮而尽，动作粗放洒脱，不须规矩。几次在机上就餐，我都会想到父亲，他的手总是抖得厉害，有时一碗稀饭在手，汤汤水水都抖出来了。他的最后二十年就没坐飞机了，都在家中。家里范围不小，就是抖落一地，扫扫便是。机上无疑是一个很讲规矩的地方，如果不是出外，一个人不可能几个小时自觉困在这么一个狭长的盒子里。空间坐标的差异，使人的行为有所囿，为了到达远方，只能如此。在人生后来的日子里，出外会越来越少，远方与他渐渐无干了，没有什么会议需要他去参加，也没有什么活动非要他去主持。以前此类活动都会自然地想到他，现在都略过他了。地上跑的和天上飞的，再也看不到他进出的身影。

对于远方，只能遐想。

托马斯·德奎恩估计华兹华斯一生中走了十七万五千至十八万英里。华的体格并不宜于行走，一些评论家甚至尖酸刻薄地讥讽华在这方面的缺陷。一个人有不宜走路的缺陷却执意行走，是他对出外充满了热情，愿意付出辛劳的代价。按照乡下人的比喻，华酷似大谷盗虫——一种斜行的昆虫，行姿不美，华就以这样的行姿延展他的诗歌之旅。车马的出现解放了双足的辛劳，人的依赖性也大大提高，就是去农贸市场买菜，也开着豪车去。这种习惯形成了，节奏得以改变，也就和旧日时光里那些驴背篷底、茅店客位和行者会心的体验相差太远。如果出外一趟什么感觉都没有，那这一趟真是抓瞎了——我时常会后悔这样的行程，众人行不如一人行，一人想去的多半是本来状态。这样的想法多了，同道会觉得这个人的离群倾向太严重，是离群暴露出性情的差异。差异显示了人的丰富和复杂，必须珍视自己的差异。到埃及的时候，绝大多数人会蜂拥着看金字塔、神庙，觉得不如此就等于没来埃及。福楼拜却在日记中如此写道："埃及的庙宇已经太让我厌烦了。"那么，福楼拜喜欢什么？没有谁会想得到。他在离别埃及时黯然地说："何时我才能再见到棕榈树？何时我才能再次骑上单峰驼？"由于没有机会再度前往，这种出外的情思一直在内心蔓延，以致在去世前几日，他还在说："我一直都盼着能看到蓝天下傲立的棕榈树，盼着能听到光塔顶上鹳雀咂嘴的声音。"如果他本人不吭声，人们可能会猜测一位如此伟大的作家，一定还在牵挂着阿拉伯世界、国家身份这些大的理论问题。其实都不是。往往是个人内心的那一点点小情趣此时奔腾而出，成为人生最后时刻的遗憾。有一个事实是，一个人老迈的时候也许会吃会喝一切安好，却出不了门，这使他对远方有一种深深的眷念。不起眼的棕榈树，不起眼的单峰骆驼，不值一说的鹳雀咂嘴的声音，此时如在眼前、耳际，成为最后的铭记。

霍泊每年都有几个月出外，开着他买的道奇二手车，从纽约的家门口一直开到新墨西哥，十四年间还穿越了美国五次。一个人反复地驾车行走在如此漫长的高速路上，一定是有常人难以比拟的偏执。霍泊的诗和画都是出外的产物，标题如一的冷漠枯索——《东哈姆，第六大道》《293号车厢》《西部汽车旅馆》《缅因州的公路》《火车内和全部车辆的景观》，和别人煞费苦心地为一首诗一幅画取个好名字截然不同。开始我以为霍泊喜欢到陌生之处是缘于创作，后来发现错了。他是为了体验孤单而出外的，在遥远的地方，举目皆是生人，不须与人搭腔，不须修饰自己。孤单使笔下的诗句和画面顺利流畅，很清冷静谧。开了这么远的心情，和这里的环境结合后产生了意义。像加油站、公路、自助餐厅、铁路路堤这些在家乡迟迟不能进入画布的题材，此时鱼贯而出。从色调上看，似乎都是暮色时分，人物枯坐，眉眼不展，在旅馆房间，在贩卖店。威廉斯认为："旅行，或者那种漫无目的的漂泊的过程，其价值在于它们能让我们体验情感上的巨大转变。"孤单作为一种美感，本性是排斥他人他物进入自己的内部世界的。当然，他对于外部世界的狂欢和喧闹也不想加入，反而更乐意以孤单之身之心感觉一切。如果霍泊还在，看到如今到处是过分热情的分享，真不知会作如何想。

每到下午五点，社区的林荫道上就会响起舒缓柔和的乐曲，应和着此时有些慵懒的时光。没有出外时我就在后院里走走，看夕阳余晖把蓬松的芦苇丛镀上一层亮色。上午的节奏总是带人于快节奏中，午饭后开始减速，至黄昏时就全然松懈下来，此时最好。记得几次逼近黄昏，我们还在南方的一些古厝里欣赏，赞叹设计者的匠心和实践者的工巧。主人说今日是看不完了不妨住下，明日继续。人们并不附和她的建议，反而加快步调走向大巴，到城里去吃住。古厝的天井青苔厚实饱满，房间内漆黑一团，地板黝黑，空气潮湿。大厅梁上燕雀营巢，落了一地粪便。再往里走，三进四进，越觉人气销蚀已久，可谓阴森了，美感和实用往往是背道而驰——在众人感受古厝之美的同时，没有谁的肉体愿意留下，体验它的深夜风起。民宿兴起时，出外者都想试试——别致的装修、摆设，不同的色泽、情调，真是一室一品莫有同者，和格局程式化的大酒店相比，真是新奇诱惑。我住过几次民宿后还是选择大酒店——新奇只能满足短暂的好奇心，肉体是讲究舒适的——民宿房间狭小，用具寒俭，被褥和床单不是灰的就是蓝的，总觉得主人有意无意在遮掩某些不足。木梯单薄，夜半归来的酒徒晃晃悠悠，居然整个木屋都颤抖起来，听得到木板挤压的咯吱。大酒店会让你看个透彻，床上用品都如雪一般洁白，一根眼睫毛落入其中也会被发现，提出更换。如果没有出外，这样的比较就无从展开。德波顿判断："除却旅行，很少有别的行为能呈现这一追求中的热情与矛盾。"是啊，精神是诗意的、浪漫的，肉体是世俗的、实在的，尤其在出外时，宁肯多花一些钱吃得开心一点，住得舒适一点。俗气不能算是过错。

出外无疑是空间坐标产生了移动——一些人去了北方，一些人去了南方。在我看来，南方更像是一个隐喻。和北方相比，南方的温润、湿热滋长起许多的神秘和欲望，同时也激发起人的惰性和幻想。作为一个南方人，我自以为对南方知之甚少，东南去得多了，西南去得少了。西南的隐秘、幽深、灵异不知道有多少，使人真幻莫辨，它不像北方的豪放爽朗，敞开了胸膛一般。南方总是有许多的遮掩难以洞穿，从而生出了许多的诱惑。四季轮番飘散的果香，使人看到了生的有序与坠落的必然，想到生殖力旺盛的不可遏止。那些潜藏于海水中的水族敌不过先进的捕捞，纷纷上岸成为桌上珍馐。第一次见到举钳横行的梭子蟹和盔甲裹身的鲎鱼，尤其是它们身后拖着的一柄利剑，才知道有如此奇怪之物难以下手。南北方是以比较的形式出现的，汉语如此丰富，完全可以找到一堆词汇一一比对。凡高为什么从巴黎搬到阿尔勒这个遥远的小镇？火车坐了足足十六个小时。如果他不说，也是没有人猜得出其中缘由的。还好他向弟弟泄露了秘密——他是为了画南方而来。让那些不能来南方的人看到"南方"。他在阿尔勒这个小镇待了十五个月，在春日的几个月里，他总是催促自己："快点，快点，快点，再快点。"担心系挽不住春光，落花流水春去。在凡高的识见中，优秀的画家一定是要让世人更加深入地看到世界的某些部位，譬如南方的春天。那时，经历了严寒又能保存下来的生命，哪怕是一茎纤细的草也会应时而起，绽露新绿。远方的春日和家乡的春日一定有许多的差别，值得辛苦一些，迢遥而来。

不过，在面对凡高的风景画时，我总是怀疑，这是南方的春天吗？春天就是这般模样吗？

只能说，每个人都有自己的南方、春天，春天和春天是全然不同的。

洪堡谈到了自己出外的动机："我被一种不确定的渴望所激励，这种渴望就是一种令人厌倦的日常生活转向一个奇妙的世界。"这个说法很有普遍性，使出外成为庸常日子里的调节剂，凭借它扭转闲居的麻木、陈旧、沉闷和昏昏然——日子能够过得那么久长而不乏味，往往就是在空间的对比中显示出来的。

王晓莉　十字街，与钉婆婆

十字街这个地方，怎么说呢，其实就是硕果仅存的老城区缩影。挨挤得密密匝匝、低矮的棚户，每一家的门都朝着街道敞着。木质结构的房屋有着"随手扔根火柴都可能引燃"的隐患。线路凌乱，细细观察可以发现是不同时期接上去的。电表盒子也不像现在的新型小区，整整齐齐一大排挂在墙上，而是上一个，下一个，哪儿有空当就在哪儿挂一个。弄得墙上像挂了很多炸药盒。乱归乱，生活却是便利得很，因为卖什么的都有。不用出街，一日三餐吃穿用度全可以在这街上搞定。卖米粉和面的小门脸，毫不起眼，门口却总是围一圈年轻的孩子，一边拿着手机低头刷刷刷，一边等空位，原来那是一家网红店。不长的一条街，光"房屋中介"就有五六家，你就知道这儿的房屋无论租还是售卖都是很俏的。就算你是某种"少数派人士"，比如信佛的，也不用跑到苏圃路上的老佑民寺去。十字街正中央位置就是"观音阁"，它是南昌唯一的女尼道场。每到佛教的几个重要日子，十字街就陡然多了许多人。他们来上香，祭拜，脸上满是兴冲冲和虔诚。有一年元旦，我特意起早去了一回，不大的天井里摆满了信众供奉的平安灯，整整齐齐的像阅兵方阵。那些灯都是红色的底座，黄黄的灯光，像一小片布满星星的天空，很是梦幻。当然，另外有些日子我也来过这里，一次是为生病的弟弟，一次是为父亲，还有一次是为自己。在蒲团上面朝观音大像拜下去，再起来转一圈，或是往功德箱里做个小小的布施。两边有笑口常开的布袋和尚，没有人不爱他；还有韦驮护法。护法一向怒目圆睁着，可是我知道他也是慈悲的神。

正对"观音阁"的马路对面，还有一家市立精神病院。有时我觉得生活真是无处不偶然，却又无处不充满隐喻。寺庙安抚人的灵魂，精神病院则修治人的精神——尽管能否治好存疑。而这两处竟然恰好面对面！所不同的是，观音阁由人任意进出，精神病院则总是门庭紧锁，这使它成了十字街上的一个例外。我每次经过，总是深吸一口气，仿佛它跟我有某种难以言喻的关系。

差不多到了2014年，有一天我买菜路过十字街，突然发现街口安上了竹篾子做成的那种围挡。围挡上张贴着“观念一变天地宽　征迁片区开新篇”“拆迁政策是根本　真诚服务是保障”诸如此类的标语。我绕到围挡后面，突然发现这条街已经面目全非。因为大部分房屋已搬空，整条街初现出一种废墟的规模，远看有点像好莱坞战争电影里搭出来的那种又大气又荒凉的布景。我有点惊住了，赶紧往里走。只见有的房屋墙体上用蓝色笔写了数字编号，代表即将拆除；有些则是大红色笔写的“征”字，里面的人家还在生活。晾晒了形形色色的衣服，小车、电动车还停在门口，还有老人家在门口休闲……但是一切就是都不一样了。哎呀，要拆迁了吗？我还没来得及把十字街熟悉个遍呢。我这样慌乱地想着，在十字街连走了两个来回。电动车经过身边时带起很多土，我也不想躲避。我看见还有“房屋中介”开着门，还在营业，可是都要拆了，它“中介”啥呢？我想不明白。我又看见那家网红面汤店，居然还有客人在吃。女店主在炉前烹饪，男老主人(可能是她父亲或公爹)在那里就着一堆煤灰慢慢做蜂窝煤。烧煤虽然脏，可是比烧煤气省钱得多。我并不饿，还是急急地进去，点了一大碗米粉吃。我想，再不吃，就吃不上了。

到了那年深秋，天已经很凉，是要戴围巾的季节了。十字街只剩下几户人执意不走。那么大一片土地上，那几家就很显眼。而且怎么看都有点凄惶。被什么看不见的东西在身后催着似的活，其实是很累的吧？我去那里逛时这样想。那几户居民眼神警惕，有的远远看见，会从他那边绕过一些土堆或是废品堆，赶过来打量一下我。见我戴眼镜，会议论说：“是不是记者？”但看我的样子又不像。我什么设备也没有。

这样我就认识了钉婆婆。她是那不肯搬走的几家中，屋子最为“豪华”的。那是一所木质的两层老宅，本就发出年深日久的气息，现在在这片正在经历拆迁的土地上，它还是那样完整、一点不松懈地存在着，就显得相当孤僻，以及不合时宜。那是下午，钉婆婆门是敞着的，我刚从一家搬空的人家转悠完，顺势就半只脚踏进她一尺来高的木门槛。脚还没放稳，就见一个矮小的老太太从廊道里急急出来，冲着我一声喝：“做吗呢做吗呢！”她个子只有一米四多，但因为全身都是骨骼，丝毫没有肉，就显得很“硬”，颇有太湖石的种种特征：瘦、漏、皱、透。我被震慑了，这才反应过来是自己逛了太多“无主”屋，现在误进了一家“有主”的。我忙忙地说，我小时候住过这样的房子，很多年没住过了，所以想看看。老太太才略微放松了警惕。但是明显也很不欢迎我这样的人。我赶紧退出来。一枚传说中的“钉子”，我在心里说。所以我在心里把她叫作“钉婆婆”。

后来我去了几次，发现随着拆迁的日益完成，钉婆婆的门扉再也不打开了。但是我还是感受得到有人在里面生活的气息。有电视和自来水的声音。这时候已经有建筑工人入内施工了。这些工人在了解我只是一个闲逛者之后，总是乐意向我介绍各种事情。有一天有个建筑工告诉我，钉婆婆的丈夫从前是开米店的，赚了钱建了这栋屋。钉婆婆是妾，目前大房老婆的儿子和她一起守在这幢屋里。大房儿子还没有娶妻。我想到从前，二十世纪七十年代，那时我还小，在南昌的干家前巷、三眼井一带住着，准确地说我住的地方是叫“南海行宫”——我现在想起这个名字就要发笑，有种置身《西游记》或是可能遇上观音娘娘的感觉。但是那个地方就是叫这个名字。现在也还在。那里一栋一栋全是钉婆婆这样的老屋，每栋老屋里，都有一个这样的钉婆婆。

从拆迁到真正开始重新建设，这中间有一段空当。几乎没有人从十字街穿过了，城中心居然有这么大块空地，除了捡破烂儿的，几乎看不到人。

捡破烂儿是非常好看的。破铜烂铁不说了，木头、大大小小的纸箱、塑料薄膜、旧家具，还有电脑主机……在拾破烂儿的人眼里，就没有没有用的、换不来钱的东西。它们形状、大小、用途各异，可是经过拾破烂儿的拾掇摆弄，就服服帖帖地聚拢在了三轮车或加长改装了的电动车上。就像性格完全不同的人组成一个旅行团，经过导游的引导，彼此相处也很好。在十字街这样拆迁的地方捡破烂儿，如果你有两把力气收获就更大了。很多旧钢筋都要用力去拉扯，打架一样，最后总是捡破烂儿的打赢，钢筋就乖乖地躺进三轮车里。所以在十字街巡来巡去的拾废品的，必定是男人。而且很奇怪，多是上了点年纪的。有一次我看见一个大哥在那里拉废弃的钢筋，“搏斗”了很久，总有一刻钟，才有一根钢筋到手。那时是黄昏，他瘦削而紧致的身影仿佛陷落在建材垃圾里，后面是灰扑扑的夕阳，没有耀眼、喜悦的光泽，只有一丝悲凉往外渗，悲凉中又生出一些力量来。

我看多了，也产生了捡的念头。我觉得这活真是不错，让世界多一点有用的物品，少一些可以避免的垃圾。当然那位大哥以可以卖钱为准则，我则是专意于捡“好看”的。我捡到了一个广口青花花缸，一看就有年头了，只有中腰位置有一道很长的，但不细看并不会发现的裂痕，这大概也是它的主人丢弃它的原因。但其实它一时半会儿也并不会裂开。而且它那么大那么美。我弄回家，发现和我家放米的白瓷缸可以配成一对情侣缸。那只白瓷缸是我外婆留下的。捡来的这只我用它放字画卷轴，非常文雅。我又捡了一只大约是用于腌盐菜的小口广肚泥坛，我设想插一大把干芦苇在里面会很摇曳多姿；另外我又和丈夫抬了一截樟树树干回去，它看上去是一棵樟树最中间的一段，是樟树最好的一段年华。最后我在看上去是一户人家厨房的位置还发现了一只巨大的深褐色水缸，应该是有年头了，把头伸到缸上面，感到凉飕飕的阴寒，好像时间躲在里面很久，没有出来。我想象它种满睡莲，或者单纯做摆设放着的样子，十分想要搬回家里。但是太沉重了，没有一辆小车愿意运它。家中似乎也没有放这么大只缸的空间。

这中间我突然生了场不小的病，住院、手术、复查，以及修复心情，耗费了大量时间。十字街我很久都忘记去了，净顾着与疾病周旋，终究没被打垮，但也改变很多。改变之一是看见有人写生病的文字，总是跳过不看。人们深重经历过的黑暗事物，例如恶疾，例如丧失之痛，当“克服”过它之后，就有“一览众山小”的某种隐秘体验。就这样，快有两年我没有想起十字街。

到了今年，不知怎的我又惦念起钉婆婆了。仿佛“她还在不在那里”这个问题对于我重又变得重要了。经过十字街口的时候，最初拆迁时用的看上去很廉价的围挡，已经更换成好看的绿色围挡。周围高楼迅速地林立起来，从前那条低矮的十字街快要被完全覆盖掉了。

夏天的时候，十字街与我家相反的北边那头，“王府井购物中心”落成。很快它就成了南昌新景。听说开张那几天车都停不下了。人们动辄说“王府井”而省略掉“购物中心”几字，仿佛置身北京似的。“王府井”落成，我唯一高兴的就是里面六楼有个影院。这是离我家最近的一家。此前我看电影得跑到象湖附近的一家影院去，因为人少僻静，那个小影厅常年弥漫着淡淡的霉味。电影还没散场，清洁工就手持扫帚站在一边等。我每回去都得思虑半天。现在十字街“王府井”开张，我与丈夫立即去里面看了一场姚晨主演的电影《送我上青云》。姚晨在电影里的生活非常戏剧，一下子得了恶性肿瘤，一下子又去一个云雾缭绕有如秘境的地方给企业家父亲写传记——为了赚三十万治病的钱。电影最后是姚晨站在墙垛口，当风的位置，对着青天"哈哈哈"了三声，意谓把生活的晦气一"哈"了之。我说不上来这个电影好还是不好，但是以后能够只用二十来分钟的时间去"王府井"，看上大银幕，对于我而言就是高兴的。

看完这个电影我更想念钉婆婆了。因为她家实际上就在"王府井"的后面。看姚晨的那个影厅如果有窗口，说不定就是对着钉婆婆家，没准儿我还能看见她在天井里走动，像块移动的太湖石。我因此在家里念叨了几次，我丈夫则说通往钉婆婆家的那条路已经完全封锁了，进不去了。我不相信。我也说不上来我想从十字街从钉婆婆那里得到些什么。但是有时候一些看似与自己完全不相干的人事，其实对我们意义重大。有一天下午天突然变得很凉快，一点也不燠热了，我就决定趁此好天去十字街会会钉婆婆。果不其然，街口围挡后面一个守卫模样的人喊住了我，说那边路不通的，他大概以为我是要去"王府井"——看来我丈夫说的也没错。我说我就随便逛逛。他也没拦我。等我走了一段，我发现我已经快要不认识十字街这条路了。几乎所有的老房子都消失了，拆迁的建筑垃圾比以前更多，但是同时又拉进来了许多新的建材，待用的混凝土预制板弯翘翘地堆得到处都是。路两旁已经新起了许多崭崭新的小区房。推土机和钢吊车有好几台在不同地点施工。有小哥开着"京东快递"的送货车从身边穿过，往施工人员的临时住宅那里去。真是有人的地方，就有快递。路边三三两两的大废墟小废墟上，还是有流浪狗翘着它的尾巴路过，还有老鼠、鸟这些活物。废墟上还多了一种两年前这里还不曾存在的新事物——共享单车，准确地说是共享单车的某部分。这些黄车有的坐垫被拧掉，无头骑士一般倒在那里；有的两个轮胎被不知什么力量拧成了两股麻花；还有的只剩一个黄色的车杠子。单车的"尸体"全都裹满了尘土，像长途跋涉之后牺牲在了这里，且无人掩埋。有一只车胎插了一部分在地里，牵牛花遍布它全身，绿色的藤蔓，紫色的花朵。在一片荒芜之中，那坚硬的轮胎遍布柔软的绿植，像出自美院学生之手的作品一样有几分动人。我对着它拿手机拍了又拍。

我略带惊讶地一眼就看见了钉婆婆的家。在那么大一片工地当中，所有人生活其中的、旧的、能拆的部分，都已经被彻底拆除了——是在为起来一个新的、更加坚固与豪华的，也是供人生活其中的世界而准备。就在这么一个背景下，钉婆婆那幢她经营米业的丈夫留下的、古旧的两层老宅，还完整地留在那里，还是那么孤僻、不合时宜地门扉紧锁——当然会被我一眼看见。周围几十层的新楼，衬托得它更为低矮，不堪一击似的。但又似乎更为倔强。我发现它唯一变化的是比两年前多加了一道铁栅门。透过铁栅往里看，漆黑的廊道尽头有只干净的木凳子摆放着。除此什么也没有。我不死心，又绕到屋后去，也没有看见什么。又退后几步往二楼阁楼看，还是不能判断钉婆婆是否在里面。但是我有了新的发现，我看见从她二楼阁楼的背后长起了一棵笔直的构树，非常高，有一层楼那么高。这是两年前没有的。这使钉婆婆家显得像是三层楼了。构树生命力很强，水泥缝、石崖边随处可以存活下去我是知道的。我家旁边就有一排，它的每枚叶子都有一个各不相同的缺口，成为辨识它们的最好特征。

一个头戴安全帽，长得像二人转演员宋小宝的建筑工过来，问我干吗。我说我两年前来过，当时还有个老婆婆住在里面。他立即以一种掌握了第一手情报的得意神情告诉我，老婆婆还在里面，生活得好好的，有个儿子陪着她。我"啊"了一声，却什么其他话也说不出，这是十分复杂的一声"啊"。

于是和他东拉西扯关于十字街的种种。他用手画了围着钉婆婆家的一圈，说，你没看出来，这里建材这么多，这里到时候就是地铁口嘛，明年大概地铁就通了。

原来钉婆婆家这个位置是在地铁口。那……那她家怎么办？我没问出口。但是"宋小宝"猜到了我的意思，他说，还没到时候嘛，到时候就有办法了。

我与这位"宋小宝"的聊天最后陷入了这样一个境地：对这个看似与己无关的钉婆婆以及她像一枚钉子守住木板一样的行为，我们随意地谈论着，却又使用着一种因为省略一些主语、宾语，省略一些动词而意思有些隐晦的语言，彼此却又都明白。

我拿出手机拍钉婆婆屋顶那棵笔直得像把尺子、直刺青天的构树。"宋小宝"觉得无趣，说，这有什么拍的呢？他连问了两遍，见我只是有点尴尬地笑，也没回答，他就回他的临时工棚去了。我是没法回答他我为什么要拍。我不能跟他说我觉得这看上去有点特别——本来是很凡庸的一棵树，因为长在这样一个荒凉与热闹兼有的拆迁地，因为它的某种唯一性——几乎所有的绿树都被销毁或是挪走了，它显得非常不一般起来。

树长到了钉婆婆家的房顶正中央，住在里面的钉婆婆和她非嫡亲的儿子也不嫌碍事去剪截掉它，而是选择与树共生共存。这里的用意大可回味。我想我是理解钉婆婆的。时代在往前冲，像“王府井购物中心”那样的新的东西不断生出来，叫人心蠢动，叫人目不暇接。但是那些在骨子里并不是我们的。我们路过，看一会儿，终究还是要离开。我们只能抱着残存的、与自己一起长起来又一起老下去的东西活。像屎壳郎抱着粪蛋子。像平凡的树盘踞了未拆的屋顶。像钉婆婆，世界已经收缩成了她先夫遗给她的屋子那么大的地方。

我们每个人都是钉婆婆，或者都在成为钉婆婆的路上。

我还是时常去十字街这片废墟走动。这么一大片无人的土地供我随意溜达，不会人挤人，也不用花一分一毫。这让我充满欣悦。如果说城市也有荒野，这就是。谁不喜欢荒野呢？哪怕只是一刻。可是我知道好日子也不多了。就像那个矮个子“宋小宝”说的，最迟明年地铁就要从这里通过了。会有站台，写着“三号线”“四号线”，会有各种箭头，使人不致迷路。漂亮，豪华，人来人往，可是那是跟我没关系的。

我从废墟回到家，坐在我的一堆书当中。这等于是从一个废墟到了另一个废墟中，因为书也是废墟，一个时间的废墟，一个由纸张、各样思想以及各样文字建材组成的废墟。我虽然也生病，但是不会也不可能像姚晨那样，站在城墙垛口对风大“哈”三声，生存的晦暗与阴霾就一散而尽。我感到我和捡破烂儿的大哥，和钉婆婆更为相似。甚至可以说，我们其实是一样的，我们守着各自的续命之物，在废墟中，或是被废墟包围。可是我们也还活得津津有味，甘之如饴，还有各自所看重的和所不屑的。我们抹掉脸上一把灰，四顾茫茫。可是低下头来，也有心静如水的片刻。在那片刻中，我们小憩自己奔波不已的灵魂。

陈元武　在日喀则

阳光底下

从尼木一直到日喀则，公路畅行，汽车开得像在内地的感觉，仿佛已经远离了高原的险峻和艰难，而这一切仅是幻觉而已。偶尔驻足，望见夹岸的群山连绵，并且有不可穷尽的感觉，狭窄的年楚河与雅鲁藏布江上段组成了河谷平原的狭长风景。东西横亘着两座山脉——冈底斯山脉和念青唐古拉山，将藏北和藏西北的荒漠与寒冷隔绝在山的那一边。日喀则就交给了阳光和晴朗，虽然东西向的河谷造成终年的强风，阳光之下的日喀则依然多了些人间的温婉与从容。白云以飞快的速度掠过河谷，不知所终，那些沿着河谷遍布的砾石和戈壁滩，成为对日喀则最初的印象。

离开山南不久，就发现了这样的情形：树越来越少，草越来越稀，当然，沿着年楚河和雅鲁藏布江河谷以及从年木乡到聂日雄乡的较宽谷地，小麦种植和油菜花，让我几乎忘记了这里的真实所在。恰塔木玛山成了年楚河与雅鲁藏布江交汇和分岔的见证者，在古萨日山脚下，它们汇合在一起了。阳光在这里似乎受到了雪山的启发，变得有些温情和坚硬。从桑珠孜区往东南方向蜿蜒而去的年楚河一直流到了江孜县。但这一段河水断断续续，似乎不知道何去何从。一直到由众多雪山簇拥而成的满拉水库，普隆撮古、夏撮古、番孜日、思米拉以及热洛、喀沙普、苏卓和斯当普等众多山峦组成的满拉错像一只飞翔的鹤，有细长的翅膀和腿脚。这里荒凉、寂静，耳际只有长嘶的风，那种风是持续不断的，像流水一样冲击着身体。绿松石色的水体与深灰色的山峦镶嵌在一起，在水体中间，我竟然看到一个类似于城堡的建筑遗迹，那是段怎样的往事？它更像是古代的一个烽燧台。或许，由于筑坝蓄水，它底下的部分已经沉没于水中了。这里长年苦寒，无霜期很短，即便是夏季，站在山口的风中，仍然冬天般寒冷刺骨。褐色的泥盆纪花岗岩上，长出一些苦苣苔和毛茛，像中世纪忠实的守护者一样，守护这片绿色的圣域。陪我一起来的桑饶多杰（卓玛的哥哥）默默地念诵金刚名号，向水库四面鞠躬作礼，将四条哈达系在了一块凸出的岩石上，然后用另一块青灰色的石头刻下六字真言的符号。

一路上，阳光寂静、沉重、刺眼，虽然我们戴着墨镜，仍然被阳光的强度所震撼。皮肤似乎在迅速地缩水干燥，脸上也开始脱皮，暴露在外的皮肤感受到一种针灸样的刺痛感和烧灼感。空气中有一股亘古存在的味道，是山石的味道，也是苦苣苔与毛茛草的气息。高地雪苔藓呈现出一种斑斓的黄褐色，在山谷的岩石间星星点点分布着。多杰嘴里不断吐出陀罗尼的语音，像断断续续的低哑的法号声。松散的峰峦体上，遍布着冰川的足迹。野草只在靠近水库蓄水线附近才勉强长出，稀稀落落，无可名状。多杰以手指示：这就是错布。他所说的大概意思就是湖泊的边裾吧。多杰说，过去，这里只是一连串的海子和浅滩串成的布隆错，后来修了水库，水满起来了，成了满拉水库，当地人依旧叫它满拉错。白云低垂到与山相接，这里平均海拔在四千米左右，高寒缺氧。在水库的值班室，多杰碰到了山南的同乡，聊得颇为开心，又是击掌，又是熊抱，又是贴脸，他的同乡也是一头鬈发，细眯着眼睛，嘴唇拆裂，脸上酽着一团高原的褐红。

满拉水库基本上保证了枯水期日喀则市的用水，也贮蓄了一些夏季融雪过多过快的流量。多杰的朋友哲木，似乎是个音乐天才，能够用口弦奏出复杂的音调。他说，头年，有只鹰老死在满拉水库的山边。通常，鹰不会出现在河谷地带，它是一只普普希的鹰，意思是一只落魄的鹰王，刚刚与新的鹰王搏斗过，羽毛凌乱，翅羽残缺，一只爪子的钢钩折断。哲木用它做成了口弦片，加上一片薄钢片，成了一种双音部的口弦，低音连续振动，像滔滔不绝的河水般流泻而下，高音部像突兀的尖啸，刺破了低音的持续波动。他吹奏的是“阿羌姆”的音乐，在复杂的音部和交错的音律之间，好似远古萨迦的传说自音乐间涌出，像断断续续的画面。在萨迦寺里，我似曾见识过这种音乐和气氛。那种氇氇红的寺院基墙以及白垩与青灰间错的外墙像神秘的符号，是象征着文殊菩萨智慧的红色与观音菩萨慈悲的白色以及金刚勇猛精进的青色。

在甲措雄乡的地纳村，我看到了久违的绿树，柽柳和桧柏以及细叶杨，尖耸，突兀，在山谷的青稞田间，坚毅的哨兵似的站立着，守护着这一片伊甸乐园。那绿仿佛浓缩过，因此，更加持久和稳定。八月底，细叶杨的叶子就开始变黄脱落了，不时被风吹起，像飞起一阵灿然的蝴蝶。阳光似乎扩展成无限的疆域，刺桧的尖刺上闪着耀眼的光芒，仰头的瞬间，眼睛仿佛被无数的针刺穿了，那痛让人惊骇和茫然。天空近乎黑色，钢蓝的终极就是黑色，阳光的坚硬在这里展露无遗。后来，我再也不敢仰面朝天了。在绿色的树叶上，我看到了无数的伤疤，那种焦灼的痕迹触目惊心，树干也不像内地那样舒展和会心，曲折和拧巴着，几乎处处可见节疤，杨树的白灰色树皮上写着密密的黑色文字，而皴裂则像是这些文字的句读。

在萨迦寺

到达萨迦寺的那个下午，浓云密布，本波山显得有些低沉和阴郁，浅浅的绿意仿佛再度被呼啸的寒风吹拂而去。小块露出的山体，更像是内地的土山，那种杂糅着白垩与铅黄的山体，并没有因为时光的打磨而失去颜色，永恒地展示着自己的刚毅与完美。这座并不高耸的山，更像是诸多缓坡堆垒而起的，与远处的山峦形成完美的连续，高原的环境让这些山显得那么的孤独和自在。在本波山周围，全是那种柔婉的山，此刻正在被浓云压着，云层将天空挤成窄窄的一个区间，在山与天空之间，萨迦寺环抱了一切。广场外的绿树，生长得极为缓慢和困难。或许，文殊菩萨的智慧是在于自悟和自证，因此，一切都不太需要张扬的颜色，萨迦寺的颜色因而如此的稳重和内敛：藏红色，体现其广大和蕴藉、宏博和渊深，这是一种大地的颜色，铁锈红，来自大地深处的颜料，和寺院的其他颜色一样。白垩，代表洁净和慈悲，更代表着恭敬和摄礼，白色的云朵、白色的雪山和冰川，本波山体的白垩色，它们显得多么的洁净和吉祥。青灰色，则像岩石一样坚毅和恒定，它是一种信心的表现，永恒而坚固，是信心的根本。乌孜宁玛大殿由"萨钦"贡噶宁布创建，再经其子索南孜摩和扎巴坚赞等扩建，复加了金顶。在距它不远处的山坡上，那座白色的金刚幢宝塔，是整个寺院的视觉中心。在广场正北新修了一座须弥座八思巴金顶白塔，将远处的白塔聚拢到了眼前。

从大殿东西两侧的转经通道经过时，我被眼前的情形所惊撼：大殿四周灰色的墙壁上满是信众摩挲出的擦痕，直至露出内里的夯土层和砖券。转经走廊另一边是无数的经筒，在经筒长亭里伫立着，空气里仿佛有许多隐秘的符号在飞舞。多杰虔诚地长跪下去，用他画唐卡的粗糙的手摩挲着暗黑色的铜质筒体，然后仰天向上，又俯伏在大殿的外墙边，再缓缓站立起来，身体紧紧贴着墙壁；嘴里喃喃不已。他的额头上有了一些白垩和灰青的墙漆颜色，身上更是沾满了那种宏远和博大的铁锈藏红色粉末。他说，若干世以来，他就愿意这样接触这种颜色，并且愿意让它转化为身体的一部分。我见过另一些信众，额头上无不有着一个铜钱大小的硬茧。手上、肘弯，都因摩挲留下了深深的印记。这里遍布着大小不一的青灰色小房子，那是来此长度的人住的地方，小小的四方形小屋里，盛放着各种各样的故事和经历。

大殿周围的墙台通道上，可以看到整个寺院的布局，僧侣的房子在大墙之内，按规格平排，像一个个小院落似的，屋顶绝不超过大殿基座的青灰层。这是属于尘世的高度，而那些外来者居住的青灰色房子更加矮小，像匍匐着的礼佛者。大墙上有着石头做成的墙券顶，那条道笔直，直抵远处的山脚。我和多杰盘膝坐在地上，谈论着关于生与死的诸多问题。他的鬈发在风中舞动，脸上蒙着一层微尘，他说的生其实是死的延续，生多半是与死密切相关的，未竟的事情未竟的人生，一些故事需要继续演绎，一些因缘不只是一次的过程，爱与恨交织，人生诸多羁縻、困惑、磨难或者是爱恨嗔痴，都是故事的过程，也就是生的过程，也是上一次死的未完的延续。所以，人生而啼哭，这是知道自己上一次还有什么事情没做完，这一次需要继续做下去，因此，畏惧、悔恨、悲怆相应而生，哭泣是爱恨之一种，欢欣与悲戚一样，是无益的，也是徒劳的。

在僧房外，我们碰到一个小沙弥，看上去脸带青涩，脸上满是欢喜的表情，走路一蹦一跳的，跟世俗的孩子并无二致。他坐在广场的一角，在静静地看着屋顶的经幡舞动，也许，他正在想象着这些佛教的故事和人物，在悠远的历史走廊上怎样演绎着，一个个寻常的人物、故事，他们的悲与喜、哀与忭。不知从哪儿飞来一只蝴蝶，灰白色的，停在地上，似乎在找水喝，翅膀一乍一乍地扇动。远处传来一阵异香，所谓优昙钵罗香。几个僧人从他面前疾步走过，他立即停止了痴想和愣怔，向他们施礼鞠躬。僧人的身上长长的串珠发出整齐的脆响，衣袂飘飘。风从广场上吹过来，卷起阵阵尘埃。灰色的天空下，铅云越来越浓重了。

多杰提醒我，可能要变天起风了，甚至可能在夜间下起薄雪。翌日晨，天放晴，地上并未见到雪的踪迹，多杰说，都化了，昨夜，风嘶吼了一宿，或许，雪都被风吹到远处去了。我抚摸着空旷的广场地面，冰冷、洁净，没有一丝尘埃的痕迹。空气也像是刚下过雪的那种冷而湿的样子，鼻孔往外喷出白汽。这里天亮得迟，估计，雪在远处的山上。隐约地，看到那几座白塔和广场上的煨桑台，像是栖着一些雪，粉白的，更远处，山体陷于黎明前的黑暗中。天际隐约可见，山体与天空亲密地交集在一条起伏的线上。有一块湛蓝的天瓷一样隐藏着，等待着天更明亮些。

篝火与夜

在离萨迦寺不远乌拉西康边上的小旅馆里，多杰恢复了他寻常的样子，有说有笑。那一夜，我们在屋子的火塘边坐下，烧一堆火，煮一壶浓酽的砖茶，房东送来了新鲜的牛奶，我们准备掺着喝。他说，这里严寒，地气寒湿，要喝砖茶，还要吃高热量的糌粑。糌粑是用青稞面、酥油和各种调料混合而成的，经过炒制，可以加奶捏成团吃，也可以掺在砖茶里，当作饮料喝。糌粑有着迷人的焦麦香和油香，也有乳酪香和其他的香味，而砖茶的陈窖气味顿时将这一切都消弭了。那一夜，天空格外洁净，云朵似乎都在远远的天边，我得以见到众多的星星，银河像一团烟絮般，从远处的山峦间起来，再往另一方向的山峦飘去，无数的星光散成天空的微明，隐约未辨。譬如恒河沙数，或者以恒河沙数譬喻者，不过是生与死二字的哲学。众生皆因缘起，缘起性空，一切都因为“缘起”二字而发生了。糌粑是缘起的一种，因缘起而成就糌粑，我们因缘起而趺坐，围着篝火，像经卷上的字，唐卡上的人物和造型。“缘起”二字，造就了一生的辉煌或者平淡。缘起，火的炽焰，让砖茶变成了饮料，又缘起，得制奶茶饮，或者糌粑饮。

火在风中毕毕剥剥烧着，那种干牛粪很耐烧，火焰并不太明显，粉红色的火舔着铜茶壶的底，水汽冲盖而响，一切因“缘起”二字，遂成就诸般因果。芥子之微，须弥之广，非文字可以叙述，因缘奥由，无从解释，也无须解释。满天的星子，仿佛无数个缘起，因为菩提的种子，皆是从心起的，心里仿佛容纳着一个银河系，有恒河沙数诸因，也有恒河沙数诸果。心之广大，譬如于天。有时候望着天幕，感觉那种神秘的力量就在周围存在着，不时提醒着我，需要慎戒自省，因为有这“缘起”二字，我感到了人生以外的广大存在。就像桑饶多杰的唐卡，年复一年日复一日，不停画着，许多人物造型早就熟稔于胸了，几乎到了可以不打草稿直接下笔的程度，但他仍然坚持严格的程序，白描，勾勒，填色，上彩，一丝不苟。细密、烦琐，无一处可不耐心，无一处可不精为。诸天星辰，虽然罗列得杂乱无序，却总是有迹可寻，可以寻找到一些内在的因缘，星辰总是在其恰当的位置。并无一颗星与另一颗星互相纠缠不止。因缘的力量在于，能够让无缘的事物见面，所谓“无缘”，不是无缘，只是缘很少，因此，很难碰到一起，而缘起性空，法性的空，使“缘起”总是处于若有若无的状态。星辰纠结在一起，形成星系，因为“缘起”二字，星辰各各分离旋转，也是“缘起”二字，因为缘起而聚，也因为性空而散。

诸般际会看似偶然，却多是必然。因此，寻常视之，寻常待之，正是人生之道。执着的人会念念不忘幸福的往事，并希望幸福的事一再发生。多杰说起一件往事：他十五岁那年，叔父因为意外亡故了，当时因为大雪封山，直到几个月后，他才得到确切的消息。那是一场意外的山崩，叔父的车被冲到了山谷下，人摔得不见踪影。很快，大雪就封山了，那条公路再也没有车经过，也没人知道这里发生了什么。雪很快就将他叔父的车和遗体都掩没了。而他的婶婶不知道发生了什么事，以为叔父因被雪阻隔而无法前行。到了翌年春末，才传来了不幸的消息。他婶婶只接到了交警送来的一些叔父的遗物，当时就哭昏过去。叔父的遗体也失去踪迹。于是，婶婶将他的衣服等葬了。在寺院里念了三个月的经，做了法事，想知道叔父去向，而一切都无从知晓，她很失望地回来了。法师对她说，一切缘起，诸缘尽而幻灭，人生莫不如此，不必感叹，也不要悲伤。多杰说，他好多次梦到叔父，向他求经和佛像，于是他带了唐卡和经卷，交给了婶婶，希望她按照叔父交代的那样，将经卷天天念诵，悬挂唐卡于经房里。多年后，邻居家生了一个男孩，满头鬈发，婶婶发现，他竟然有点像叔父的样子，大耳朵下有着一个厚厚的耳垂，他见婶婶即笑，世间就是如此奇异。多杰说，这便是缘起的结果，生而未竟，就再来续前生，有些人一辈子躲不掉，因为“缘”字，有些人面对面不认识，也因为“缘”字。

他送我的泥金卷上有一行字：莫说因果虚，一切皆缘起。

女真　四季与诗

过冬天

十月中旬，最低气温已接近零摄氏度。

东北大地，准备迎接漫长的冬季。

依依不舍呀。

白菜、油菜、茼蒿、茴香，叶子还绿呢，要尽快吃掉。菠菜和小葱刚露尖尖角，别看现在幼小，其实小苗不怕冷，经过一个冬天的严寒洗礼，春天早早返青，是园子里的报春菜。

一个勤快的庄稼人，过冬前会把土地翻耕一遍，据说这样能把地里的虫子翻出来，让严寒帮忙把虫子冻死。

那些长短粗细不一的竹竿，要捆起来，来年再用。

有空还要去寻找肥料。牛羊粪，农家肥。如果我能在这个时候就把肥料弄到园子里，经历一个冬天，肥料熟透，春天下到地里少生虫子。鸡粪劲大，更容易找到，但已经失去我信任。成规模的养鸡场用合成饲料喂鸡，据说为了预防鸡瘟，必须不断给鸡用药，鸡粪已经不再符合我的绿色标准，不用也罢。再说鸡粪的气味特别大，真下到地里，会给邻居带来不良感受。我不嫌粪臭，但不能让邻居跟着一起享用。牛和羊吃草，更让我放心。

收藏种子。秋葵种子、丝瓜种子、蛇豆种子，都留了。红苋菜的种子，秋天落在土里，明年自会长出不少小苗。紫苏、薄荷也会自己长出来。神奇的蒲公英、马齿苋、苣荬菜、小根蒜，在园子里一旦落脚，年年自会发芽，免去我到野外寻找的辛苦。

关掉室外水龙头阀门。零下二三十摄氏度的低温，自来水管如果存水，会冻裂的。

关好门窗。擦亮玻璃。让阳光透进来。

准备好了冬天的读物。等雪来。今年雪频，真好，种地人喜欢。我不是先知，不会看水晶球，预测不到阅读计划会被什么突发事件改变——个体的人，永远离不开你置身其中的环境。这个冬天刷屏的文学书是外国小说《鼠疫》《霍乱时期的爱情》，很多人重看的老电影是《卡桑德拉大桥》。非常时期，小区封闭，出门不便且浪费口罩，幸好有一屋子书。把书架上有关瘟疫的几本书找出来，我读得最认真的一本是《逼近的瘟疫》，《新知文库》的一种，三联出版，作者是美国人劳里·加勒特。细菌、病毒，过去、现在、将来，会一直与人类、与我们的肉身共舞。作为渺小、普通、肉体凡胎的人，我们能做到的只能是不断强健自己，多一些与细菌和病毒周旋的能力和资本。这本书，我在“非典”之后买回来却并没阅读。不知道是否有人像我一样，瘟疫来临之际，恐慌、惊讶、激动、愤慨、焦虑、忧伤……但过后便渐渐淡然，仿佛时间能够疗治一切，可以遮盖住伤口假装看不见。如果不是新的病毒来袭，这书会不会就在我书架的角落永远蒙尘了？“非典”过后十几年，躲在屋子里读与瘟疫有关的各种沉甸甸的文字，再一次从常识出发，我心情复杂。而时下新媒体日渐兴盛，读书之外难免还会经常翻看手机。手机上一些现实感极强的记录文字，快捷、有力、鲜活，似比厚厚的书本文字更有切肤之痛，比翻译过来的国外文章更贴近我们正身处其中的现实生活，让无数人产生追看的欲望。每天早晨或者入睡之前刷一会儿手机，成了这一段时间很多人的生活常态。

庚子年元宵节过了，天仍旧冷。外面在飘雪。洁白的雪花还是好的。清朝人纳兰性德写雪花：“非关癖爱轻模样，冷处偏佳。别有根芽，不是人间富贵花。”

一个人，如果不经历北方的酷寒，如果没看见过雪花伴着寒风疯狂飞舞，如果内心没有无边的苍凉，是写不出这般咏雪的句子的。

听春雨

古代很多诗人吟诵过春雨。唐朝诗人杜甫这样写：“好雨知时节，当春乃发生。随风潜入夜，润物细无声。”这首《春夜喜雨》广为流传，入选多种语文课本，一些学龄前儿童也会背诵，可以说滋润过许多代中国人的心田。好雨要下在最需要的春耕时节，最好是在夜晚，默默滋润万物而不张扬——这样的雨情怀高蹈，堪与做好事不留名比肩。

我个人更喜欢的，是宋朝人陆游在《临安春雨初霁》中所写：“小楼一夜听春雨，深巷明朝卖杏花。”

杜甫写春雨是上帝视角，诗人俯瞰大地，全知全晓。陆游是个人视角，写出“我”——一个血肉丰满的个体而不是抽象的人，“我”在倾听。一场春雨过后，第二天深巷里就会有杏花卖，春雨给普通人带来审美、乐趣，还给千百年后的读者留下悬念：诗人为何彻夜不眠？即便是种地人，虽然渴盼雨水但也不必整夜不睡吧？诗人心中有什么隐忧？在这首诗中，春雨是否有暗寓，暗寓的是什么？

陆游对春雨这个意象好像格外敏感，他在一首名为《春雨》的诗中这样写道：“拥被听春雨，残灯一点春。吾儿归渐近，何处宿长亭？”儿子在远方，寒春夜雨，老父无眠，牵挂儿子住在何处，焦虑等待游子归来。这样的诗句，作为父亲的“我”跃然纸上，贴近普通人的情感，更容易打动读者。当然，这诗里并没有可以供人摘抄的那种励志金句。

在描写自然方面，古人比今人能力强。不是古人更聪慧，而是今人离自然越来越远。即便抽时间去踏青、郊游，多数人也是快步向前走，奔着午餐的农家饭菜而去，少有闲暇和心情去关注风吹草动，欣赏原初意义上的风花雪月。我们对自然的印象，多数来自前人的文字描述而不是自己的独特发现，这是事实。

又一个春天来了。作为种地人，我也是多么渴盼春雨。在我们东北，积雪会给土地带来适宜的墒情。但我感觉这些年冬天的雪越来越少，有时候一个冬天竟只下三两场雪，还经常下得不太像雪的样子，浮皮潦草，将将能盖住地面。冬天雪稀，春天如果再少雨，地里的庄稼怎么活？不种庄稼的城市里，栽植了许多好看的树和草，但城市绿化如果只靠地下水浇灌，恐怕也是不行的——且不说地下水位越来越低，连人类的饮用水都已经告急；即便有水，人工浇灌肯定不如来自上天的甘霖更能给土壤提供养分，更能让土地解渴。

看窗外春风已起，树枝乱摇。我像小兽竖起耳朵。夜已至，春雨，来吧，来吧！土地等着，种地人盼望——从前的祈雨女巫，这种时刻，应该点起篝火，载歌载舞、念念有词了吧？

苦盛夏

三十七八摄氏度的无雨高温里，地里的青菜，正受煎熬。

我没安空调，与青菜同在煎熬中。北纬四十一、四十二度之间名叫沈阳的城，我生活多年的这地方，每年夏天有十到二十天高温酷暑，剩下的日子都还好过，不安空调无大碍。没安空调不是舍不得花钱，而是觉得实用的日子有点短，空调多数时间空挂墙上，比较碍事。在这里居住，最需要考虑的是冬天如何保暖。与长江沿线的火炉城市相比，这里的酷热天数少且不算难熬，只要不在太阳下暴晒，问题不大。望窗外艳阳，我想到盛唐时代，人还不知道空调是什么，酷热中，大诗人李白“懒摇白羽扇，裸袒青林中。脱巾挂石壁，露顶洒松风”，其实就是脱光了钻进林子里。那时候人烟稀少，一个人钻林子里想不让别人看见，大概不难。而今天生活在城市里的人，想找一片人迹罕至的林子，不容易。你真脱光了在林子里潇洒，无论男女，万一被人看见，会不会被告伤风化、耍流氓？

人可以如李白脱掉衣裳，或者躲进空调房，或者去海边避暑，地里的庄稼怎么办？

田野有一望无际的玉米、高粱、水稻、麦子，我自己种了二十几种菜。菜叶子已经打蔫、耷拉头。白天日照强烈，夜晚也闷热。田里的菜，不像大棚菜可以享受人工调温、调湿。谁能想出办法给大地里的庄稼、青菜遮阴？

喝凉茶，手摇扇，我以李昂的诗句解暑。唐朝人李昂——不是那个当过皇帝的李昂，是诗人，但远不如李白、杜甫、白居易有名。他留下的诗句不多，《全唐诗》里大概只录了几首。在《夏日联句》中，他写：“人皆苦炎热，我爱夏日长。”是的，物极必反，否极泰来，炎热预示着季节将要走向反面。眼下虽然热得难受，但满目青翠，收获在望……热啊，热啊，知了在枝头呼喊。

心静自然凉。也可以想一想“世界上还有三分之二受苦人”，比我这里更水深火热的。我的大学同窗，有住在上海、杭州、武汉、南昌、长沙的，酷暑天，将近三十摄氏度的最低气温，让我对生活在那里的老同学充满了怜悯——人总归不能不走到室外，长时间躲在空调房里，身体极不舒服。

可能到了冬天他们也会怜悯我。零下二三十摄氏度的酷寒，你们东北人怎么活呢？他们不知道我们东北这疙瘩，冬天人们躲在有取暖设施的屋子里，望窗外飞雪飘飘，捏酒盅小酌，如果再有时间拿本心仪的书看，那种感觉，其实相当好。

想到冬天，顿时感觉凉爽多了。

窗外的翠绿，真养眼呀。

要相信。植物其实远比人想象的坚强。

秋点兵

东坡先生说:“一年好景君须记,正是橙黄橘绿时。”

我的园中无橙黄、无橘绿,但仍有一年最好的景色。

西红柿长势喜人。春天栽的秧苗全部成活,未生虫害。第一批果实下来,每天可摘三四十个,要送人或者速冻、做酱储存。我喜欢西红柿成熟时架子上那一片红彤彤的气势,忍不住多种。劳动成果与人分享,有成就感。

冬瓜六个,每个都在二十斤以上。食量有限,腾不出空吃。去年收藏的冬瓜,一直吃到春节,炖羊肉,鲜美得很。据说冬瓜经霜以后更好存放。那就挂在栅栏上再看些日子。等霜降。

压腰葫芦七个。葫芦都一尺多长,臀大、腰细、乳丰,除了好看,我想不出别的用处。嗯,好看就是用处。人也如此。

丝瓜前后结了至少百八十根,嫩时清炒或者做汤、做丝瓜烙;老了晒干,丝瓜瓤可以刷碗、搓澡。蛇豆也叫蛇瓜,两棵秧,结十几个蛇豆,一米多长近两米,弯曲盘旋真如蛇,垂吊或盘卧,审美多于实用。

茄子、辣椒正常开花结果,在你一时想不出吃什么的时候,它们已经在那儿静候了。

秋葵十五棵。金花葵、红秋葵、绿秋葵,各五。红秋葵花和果格外艳丽,拍了照片发朋友圈显摆,很多人表示不知道秋葵有红色品种。金花葵据说营养价值很高,果、叶、茎都入药。绿秋葵,果实比较长大。

秋天这会儿还在地里顽强生长的叶菜,有白菜、油菜、香菜、茼蒿、红苋菜、茴香、小葱、菠菜。看青翠小菜整齐站在地里,感叹“秀色可餐”这样的词真是好。

扁豆角开着串串小粉花。扁豆喜凉,春、夏两季不与别的菜花争艳,越到秋天越妖,粉嘟嘟的蝶形小花朵,超级可爱。

秋天的总结,不光要有成绩,必须讲几条缺点——我在单位写年终总结多年,有思维定式了——先成绩,后缺点不足,最好还有展望。

黄瓜已经是第二年不丰收。黄瓜秧苗容易起腻虫,叶子爱长霉斑,我头一年拒绝打药,第二年犹豫再三,打了一点,还是晚了。结果可想而知。类似的情况还有豇豆角。当我拒绝打药,预示着丰收必然离我而去。我非常喜欢的芹菜,清炒、凉拌、做馅皆好,据说有降压作用。芹菜身材颀长,姿态秀丽,站在一起清清爽爽,像整整齐齐排队春游的妙龄少女。但芹菜茎秆、叶子上长了斑，少女秒变老妪。

事实证明，绝对拒绝农药在小园子里也是行不通的，更何况大田。我认识的化工大学张教授是研究农药的专家，听他讲，能够进入生产环节的农药本身应该是没有问题的，问题出在施用、监管。超量使用，不管水果、蔬菜上市多少天前不能再打药的禁忌，不遵守时间规则，种菜人自觉性不够，加上市场监管不到位，导致农药残留超标，食用者对农药谈虎色变，以为只有不打农药的水果、蔬菜才是安全的，以为有虫子眼的菜才是安全的。

肥料其实也有问题。去年我买了牛羊混合粪，今年只买到羊粪。买到农家肥不容易。农家肥可能“绿色”，但肥力显然不够、不全面，肯定不如化肥有劲。我种的白菜不抱心，茄子不圆润，黄瓜、豆角不直溜。我买种子，浏览相关网站时，不期然看到可以让黄瓜顶花、茄子增亮的各种药，看得我心惊肉跳，仿佛食客去门面光鲜的馆子吃饭误进后厨，看见里面蟑螂乱爬。我种的黄瓜、茄子，直溜的不多。春天买的韭菜苗，看上去非常茁壮，到了秋天，韭菜变得又软又细。反思起来，主要是缺肥。光上羊粪是不行的，可我真的又不甘心上化肥。家里的小园子可以将就，种出什么形状都高兴，孩子是自家的好；大田或者大棚，作为商品出卖的水果、蔬菜，要有产量，要有卖相，不上化肥不可能。这是现实。

这个秋天，当我摘下冬瓜收藏起来，当我把方便储存的青菜收进冰柜，当我把吃不掉的西红柿做了番茄酱，我还不知道人类将要与一种新的病毒正面相遇。冰柜里的存货减少时我戴口罩去超市排队的次数，也再一次证明，我们东北先民冬季储藏食物的习惯不仅是自然条件使然，也一定跟这块土地上曾经的战乱、饥荒、瘟疫等复杂历史有关。这里冬季漫长，在没有冰箱和大棚的年代，冬季如果不储存食物，人只有饿死一条路。所以我们东北人挖菜窖、晒干菜、腌咸菜、渍酸菜。这里的居民很多是闯关东人的后代，山东、河北等地生存艰难的流民逃难到冰天雪地，遗传基因里埋藏着对饥饿的恐惧。1910 年，这里鼠疫流行，死了很多人。日本人强占的年代，中国人在自家的土地上吃大米算犯罪。在吃的方面，人是有记忆的动物。

我们储藏，因为祖先储藏。

在我们东北，秋天时一些动物也在储藏。譬如熊、松鼠。林子里的熊储藏过冬的蜜。松鼠把松子埋起来——不是为了让松子发芽长成小松树，而是为了冬天有东西可吃，可以活下去。

王月鹏　**海上书**

夜宿渔村

是在某个夏日午后，我们去到那个叫初旺的渔村。住处被安排在镇上，距离渔村有段距离，说是条件相对好一些。我们住了一晚，感觉并不好，执意要搬到村里去住，文化馆老仲于是陪我们去考察了渔村可住的几个地方，最后选定一家招待所，我们戏称这是村里的“五星级酒店”。

招待所房间有些暗，潮湿。没有书桌，老仲临时从学校借来两张课桌，桌面上是厚厚的污渍，想擦一擦，越擦越脏，我用几个牛皮纸信封铺在上面，开始伏案工作。

一种异样的感觉激荡在我的内心，不知道接下来一个多月的时间里，我在这个渔村会看见什么，写下什么。坐在招待所的屋子里，时常就会听到一声闷响从远处传来，脚下的地面随之颤动，有下沉感，房屋也似乎有些摇动。据说渔村附近在搞一项填海工程，需要把一座小山挖空，爆炸的声响不时传来，有时强烈，有时悠远，说不清跟自己以及自己所在的渔村是否有关系。村人似乎早就习以为常。大地在爆破声中颤动，他们看起来很淡定，除了牢骚几句，似乎并不真的介意。

房间隔壁住了四个河北民工，他们是来渔村的工厂安装粉尘设备的，开一辆夏利车，每天早晨出发，夜里归来。我想跟他们聊一聊，又觉得他们属于我的文章主题之外的话题。当我想要跟他们说说话的时候，他们已经搬走多日了。在渔村，在这个招待所的院落里，我们保持了城里人的生活习惯，房间与房间不相往来，心怀警惕。午夜时分，我在招待所院子里踱步。招待所的大门紧锁，门外偶尔有车辆呼啸而过。院子里的狗，起初因为我的踱步而狂叫，一会儿就适应了。院子里安安静静的。

渔村的夜晚，是以海为背景的。

海成为一个巨大的看不见的背景。我有时候觉得自己浮在这夜色中，身边的一些细小的恐惧，会随时侵袭我。比如，像蜈蚣一样的虫子，常从脚边倏忽溜过。书桌上偶尔可以看见爬行的小蚂蚁。它们在我的书桌上跋涉，我们也许是同路的人。午夜时分是不能临窗远望的，因为一抬头常常就看见一只壁虎正在身前的窗玻璃上与你对视，白色的肚皮在灯光下格外清晰。朋友告诉我，在厕所里他曾看见一只蝎子在疾走。夜里解手，是需要去院子里的，我恨不得眼神变成两条线，只看到该看到的，除此之外一律视而不见。我不知道我会看见什么，我缺少看见的勇气。我总觉得在我的身前身后有另一种存在，就像无边的夜色里隐藏着巨大的喧哗。

白天见到的事，在夜里逐一回想。渔村之夜，像一个巨大的过滤器，将白日的所有杂念过滤掉了。一直以为自己还算是有定力的，在渔村，我才知道自己其实是多么浮躁，只是这浮躁被一种所谓思考和忧虑的面孔给掩饰了。住在渔村，我觉得我的心并没有真正在这里停栖，我一直记挂着的，其实是村外的事情，难以抵挡来自渔村之外的巨大惯性。手机在遥控着我，微信朋友圈不知疲倦地传递外面的消息。身在渔村，我每天需要拿出大段时间处理渔村之外的现实冗务。想到这个广大的世界有那么多琐事在等待着我们，茫然的情绪就在心底涌动。

渔村的夜晚是安静的。远远地传来狗吠声，越发地衬托了渔村的安静。早晨四五点钟的时候，窗外的声音就渐渐有了。村人说话的声音越来越大，起初以为是在吵架，侧耳听了一会儿，很大的嗓门儿里其实夹杂了夸张的玩笑，也就释然。这是渔民的说话习惯，普遍嗓门儿大，大约是因为海上风浪大，说话的声调在不知不觉中就高了起来，以至于成为一种习惯。

早晨四点半起床，去海边码头。果然，看到众多船长聚在码头，大约分成了六帮，随意地聊天。这已成为每天的功课。每天早晨天刚蒙蒙亮，船长们就陆续走向码头，不管是否出海，他们都要到码头聚一下，看看船，聊聊天，风雨不误，越是有风有雨的坏天气，越是要到码头看一看，他们惦记着自己的船。

填海的石头，堆在海边。年初筹备“中国渔灯文化之乡”授牌仪式的时候，我曾长时间站在这些填海的石头跟前，感慨，抚摸，似乎听到石头内部涌动着大海的潮汐。遥看守海人的龙山庄园，依然是彩旗飘飘。不远处是大片的海参养殖房。在路的拐弯处，才发现老龙山脚下被挖出了一块巨大的空地，看上去竟有悬崖感。猜想大约与当年建渔港有关，但又说不准，改日问一下，想要弄明白。

人的力，在改变很多的东西。这些被改变的东西，同步也改变了人的某些部分，已知的和未知的。我对渔灯文化的书写，随着采访的不断深入，越发体会到了其中的复杂况味。这是一种注定消逝的事物。我的书写，对这种注定的消逝或许并没有什么意义，但是做这个事情的过程对我是有意义的，这也是我为什么要从现实冗务中挣脱出来，与渔村和渔民朝夕相处那么多日子。我所收获的，比我所想到的更多，它们必将影响到我以后的生活与写作态度。我觉得我的书写并不仅仅是一种表达，它更多的是一种留存。在轰轰烈烈的城市化进程中，这种留存颇有几分悲壮意味。

那天傍晚下起了雨，一辆北京牌照的小车开进招待所院子。他们来自北京，自驾游，从网上找到这个渔村。我不知道他们是不是也会像我这样，在这里度过一些日子，然后带着自己的体会，离开这里。对于一个村庄，对于这个世界，其实任何的人都是这样的。这是一个多么简单的道理，可是很多人倾其一生也难以懂得。包括我，也是这样的。我常常以为自己已经懂得了人生，其实任何人在抵达终点之前所看到的，永远只是自己的某一部分，他永远看不到完整的自己。

也许该与招待所的主人聊一聊了。采访了半个村子，我却很少与他说说话。直觉告诉我，他是一个有故事的人。我对身边的故事，却迟迟没有去了解，潜意识里似乎觉得身边的故事太近了，即使对于我这样的驻村体验者，也很快就把招待所当作了自己的“地盘”，我的目光更多地用在搜寻散落于渔村四周的故事，他们的隐秘和不确定性，对我具有更大的吸引力。我把昨天的我复制到了今天，无论思维方式还是处事态度，原样地复制到了今天，虽然我所面对的人与事都已迥异。

我犯下了一个常识性的错误：在我看来的那些所谓神奇物事，不过是渔村和渔民的日常。这样的日常，被忽略被抽空已经很久了。

日常的力量，也许这该是我在渔村的最深发现。当我试图描述和表达这份日常时，我才感到了那些既定语言的无力。我已经被它们操控很多年了。也曾想过，即使从中突围，脱身，又可去往何处？

走在渔村，不管是村人还是打工者，只要是静止在某处，站着，或者坐着，几乎都在低头看手机。手机已经奴役了所有的人。在渔村，可以看到通信公司的若干个充值业务点，甚至连渔民家的春节对联，也是通信公司印制的。我们的生活方式，已经复制到了这个世界的每一个角落。

不采访的时候，我与友人在各自的房间里埋头写作，互不干扰。渔民只看到了我们散步，像某类闲杂人员，在村子里到处晃荡，听他们“说瞎话”。他们不知道，夜深的时候，这两个人伏在招待所闷热的小屋里，跟自己较劲，跟整个世界较劲。这在他们看来，显然是吃饱了撑的。有几个晚上，我与友人因为对某个问题的看法不同，竟然争论到了下半夜，这丝毫没有影响隔壁房间的酣睡声。我们的争论，与渔村有关，却不被渔村所知，这样的争论在渔民看来是可笑的。

驻村之前，有几件必须要做的事，没来得及落实。在渔村的日子里，我一直惦念在心，一个月下来竟然渐渐地淡忘了那些事，想要再去落实的时候，又觉得其实是没有必要的。生活中的很多事，大抵如此。看似务必去做的，其实未必重要。有些事，不做，即是态度。这与躲避是两码事。

我所期待的理想状态，是拥有一套自我封闭系统，它对于这个世界时刻是开放的，但是在独自的时候，又是懂得自我封闭的。而渔村，世世代代都在向着大海讨生活，如今它除了面对大海，还在面对大海之外的世界。渔村的意象，由零星的、分散的，渐渐地有了一条隐秘的线索，渐渐地汇聚，形成一个看法，变得越来越清晰。我说不清楚这该是好事还是不好的事，当我终于从迷乱中形成一个稳固的看法，同时很多具体的事物在我的看法中被遮蔽被清除掉了，至少从这一个多月的观察和记录来看，这样的变化未必是好事。我不希望一个月的驻村生活最后仅仅归结为一个看法，就像人的一生，不是为了一个所谓的评价和结论。我更看重的，是这个过程的打开与拓展，一段生活是这样的，人的一生也是这样的。这里的陌生感，这里的无序状态，都在精神上给了我很多意外的收获。对于渔村之外的世界，渔村是一个思考的过滤器。在渔村，我理解了整个世界。当我离开这个渔村，重新回想和打量，抑或故地重游，也许会生出一些另外的感受。那是以后的事了。

网里或网外的海

渔村招待所的南面是一家网厂，房间的窗户正对着网厂的院子。看门的是个老人，走路迈着外八步，腰间别着收音机，他在院子里一高一低、亦左亦右地踱步，腰间的收音机总是响着各种音乐，他什么都听，并不挑剔，似乎从不做任何的选择。我猜测他只是喜欢听到各种各样的声音，他是孤独的。想起我们住进这家招待所的第一天，已是凌晨一点多了，我躺在床上辗转难眠，从窗口斜对面的网厂传达室传来电视机的声音，夸张，无拘，像是一台戏正在上演。我越是难以入眠，就越是觉得受到那声音的搅扰，以至于有些愤愤不平了。天亮了转念一想，又觉得或许网厂看门老人的听力不太好，夜里又睡不着，只能靠电视打发时间。我的心里生出顾虑：此后我在渔村要住一个多月，假若那个老人的传达室每天都传出如此巨大的声响，我恐怕只能另觅住处了。我跟招待所的主人说起这事，他说那个老家伙啊，没事的放心吧。第二天夜里，窗外就安静了。我对这安静，感到有些不适，也有些歉意。招待所老板找到我，说看门老头昨晚喝醉了，睡前没关电视。当天我们去网厂采访，径直走了进去，看门老人并没有出来阻拦我们，也没有询问找谁。我朝他点点头，摆摆手。他也朝我点点头，摆摆手。我们从没说过一句话，却是早就认识了的，每天我写累了，就站到窗前，看天，看地，看网厂的院落，有时他会一高一低、亦左亦右地从院里走过，看我一眼，继续踱步。更多的时候，我看到他在织网。蓝色的线绳铺在地上，他跟另一个人捋顺那线绳，在我的窗前走来又走去，速度并不快，穿梭似的，隔个三五天就堆起了小山一样的网线，然后会有货车开进网厂的院子，把网拉走。

雨一直在下。网，齐整地摊在地上。雨水从西往东顺势流淌，流经这些网，然后继续流下去，就像海水从网中漏出的样子。有什么东西留在了网中？在目力之外，我看到时光的另一种形态。

我也想到了我自己。来这个渔村住段时日，对比渔村之外的那张现实之网，我的选择更像是在“隔岸观火”。透过一片巨大的水去看火，火的烧灼感被淡化了。我对于“火”的理解，因为水的存在而发生了改变。彼岸的存在，是“异”于此岸的。

网厂的黑狗是用绿色网绳拴着的。黑狗无所事事，见了陌生人也一声不吭，看它百无聊赖的样子，我心里装着的那些事更加纠结起来。

雨连续下了两天。雨是容易让人滋生乡愁的。此刻，在渔村，我的乡愁指向了三十公里之外的城市，那里有我的家，我的妻女和父母。网厂传达室老人的收音机正在播着音乐，音乐声和雨声混在一起，像是一些莫名的情绪。这雨声一直延续到梦里，时而清晰，时而模糊。我竟然疲倦得没有力气醒来，只觉得雨一直在下，把网厂的院子淹没了。院里的网漂散开来，像被撒进大海的样子。我站在招待所的窗前，看眼前的海，以及海里的网。记得渔村招待所大门的两侧是被金色瓷砖包装起来的，其中一侧隐约有“网具厂”的字样露在外面，看来这个招待所从前也是网厂的一部分。走在渔村，可见各种残破的网用来做了门前菜园的围挡，到处弥漫着海的味道。

海的味道，大约是咸涩的。在高原，她随身携带了一小罐氧气，我问她，用得上吗？她说没什么，就是想尝一尝装在罐里的氧气。那是海拔三千米的大西北藏区。我们并不相识，是来参加一次笔会的。她身穿米黄色T恤衫，清秀洒脱，言谈举止都是青春的气息。"尝一尝装在罐里的氧气"，这是多么生动的讲述，让我想到从大海里被分离出来的，且装进了某种器皿中的水。当海水脱离了大海，它还是海水吗？

我来自海边。我从没想过尝一尝大海的味道。觉得它们是无须确认的存在，犹如这大海，是不必质疑的。海如此博大，谁有资格质疑大海？

一张网，是不甘心的。

网里留下的是海的馈赠。网之外的海，永远在看着那张网和撒网的人。老船长说，以前一网下去可以收获上千斤的鱼，如今海瘦了，休渔期有人还在偷偷撒网。他说网扣越来越小了，连产卵的鱼都不放过。海瘦了。这个瘦弱的老人，他说海瘦了。

一个又一个的"结"，拼成了一张网。想起结绳记事。每个人都有自己储留记忆的方式。我们都是在与各种"结"相处的。在渔村，一个老渔民可以随手打出若干的"结"，用来应对不同的状况。生活是一张网，我直到中年以后才算真正理解了这个比喻。网，看似相同的格子，并立于同一平面，而只有亲历了一些事，才会懂得格子与格子是不同的，正如城市的万家灯火，同样的窗口闪着不同的梦。一张网，筛掉一些事，留下一些事。网是由一个个的"结"构成的，那么多的事交织在一起，用来比对和筛选那些后来的事。在渔民心里，是信赖"经验"的。他们的很多经验是从风里来，从浪里淘的，甚至是用命换来的。

一张网，是人与海打交道的工具。从一张网可以窥见人的内心，网扣的大小，决定了人与海的关系，这里面有最起码的伦理和道德。人类与大海之间，不仅仅是征服与被征服、赞美与被赞美、想象与被想象，还应该有更为平和与久远的东西介入进来。而我们，常常忽略了这些。

海在我的心目中，是有人的性格的。我时常想象，石头之间也是有语言的，无非我们听不懂而已。鱼类之间的交流，比如一条普通的鱼，如何与一只鲸鱼产生对话？当那条鱼进入鲸鱼的体内，距离更近了，真正的对话是可能的吗？

海里的资源越来越少。一张面对大海的网，让我觉得整个思绪漏洞百出。

我看到网里的海与网外的海，被一只看不见的手操控着。网厂的那个看门老人，我觉得他是渔村的智者，他同时懂得网里的海与网外的海。

我们所看到的，只是海面。海底是另一个世界。海洋里的生物如此丰富，必然是有着自己的规则与内环境的。我们所看到的海面与风浪，并不是海的全部。海的全部并不被我们所看到和认知。莫里曾说："海洋是个巨大的哺乳室。"海底是一种均衡和稳定的生物世界。

水成为一道阻隔。水中的世界，成为区别于我们所在世界的另一个世界。因为未知，因为不同，当若干的水汇聚成海，面对这个巨大的未知和不同，我们首先想到的是恐惧，其次才是所谓的审美。美，在保持距离的时候更易产生，比如海边漫步，岸边观海，等等。当一个人深入大海内部时，他更多感受到的是恐惧。这是我的切身体验。这种体验让我对所有抒情和比喻保持一段距离。

海覆盖了地球的大部分。多少秘密隐在海底，因为探测的艰难，所以都被视为宝藏。所谓海底世界，因为它沉淀了太多，包括那些海难。那些在海上的一切，海底世界在他们眼中是神奇和神秘的。

一张网，把大海分成了网里与网外两个世界。比大海更为宽广的，是人的心灵。而最能透视人的心灵的，是一张网的密度。我曾在老渔民的家里见过一张旧照，是二十世纪八十年代渔村的情景：海，是青涩的；船和人，也是青涩的。渔市边缘的那栋老宅，一个年轻人坐在自家平房上垂钓，飞溅的浪花，径直落进院里。有鱼，也随着浪花跃进院里。

那个小小的院落，是一张朝向天空的网。

无字钟

风从海上来。再桀骜的岩石，在海浪日复一日的撞击下终将成为沙砾。一些写在沙滩上的文字很快就被海浪抹平，犹似浪花的绽放，转瞬即逝。它们想要表达什么？它们表达了什么？那个在海边远眺的人，还有那个从海上归来的人，他们心里装着的并不是一码事。人们习惯于面朝大海倾诉，却不懂得海的倾诉，不甘心做一个倾听者。他们只想把自己的话说给整个世界听。

我走在海边，时常是沉默的。听海潮涌动的声音，就像在听内心的叹息，它并不是来自我的体内，而是来自一个遥远而又陌生的地方。海从来没有明确地告诉你什么。你是知道海一直在试图告诉你一些什么的。我对海的理解，伴随了自我成长的整个过程。海不再是一个隐喻。它是一个巨大的存在，它所讲述的和它所隐匿的，都与我们有关。只是，我们未曾真的听懂。

《福山县志》记载了这样一件奇事：一口无字钟从海里浮出，被渔民打捞上岸，挂到县衙的门前，后来又移到东城楼上，有两个人在楼下仰脸看钟，钟落了下来，一个人被盖到钟里，另一人被当场砸死……

这口无字钟真是让人浮想联翩。一口大钟，在漂洋过海的途中，船只遇险，大钟坠海，后来又浮出海面……这个故事，我视之为民间传奇，是对历史的另一种讲述。一口大钟在海中沉浮了若干年，它从哪里来，要到哪里去？它的身上，凝结着关于昨天、今天和明天的历史。因为“无字”，这个故事变得越发神秘，被赋予太多的想象和阐释，具有寓言色彩。巨钟沉浮，宛若历史的某种表情。在海涛声中，辨得出隐约的钟声，悠远，沉郁，像是来自地层深处，带着海的咸涩气息。它在遥远的昨天就讲述了今天的事，预言了更为遥远的明天。不着一字，这是神秘的书写，唯有海浪才可破解它们。有些东西，看似沉入了海底，终有一天它还会浮起，被重新发现与评说。

无字钟看起来更像一个倒置的容器，它不盛放任何东西，不占有任何事物。甚至，它拒绝任何文字和意义被附加到自己的身上。它的唯一使命，就是发出自己的声音，让更多的人听到这个声音。

它等待那个敲钟的人。一直在等待。

它被装到船上，漂洋过海，它的体内积蓄了另一种声音。翻船，坠海，所有的声音都沉入海底。它听到了海的声音。直到有一天它浮出海面，被渔民打捞上岸。一口来自海底的钟，与一口民间的钟，在世人眼中似乎并无两样。钟是沉默的。人们在钟下谈论这口钟。没有敲钟人。也没有听见钟声的人。只有看钟的人，他们比钟更沉默。它经历了那么漫长的沉默，不想再容忍这沉默。它在等待那个敲钟的人。它漂洋过海，几经沉浮，只为见到那个敲钟的人。然而他没有出现。他们像路人一样经过它，没人以为它是与自己有关的。他们谈论这口钟，就像在谈论别人的历史。

这世间的事，都是可以与这口钟发生关联的。它可以解释一切，警示一切。它的身上没有铭刻任何文字，但它记录了一切。它的沉默和声响，都是一种表达。

而我的所谓书写，仅只是一个人的感慨，在更为漫长的时间面前是无意义的。

因为“无字”，一口钟在若干年后获得新的解读，也让当年的那些讲述和言说都变得暗淡与尴尬。

海水不停地涌向岸边。海要对岸讲些什么呢？海把无字钟推向岸边，它一定是想说些什么的。听懂了海与岸的对话，才谈得上真正懂得了生活。所谓“大海的召唤”，不过是人类一厢情愿的解读。海明威笔下的老渔民在海里与大鲨鱼搏斗，我从中看到的，与其说是勇气，不如说是巨大的孤独和恐惧。我曾采访过若干老渔民，他们对大海的普遍感受即是恐惧，因恐惧而心生敬畏。这是真正懂海的人。之所以常常把人置于海的背景中体现他的勇敢，这恰恰是因为对大海的恐惧感的存在。不同的视角，不同的心理需求，可从同一事物中解读出不同的东西。人类对大海的所谓征服，被视为一种精神，这是对人与海的双重误读。人与自然万物的关系，是需要以敬畏之心来看待的。

我是在一个很普通的工作场合见到他的，很早就听说过他，那天是第一次相见。他的语速很慢，满脸的温和与平静。这个城市的很多人都知道他的经历，最初在机关里工作，仕途顺畅的时候却辞职下海，走过常人没有走过的路也吃过常人没有吃过的苦，他最终得到了常人望尘莫及的成功。这些在他看来都不过是人生的一个过程。他的抱负，不是穿越大海抵达彼岸，而是成为一个"海"，包容所有的风与浪、成与败。那天第一次见到他，他的大海一般的沉静，给了我太多震撼。他似乎没有讲太多的话。这样的相认与相处，犹如一种阅读关系，并不需要太多讲述，精神的汲取与理解是自然而然发生的，不刻意，不夸张，不迎合，甚至也不拒绝。我从他的身上看到了我所向往的那种境界，我希望自己也能活成那个样子。

我知道有些东西是不必行诸文字的，那些最深的爱，那些最真的牵挂，那些最值得珍藏的秘密，还有那些关于明天的忧思，它们是与所谓表达无关的。

一些没有写到纸面的文字，被刻在了心上。

一些没有说出口的话，被那个渐行渐远的人听到。

风从海上来。无字钟随风而来，它并没有铭刻任何文字，只是向世人呈现了锈迹斑斑的样子。作为一个旁观者，我从一段传奇与一段现实的对视中，看到了既不同于传奇也有别于现实的一种东西。我说不出它究竟是什么。我听到了无字钟的声响，它曾被大海的涛声湮没，如今越来越被辨析出来。无字钟以及它所携带的历史，并没有被世人理解，他们以为这不过是一些奇遇而已。围绕这口钟所发生的那些事被记录下来，若干年后有个人从浩繁的史书中读到，他的心"咯噔"了一下。

无字钟以"无字"的方式说出了它所亲历的关于这个世界的秘密。它带着时光的斑斑锈迹，来到你和我的面前。

它说出了那句古老的话。

李万华　射干，重楼

一

夏初，峡谷两面的高山上开出蒙古绣线菊，远远看去，山坡似乎罩一层蒙蒙白雾。这些高达两米的灌木，枝叶扶疏，造型质朴，白而细碎的花开出来，裹在横斜的瘦长枝条上，繁密如霜。我已经许久不曾近距离看它们，都快忘记花朵是何模样了。车在高速路上来去，每次都凝神窗外，甚至扭头回望，希望能看清它们。然而它们在车窗外移动时，始终只是大片的白色剪影，仿佛无数看不清眉目的白衣士人，衣裾飘飘，清气散逸，正在背身离去。

有时，那些弥漫的白色花朵之间，会夹杂一些开红花的植物。高原上，我所熟悉的植株较高而开红花的山野植物，除去头花杜鹃、百里香杜鹃，便是扁刺蔷薇、红花岩生忍冬和柳兰。头花杜鹃和百里香杜鹃不会开在这些山坡上，这一点常识凭经验便能断定。扁刺蔷薇枝形散漫，容易长成庞大繁茂的一团，但它开出的花，异乎寻常的稀疏，从远处看，肯定见不到。红花岩生忍冬枝条柔韧，通常又是细弱一丛，即便开出花来，也会被其他灌木遮去。至于柳兰，它喜欢长在湿地水畔。还会是什么呢，猜不出来，便想爬一爬那山坡，爬不上去，站在山底仰望一下也好，或者，从峡谷底部蜿蜒的普通公路上走一走，也不错。

从未付诸行动。觉得还有机会，这次错过，还有下次，时间总是稠密，菜畦里冒出的萝卜缨子那样，被虫子咬掉几片，被冰雹敲碎一些，都不足以慌张。然而时间很快过去，冬尽春来，夏去秋又回。深秋时，山上植物仿佛又换作另外一层。带刺的小檗突然多起来，红叶漫开，果子一簇簇挂起，颜色比叶子还要深浓。小檗枝条本来就是红褐色，现在，它通身浓艳，紫气东来。占据山坡主要位置的白桦和青杨，叶子明黄如小号嘹亮，它们铺开，满山金甲。而那些生长在沟壑的祁连圆柏和青海云杉，针形叶子罩上墨色，使得沟壑愈加成为深渊。

如果跑得勤快，两星期便要在峡谷中来去一次，两年多过去，算下来，也有五十多趟。次数变多，景色便熟悉起来，知道哪一座峰下隐有村庄，哪一座峰顶经幡飞扬，但爬山的愿望始终不曾淡去。那年逢大雪车不能行，等待的间隙，打开车窗，用手机拍下几张照片，是积雪覆盖的山峦与树木，不见水的河流，以及一方寡淡如白水的天空。将照片放在微博，加一句话：唐公主经行处。

当年那位进藏的大唐公主，就是穿过这座峡谷，自平畴沃野的古都进入茫茫草原的。

二

老大夫家，我拿出自带的签字笔，在一张张印有“湟源县东峡公社卫生院”字样的处方笺上写下药方。许多中药名，都是第一次听说：徐长卿、威灵仙、山慈姑、木蝴蝶、桑寄生、七叶一枝花（有时叫重楼）、仙茅……有些字不确定是哪一个，就听老大夫解释：神仙的仙，茅草的茅。黄芪和炙黄芪经常用来配伍，好多次都被“芪”字卡住，不好意思问，便在开药方前，先将“芪”字默写一遍。

半身不遂的老大夫原在省城一所社区卫生院坐诊，慕名而来者不绝，生病后，回到县城老家休养。每一次见他，他都坐在炕上，身后垫着被褥。白发短而硬，寡言，如果说话，言辞简短，目光稍稍有点迟滞。我对植物感兴趣，开药方时经常就一些草药问东问西，他从不厌倦，耐心说明。中医大夫都是一肚子花叶根茎，让人觉得亲近。有时我也给老大夫描述我熟知的草药：柴胡、白及、秦艽、款冬花、沙参、防风、黄精……早春挖出的款冬花苞叶淡紫，形同含苞的玫瑰，开花季节却绽放出色如蒲公英的黄色小花，不可思议；秦艽的根总是向左扭结成一团，我们称其左扭根；柴胡开花染黄一面山坡；防风看似白色的小花，在相机的微距下其实有粉色边缘……

虽然药方我自己写，还是很认真地写上姓名、年龄、日期。有时，在处方背面备注一句，比如感冒，比如腹痛，比如咽喉发炎或者胸部骨骼疼痛，比如失眠。也写老大夫建议的一些偏方：比如解药物中毒，嚼一口肉桂，喝一勺香油，吃一勺白糖；比如治疗失眠，睡前用茯神煎水，冲一枚蛋黄服下。还有时候，记下准备给老大夫要买的药，华佗再造丸、脑心通、人参再造丸，因为每次去，都习惯给老大夫拿点营养品，抓只鸡，买点药，或者给老大夫的孙女买些学习用品。记得有一次，我曾网购一套内衣，送给老人。还有一次，从超市买了些袋装零食，让老人消磨白天的漫长时光。

每次开完药方，都会喝一杯老大夫爱人煮好的茯茶。茶色总是深浓，盐和老姜之外，加入荆芥。荆芥是一种散发浓郁草药味道的植物，放在有咸味的茶水中，显得怪异，不过喝过几次，便也觉得理所当然，觉得这粗梗糙叶的黑茶只有这样才显得狂放。喝茶时闲聊几句，老人的家世和孩子就业都有所了解。老人的母亲曾是民国时期的小学教师，镶了镜框的黑白照片放在柜子上，里面的短发女子优雅温婉。算是书香门第了，到老人的下一代，却有两个孩子跑出去打工做粗活，只有一个儿子坚持当教师。常常为老大夫的医术没有被孩子们继承而遗憾，想来老人也应该心有此憾，却从未听其惋惜感叹。

临走，想帮老大夫躺下，但老大夫总是说：我自己来。从未说过再见，我们都明白，最多两星期，或者三星期，我们会再次见面。因为这种肯定，我们去看老大夫之前，甚至从不打电话，尽管那是几十公里的路程，来去一趟得花去多半天时间。离开时，趁老大夫不注意，将准备好的处方钱放在桌子上，通常是两百元。一直没问过其他病人，一张处方留多少钱。起初，老大夫不收钱，后来见我们一直坚持，便不再出声。

那些药方，抓药之后，由我自己保存。我给它们编号，按顺序整理，收藏。不止一次，我想，说不定这些药方将来又有可用之时。

三

起初，老大夫开出的药方大而猛烈。下猛药，以毒攻毒，然后慢慢调理，我自然明白老大夫的用意。每剂药配伍都在三四十味以上，每一味，又都在二十到三十克之间，有一些甚至大到六十克。药剂量太大，普通的煎药罐装不下，便用早年的搪瓷盆在灶上煎。木鳖子和龙葵毒性太大，需要先煎三小时，将毒性挥发一些，再加入其他草药。木鳖子的剂量从五克开始，五克五克逐一增加，直到第六个药方三十克。木鳖子扁圆形，灰褐色，光滑，如果剖开，里面乳白色果仁稍带苦涩。一粒木鳖子大多在一克左右，每次煎药前，将五六粒木鳖子拣出，拿在手中把玩，有儿时午后在阳光下玩石子的感觉。

吃到第五个药方，已经能明显感觉到木鳖子的毒性，唇舌发麻，恶心，身体打战。老大夫交代过解毒的方法，嚼一口肉桂，喝一勺香油，吃一勺白糖，尝试一次，比喝药还难。嚼肉桂可以，小时候过节，大人煮肉，先拿一点肉桂施舍给小孩子，慢慢嚼，品其甜味，但香油实在喝不下。我平时饮食就清淡，受不了食物油腻，要一大勺香油直接吞，怎么都办不到，于是放下解药不吃，等毒性自己散去。胆子也是大。想一想，正因为胆子大，在长达八个月的医院治疗期间，在每次被一针打倒之前，还能盘腿坐在病床上，重读插图版的《水浒传》，背《金刚经》。到第六个药方，木鳖子的毒性已经达到耐受极限，每喝完药，不到十分钟，便会全部吐掉。一直记着医院里大夫叮嘱的话：吃下十口饭，吐掉九口，只要还能吸收一口，就要吃。因此明知药物十分钟后会被吐掉，还是坚持喝下它。一个药方抓六剂，一剂药喝两次，如此便有十二次，都是喝完药，一动不动蜷在沙发上，等那十分钟的吸收。

有时候，十分钟根本算不上是时间，它不过是一个挖空心思编造的谎言，是一回聊胜于无的玩笑，是一次摔碟子砸碗的暴躁，是喝一口汤就一口馒头的平淡凡俗，但有时候，它就是时间的核心，是时间的重中之重。“二十年没有多长，不够我们脱胎换骨，只够我们世故些、困顿些、幻灭些”，钟晓阳写人生哀伤，从未将十分钟看成是时间，然而就是那短短的十分钟，足够另一些人彻底地脱胎换骨。

也有一些药，灵活，不固执，可以稍作调整。马勃是一种圆球状菌类，野外山林随时可见，幼时白色，据说可以食用，一旦老去，外包变成褐色，虚软如棉花，用手指一弹，褐色粉末状孢子自圆球顶部小孔散出。煎药时不小心触破，大量褐色粉末喷出，熬出的药汁黏稠黑褐。实在不想吃，请求换一味药，好脾气的大夫就用射干将其代替。射干是一种有传说、有文字记载的草药。荀子认为它是一种树木：“西方有木焉，名曰射干，茎长四寸，生于高山上，而临百仞之渊，木茎非能长也，所立者然也。”葛洪也认为它是一种树木，千年之后树液成人血，取血涂于脚尖，涉水不沉，涂在鼻梁，潜水时水会自动分开，而一旦涂在双耳，则可隐形，出入宫殿。在另一些著作中，它又是一种类似狐狸的小兽：“青黄色，像狗一样集体活动，在夜晚嚎叫如狼。”它们会爬树，会窜入市镇找寻食物。我对射干充满好奇，不知作为药物会是什么模样，查资料，原来是鸢尾科的一种，花似萱草，却比萱草纤秀。然而实际上，药橱里的它，只是一种普通的植物根茎，有点像大黄。

因为常用的几味药有毒性，无法在正规医院买到，每次都是拿着药方去一家私人药店抓药。私人药店的药，进货渠道灵活，好几次，我看到柴胡就是那种挖出来晒干便拿来卖的样子，根茎裹一层黑泥，煎药之前得一点点掰掉。老板解释说，柴胡秦艽这些当地药材，来自寒冷高山，比外地进来的药更好些。也许吧。老大夫曾说，一定要对所吃的药持有信心，一旦怀疑，就立即停掉。这多么像疑人勿使，使人勿疑。

四

在老大夫家，时常会遇见另一些病人，他们同样由家人陪伴，辗转而来。都是身体羸弱之人，病痛是他们体内的吸血鬼，吸走了他们的所有精华。我们偶尔说几句话，要么王顾左右而言他，没有一个像样的话题，要么直奔主旨，却在关键处保留隐秘。在病痛面前，最自尊的人，未必是那些绝口不提的人，随便一说的，也未必是豁达之人。

这也是一群被赶到悬崖边上的人。没有一个人会傻到站在悬崖边上还继续前行，面对深渊，反戈一击是正常反应。然而他们用来反击的，不是刀枪剑戟的十八般兵器，不是羽扇纶巾谈笑间的智慧学识，而只是没有任何选择后的孤注一掷。已经是得无所得失无所失了，还有什么可值得去挑剔，既然风云暗淡，前路茫然，回转身，徒手一搏总比束手就擒解气。

在这个问题上，西医和中医始终不能面对面平心静气地说话，我因此在西医面前不说中医的话，在中医面前，也不转述西医的看法。可我确实游走在两者之间，看中医时相信中医，看西医时相信西医。西医带了更多的科技成分，是数据，是精准的学理分析。人体在它面前，是细胞形成的一堆组织，可以切割，可以剥离。西医的治疗因此冷冰冰的，箭镞一样，直射标靶中心。西医因为直来直去，可供选择的路径明确在前，一种方式一旦失败，另一种方式须挑起全部重担。中医不一样。中医面前，人体不仅是一团血肉组织，还是五行之秀，是天地之心，有阴阳，可运化，中医因此讲究四气五味、八纲辨证。中医的治病方式如打太极，迂回萦绕，曲径通幽，从隐秘处着手。中医扶正固本的治疗需要时间，比较下来，西医在治疗时间上拥有优势，对疾病没有耐心的人，选择西医是一条愉快路径。然而，并不是所有的疾病都可以停留在时间线上从长计议。

原先，我还坚持自己的做法，西医为主，中医辅助，无非是在争取时间的同时，不放弃从根本上解决问题的可能。后来，逐渐演变成一种无可奈何的策略：西药的毒副作用大到身体的耐受限度时，改用中医缓和；中药吃到某一天突然生疑，继续西药。如此反复，直到某一天，主治大夫质问：为何如此迷恋中药？

迷恋是日夜沉溺，是陶醉，是哪怕暗度陈仓也不放弃的一厢情愿，而取舍是犹豫，是衡量，是你我双方一时对立一时妥协的委蛇。

不论中医还是西医，大夫的良苦用心我都明白，然而身体不配合，如之奈何。我们的善于妥协于意志的身体，只有在疾病面前，才会与意志分割开来，显示出独立性，或示威，或反抗，或孤傲地一意前行。也只有此时，意志的无能为力才暴露无遗，它连讨好身体的机会都没有，徒留叹息。所以很多时候，朋友就西医中医的选择问题提出疑问时，我都不出声——有时候，选择不是凭理性就能决定的。

能抉择是一件值得炫耀的事，是一件天地都显仁慈的事，是一件九万里风鹏正举的事。那些失去抉择后的路，那些人，不管看上去多荒谬，都需要尊重。

五

老大夫曾经叮嘱，万不可将停药时间拖到三天以上。凡事不过三，大约是一个俗成的限度。然而我不愿每一天都守着家，眼睛盯着墙壁，如囚犯。我是四季冷风中长大的人，出入于山野，草木为玩伴，如果能逮到一个外出的机会，自然不放弃。外出的日子不能太长，便将日期缩短到六七天。六七天也算阔绰，天风海雨，玉宇琼楼。于是每一次外出，欣欣然将药当作行李，走到哪儿煎到哪儿。如果外出之前，恰好去看老大夫，为携带方便，老大夫也会酌情减小药量。陶瓷的电药壶带起来不方便，每次都在所到地随意买一个。这样，每次外出，一到宾馆，放下行李，先去买药壶。有一次在苏州，闻着满街的桂花香到大润发，买到一个古画色墨的电药壶，喜不自禁。药壶质量好，煎几天，临走舍不得扔掉，找来报纸，层层包裹，塞进行李箱小心翼翼带回家。

2017 年 12 月底，因为贪玩，和朋友跑去南方。行程乱，估计其间还有逸兴遄飞、欲上青天之类不明智之举，想煎药不方便，胆子再次一撑，只拿些中成药出门。冬季的南方，红花还在树杪，白耳鹎和乌鸫飞来飞去，空气里许多水。氧气充沛，睡眠足，吃饭有滋有味，兼一位老友要看，香港、澳门、深圳、东莞等地走一圈，八九天过去。回到高原，逢流感暴发，被击倒卧床，竟有一个多月没去看大夫。

等到再爬起，拎只鸡，买了药，穿过湟源峡，去看老大夫的时候，老大夫的家门却怎么都敲不开。徘徊在门口，看到旧年的红对联已经撕去，折叠的轮椅不见踪迹，将耳朵贴近猫眼，听不到任何声息，打电话，电话关机，到楼下院子，只见枯草积雪。

后来跑去药店询问，老板说，老人流感咳嗽，一口痰出不来，咳痰用力过猛，脑部血管破裂去世了。

回去时已是午后，冬日的阳光弥漫整座峡谷。夏季的草木一旦枯去，峡谷便显得空阔。望过去，山顶旧塔依旧影影绰绰，一两粒雀鹰盘旋其上，天蓝出一种旷古幽深。山坡背阴处的云杉依旧如墨团簇簇分明，白雪在枝下，是一点点耀眼的孤清。河谷杨树未经剪伐的枝杈笔笔萧疏，鹊巢在上面如累卵。那几家庄廓还在山脚，屋顶的电视天线和热水器反射出几点银白亮光，围着槿篱的菜园全是荒芜。坐在车里，感觉不到风，太阳光偶尔在窗玻璃上聚集成束。古琴曲《神人畅》中若有阳光，也该是这样吧。伸出手，触到的却是冰冷的玻璃。任汽车在峡谷疾驰，一句话都不想说，脑子里反复的，全是雷蒙德·钱德勒在小说《漫长的告别》中的那句话：说一次再见，便是死去一点点。

想不起最后一次去看老大夫，临别时说的是什么话。老大夫则微笑着，目送我出门。

原来，所有的见面，都是为了告别。

苏轻评　栗园暮雨

栗园暮雨

流落着，居然到了栗园。以前的栗园，现实的栗园。夏日的云，的确丰富。深蓝、墨蓝色的云，一团、一道、一片、一绺，这些大有深意的云，拒绝象征，大道至简，在云之中，云雀闪电般飞过，一些风微微吹来，便是每日短暂的雨。雨使得栗园更加诗意浓深，饱含离别的情愫，异乡的人终日站在栗园，看云，看雨，看园中万千栗树栉风沐雨。

前日的雨下得时间长了些，已是暮色中了，黄花与油蛉是我为其命名的两条狗，就卧在我的脚边，它们看大门外有了动静，运输四轮平车开着进来，它们就跑过去看看，然后又回来。而这个时候，小雨点打在土地上，打在园中的苗圃上，栗树发出雨的呼啸。黄花大，带着油蛉一起回到门厅外，它们避雨的最好的地方。我读了一会儿书，雨开始滴落时，早已收好书，回到厅内，栗园外是一条窄的公路，仅两车道，要步行至镇上街里，不远，但经常被大卡车逼至路侧土道上，很脏，兼下雨，更是不能出行。栗园，真成为我的最后屏障，在这里，长时间地整日地看外面的雨，看天空的云，看着暮色渐渐袭上一缕乡愁。

栗园周围全是栗树，野生的，浓密而且旺盛。这个时候，绿色的树叶遮去小小的雏果，到秋天才能成熟。万千栗园有各种动物在奔跑，有村中人的坟地，有各种飞鸟的歌唱，有昆虫细心地维护着洞穴，而栗园中间，这个居住人的小院，早年是一所学校。我住的屋子便是教室边一处小屋子，窗子被铁皮挡住，透不进光，我一般夜里才钻回去睡觉，而这个现代化的厅堂便是我长时间看云看雨的地方。没有雨的时候，我会走到院中，杂草默颂，红墙残瓦，废弃的过去展览般提示我岁月的痕迹。你来自远方的电话，是我与现实唯一的联系。栗园的一切，将我置身于植物与动物的天地。

深居不出，我确实带着《金刚经》，每日诵上一段，僧人般修行缄默，诸相非相，诸法非法，我时刻意会着，这是深山老林，这是隐世独自。伴着我的，是万亩栗园的树木，等待着成长与结果。

院中的大门里，是三棵高大的树，一棵是核桃树，阔叶遮盖着光阴，让院中充满往昔的气息，另两株年轻一些，是杨树，瘦，且高出别树。我偶尔会走到树下，一般是阳光初晴的时候，几只蜻蜓的鲜红，夺目地飘扬来回，夏日的色彩令人安静，令人生出美的所有想象。我可能还在怀抱着诗歌，怀抱着绝世的孤独的情感。简衣素食，栗园还我一个清静的田园，仗剑飘零，怀沙哀郢，且吟且书，寄挂山水。我的空间在天边，我的空间又在此刻。安静极了，安静，静。

苔痕上阶绿，草色入帘青。可以调素琴，阅金经。

昨日的雨是暮雨，急促，零乱，打在栗树之上。夜色悄然，万籁俱寂，得到一卷宣纸素笺册页，趁旧帖，我想着《与山巨源绝交书》，用骈体，这久已为人弃绝的方式，描述栗园的生物，描述这一段旅途客舍，描述我的闲静与盈实，细细告知你。栗园以放纵，给予着我。它甚至忘记了果实，忘记了寻常人们的世俗。

零落成泥碾作尘，只有香如故。

采莲南塘

兴致所至的造访，在此刻真属不易。我到的时候，画室早已茶香四溢。喝的是乌龙芽尖，一众正簇清洲师说禅。盛夏天，一墙刚刚写就的莲花，兀自开放出冯画家的禅心笔意。这些画或刚刚成就，或正添重墨，不染一尘，剔抉蜂蝶，安静地，把画室渲染出一个宁馨远达。

我与大家说到最近读经，说到无着相。诸法皆空，空中无色。自然，说到荷花、冯先生的画、这个 7 月、荷与佛的清洁。

下午的时候，又来几位好友。这一次话题居然从邢台浆水镇的中国人民抗日军政大学陈列馆说到抗日战争，可能是因为 7 月是卢沟桥事变发生的时候。说到当时的国民革命军，说到一个远隔现代文明的当时中国，怎样成功地走向国际社会，在战争中，赢得全世界的关注与支持。如此，我们的话题也就有些随性，说到太行山的抗日，说到武汉抗日，说到长沙保卫战。说到一个抗日战争中的话题：汉奸。是的，一个很大的国家，一群正在坚定信仰的民众，时刻应该有自己的判断，是非判断是极其要紧的，也是现如今网络时代极其脆弱的。这样地说着的时候，有人便又提到荷花，指着满室的画作，说荷花的一尘不染，说它的出淤泥而不染。

进入7月，莲开圣心，蓬结沉果，自来文章，其最为宋时周敦颐先生的《爱莲说》："吾独爱莲之出淤泥而不染，濯清涟而不妖，中通外直，不蔓不枝，香远益清，亭亭净植，可远观而不可亵玩焉。"

南北朝时期的民歌《西洲曲》，为清华《荷塘月色》名篇注引。这民歌原来是情歌。

我们选择的酒馆也正好是这座城南端一个大院式的餐厅。院中有一荷塘，我们便称其为南塘了。继续酒话，居然说是采莲。采莲南塘，那一晚，来自法国的地道红酒，居然把我灌醉了。真是莲意。大家说的都是当下的爱怜之意啊。

次日，老师来电话询问究竟，我回说已安然。想起去年在大开元寺，院中也有一南塘，莲花7月正好。可惜今年7月想要采莲，要到别的地方去了。

好在哪里都会有一塘青莲，7月的荷花。哪里，又没有南塘呢！

路边木槿

翠峰山上得过几回，都在多年前了。盛夏再入此山，全新的芬芳扑面。雾氤氲，水潺潺，林深几许，野花奔放。下榻翠峰宾馆，木槿花绕着小路，直送我至楼间。这乡间温情，这脉脉花语，这些年遇的野蛮人事加多，却更增添我见花落泪。静下来，听鸟鸣山涧，随身带的几本书也更逸幽古之情。

《宋代笔记》已读至七卷，宋这个时代居然能产生这样多的知识。笔记是个人化的，体现为闲散、日常，更贴近于文学与人性。这一次在仔细读到苏轼之后，偏于读欧阳修与王安石。欧阳修的自恋情结属于中国文脉中读书人共有的巨大倚重，他从来没有像别人一样怀疑过文心，也由此而自然树起宋代文人的中心审美，属于旗手。雅，净，清。读着笔记，强烈感受这一种格局的缺失，是生活的粗粝使然。中国历史上向来有坚持才学而为世诟病者，此刻的苏轼便是。能有"早生华发，人生如梦"的深刻感喟，实在得益于生活给予的苦难。换到佛学层面，便是度一切苦厄。欧阳修显然回避了这一部分，或者是他故意为之，就没有到了尼采说的"用血写就的诗"一般宏重交叠。清幽自然高妙，但激越更属于生命。文学在很大程度上是悲壮显出崇高。优美则是另一种宁静。

而王安石便得意了许多。游褒禅山如何奇秀雄险，都不及石钟山的家仆己身。王安石与苏轼在政治主张上有分歧，并且以王安石的观点得皇帝点赞而终结。史书上关于改革家一条自然是王安石为重，但纵观中国古代史，犹不及商鞅使得秦合六国而统一。倒是成就了苏轼在文学上的沉郁顿挫，一代大家真正擎旗。

苦难，是为现代人误读的战国时屈原的，是被现代俄国流放的蒲宁的，是遭禁闭的帕斯捷尔纳克的。

取一卷来院中花丛下读，伸过来的是木槿。白色、粉红色、紫色的木槿花，平常，闲散，像一卷笔记，与我亲近着。疑心这花也是千百年间的血液浇灌过的。在山中半月之后，有一天，山主带我出去拜访一商界朋友，这一带我们走了一段不太远的高速公路，居然在高速公路边，也摇曳着夏日进入伏天的木槿的浪漫！

读书知草木。在一个没有了书店的城市里，如同在山间长居。这一次拥书静读，更加珍惜夏日的草木，也更加在意始终爱着的木槿花。

夜宿松林

元代刘贯道有一幅《梦蝶图》，世藏。那画中卧榻居中，人物横躺，松叶遮阴，一派宁静。这一次，待得鱼童领着我从山前入寺时，师父早已为我安排了起居用处。礼拜之后，小居偏处，一扇南窗映进初月，夜就这样来临。古寺静谧，山间偶有巨鸟的鸣叫，声裂长空。随即，一场阵雨便激切注下，雨珠打在树叶上，狂飙般，又迅疾，片刻，雨霁。

雨搅到我的梦，无法再睡。起身，真想出得门外观山，又恐冒犯佛家规矩，便坐起，推窗纳风，不敢开灯，开灯容易招蚊虫进窗，就在月白夜，凭窗察月色与山貌，领受古寺之生活。这样枯坐看窗外约两个时辰，忽鱼童敲门而入，原来是他在我隔间，听我动静，知我未曾睡，便开灯，是将白日里师父给我的七八卷经书，送至我案前。也不留驻，他简言几句，就退去。好，照他所嘱，我可以夜读经文，不违平素夜猫子的恶习。

读到《指月录》，洞山良价禅师随云岩师学法，有一天，当家和尚出去游石室，拜访石室禅师，回来后云岩师便问他：你去到那边没去多远，怎么就回来了？这个当家人无法回答，洞山良价就出来代为回答：那边已经有人占了，所以回来了。云岩仍对当家和尚说：那你还去干什么？洞山说：不可人情断绝去也。就是说，有人也要看一看，不要断绝了人情嘛。

曹洞宗对禅宗的兴起传递功莫大焉，日本的佛教基本是走曹洞宗一路。指月，本是寻光明。在今夜这山中古寺，别有意味。

搁书再观窗外，白夜，山中松林森然，风处有松涛起伏。松是树中伟丈夫，高岸仁德，此刻，窗外松林越千百年的古朴劲力，慈悲万物，月沐松，松报月，如母子般情深，何处无情，何处能断绝？山壑从容，松静松动，一山巨松早已将古寺围成指月的擎伸。我知道，这子夜，雨露葳蕤，百草生长，松林以万千慈悲给我以般若。

何时睡着，竟不觉。前几年身体状况下降，睡时鼾声大作，力避而终不大见效，今夜，把心搅扰寺中千年安静，侧身又不忍睡，就如此，松林之下的夜窗未闭，松香伴着雨后的清新。被晨间的扫院声惊醒，才知道师父进来过，给我加了一层薄毯，盛夏日，山中还是清凉浸身。而月亮，是要退去了。

这一夜，古寺，山中。

这一夜，松林，雨后。

合欢昼夜

这一次，无意间走进芙蓉镇。三十多年前，谢晋导演的电影《芙蓉镇》，由刘晓庆与姜文主演，是根据古华的同名小说改编的。我们白天在芙蓉镇漫逛，晚上便想办法找到这一部旧电影，在朋友的豪宅庭院里放了一场露天电影。一段不久的历史，一段真实的惨痛的历史。谢晋导演的电影语言激起大家对经典的赞叹，而二十世纪八十年代这样一批电影，一批揭露"文革"罪行的文艺作品，却悄然间，不知什么时候渐无消息了。张贤亮的小说《男人的一半是女人》《灵与肉》，其中，《灵与肉》同样被谢晋拍成电影《牧马人》，朱时茂与丛珊刚刚出道，就演绎了一对患难夫妻，成为中国电影表演的无出其右者。还有从维熙的《大墙下的红玉兰》、马烽的《泪痕》……光说电影，就有《天云山传奇》《巴山夜雨》等一个系列，这个系列曾被列为"伤痕文学""反思文学"，一批在浩劫中幸存下来的"右派""现行反革命"，用劫后余生，把生命中被无辜夺去的时光，把一生的屈辱与痛苦倾诉于文学艺术。中国的文学艺术也在其时出现"井喷"式的繁荣。这繁荣非但没有影响经济发展，更是刺激经济腾飞，使古老中国从落后中抬头，以开放的胸襟拥抱世界。

什么时候起，我们的"伤痕"结痂了，忘疼了？什么时候起，我们不愿、不便，或者不能反思了？

朋友其实是当年的学长。他安排我们住的地方，外面是一条小街，街边是一株株合欢树，夏日粉红色的绒花，装点着这座小城略带梦幻的天空。每到夜里，我总习惯一个人在这条街上散步。合欢的叶片白天张伸着，到了夜晚便合拢了。这种美丽的植物，似乎比人更懂得作息。当它们在夜晚闭合的时候，也会对白日里的种种进行反思吗？

“月儿把她的光明遍照在天上，却留着她的黑斑给她自己。”这是印度诗哲泰戈尔的诗句。冰心当年读到时，爱到惊奇，她担心再译会毁了其中的诗意，固执地沿用了郑振铎先生的翻译版本。我上学的时候，书店哪里像今天这样什么书都有。在异地一位老师的家里读到《飞鸟集》，也是爱到惊奇，用一天时间，把全书手抄在一个笔记本里。而这位老师的《飞鸟集》是二十世纪五十年代的版本，正是郑振铎先生的翻译，“文革”中被红卫兵抄家撕毁了。是八十年代以降的新时期，落实政策，送回部分没有散佚毁弃的书籍，包括这一本撕毁成四半的《飞鸟集》。书的主人含着泪，一页页重新糊好，才得以有我的阅读与抄写。我想象不出，今天的读者，是怎样随意从书架上取出《飞鸟集》，审慎地挑剔它的商业价值，侥幸列入自己书单的呢？

就在早餐时，与学长说起我的《飞鸟集》情结。学长初时很轻松，继而凝重起来。他的观点是，现在人们在追求“现代”，人人都唯恐自己落伍，纸质书已过了黄金时期，中国人据说都开始阅读手机小说了。诗，已经与“远方”绑定一起，成为“梦”一般的物事，都属于边缘化的非现代遗留了。

我又走在夜间的合欢树下。莫非，我们的反思真的早已到家了？莫非，也只有像我一样的“遗老”，才会偶尔取来巴金的《怀念萧珊》，孤独地读上几行？

是谁，真的在笑话，笑话落伍，笑话伤痕，笑话反思？是谁，能把诗与远方绑定在一起，从喧嚷叫嚣中拔出，又掉入铜臭的泥淖中？是谁，失去了历史与族谱，却玄谈国学，自以为是，随意地妄评天地呢？

人，在很多时候，在更多时候，没有“道法自然”。这几天，我一次一次徘徊在这一条南地小街，芙蓉镇距这里实在不算远。街边是一株株合欢树，合欢的叶片，白昼时张伸着，吸取着阳光与氧气，土地与雨露，而到了晚上，叶片就自动合拢。我想起一些诗句，比如“人有悲欢离合，月有阴晴圆缺”，更多地想起的是大自然，这伟大的大自然，不断给予着人类启发。

月照枇杷

在扬州，从新月到渐圆，每晚，我在房间窗前，会听到枇杷的倾诉。微风轻掠，夜色如醉，院中的枇杷带着久远至古老的情愫，把对月亮的爱恋，歌唱到恸哭。一开始我就听出无望，听出微弱的心思，听出终生不渝，听出只有爱才会产生的唯一的馨香。

满院枇杷，一株一株，长在阔大的小区院里，她们互相独立，互相应答，把日光给予的成长，用来进行夜晚的爱的倾诉。浅黄色至深黄色的果实，同样浅黄色至深黄色的月亮。这些枇杷树，学会了躲藏，把浓烈的爱情，藏进密实的满树叶子里。一丛一丛，从绿叶中微露出害羞的黄果。每晚，月亮总是把柔软的光，投在这些黄果之上，空气中弥漫着甜蜜的气息。

世界总是这样美好。美好得能够遮掩去一切丑恶与不幸，美好得只有夏天，没有了四季。树叶径自歌唱，随风低吟，把果实的心愿，洒向大地。

这是扬州一处居民小区，朋友亲接，约我至此，安排一应生活。安心地，在这里，居处到忘记读书。屋内是一盆兰花，枝条纷披的铃兰，夜深时仍然潜心生长，也偶尔出神地似乎在与我交流，我的内心，是兰一样的清洁与宁静。每天朋友会过来一会儿，他怕我寂寞，但说的是想与我谈事，我们的确无话不谈，时光会悄然地，在兰花的宁静中滑去。

想到这是流亡的日子。像普希金说的，“在绝望的忧愁的苦恼中，在喧嚣的虚荣的困扰中”，但是，枇杷映月，令我安然，听到久违的热切，听到人间至爱的情谊。纷纷的小声的嘟囔，在我听来都是低唱，唱着我生活中一直稀有的爱与关怀。

没有带太多的书籍，没有带音乐，没有带更多的换洗衣服，在扬州，朋友说，扬州，慢，这里还没有通动车，但谁能说扬州不是最现代的中国。它有承接，它有传递，它的承接与传递是树叶完成的，是从古老的土地上，从古老的树叶间完成的。广大的植物，杂树生花，我在夜晚，听着枇杷微语，微风轻轻吹进窗户，朋友微信说，明天要偕我去高邮乡下采鸭蛋。

二十四桥明月夜，玉人何处教吹箫？

江子　乡医

一

在过去，做一名乡村医生是一件非常体面的事情。他们衣着整洁，手指干净，说话轻声细语，总是一副若有所思的样子。因为掌握着村庄所有人身体的秘密，和对病痛极尽救赎的努力，他们备受村里人的尊敬。他们用胸前吊挂的听诊器给病患听心跳，拿着注射器穿行在一群病患中的样子，显得威严、慈悲，同时又有点神秘。比起普通庄稼汉来，他们身上有一股特别的气味，那其实是消毒水的气味，但这种不同的气味，更有利于塑造他们在人们心中的形象，增加人们对他们的尊敬程度。

我的外祖父就是一名乡村医生。他最擅长的是针灸，据说有过三根银针让人起死回生的事迹。听我母亲讲，他年轻时是个泼皮，不事稼穑，喜欢赌博，爱和人舞刀弄棍，与不少人结下梁子，方圆十里人人避之唯恐不及。但后来他学了医，在赣江以西的形象顿时变得好了起来。他去世的时候，前来送葬的人将他们村——离我家三里路远的积富村——原本宽敞的祠堂挤得水泄不通，完全是仁厚长者才配得到的礼遇。我的外祖母扶着棺木大放悲声，所有人都听得出，她哭声里有着作为功德圆满者家属的夸饰和满足。

我们村——赣江以西一千多口人居住的下陇洲村，曾经有医务人员六七人，这在故乡方圆十里都是十分显赫的医疗配置。药房里抓药的是村里的高考落榜生罗小平和曾仁子。搞化验的是初中生杨树生。做护士工作的是医生刘水根的女儿刘春莲。负责给村民们看病的是刘水根、孔野德、富英三人。这三个人中，担任院长之责、整天乐呵呵的刘水根初中毕业，原在西沙埠码头做搬运工，后去赣江对岸水田公社医院学的医，修的是内科和中医，是村医院的院长，虽是半路出家，可还真是有两下子，我弟弟幼时因病休克，眼看着只有出的气没有进的气，他三下五除二就抢救过来了。我的祖母因此杀了家里的老母鸡设筵宴请了他，当然也包括医院里的所有人。最沉默寡言的孔野德是高中生，也是刘水根的徒弟，修内科和中医。有点龅牙的富英是产科和儿科，文化水平不高，她的医术来源于乡村旧郎中的传承，全村的孩子出生，都是她接的生。他们是全村人的亲人，也可能是不少村庄的人们的亲人，因为很多外村人都来我们村看病。人们对他们的称呼五花八门，叔叔伯伯爷爷哥哥姐姐不一而足。我从小就被长辈们教育说要叫刘水根、孔野德、罗小平为叔叔，富英为表姑姑（为何称为表姑姑我至今不得而知）。曾仁子在医院地位低一些，并且年纪不算大，但因为是本家且是我的爷爷辈，我被大人告诫称呼他为爷爷。

他们在村西头路口的一栋房子里办公。这所乡村医院有医生办公室、药房、输液室、化验室，可谓五脏俱全。化验室里有一台曲颈的高倍显微镜，适合全村人仰望。那是村里少有的几座公房之一，里面有一个天井，下雨天可以看到雨斜着往里飘落。它曾经做过村里的小学，我一、二年级就是在那儿读的，后来学校搬迁，这座公房就都用作了医院。医院公房旁边是礼堂，用于全村开会议事和村委会日常办公，相当于我们村的人民大会堂。医院挨着礼堂，足以说明它的地位。实际上，在村人的心中，它比礼堂还重要些。每天晚上，忙碌了一天的人们，都爱到医院扎堆，谈国家政策，谈天文地理，谈化肥农药，谈村里的家长里短，谈村外的生死离散。众声喧哗，烟雾缭绕，医生们穿着白大褂在人群中穿行（他们上班不分白天黑夜），仿佛一树树梨花盛开在山冈。

我的岳父周树保也是个乡村医生。他们周家村也有千多号人，离我们家八里路远。

他是二十世纪七十年代初开始学医的。他的老师是他的哥哥。我称作大伯的他哥哥因参军在部队当上了卫生员，复员回家后分配在赣江以东的白沙医院做了医生，后来还当上了院长。周家村看中了这条人脉，就让初中毕业的岳父去白沙医院跟班学习。岳父回来后就当了周家村的乡间赤脚医生。

大概是享受到了当医生的种种好处，不知从什么时候起，岳父有了构建一个乡村医生王国的虚妄念头。他的大儿子周秋明初中毕业没考上高中，岳父二话没说托了门路让他去隔壁县的卫生学校学了乡医。同样中考落榜的小女儿周三梅被岳父安排去了市妇幼保健院当医生学习助产之术。学成归来后她很快就成了阜田镇有名的乡村助产师。

我的妻子初中毕业考上师范当了老师。我的小舅子高中毕业考上了大学，成了广东汕尾一家石油公司的工程师。我想，如果他们没有考出去，按照岳父的逻辑，铁定也是端上乡村医生的饭碗。

岳父2012年决定退休，让我的大舅子周秋明接替了他的王位。大舅子性格原本活络有趣，可接手岳父做了周家村的医生之后，立即变得沉默寡言和老成持重。人们都说，他的神情与他父亲的完全是一个模子出来的。

二

我们村医院几个人的合作并非铁板一块。先是药房的罗小平再次参加高考考上了某中专学校，几年后成了一名乡镇干部。后来他当了乡镇党委书记，又考取了律师证，辞职赴深圳开了一家律师事务所，成了我们当地最乐于谈论的人物。剩下六个人继续抱团合作，终于到二十世纪九十年代中期也分崩离析。

解体的原因并不是他们之间有何矛盾，而是随着改革开放深入，村里的人们纷纷去了城市。他们或者去了省外工厂打工，或者带着孩子在县城租房子做了陪读。一千多口人的村庄，只剩下一二百人，病源已经不足以让他们过上体面的生活。再加上医疗政策发生了变化，他们需要共同面对变化带来的各种问题：医护人员须持证上岗，无证的富英表姑姑就不宜再从事医护工作（许多得自民间传授的医者也因此永远告别了医生这个行当），乡村医疗资源须优化配置，他们扎堆办公已经被视作乡村医疗资源浪费而不被允许。

他们搬出了公房。孔野德留在了村里，在自己家办起了诊所，病人不多，他只好捎带着在自己家卖起了小百货。刘水根和他女儿去了三里路远的西沙埠小镇坐诊。药师曾仁子也去西沙埠开了一家药店，除了卖那些非处方药，还兼卖春节期间乡人爱买来孝敬老人的各种补品。检验师杨树生为考乡村医生资格证做着准备，之所以要考乡村医生资格证，是因为他在这个行当混了这么久，不干这个，也不知道自己还能干点啥。

那座原本全村最为热闹的房子，从此陷入了沉静。一把不大的锁，让所有的繁华都成了往事。

小姨子周三梅与妹夫陷入了困顿。原因是农村合作医疗工程已经启动，病人们都选择去可以大比例报销的镇医院就诊，他们在镇上的诊所于是变得门可罗雀。眼看生计都成了问题，孩子也到了读书的年龄，周三梅思考再三决定断腕自救，用夫妻俩行医多年的积蓄在离家百里的市区购了一套二手房，把他们的孩子带到那里读书，自己用空余时间在小区做家政服务来获得收入。她认为就是在城里做家政也比在镇上当乡村医生强。妹夫胡冬根带着母亲依然在原地留守，继续捡漏般的给当地人看病，如此既可以陪伴母亲在故乡安度晚年，又可以静待乡医这一行时来运转。

我的大舅子周秋明也离开了周家村。周家村原有医生两名，因人口减少，根据要求，他们村就需要有一人离开，去别的没有医生的地方。另一名早过了天命之年，周秋明年轻，离开的名额就非他莫属了。

周秋明被分配去的村庄叫林桥。那是离周家村七八里路、离圩镇大约三里、离公办的乡镇卫生院五里的地方。村子人口不多，且附近几个村庄都没有乡医。公办的卫生院收费高，看个感冒呼吸道感染什么的刨去报销部分说不定自己还要掏个几十上百，还得走个四五里路，而到最近的秋明诊所求医可能只需要花销自掏腰包的那部分。这就给周秋明的生存留下了空间。不冷不热地，秋明诊所就这么开起来了。因为秋明态度好，脾气和善，医术也还过得去，没过多久，他就得到了当地人们的认可。

我的岳父仗着行医多年经验丰富，也常骑着电动车去给儿子帮忙，比如换个药、量个体温、打个针什么的。可是岳父发现那里的人们根本不信任他。有时候周秋明有事出门，患者宁肯在那里久久等着也不肯让岳父给他看病。岳父向患者介绍自己，可那里的患者还是不买他的账。这使岳父尴尬不已。他认为时间会改变一切。过不了多久人们就会接纳他，他将得到所有人的尊重。这是医生这个行业的特性。

可不久岳父就气急败坏地返回了村里。原因是他给一个年轻母亲怀里的婴儿打针，结果婴儿哭得厉害，那比他的儿女们都小得多的母亲怪罪他，用了赣江以西最难听的话骂他。习惯了人们尊敬的岳父深感斯文扫地，从此再也不肯登儿子诊所的门。

他的行医生涯至此宣告结束。

而不久周秋明就出了大事。行医其实是一件十分危险的事情，疾病的背后说不定就隐藏着魔鬼与死神。岳父与他的哥哥行医多年从未失手，但周秋明就没有他们的好运气。农忙时刻，有中年农民因普通炎症到周秋明的诊所就诊，周秋明按常规用左氧氟沙星给他输液。没想到不一会儿,他就出现了过敏症状。周秋明急忙对他进行抗过敏处理,并立即打电话向镇卫生院求助。

患者到镇卫生院没多久就咽了气。左氧氟沙星过敏是极其少见的事情,所以用药没有皮试要求。可该患者是罕见的过敏体质。这是十分少有的情形。周秋明吓坏了,连忙关了诊所跑回了家中。患者家属不多久就抬着患者已经九十多岁的母亲追到了周家村。她在岳父家的厅堂捶胸痛哭。岳父原本清静的家中顿时声浪滔天。人死不能复生,他们这么做,除了表达痛苦以外,还想借此向周秋明施压,要周秋明赔偿二十万元。

周秋明打电话问我该怎么办。他说县相关部门组成了调查组来查过,整个事件他的处理方式并无不妥。即使他躲在房间,可从电话中我依然能听出苍老的哭声、吵闹声、辩驳声混成一片。我说,办法有几种:一是按他们的要求赔款;二是咬牙扛着,等他们的精力耗得差不多了,再和他们谈判,参考全县以前同类医疗事故的额度进行赔偿;三是走法律渠道,由法院根据相关的法律条款来决定怎么赔和赔多少。你是医生,这一事故是医药造成,你也是受害者,法院肯定会考虑这些因素。

周秋明最后还是按死者家属的要求赔付了二十万元。他告诉我说,不是他不愿意扛下去,而是因为他是医生,看不得这位九十多岁的老母老年丧子的悲伤。这悲伤因他而起,使他有了强烈的罪恶感。钱没有了以后可以再挣,但如果这位母亲有个三长两短,他就会成为这个家庭十恶不赦的罪人。

出于治病救人的目的,病人却死在自己手里,多年的辛苦积蓄不仅化为乌有,还欠上一屁股债,周秋明沮丧至极。他重新回到林桥村,寻思着准备把铺盖什么的带回家。他想,经过了这么一出,医生这碗饭是吃不成了。他的事在当地被传得沸沸扬扬,不会再有人相信他。他想以后需要干点别的什么了。可是他错了。人们依然来到他的诊所寻医问药。他们纷纷安慰他说,那件事他们都已了解了来龙去脉。他们知道那并不是他的错,他们从不怀疑他的医术。他能给死者家庭赔偿二十万元,所有人都知道了他的菩萨心肠。把自己的病交到这样的好人手中,叫人再放心不过。

三

我们村的刘水根关掉了他在西沙埠小镇上的诊所,领着老伴投奔了他在省城当牙医的小儿子，选择在南昌颐养天年。想想，他已经是古稀之年的人了。他的大儿子是个博士，在广州从事科研工作。据人们的普遍观察，医生的儿女成材率普遍很高。我们村另一个医生孔野德的大儿子也是个博士，还是个留美博士。岳父家族中，我当老师的爱人与当工程师的小舅子，按赣江以西的标准也算是成了材的。这是不是岳父说的医生这个职业的“福报”？孔野德也关掉了他在故乡的诊所和杂货店，摇身一变成了县城某社区的卫生室主人。人们都说，从乡医到县城社区医生，这里面的关节可不少，孔野德肯定是花了不小的成本。据说他的诊所就诊者众多，大多是我们村及附近村进城购房或租房居住的乡亲，他们都笑称是他的老病号。在西沙埠接替刘水根坐诊的是杨树生。这个多年前在我们村医院做检验员的人，费了九牛二虎之力，终于通过了乡医执业资格的考试。他的医术到底如何，我不甚了了。按理说，他在我们村医院多年，长期看刘水根、孔野德他们治病，耳濡目染，应该也学到了不少东西，那些常见病治起来不会出什么岔子。遇上超过他诊疗能力的病，他只要把患者往乡镇或更大的医院推就可平安无事了。在他之后将由谁来接替他的工作？只有天知道。

原本医疗资源十分鼎盛的我们村迎来了无医时代。这其实没有什么令人尴尬的，村里常住人口大面积减少，再好的资源于它也是浪费，无医时代的到来乃是必然。接下来，我们还迎来了无商时代，买任何的日用品都要去三里外的西沙埠小镇。今年大年初一，我从县城开车回村里拜年，想在村里找一家商店买些东西，去看望我的家族的几位老人，即未能如愿。一百年前，我的曾祖父在村里开了一家杂货店，生意据说是好得很，他将村里的土产大量地收购贩卖到吉安府，又将城里的东西贩卖到村里，结果积累了一些钱财，他用这些钱财购买了一些土地，后来被打成了地主。如果他知道当年仅凭一家杂货店就可以活得很体面的村庄，如今竟然连一家卖日用品的杂货店都没有，不知会做何感想。我们村还可能迎来无农时代。村里将不再有一个人种地，门前所有的土地都由相关资本控制的机构统一进行经营。我们村还会有什么新的变化到来？鉴于视野狭窄，我暂时无法做出更多的推断了。

但村庄里并非都是荒凉的时刻。比如每年清明，在外的人们像候鸟一样从四面八方回到家乡。长满荒草的巷子里机耕道上到处走动着人。他们对村庄的历史、山上墓地里的人们的生平了如指掌。他们扛着锄头，挑着担子，许多人一看就是老把式。他们用十分纯正的乡音相互问候，好像他们从来没有离开过这里一样。此时的村庄花团锦簇，绿草如茵，田地里的水光如灯明亮，简直就像变成了一个童话般的世界。

几年前，我清明回家，看到村子西口当年用于村医院运营的公房已经倒塌，一片残垣断壁。村里的干部们暂时还来不及将它拆除。我们知道，随着乡村振兴的推进，这也是早晚的事情。让我十分讶异的是，从倒塌的公房中间竟然长出一棵树来。那树不知是什么树种，竟有两层楼那么高。已是清明，它还没有长出叶子，可在枝丫上竟然开出了朵朵白花。为什么它开的是白花而不是其他颜色的花？我想，肯定是这座公房曾经做过医院所致。世间万物自有因果，这棵树和它的花就是一个明证。

仿佛是受上天委派，它接替了当年穿着白大褂的医生们，继续坐诊在乡村。

田鑫　**小偷【外一篇】**

大地之上，总有一些东西会莫名其妙地消失。有一些是自己把自己闹丢的，一开始人们喜欢它，离不开它，后来人们忘了它，它失望至极，最后决定用消失来报复。这一招显然没有奏效，直到它消失了，人们都没想起它。有一些是别人把它闹丢的，可能是蓄谋已久，也可能是偶发性的，总之，有那么一个人，惦记着它，于是趁人不注意就带走了它。

我们把这种行为叫作偷，做这种事的人，被称为小偷。

风是大地上最明目张胆的小偷。它来之前，总会弄出些动静，似乎在告诉人们，该提防提防了，可人们对它的提醒却束手无策，通常是还没等人动手，风就已经鱼贯而入了。

风偷东西，往往没有目标，看到啥偷啥，啥好偷偷啥，小到一片叶子，大到整个村庄，只要它能拿得动，被它看上的东西保证瞬间消失。

水和风差不多，区别无非就是风可以肆意妄为，而水只能沿着河床行动，它下手的范围相对狭窄，可是在心狠手辣上，水一点都不比风差。都说三岁看老，一股水刚从大地深处出来，就开始琢磨怎么偷东西。它先是偷了沿途的水滴，然后是偷河床边的土、土上的草木，最后，泥沙俱下，一条河恨不得把整个大地都搬走。

风和水是猴子搬苞谷一般的偷，它们经常会把偷来的东西藏在经过的地方，然后就忘了它们的存在。于是，风吹过后，刘家的背篓立在了张家门口，为此，两家的女人还扯开嗓子骂了起来。风吹远了，听不见骂的啥，反正无论人怎么骂，风也不会耳朵发烧。水流过后，厚底的河床上，经常能看到已经变形的铁皮盆子、落单的一只鞋、浇花的塑料洒壶，它们杂乱地散落在那里，谁捡起来就是谁的，水把这些东西上原来的标签都撕掉，把这些东西原本的样子和味道都改变了，然后让它们重新遇到主人，当然，也极有可能重新被偷。

风在空中，人对它束手无策，水在河道里，人也轻易不敢收拾它，怕闹不好就会赔上性命，所以，人们对风和水的偷盗行为听之任之，但是对于别的什么东西的偷盗行为，就有办法了。

比如麻雀，这小小的狡猾的雀，懒惰得要命，自己不知道去种植去收获，就知道吃现成的。糜子成熟的时候，它们比种下糜子的人还准时地出现在地里，扑簌簌朝低着头的糜子冲过去，然后是一通风卷残云般的狂欢，吃饱之后，还跳到稻草人头顶，挑衅似的等着人出现。人们远远看见它们，气不打一处来，抓起一把土坷垃就扔到糜子地里，然后是轰的一声，像糜子集体飞起来一样，麻雀落荒而逃。为了对付这些家伙，弹弓和筛子立了大功，远远地瞄准，然后发射，即便是一颗石子打不死一只麻雀，也会让它们魂飞魄散；而撒了粮食的筛子，一根绳子就可以让几只贪婪的麻雀殒命。我们乐此不疲，麻雀也乐此不疲，似乎这是乡下食物链上一个不可缺少的仪式。

野地里的麻雀不好对付，钻进屋子里的老鼠同样让人犯难。它们经常趁人不注意钻进装粮食的袋子里，钻进放衣服的柜子里，它们不光偷东西，还大搞破坏，把新衣服的衣角咬烂，在干净的盒子里撒尿屙屎。这炫耀似的行窃方式，也给它们带来灭顶之灾。猫出现了，一口就是一只老鼠；毒药出现了，这糖衣炮弹掩饰下的深渊，它们总忍不住往里跳；老鼠夹子出现了，是专门为它们研制的行刑工具，还是吓不跑它们；陷阱、电、水泥……人们用所有能想出来的办法对付老鼠，但是它们依然生生不息。

麻雀和老鼠都防不住的人们，自然也防不住一个准备偷东西的人，他们混在人群里，和我们一起说话、吃饭、睡觉，可是在我们说话、吃饭、睡觉的时候，他们可能正在偷我们的东西。我们家遭过一次贼，当时，大家都在山上捡土豆，只留一条狗看门，可是这家伙却睡着了，贼从墙上翻进院子，撬开了偏房的门，把一个已经尘封的箱子打开，洗劫一空。三婶在地里干活，突然觉得心里空落落的，就派我回去看看。我到家的时候，贼早已溜之大吉，但是他把阴森和恐惧留下了。我开门进去的一瞬间，感觉空气都被置换过，或者说被偷走了一般，有一种缺氧而令人窒息的感觉。初看屋子里没什么两样，仔细看时，才发现偏房的大门失守，挂锁子的环耷拉着，做了错事一样。我赶紧推门进去，一进去就看见那口木箱子张开着，空空如也，像是被人掏空了身体。难怪三婶心里难受，可不是嘛，她的细软全在这口箱子里，现在啥也没了。三婶赶回来，看到这个情形，腿一软倒在地上，她说不是细软被偷这么简单，贼偷走的不光是物品，还有屋子里的精气神。

人偷人，大地也偷人。小时候祖母给我们讲古今，经常会说起大地吃人的事。那是 1920 年十一月初七，六盘山区的人们准备睡觉的时候，天摇地动，地底下如河涨蛟龙打滚，半空中似雷鸣捉拿妖精。一时间，鸡、狗、猪、驴、牛叫声四起，屋子里，房梁裂开，缸也倒，水也流，装食物的罐罐乱滚，顷刻间，土和雾迷罩得南北不分。慌乱中，大地度过了一个不安的夜晚，人惶惶不可入眠，等第二天醒过神来才发现，大地上到处是废墟，房屋塌圮，一切都像混沌初开的样子。侥幸逃脱的人们呼儿唤女，却听不到任何回应。大地灰尘弥漫，等尘埃落定人们才发现，很多人被大地偷走了。亲人们狠狠地挖着大地，一无所获，只能哭天抢地，咒骂这老天爷不长眼。

这些是祖母的祖母讲给她听的，她又讲给我们听，每次听祖母讲这一段，我脑子里都会出现一个画面：大地裂开，趁人不注意就偷走一个人，这个人都来不及喊出来就从大地上消失了。我没有经历过这种大悲伤的场景，但是小分量的悲伤也有过两次。一次是母亲去世，另一次是祖父去世，他们被我们送进坟墓的时候，我有一种和大地沆瀣一气的感觉，我们亲手把他们送给了偷人的大地，此后，它再也不会归还，非但如此，还有更多的亲人将被它偷走，而我们毫无办法。

老鼠

杀死一只老鼠是我整个童年最值得炫耀的一件事。

过程是这样的：

有一晚，我们家来了客人，几眼炕上都安排了人，我没地方睡，就去大伯家借宿。他家和我家没什么两样，都是黄土屋里一眼炕，炕周围摆着柜子、桌子和椅子，地中间是个火炉子，冬天的时候才能派上用场。

我睡在靠窗的位置，能明显地闻到炕内部的焦味，以及顺着窗子吹进来的风的味道。我有个毛病，换个地方睡觉会睡不着，虽然大伯家离我家就隔着一条巷子，可是我也睡不着。炕不大，挤着几个人，又不允许我翻来覆去，只能眼睁睁地盯着黑黢黢的屋顶。

那时候没经历多少事，脑子里想的无非就是，白天抓鱼的时候要不是大意那条肥鱼就不可能从我胯下溜走，傍晚捉迷藏钻进麦草垛那一刻要是不碰见三爷爷就不会被人告密。想着想着，屋子里就热闹了，大伯的鼾声一开始像窗外的风，然后就变成了风匣一样，夹杂着乒乓声，最后就成了马蹄跑过的声音，一连串朝我的耳膜冲过来。我更睡不着了，脑子里是空的，却被马蹄声踩得凌乱不堪。

后半夜的时候，这马蹄声消散了，我的意识也渐渐模糊，如果不出意外的话，很快就能入睡，如果再做一个美梦，就更完美了。梦来的时候，我正在山野奔跑，远处是草木葱茏的更大一片山野，我跑啊跑啊，跑得气喘吁吁，跑得满头大汗。我实在跑不动了，就停下来，一个背仰，躺在了软软的草地上。在梦里睡一觉应该是一件很有意思的事，我期待一切来得快些。

我睡着了，山风给我盖了被子，虫子们关闭了声音，我准备好好睡一觉，却感觉有东西在我手上抓着，细细的爪子戳得我好疼，我分不清这是梦里还是现实，只是本能地一甩，屋子里发出吱吱的叫声。顺手开灯，一看地上一只老鼠在蹬腿子，我喊了一声有老鼠，就起身穿上鞋子，朝老鼠一阵乱踩，它都没来得及叫出声，就直了身子，一命呜呼。大伯他们起身的时候，老鼠已经被我捏着尾巴提起来，大伯夸我比猫都厉害。

夜晚没有因为我杀死一只老鼠而发生丝毫变化，窗外依然有风，大伯又开始新一轮的鼾声如雷。我却睡不着了，一遍一遍回忆刚才的情形，开始琢磨一只老鼠是如何进入屋子爬上炕的。

最大的可能是：大白天它就偷偷溜进来了，屋子的门白天是不关的，谁都可以进来，老鼠也可以，它蛰伏在某处，一直等到人睡沉了，再出来寻找食物。还有一种可能是：它们打穿了墙，从洞里大摇大摆钻出来，它们喜欢黑暗，喜欢曲曲折折的通道，难怪我能闻见屋子外面的风的味道，风一定也是顺着老鼠打的洞钻进来的。

现在，这只老鼠回不去了。

谁让它们和人为敌呢。从春天开始，老鼠就欺负人：种在地里的种子，还来不及发芽，就被它们当了早餐；夏天的甜瓜，眼看着就要成熟，老鼠就咬开一个口子，让甜白白地供养了它们的味蕾；秋天的向日葵长那么高，按说应该安全吧，老鼠们等着葵花子饱满的时候，蹿到向日葵顶部，一颗一颗带走籽，去收葵花的人只能骂娘，老鼠才不管这些；冬天的时候，颗粒归仓，这下安全了吧，老鼠又来了，它们在大地深处打长长的洞，一直打到粮仓里，然后搬家一样把粮食搬走。

有一年春天，我们准备用去年的冬麦磨面吃，一袋麦子提起来，空空的，打开一看，麦子早不知去向，半袋子麦麸和老鼠屎混合在一起，还有几只毛茸茸的老鼠崽子。祖父简直要被气死，先是骂父亲一个冬天也不知道照看粮食，后来骂我们天天在粮仓里捉迷藏就一点动静也没发现。最后气不过，袋子一提，到院子外挖个坑，准备把麦麸、老鼠屎和一窝老鼠崽一起埋了，可又没下得了决心。

后来，祖父告诉我，挨饿的年代，老鼠救过人命。家里的粮食吃完了，就挖老鼠在鼠洞里积攒的粮食，有时候够一家子人吃一顿，如果没有粮食，老鼠就成了锅里的肉。吃过老鼠之后，祖父再没对老鼠下过手，不过他也不阻止我们。

老鼠见了人都绕着走的，这不是出于礼貌，而是一种策略，它们知道自己做的事情见不得人，但是它们还要做。打老鼠就成了冬闲时刻人们消遣的方式之一。我们最常用的方法是灌水，老鼠打洞喜欢从上往下，看到老鼠进入，我们找到洞口，一桶水灌下去，全家老小就被水冲了上来，猫早早守着，上来一只抓走一只。有嘴馋的人，看到肥硕的老鼠，不给猫，包了泥巴自己烤了吃，然后说老鼠肉比猪肉都好吃，闹得我们也牙痒痒，可是没人敢这么吃。也有漏网的老鼠，它们擅长打游击，我们就用陷阱对付，水缸里放上水，缸口放一张报纸，置于粮仓内，过几天保准有死老鼠，它们以为报纸是缸盖子，没想到成了它们的裹尸布。

不管我们使出什么样的招数，老鼠们就是打不绝，人生一个孩子得十个月，它们好像说生就生了，生生不息。后来我们改造房屋，加固粮仓，把它们挡在屋外。再后来，我们就不理它们，任由它们慢慢老死。

我有好几年没见过老鼠了。女儿读故事书，读到偷灯油的老鼠，问我老鼠长什么样，于是带她去动物园看，可惜老鼠并没有被列为展示动物。后来带她回老家找，也不得。乡下的院子已经很少有土坯砌的了，一砖到底的墙和水泥浇筑的地基，让老鼠敬而远之。我带她去山上找，只找到疑似老鼠爪印的痕迹，枯守半晌，也没见一只老鼠。

孩子失望极了，我也有些纳闷。乡下的老鼠被打被毒了这么多年，难不成灭绝了？回来的路上，我一直在琢磨这事，以至于忽略了如今巷子里每家门上都挂个锁的现实。这几年，进城的进城，搬家的搬家，巷子里早就没什么人了。人少了，地就没办法种，粮食自然靠买。缺少了农耕收获的过程，老鼠们就没办法像以前那么方便地偷东西，没东西偷，就得饿死，它们聪明得跟啥一样，不可能坐以待毙，它们一定是嗅着人离开的味道，跟人进了城市。

后来，女儿如愿见到了老鼠，是在一个垃圾回收站，一只大老鼠带着两只小老鼠找食物，它们动作矫健，见人就跑，一看就是从乡下来的。

南泽仁　火塘书简【之一】

后园子

蝉鸣一声高过一声的时候，村子的夏天变得安静下来了。

柏子躺在木床上昏睡，额头灼烫，恍惚中有人摘了一捧熟透的杏子递给她，她刚想要去接住的时候却什么也没有了。她感到咽喉也灼烫，干渴极了，眼泪流到了嘴角，舌头就去舐尝它，那咸淡的味道瞬间就被蒸发了。柏子微微地睁开眼，看着从窗外照进来的具有生命的光线在屋子里停顿，穿行。后来，她看见了一双脚步经过了光里，又折了回来，接着一个玲珑的声音问柏子："你怎么了？"柏子仰头朝着窗户说："请给我一碗清茶喝吧，我就快要死了。"那人风一样消失了，不一会儿，他从窗口递进来一大碗清茶，那瘦小的拇指紧扣在碗口的清茶里。柏子起身跪在床上，双手垂在身上，没有一点力气举起，他就把碗递到柏子嘴边喂她，一口气她就把清茶喝到了碗底。她抬头看他，他笑了，长睫毛在黑亮的眼睛上眨动。

他对柏子说："小孩是不会死的，老人才会死。"

柏子是发烧了，喝下这碗清茶就好了。窗外是他家的园子，没有遮挡，从园子能看到屋里的一切，阳光明亮的时候，还能看清编织在屋角的蛛网。他家的园子，种满了兰花烟叶，叶片长到丰厚宽大的时候，他们就把烟叶割了晾晒在房檐、走廊和屋顶上，等到水分干了，就像经卷一样一张张齐整地叠放起来。他的爷爷奶奶会你一张我一张地抽取来裹成卷，插进白石烟斗里点燃，然后双双坐在一根长凳上深深地吸烟杆，使体内充满了烟，直到从他们的嘴和鼻孔里冒出。青色的烟纹缭绕着他们，仿佛这样才可以使他们保持温暖和健康一样。

一天，他领着柏子上楼去，他们站在那些高高垒起的烟叶面前，他从中间用力抽取出一张递给柏子，烟叶就垮塌了一地，他们飞快地跑出门去，他的爷爷像一座山一样立在门外，满脸通红，脸上结满的肉疙瘩也通红。他一声不响地瞪着他们，仿佛一开口，那些肉疙瘩也会愤怒坠落，一颗颗打中他们的脸还有手背。柏子手脚不自觉地战栗着，他伸过手来牵住她的手，那手并没有力量，他们一起战栗着，就在柏子险些要失声大哭的时候，隔壁房间传来了几声猛烈的咳嗽，他的爷爷迅速离开了门口朝隔壁房间走去。咳嗽声持续不断，过了许久，他的爷爷也没有走出来。他们用最轻的脚步跟到隔壁房间外，从门缝里窥看着里面的动静，一张罩着白色蚊帐的木床上躺着他的奶奶，她闭着眼，脸色苍白，身体薄薄一片。他的爷爷坐在床边，她咳嗽的时候他就去握住她的手，不咳嗽的时候，他就把手松开，从包里取出一片烟叶慢慢地裹成卷又打开，又裹成卷。看了一会儿，柏子就离开了，回到家才看见手里还握着那张被她揉皱了的烟叶。柏子将它放在窗前，它动了动。

他总爱在后园里玩耍，沿着那些新生的烟叶边缘踱走，他的爷爷看见了，朝他的脚掷小石子，他就躲到地边安静地蹲着。有时，他会折一把淡绿的兰花，用草叶捆扎起来，藏在身后对着后窗喊柏子的名字，柏子听到他的声音就跑去窗前让他看见，接着就跑到后园站在他面前。他把花送给柏子，那淡绿的颜色耀着他们的眼睛，使他们嘻嘻的笑声也闪着光。

他们没有再去拿烟叶，他们从后园走到房前的土院坝玩耍。院坝很宽敞，里面什么也没有，他们就追着彼此的影子，像院中有许多玩伴那样快乐。那间房子不时传出咳嗽声，接着楼顶上也会传出咳嗽声，他们就停下来仰看楼顶，他的爷爷背对着院坝吸兰花烟，烟纹被风吹散乱了。门外过路的人闻到这烟味，也会忍不住咳嗽两声。

他对柏子招招手，他们悄悄地溜进那间屋子，走到他奶奶床前，她闭着眼，安静熟睡的样子像初生的孩子。她凹陷的嘴唇动了一下，便又开始持续地咳嗽起来，像要咳出体内心肺一样，咳到最后，她张着嘴，胸中起伏着微弱的喘息声。他飞快地跑出屋子端来了一碗清茶，他喝下一口，俯身对着她的嘴把清茶喂了进去。听到她的喉咙发出咕咚一声时，她的眼睛微微睁开了，看见他们俩端端地站在她面前，她从被子里伸出一只枯瘦的手，在枕头底下摸索着，许久才取出两颗水果糖分别放在他们的手心里。他们在她面前剥了红双喜的糖纸，把糖含在嘴巴里，看着她脸上的纹路像叶脉样舒展开来，那带着烟叶的香甜味令他们内心充满了巨大的欢喜。后来，只要听到她咳嗽，他就去给她喂清茶，用小小的嘴唇一次次吻合在那凹陷的嘴巴上……

后园子的风使那些干枯的兰花发出口弦子的合奏声时，冬天就来了。太阳照满村庄的时候，柏子会去平石板上玩耍。村里的小孩都会去平石板上晒太阳，女孩们像兰花一样安静，男孩们像山羊一样角斗，太阳就会更加热烈地晒出他们的汗渍来。他不爱到平石板玩耍，他的家就像他的城堡。

一夜里，柏子睡在喜帧的臂弯里做着一些从万寡悬崖上跌落的梦境，额上、掌心全是汗水。醒来一次，她就把身体靠得她更紧一些。半夜，后窗传来阵阵嘈杂人声。喜帧起床，借着窗外的月光辨认着后园里的人影轮廓，又转身看柏子，见她睁着大眼睛看她，便只好领她一道去后园。院子里群聚着全寨子的人，他们有的说，这家老奶奶在半夜里咳死了，有的说，好像是被茶水呛死了。喜帧把柏子放在众人里，匆忙地走出院子，再回来时她手里捧着一盏酥油灯，柏子尾随着她走进了那间屋子，她把灯盏点燃在老奶奶的床头，灯光照亮了老奶奶安详的面容，嘴角的皱纹里还溢着丝丝湿润。

柏子站在门边，看见小小的他端着半碗清茶蹲在屋子的角落里，眼神惶惑。

弹口弦的毕摩

傍晚的太阳从白岩子山头照亮了七日村庄，没有一片云彩遮挡。

顶针一口气背起一背篓八月草从玉米地里冒出来，她脚下的轻快掠起了系在她腰间的黑围裙，忽前忽后地飘动。她经过了干涸的金家沟，影子像水一样淌过一块又一块石头，接着淌过了一个正在敲打石头聆听回音的石匠。他一动也不动地看着顶针的影子从自己身体里淌游而过，他感觉到了从未有过的喜悦。顶针见他痴傻的样子，便拾起一块石子丢进他的影子里，激起了一串金色的笑声……

此刻，顶针背起一背篓八月草的影子又一次淌过了金家沟，她却加紧脚步，一眼也不愿去看那些石头。回到村口，顶针见一群孩子举着一根根竹竿从村道上呼啸而过，竹竿顶端夹着一束束火麻草像猎猎战旗。领头的是她的孩子占六，他一边跑一边提起裤腰，裤子太大了，拴了一条水麻树皮，虽不住地往下落，但并不妨碍他与伙伴们玩耍。他们脸上的喜悦，村口的老核桃树，还有地里的苞谷林，都透着金色的光辉。

“嗡嗡嗡”，一阵明亮清脆的弦音从平石板方向传来，村庄的金色霎时被唤走了似的，占六和伙伴停止奔跑，抬头面向白岩子山头寻找，一只鹰盘旋在清冷寂静的天空。

顶针把背篓里的八月草撒进羊圈里，两只待产的母羊闻到青涩甘甜的味道唰唰地吃起来。那明亮纤细的音乐如召唤，不断地递进村庄里。顶针放下背篓，与孩子们一起，心怀那曲调带给他们的不同情绪奔向平石板。

一位藏身于黑披风里的人，背对着村庄半蹲在平石板上，他凝视远方，头顶的“英雄髻”直指白岩子。孩子们几乎以为是那只盘旋在天空的鹰飞落在此处了，而他们噼噼噗噗赶到的脚步，更接近一群鹰飞落的声音。孩子们手握竹竿如栅栏般环绕在平石板前，他们安静地看着弹口弦的人，他苍老、瘦削、凹陷的嘴唇张合着，使呼吸的气流鼓动唇边的簧片，手指配合轻轻拨动发出余音袅袅的音声，顶针和孩子们的心灵以及长在平石板边缘的蕨草都在轻轻地颤动。

平石板边上来了几个又几个人，天蒙上了一层灰暗。老人停止弹奏，收回凝视远方的眼神，神秘地审视面前的每一个人，他们庄严又敬肃。老人的眼光最后落在了占六的脸上，对着占六露出了几颗稀疏的牙齿微笑，占六迅速提起裤腰整装，孩子们都嘻嘻地笑了起来，身后的人们也松懈着发出了说话声。

顶针是最善良通达的人，看到这般情景，她拨开面前的孩子们，一步跨到老人跟前对着他耳朵问：“阿普，你的家乡是哪里？”他朝顶针翻转枯瘦的手心手背。占六便对她的母亲释义：“他没有家乡。”顶针又问他：“来这方做啥子？”他又拿起口弦，放在唇边开始弹动。顶针说：“口干了吧，去我家吃碗茶。”他一弓身就从那件黑披风里直起身来，清凉的风吹过他天蓝色的百褶大裤脚，令他像立在水波中那样轻飘。

人们簇拥着老人走进了占六家的转角屋子，烟火熏黑的屋顶挂着一盏橘黄的白炽灯。人们席地围坐在火塘边，很自然地就把火塘上方的位置留给了弹口弦的老人，他发自内心地微微笑着，脸上舒展开的皱褶像在融化。顶针用铁钩刨开一火塘的炭火，放入一把干竹棍，又在上面棚了几根干柴根，屈膝对着火塘猛吹起来，竹竿噼噼啪啪几声爆响后，轰一声点亮了屋子，人们相互打量着，又一起去看那老人，他们的眼睛像夜空升起的星子样发着亮。三脚架上的清茶很快就开始唱响，接着沸腾了，满屋溢着清香。

顶针家没有酥油茶招待客人，她从火炕上割下一块猪板油丢进瓢里，煎香后倒入茶桶里混合着清茶抽动茶柄，茶水的声音在桶里慢慢变得柔软了。她盛满第一碗端到那老人面前，老人双手接过嗅闻后，轻轻地喝下了浮在茶面上的油荤。顶针见他是饿了，又从橱柜里取出一只麦饼煨烤在他面前的火塘边。他看着那只麦饼，对顶针歌唱般的说了一句“卡莎莎”表达感谢。七日牧场的彝族牧人达铁和吉红夫妇每次下山来，顶针都要采摘一些海椒、青菜，让他们带回雪线上的牧场，他们曾无数次地对顶针说过同样感谢的话，顶针觉得从这位老人嘴里说出的却尤其真诚动人，险些令她落下泪水。火塘边上，需要喝茶的人都起身去橱柜里取来洋碗倒茶，呼啦啦地喝下，像在自己家里一样。

正喝着茶，门口嘻嘻哈哈闯进来几个穿喇叭裤的姑娘，她们见屋内如此安静，就轻悄悄去了火塘的边角落座，并从暗处打量这位老人。老人掰开麦饼，浸泡在茶碗里，软了就用舌头舔起吃下，没有发出一点声息。吃完，他用衣角擦拭碗口后，双手捧起碗轻轻地放在了火塘边，他显得那样慎重而恭敬。他的身体温暖饱足了，面庞也泛起了一点红光。他不动声色地看着火塘边上的人，与他眼神相撞的，都感受到了微风拂面般的温暖安宁。他环顾石屋，房顶的角落吊着一缕缕久积的烟尘，一块块黑亮的青石墙壁跳跃着火焰的光芒。他移动目光，见夜色落进屋门口，蓝幽幽的，他的目光就停滞在那夜色里，像鹰锁定了猎物一样。过了好一阵，他还看着屋门口，屋子里的人也都不自主地随他的眼神去探门口，并无来人，他们的后背就都感到了凉意。

一个叫五月的小孩悄声对占六说，这阿普莫不是灵魂出窍了？孩子们就跟着笑出了生脆的声音。老人这才回神过来，他急切切地对顶针说：“主家姐姐，请取一张瓦板，一把弯刀来。”占六迅速从灶门口找来一把弯刀和一张瓦板递到老人手中。老人用手势划开阻挡通往门口的视线，人们就退到了火塘两边。老人将瓦板的棱面对着门口念诵了一段后，用弯刀从上至下一刀一个木花地砍去，每砍一下，他就会念出一句，那棱面像盛开了一般，他用最后一句猛一刀砍去了所有的木花瓣。有人见机往火塘里添进一把干竹棍，瓦板棱面的刀口就更加清晰了，他对着火光从上至下细看起来。

人们几乎屏住了呼吸，火塘的角落里又有几声嘻嘻的笑从几根掩不住的手指缝里迸发出来。她们的长辈就转脸去严肃地看她们一眼，那笑声立刻就止住了。老人并没有受到干扰，他沉浸在以微见著的世界里。看完，他用手掌顺着噘起来的嘴唇擦拭一圈后，开始用商量的语气对着顶针说：“刚才，门口来了一个穿着蓝布衣衫的人，犹豫得很，一只脚刚准备跨进门槛，小孩的笑声就惊走了他……”

老人的话还没说完，火塘边上的人几乎都呜哇一声紧凑在一起，孩子们则飞扑进了各自父母怀中去。顶针迅速起身，奔向门口一声声地喊：占佑！占佑！院子空荡荡的，夜空蓝幽幽的，只有羊圈里的母羊咩咩地回应了两声。她双手扶在门上，展开的影子几乎遮蔽了全部夜色，晚风掠起了她腰间的黑围裙，使它忽前忽后地飘动。她低着头回到火塘边上，记忆却已回溯到占佑临走的那天早上：占六在她怀中吃奶，占佑蹲在边上咂舌把占六逗乐了，奶汁喷洒了占六一脸，顶针用手轻擦，占六粉扑扑的脸蛋就吸收了奶汁。占佑对顶针说，他要去深山里寻上好的青石凿一副磨子，等到占六再大些就能吃上精细的麦面了。占佑早在磨房沟修了一间空磨坊，那是他作为一个石匠心中期望实现的理想。顶针习惯了他奔走远乡打石磨，只当是一场平常的外出。她没有说话，他们俩已把日子过成了一副石磨，无声地损耗着彼此相反的螺纹。她看占佑的最后一眼是他穿着蓝布衣衫走出屋门的背影，或许那也不是她所看到的。他最爱穿蓝布衣衫了，顶针觉得那颜色像天空一样干净。数十天后，几个牧羊人从深山里抬回了一具面目全非的尸首，穿着蓝布衣衫，顶针并不相信那是占佑，她一直在等他回来，像每一次他外出时那样。村子里的人帮着顶针把那具尸首埋葬了。

顶针的眼眶湿润了，她拾起黑围裙擦拭眼睛，又起身为老人续满一碗茶，指望他看在那层油荤的情分上把刚才的话继续说下去。老人像走出了顶针的记忆般，深长地叹息一声后，从火塘里取出一把竹棍举在手中便出门了。几点火星从门口飞扑进来，瞬时熄灭了。屋子里的人没有谁尾随去，他们的心突跳着。他们听见老人在院中悠长的念诵，他们感到那声音与口弦声完美契合着，接着老人走出了院门，火光在窗外一闪而过。

就在那晚，老人如夜露般蒸发了。人们都小心翼翼地做着手中的活计，生怕错过了平石板方向再次传来的口弦之声。他们期待着，又犹疑着。他们在夜间小心地探看自家的门庭，希望那老人也能在他们家中看到他们思念已久的亲人，又愿一切像蓝布衣衫那样干净。顶针尤其谨慎，她不时打发占六去平石板打探一下，仿佛那老人会领着谁回来似的。占六剥了干竹棍的皮做了两只簧片，他从早到晚就坐在平石板上仿着那老人的模样弹动着，没有弹出音乐声，却割伤了嘴唇。

几天后，风声里再次传出了明亮的口弦之声，村子里的人像一股风一样拥向平石板，老人披着黑披风，鹰一样从磨房沟而来。从牧场归来的达铁还从口弦声中听出了挂在老人身上的鹰爪、野猪牙和牛骨圈相互碰撞的声音，那是属于他的族群才能识别出的声音。达铁快步迎上去，弓身扶住老人的手腕，恭敬地请求他到自己的家中去。

顶针和占六穿过人群站在老人面前，老人显得疲惫，看着他们母子期待的眼神，他轻轻笑了，并从黑披风里伸出枯瘦的手抓住占六的手，与众人一起走进了达铁家的獐子房。它是那样小巧，席地铺着竹巴子，屋顶的白炽灯聚着光，把众人都照亮了。达铁不等老人喝碗热茶，就急忙地从鸡窝里捉了一只大红公鸡给老人，公鸡高昂着头，仿佛知道自己带着使命。老人遵从地起身到门口，一手握着裤刀，一手抓紧公鸡的一对翅膀，口诵一句就用刀背猛地砸向公鸡的头，公鸡便惨叫一声，直到被砸死，连同那把尖刀一起扔出了门去。达铁从门外捡回裤刀和公鸡，欢喜地对老人说，送出去了！老人点了点头，坐回火塘边安然歇在自己的黑披风里，他脸上逐渐松弛下来的皱褶快使他枯萎了。

达铁用开水煺了鸡毛，剁块清炖后，舀起一大碗请老人享用，剩下的分作几大碗请大家一起吃。老人把鸡肉夹给边上的占六吃，自己端起碗饮汤。达铁一边吃肉，一边自豪地向大家介绍起老人的身份，原来他是位彝人。刚才的叫“打鸡”，被施了咒的公鸡和裤刀扔出门口时，头一致朝外，就免除了整个村庄来年的病苦和灾难。大家嘴里的感慨、赞叹与鸡肉的热气交织着，仿佛他们亲眼看见村庄里所有的病苦和灾难都远远逃遁了似的。

占六受伤的嘴唇糊满了油，那伤口就发着亮。顶针坐在火塘边无心吃肉，她一直攥着黑围裙的边角眼巴巴地望着老人，希望他能忽然说起那晚举着火把离开后的情形。

那晚的事情和一把铜钥匙热乎地揣在老人怀里呢。老人准备说的时候，他先指了一下顶针，表示将要同她说话，顶针盘坐的姿势迅速改成半蹲，并朝着老人的方向微微倾斜。老人说，那晚，他举着火把念诵经文送那穿蓝布衫的男子出门，身后就又跟来了好几个，他们都是为着他的道行来求解脱的。他手中的火把延伸了一条通往磨房沟深处的路径，他们走了很久，耳边有水声、林中动物的鼾声、飞鸟的扑扇声。火把熄灭的时候，耳边就清静了。他累极了，就靠着一棵树根睡了，早上醒来发现自己困在了一片莽林深处，手中握着一把铜钥匙。

毕摩在念经的时候，时常会获得一些小物件，那是一些隔世的托付，他心领神会，将钥匙抛出去，向着钥匙指出的方位走出莽林，沿着磨房沟的源头之水走了几天几夜才走到磨房沟。老人从怀中取出铜钥匙，上面系着一根蓝布条。老人伸长了手，将钥匙递到顶针手里头，顶针的手战栗着，火塘边上的人都用眼光护着那把钥匙，仿佛那把钥匙有生命似的。

第二天一早，顶针拿着铜钥匙领着占六去了磨房沟，她用那把钥匙打开空磨坊的门锁，一副青石磨子静静地躺在磨槽里。占六睁大了眼睛追问顶针，我们家不是有磨子吗，为什么还要去借别家的磨坊钥匙？

顶针没有说话，她牵着占六锁了磨坊门，顺手把铜钥匙丢进了磨坊下的河水里，那蓝色的布条像一尾鱼欢畅地游进了水底。

顶针面向河水呜呜地哭了起来，水声喧响，占六只看见顶针的肩膀抖动着，一只鹰打开了巨大的阴影，从他们头顶上方一掠而过。

奔跑 **南方温暖**

一

在汉人的史书中，鲜卑人是充满争议的族群。

从大兴安岭的林莽中走出，到草原争夺领地，磕磕碰碰，最终停驻在中原腹地河洛，他们从原始丛林的狩猎转而游牧，逐水草而生，不时南下劫掠，最终走向汉民族的农耕。有史书说，他们是“乱华的胡族”。

但实际上，他们一路历经苦难。在迁徙的歧路口，他们剧烈争执，或部族离析，或父子相杀，或兄弟反目。他们的衣衫血迹斑斑，肉身伤痕累累，内心悲欣交集。

迁徙的历程也是本族群的离乱史。

他们一路风尘仆仆，车辚辚，马萧萧，驰骋在朝霞里，沐浴在夕阳下，风情壮美，生机勃勃。他们创建自己的国，把腐败的汉人王朝逐出中原。他们与割据的匈奴、羯、氐、羌等族群政权博弈，重新打通河西走廊，实现一统北中国的伟大功业。有史书说，他们是“入华的胡族”。

但实际上，在向南一州一县的占领中，他们不得不一步步放弃自己的语言、服饰、习俗乃至族群制度，进行痛苦的自我革命。

用一百四五十年的时间，他们轰轰烈烈地完成了一个强悍民族的消亡史。

他们为什么要朝着南方迁徙，那里有他们要追逐的“水草”吗？

二

东晋太元十一年(386)，鲜卑拓跋部首领拓跋珪在牛川(今内蒙古呼和浩特西南)称“代王”，定都盛乐(今内蒙古和林格尔)，重建他的祖父之国“代国”。同年四月改国号魏，史称“北魏”。北魏皇始三年(398)，拓跋珪迁都平城(今山西大同)，同年十二月称帝，是为太祖道武帝。

他带领自己的部族，由北而南，无意中越过了两百毫米等降水量线，一脚踏进了另一个文明类型的广袤领地。

北方来的鲜卑"胡族"在此碰到的第一个问题，就是如何面对中原的汉人士族。不断征战的一个重要"副产品"，就是王朝版图上的汉族士人越来越多。

公元396年，拓跋珪大破后燕，占领定州(今属河北)，大批士人归降。南方刘裕篡晋后，司马氏及关联的门阀士人被迫逃亡北方。太武帝拓跋焘在挥师统一河西的过程中，学养深厚的大批凉州士子被纳入囊中。与此同时，为统战的需要，北魏王朝也开展了面向汉族高门的征召。公元431年，太武帝一次就征召到了三十五位士人。

大量出现的汉族士人，是原有鲜卑部族体制无法接纳的。事实上，这些人中大部分担任过中原朝廷官职，熟悉典章，可为新政权所用。此时的北魏王朝也亟需创建文官制度，以适应中原地区统治的新形势。

他们一拍即合。

一场持久的所谓"汉化"改革启动了，改政制、兴儒学、征图籍，一幕波澜起伏的历史大剧就此开场。

三

第一出，就是所谓的"天兴创制"。

拓跋珪称帝后，天兴元年(398)，宣告以黄帝为始祖，以后燕为蓝本开展了改制。这次以"改政制"为目标的汉化改革，初步奠定北魏中央集权的政治制度。主要内容是确立了中央以"曹省(尚书省)"为基础、地方以刺史和太守为基础的文官体制，以及相应的五个等级的爵位制度。

儒学教育同时得到了施行。在迁都平城的第二年，拓跋珪就在汉族士人的建议下，"五经群书各置博士"，设立国子太学。五经博士由汉族士人担任，其重要职责就是向皇帝讲授儒家经学。

但"汉化"是在"反汉化"的文化自卫意识中艰难推进的。这样的微妙心态屡屡见诸史料。比如鲜卑大臣贺狄干的被杀。当年，贺狄干奉命出使后秦和亲，被后秦姚兴扣留，被迫长期生活在长安，"因习读书史，通《论语》《尚书》诸经，举止风流，有似儒者”。归国后，道武帝竟愤然把他杀了。史料是这样记载的：

> (道武帝)见其言语衣服，有类羌俗，以为慕而习之，故忿焉，既而杀之。
>
> (《北史》)

贺狄干的弟弟也从后秦归来，因为为人儒雅正直，也被拓跋珪所杀。道武帝对中原文化的排斥，在当时竟至如此地步，乃至苏东坡有诗：

> 羊犬争雄宇内残，文风犹自到长安。
> 当时枉被诗书误，惟有鲜卑贺狄干。
>
> (《读后魏〈贺狄干传〉》)

鲜卑大臣尚且有如此遭遇，汉族士人被无辜杀害的灾祸也就常常难免。太武帝对汉臣、清河士族崔浩掀起的“国史之狱”，就恐怖到了顶点。在此案中，崔浩被满门抄斩，遭受株连的还有范阳卢氏、太原郭氏和河东柳氏等北方大族。招祸的原因据说很简单，是因为崔浩等负责编撰拓跋国史时，直书了其先祖的一些不愿人知的历史。

好恶终究是人之常情。为了在中原立足，建立稳固的统治秩序，儒家思想仍然在北魏得到了有效的推行。事实上，北魏精英们具有很强的行动力，甚至独创了中国府学的“庙学合一”体制。

《魏书》记，太武帝始光三年(426)二月，“起太学于城东，祀孔子，以颜渊配”。这是中国历史上在学校立孔庙的最早记录。这座“庙学合一”的北魏平城太学自此绵延了上千年，为历代少数民族政权所沿用。辽西京时设为国子监，金时复称为太学，元时改为大同县学，明洪武八年(1375)建为“府学”，后迁址到云中驿，即现大同文庙的所在地。

2008年，地方政府启动了文庙修复工程。据说他们参照史籍原样，重建了尊经阁、配殿、廊庑、碑亭、碑廊、泮池、棂星门、义门，对尚存的六处古建筑进行了修复，整个文庙的占地面积达到四万平方米。

对天下图籍的搜集也一直得到重视。如397年拓跋珪破后燕时，“获其所传皇帝玺绶图书”。495年，孝文帝诏求图籍文献，同时“借书于齐，秘府之中，稍以充实”。

一代雄主拓跋珪首次捧读《论语》，会是一种怎样的情景呢？

四

历时十五年的孝文帝“太和改制”，则推动拓跋鲜卑在“汉化”的路上走得更远。

在冯太后的支持下，孝文帝实行了一系列影响深远的改革举措。如施行“班禄制”，给官员发放固定俸禄。这实际上终结了游牧民族的“掠夺制”，很大程度上遏制了腐败。如施行“均田制”，使耕者有其田。相应调整租调制度，减轻农民负担，增加国库收入。如施行“三长制”，五家设“邻长”，五邻设“里长”，五里设“党长”。这种编户管理制度，类似于后来的“保甲”，有效地维护了地方稳定，强化了中央威权。

公元490年，冯太后去世，孝文帝亲政，推进了更加激进的改革。最著名的，一是迁都洛阳；二是改用汉俗，包括姓氏、语言、服装、通婚；三是设姓族，按门第取士。这基本上是对部族体制的彻底颠覆。

读到这样的史料时，我不禁哑然失笑。

> 孝文引见朝臣，诏断诸北语，一从正音……于是诏：年三十以上，习性以久，容或不可卒革。三十以下，见在朝廷之人，语音不听仍旧。若有故为，当降爵黜官。
>
> （《北史》卷十九）

孝文帝下诏，禁止朝臣再使用鲜卑语。不过他也是讲理的，规定三十岁以上者因“习性以久”，可以慢慢来，三十岁以下的，如果明知故犯，就要受到降爵罢官的处罚！

试想那是怎样一个场景呢？可能与我们初学英语时有点相似。当年老师规定，课堂上所有交流不得使用汉语，否则罚站。于是大家面面相觑，小脸憋得通红，磕磕巴巴地用“散装英语”对话。

从这一点，我不得不对这个草原走来的族群刮目相看。他们那种持续自我变革的精神，的确是无有出其右者。

五

与接受儒教的矛盾心理不同，拓跋人对佛教的接受与推广显然相对容易些。

“八王之乱”爆发后，北方中国战乱绵延，百姓凄苦，佛教逐渐盛行。各族政权在强人主导下，也积极在本国推行佛教，如后赵石勒、前秦苻坚等。然而，佛教教义与儒家伦理激烈冲突，一直难以深得人心，他们推行的成效均不够理想。

中原僧团改变了其传教策略。据记载，道武帝会见僧人领袖法果时，法果摒弃“沙门不敬王者”的传统，施行了跪拜之礼。

法果倡导：

> 太祖明睿好道，即是当今如来，沙门宜应尽礼，遂常致拜。谓人曰：能鸿道者人主也，我非拜天子，乃是礼佛耳。
>
> （《魏书·释老志》）

把当今皇上尊为如来礼拜，也算是佛子弘法的“便宜行事”。事实上，这是富于洞察力的。初入中原的鲜卑拓跋政权，既学习儒教，也亟需一种与儒教抗衡的思想资源，使自己不完全被汉人士族所轻视。

中原僧团无疑取得了极大的成功。在法果的支持下，道武帝大兴土木，在平城内外建设五极大寺和八角寺等寺庙。五极大寺，就是在舍利坊内建有五极浮屠的大寺，是华严寺的前身。八角寺，是善化寺前身。

昙曜和尚也因袭了这样的策略。他致力于修复太武帝拓跋焘“灭佛”运动造成的创伤，采取了有效的行动，利用佛教参与社会管理，有效地促进了社会安定。

他带来的“绝活”不是建寺庙，而是河西僧团所擅长的石窟造像和译经。

他在城西的武周山岩壁上开创了为后来所尊的“昙曜五窟”，至今仍是云冈石窟的灵魂之作。五尊巨佛，以五位北魏皇帝为原型，甚至包括了那位实施“灭佛”政策的太武帝拓跋焘。昙曜借此体现了佛者的无比宽宏与慈悲。

他主持了成效卓著的译经工作。在“灭佛”运动中，佛教经典遭到焚毁，偶存断简残篇，也是错谬百出，真伪难辨。昙曜在云冈石窟通乐寺设立译经处，邀请沙门大德开展翻译和整理工作。他们推出《入大乘论》《净度三昧经》，用通俗的语言，引导民众皈依沙门、守持戒律。还推出了《付法藏因缘传》，以佛法东传、传灯不灭的历史，坚定民众对佛法心灵依归的信念。

他还利用佛教协助政府开展社会管理。如创立“僧祇户”，帮助政府管理归降的汉人。设立“佛图户”，帮助政府管理叛乱中的罪犯、俘虏和归降者。安排他们积极投入农业生产、发展经济，并通过佛教施以安抚和教化。昙曜所做的工作，在当时是无人可以替代的。

六

在儒教与佛教的助力下，北魏结束五胡十六国的割据时代，统一北方中国，实现了长治久安，国祚达到一个半世纪。

然而，一个来自草原的游牧部落，要面对儒、佛两大“外来思潮”的挑战，在时代狂澜中不断实现自我鼎新，这种复杂而艰难的局面，在中国古代政治史上或所仅见。

他们要用不属于自己的语言、思想、制度，乃至完全不同的生活习俗，建立一个全新的胡汉融合的王朝。这需要巨大的“面对自我”的勇气、高超的内外博弈智慧——当然，其中包括了巨大的妥协乃至牺牲。

这对拓跋贵族执政核心，尤其是那些身居皇权顶端的人，是一件“高痛苦指数”的工作。

为此，他们要时时提防那些住在旧都的鲜卑贵族们，因为这些人不免怀有贰心。当他们迁都平城时，要小心盛乐。当他们迁都洛阳时，要小心平城。而且越往南迁，那些手握重兵的北方六镇将领的潜在威胁就越加严重。

为此，孝文帝不惜将对抗迁都、拒不执行政令甚至阴谋反叛的太子拓跋恂杀掉，以彰显自己的决心。

为此，他们还要承受胡汉两重制度对个人人生的巨大压迫。比如鲜卑旧俗下的“子贵母死”，即后宫首位诞生皇子的嫔妃必须赐死，以避免外戚干政的危险以及“叔侄争位”的魔咒。由此，立为太子的皇子不得不自小失去母亲。这样的制度也为宫斗所利用，导演出一幕幕皇家的人伦惨剧。

再如宦官乱政。一介宦官，竟然成功地接连弑杀两位皇帝，手段极为拙劣和残忍。宦官在汉王朝历史上扮演了十分特殊的角色，在北魏宫廷政治中，可见也不例外。

还有“垂帘听政”。小皇帝即位后，常常是太后摄政，比如冯太后、胡太后。治理绩效先不论，小皇帝因此形成巨大的心理阴影，有的一辈子也走不出来，有的则成为其执政风格最隐秘的影响因素。有人推测，孝文帝强势实施迁都洛阳等显得“激进”的决策，未必不出自要走出冯太后阴影的内在冲动。毕竟，孝文帝亲政时不过二十三岁，逝世在南征军中时也不过三十三岁。

——在鲜卑人身上，尤其在其皇家一脉传人这里，我读出了“人生本苦”，或许还能读出更多。

鲜卑人带着他们的刚毅果敢，驱逐了腐败的晋朝门阀，为中华历史的演进注入了一股强健的基因。余秋雨先生曾对此点评：中国由此迈向大唐——大唐，那是中华最自信、雄健的王朝。

七

二十年前，一位政治经济学学者曾经赠我两部他的著作。在其中一本的扉页上，他写下这样令人难以忘怀的赠语：

> 在人类社会发展的历史进程中，没有永恒的正义，只有生存的选择。
>
> （钱津）

所有的文明，是否都是这个历程呢？他们率领自己的族群不断长途跋涉，朝着温暖的南方去，为的是离开“苦寒”、离开“饥饿”、离开“暗昧”。

据说，在南方，有着更多的光照、更长的生长季、更丰美的食物、更安好的生活。

大平　庐如瓶隐

院子里，东西两边都有门。一口水塘，石筑其壁，塘里鱼儿欢跳；一座凉亭，四周置美人靠，摇一摇，蛮牢靠的，灰尘重重。铜像翁同龢身躯微弓，双手拄拐，面朝北方站在那里，他腰际与裾角已泛铜绿，又似做观鱼状。池鱼是群锦鲤，倏然沉默，忽地扑腾起来，弄起大的水花。想必久不见客，日常无客到翁家——来人不多？戊戌变法后，光绪将其贬归，按老佛爷慈禧的意思。常熟人称翁同龢"两朝帝师"，皇上的智囊，就似乎小气。那墙上"瓶隐"二字，取守口如瓶之意。翁同龢公元1873年回到家乡，与兄长翁同爵共建，原为看守祖墓的屋舍，后改建定居，总有几出几进。"谁知瓶隐庐中客，别有江湖浩荡天"。官据说是个清官，手头总有几个钱，翁家还筑有"彩衣堂"，在常熟市内的书院街，与"翁同龢纪念馆"一起门对翁家巷，那天我想进去参观，因门票而作罢。

那一株枇杷，晚光中花开灿烂，秋稻草似的颜色里，似有蜜蜂嗡嗡。时为初冬小雪季候，冬天开花，春天坐果，食其实，总在夏至前后了，枇杷的酸甜需要"经冬复立春"的两年。过那道亭子，又过一道门，又一棵枇杷，举枝开花，新崭地被枭了手脚。佛衣色枝干上，白亮亮的伤口。百日维新运动，康有为梁启超等发起。当资本主义带着坚船利炮，敲开中国的海门，慈禧那时正在准备袜子，她每天须更袜两双，穿过即扔。在此之前，翁氏已与李鸿章结怨，李氏查办了翁同龢的哥哥。"宰相合肥天下瘦，司家常熟世间荒"。合肥人与常熟人死磕，此结至死未解。我的老师潘女士作过翁同龢传记，但她表示未到访常熟，连翁墓都未曾拜谒过。我跟她详细描述翁墓前的一株残柏，老师连说哦哦。常熟的大报小刊，几乎无时不见翁氏，似隔一阵子就会挖出"两代帝师"的老证新闻。为尊者讳，很少见负面报道，就好像翁同龢是一个完人。完人就是完了，完了就是死了。甲午战争是李鸿章的大败，清朝的大败，中国的大败，一百二十年，两个甲子，翁同龢地下有知，会不会对此做已死的检讨？

龢，这个字，释义有一条："龢，调也。读与'和'同。"《说文》，段玉裁注："经传多借和为龢。"

你欲讲和，傲邻日本干吗？唐山煤矿给北洋水师免费供煤，烧之不着，多为矸石的"好煤"啊。宰相李鸿章的一纸采购单，欲购英国铁甲战舰两艘。说结果吧，其中之一成了日舰"吉野"号，就是它打沉大清的旗舰"致远"的。采购单还没展于皇帝御案前，皇帝的老师先把它压下了，搪塞理由是修颐和园为太后庆生。两国海军对垒，然而翁又极力主战，存心要看李氏的笑话。"吾正欲试其良楛，以为整顿地也"，他回复学生的疑惑——不打是你怯懦，有李鸿章北洋水师你怕啥？

张爱玲《创世纪》里写道：八国联军那年，她十六岁，父亲和兄长们都出差在外，父亲的老姨太太带了她逃往南方。一路上看见的，还是一个灰灰的世界，和那操场一样，不过拉长了，成为颠簸的窄长条，在轿子骡车前面展开，一路看见许多人，逃难的逃难，开客店的开客店，都是一心一意的。她们投奔了常熟的一个亲戚。等到了常熟，老姨太太方才告诉她，父亲早先丢下话来，遇有乱事，避难的路上如果碰到了兵匪，近边总有河，或有井，第一先把小姐推下水去，然后可以自尽。无论如何先把小姐结果了。"不能让她活着丢我的人！"父亲这么说了。怕她年纪小小不懂事，自己不去寻死。张爱玲祖父张佩纶娶的就是李鸿章女儿，李鸿章就是小说里的戚宝彝。李鸿章是合肥人，这不用说了，天下皆知。

就这么着，常熟与合肥，亦仇亦怨。

甲午战争大败，翁氏似乎来不及取笑宰相，等于是窘急而窜急，跳到另一头，一头扎进了洋务运动，戊戌六君子全被杀了头，慈禧毫不慈悲地把光绪幽禁于西苑瀛台，成为无枷之囚，翁同龢被贬回原籍。谪居故园有何想法？瓶隐庐院中方砖铺地，当中设一叩石，每年过年烧香请祖，必先面北给皇帝叩头。

那院子称"书画中心"，我轻轻地闯进去，内中三人不为所动。靠墙两架砚台，古色古香款式，静观欣赏，忍不住一问：砚台卖几钱呀？

不卖的！那男人极不耐烦地说。盯着手机打扑克，不留神还当是瞪眼研究碑帖呢。翁氏的字，笔势雄劲洒脱，大气浑厚，藏头护尾，《清稗类钞》谓："叔平相国书法不拘一格，为乾嘉以后一人……晚年造诣实远出覃溪（翁方纲）、南园（钱沣）之上。"

我跟老师学毛笔字，也曾欣赏其书联：“李忠武公遗言：一生只为国家苦，两字兼全忠孝难。”这李忠武公起先不知谁人，查知是湘军名将李续宾，其战死沙场的经历也似张爱玲的外公，后者死在任上，才二十四岁。凶讯传来时，有孕的夫人从椅子上一头栽倒，妻妾们欲留，老湘军们欲吃“绝户头”岂肯放过？到生遗腹子时，牢牢把门防止作弊。张爱玲的外婆生下个女伢，不能撑门面，就让手下的奶妈，用个小竹箩设法提回一个，宅外许多逃荒的山东饥民，买来个男婴，要过老湘军把守又谈何容易？好在奶妈尚会打牙磕嘴周旋，终于成功抱回来作为男女龙凤胎养大。有一天，张母向张爱玲回忆往事，却告诫她，别穷极了想着跟舅舅去打官司，争外祖遗产。

头回见翁方纲帖，我无知当是翁同龢。此翁老来练字，五十以后，每过一岁写“万寿无疆”，两百多年前清朝的“万”，繁体的啊！在西瓜籽上，有说是瓜子仁上写。六十以后，写“天子万年”，笔画减了。到七十之后写“天下太平”，笔画更减了，写到第七粒瓜子，老眼看不清了，叹一声“吾其衰也”，把笔一放，走了。

青果楼旁，那个“渫井”令我流连，它在二门（副门）旁，立碑刻字写道：

> 渫井——此门外有翁同龢归隐后开凿之井，名曰“渫井”，为防慈禧加害，作应急自裁之用。

向服务人员道了数声谢，出门后我又回头问井在哪儿，得到守园阿姨下颏儿一努：西边，西边那道小门外就是。守口如瓶之庐，大院当中一道大门，正对泱泱尚湖之梢，一道后门，背倚苍苍虞山之秀。视线极好，风水极好，凭大门而远眺，大片大片的翠竹林，夕阳在云层里，稍露几缕红霞，像一抹遮掩，又遮掩不住的喜事。雾失尚湖，看不到。大块大块的油菜地，连屋檐墙下栽种的也是。西侧又置一副门，渫井距外墙一尺，院中人等于是开门一步即可迈入。盖了三块砖石，我把它们挪开，见一个石井台，米色石头的，与地面持平。“口极狭，才通人”？人，是通不过的，直径绝对不过尺许，我看见井壁，小青砖卧拱的，圆纠纠的，上小下大，一个古瓮状。看来它不似瓶隐庐景点，绝非“整旧如旧”的。

2020年大疫过后的秋天，我携两个孩子再访瓶隐庐，农民工们正在栽插漆成枯草色的仿竹竿，其实是薄钢管，孩子拿作金箍棒，竟舞了起来。以为装修拒访，然而有人出来说，老人九十三了，给他五元钱，就放你进去了。瓶隐庐的后门果然开着，孩子见了那许多仿竹竿，又拿起当金箍棒耍，被民工呵斥。突然，一个汉子像山鸦雀般的跳几跳过来了，他歪歪倒倒地嬉笑着，对孩子说："玩，舞花棍，玩！"人们又笑他了，这个当年"中年的小傻子"，今天居然穿戴得甚是整齐，他也正像瓶隐庐的看守者，我几乎不敢"相认"了。那老者矍健，看上去也就八十来岁，他用常熟话告诉我："九十三了。"他带领我们参观。标"瓶隐庐"的厅屋，仍是几年前的模样，但喷绘牌代替了当年的实物，"翁同龢山居史迹陈列"，许多照片和文字，弄成广告画的样子，枵薄的广告纸一碰抖抖的，也似枵薄得发抖的近代中国史。老人却从头一幅讲起，嘴里叨念着"帝师，帝师"。

公元1874年，同治帝驾崩绝嗣。慈禧让自己亲妹的儿子、四岁的载湉成了光绪皇帝，垂帘的西太后不要光绪唤"母后"，要他喊她"亲爸爸"。皇帝在更多的时间由老师陪伴。浏览这些图片资料，"常熟（指翁同龢）在书房二十五年，最为上亲"。天上打雷扯闪，光绪害怕，翁同龢把他抱怀里，做慈父般的抚慰。翁同龢想回乡扫墓，光绪急得哭了起来，但也含泪准假，到翁归来时，光绪欢跑上去和老师拥抱："吾盼你久矣。"翁同龢身有隐疾，后无子女——他一生只有一妻一妾，妾陆氏还是在妻汤孟淑逝后，家人劝纳的，二哥同爵把三子过继给他，又不幸染流行病病逝了，故他对光绪的舐犊之情应是出于天性吧。

基于做父亲的经验，我希望儿子肖自己，但不要太肖。太肖，是"克隆"与"复印"，不肖却又"不肖"了。我又从一个做儿子的经验得知，父亲要点小坏，但不要太坏。太坏是敌人，一点小坏的父亲则可亲又可爱。光绪对老师产生了深深的依赖，性格变得扭曲，打骂宫人还出现自残现象，翁同龢因此感到"圣性如此，令人恐惧"。光绪每天吃四个鸡蛋，御膳房收二十四两白银。光绪问翁同龢是否常吃这名贵之物，后者明知前者受骗，却说家里祭祀的时候才用上鸡蛋。如此，翁同龢博得宫里下人"翁师傅会办事"的好名声。一次师徒为事发生争论，翁同龢举起一只砚台就向光绪砸去，虽没打中头，墨汁却溅了光绪一身。光绪后来对老师是既惧又厌的。一面是垂帘听政要喊"亲爸爸"的母后，一面是温雅却又暴戾跋扈的老师，如此挤压出来的一只泥坯，光绪还能不"光绪"吗？

我有点疑心当年那"书画中心"展览的是否就是那只砚台，但它已经不在了，连同当年那几个莫名的书法家。那"渫井"仍在那个位置，给孩子念读时，我不得不用手机查了下，“渫”的读音我又忘了。“此门外有翁同龢归隐后开凿之井，名曰‘渫井’，为防慈禧加害，作应急自裁之用。”我讲到翁同龢那么粗的腰身(指铜像为证)，跟孩子说帝师怕皇帝追杀，有人敲门就准备投井，但是那井口那么小……说这些时，面对孩子的追问，觉得不能往下说了。

他干吗要投井呢？孩子使劲地问，井里难道没有蛤蟆和蛇？

有没有蛤蟆和蛇我不知道，我说，有井的，此刻却找不到，在副门的位置，压根儿就寻不见它。我曾用右手作拃测量过的呀！难道几年前是我的幻觉吗？

我欲再回院子里，找那位“九十三”了解，他却已收五元钱，按人头点，招待下一拨游客去了。好在那刻字仍可看到：“后其甥……认为取名渫井，有讪谤朝廷之嫌，翁氏遂命人连夜将井栏沉入尚湖中。”

侧门口置口小井，做个自裁姿态，却又吓得连夜把井栏丢进尚湖，他问过姓尚的湖水同不同意吗？张爱玲作第一篇小说，写女主人自杀，她妈妈说她不是真想死：真想死何必坐火车跑到西湖边？张爱玲则认为，结束生命于美景里，才是生命的值得。只是翁公做何思何想，我只能做无聊和无谓的揣度了。

虞山之虞，山门朝东，有石碑牌坊做证，“推位让国”者，虞仲也。尚湖之尚，水光映天，小涛拍岸，那持直钩而钓之人，渭水去此何遥，与此何干也。那孟浩然叹坐观垂钓者，徒有羡鱼情，又道不才明主弃，多病故人疏，那明主李隆基气得拿脚要踢他：卿不求士，而朕未尝弃卿，奈何诬我？中国封建时代的所谓隐士，莫都不是，亦有垂钓之羡？

我曾到访翁府前巷，曾拜访“之园”。南阳诸葛庐，西蜀子云亭。隐士总要有几个钱，总要后来发达，才够修庐筑名园的。之园毗邻曾园、赵园，它们皆是常熟市的古园。1937年春天，张爱玲跟全班同学来常熟游玩三天，住在常熟礼拜堂学校，据说床铺不够晚上还打了地铺。三天里张爱玲有没有像我这样，走访参观过彩衣堂和瓶隐庐，以及之园呢？

张爱玲赠常熟顾同学一幅静淑小照并亲笔留下美丽赠言，刊登在圣马利亚中学的样刊《风藻》上：

> 替我告诉虞山，只有它，静肃、壮美的它，配做你的伴侣；也只有你，天真泼辣的你，配做它的乡亲。爱玲。

〇卷贰

表达 你的 发现

游侠小木客

THE ELVES IN THE WOODS

2021
精选集

辛茜　我的夏德尔，我的泽库

到泽库

2019 年 7 月 4 日，张青松紧紧握住泽库县司法局让忠局长有力的大手，接受了藏族小伙洛桑扎西献给他的白色哈达。从此，张青松这位“全国律师界十大新闻人物”，成了青海省黄南藏族自治州泽库县的一名“1+1 法律援助者”。

从西宁到泽库驾车四小时，让忠局长带着他们到达泽库县时，已是晚上九点多。灯光下，闪烁的泽库县城迷离宁静，张青松有点诧异，有些遗憾。这么美丽的地方，怎么能说是到了边远贫困地区？回去了怎么向组织、向父老乡亲们交代？

一夜过后，缺氧的痛楚向他袭来，他浑身无力，头晕头疼恶心。吃红景天、止疼药，不洗澡，各种办法都用过了，还是难受。他才知，泽库实在是一个不容小觑的地方。

“泽库”藏语称“夏德尔”，意为“鸟冻得发抖的地方”，是青海省黄南藏族自治州贫困程度最高、最艰苦的地方，境内大部分地区海拔在三千五百米以上。早年，为泽库县政府选址的一班人马来到泽库，放眼远眺，极目细看，只见满天飞雪，白茫茫一片，只有一块地方平坦且不见积雪，便毫不犹豫地选定此处为泽曲镇，建设中才反应过来，之所以无雪，是因为这里是风口，雪被大风吹走了。

张青松发现，泽库这个地方，既神秘又简单。这里一年有四季，每天也有四季；这里看不到庄稼地，处处是草原；这里的人大多是藏族，不会说汉语。站在广阔深远的天地中，看着那些善良纯朴的脸，很难想象这里的人和法律有什么关系。但实际上，这里也是世俗人间：包工头们欠着民工工钱；离婚的藏族夫妇为争夺项链上的红珊瑚打着马拉松官司；一个牧民酒后捅了别人一刀；几个小伙子结伙偷了别人的牦牛和摩托车……

总算有了审听案子的机会。法官是藏族，被告是藏族，辩护律师是藏族，张青松根本听不懂，像傻子一样，像看了一场没有字幕的外国片。要想办案子必须学藏语，他暗下决心，刻苦努力。可惜一段时间后，还是只会说你好"逮猫"、再见"逮猫"、谢谢"尕真切"。随后，他有了进一步的认识，办案并不重要，重点是得留下办案的人：培养离不开故土的律师，而自己是来不及学藏语的，也不一定能留下。于是，张青松请求搬到草原上住。

家人

洛桑扎西一家对张青松的热情，远远超过了对洛桑扎西的。几天后，张青松在家里比洛桑扎西还舒服自在，每天早晨七点半起床，洗漱之后骑马到大帐篷里吃早餐。早餐一般是酥油茶、糌粑、馍馍。他吃的时候，孩子们都瞪着眼看他，一直到他吃完为止。然后他再骑马回到自己的小帐篷，驾车大约四十分钟到司法局上班。下午五点半下班后开车回到大帐篷，帮助家里照看牦牛。真实的情况是：牦牛不需要照料，既不上访也不闹事，每天都情绪稳定地吃草。但是他每天都要去关心下，摸摸牦牛的头，摸摸牦牛的尾，主要是担心家里人说他只吃饭不干活，主要是呆呆地看着夕阳下的草原，在绚丽的色彩下，如何变成一幅油画，再变成一幅版画、铅画。

来之前，张青松就听说过黑帐篷与白帐篷的故事。但是，他住的就是一顶白帐篷，这完全限制了他的想象力。实际上，他更愿意住传统的黑帐篷。黑帐篷用黑牦牛毛搓绳编织而成，纯手工，工艺复杂，冬暖夏凉。以前，藏地牧民大多住在这种帐篷里。后来，有些厂家抓住商机，用结实耐用的白帆布生产帐篷，实惠方便，大多牧民就不再用手工制作黑帐篷了。但是，黑帐篷对藏地牧民有着非同凡响的意义，所以很多牧民还是以家中拥有一顶黑帐篷而骄傲。

黑帐篷里有一个土质的炉子，燃料为牦牛粪。除了取暖，炉子还起着分界线的作用，晚上睡觉时女的睡左侧，男的睡右侧。

家里最疼张青松的是阿妈。她六十九岁，一生磕了一百万个头，现在还能直腿弯腰触摸地面。阿妈有八个孩子，加上孙辈、重孙辈约三十八人，她老人家好像也算不清楚。家中最年长的是阿姐，是阿妈的姐姐，全家人都跟着阿妈称呼。藏历六月十七是阿姐的八十大寿，全家人正全力以赴准备这个盛大聚会，张青松更是期待万分。阿妈说，张青松来他们家就是她的第九个孩子，所以她的子孙们就都叫他大哥。

张青松还有一个藏语老师名叫夏吾昂措，至今没搞清是哪一个弟兄的孩子，虽然只有九岁，但藏语特别棒，只是讲课不太认真。张青松买了好多零食给她，她还是漫不经心地多数让他自习。张青松的体育老师叫夏吾措吉，是三妹妹的孩子，专门教他跳锅庄，学费是一大包糖。夏吾措吉比夏吾昂措认真，不厌其烦地给他示范动作，而且从来不嫌他笨。家里力大无穷的是二哥彭措，没上过学，却能帮助活佛整理讲义，还出版过个人诗集。二哥不会汉语，却对张青松讲了很多话，应该是些很深奥的佛学理论。自从张青松不请自来加入这个大家庭，大哥的地位明显受损，只能屈居第二。大哥是宁玛派僧侣，从小出家，终身不娶，现在正潜心研究藏医。

阿姐的八十大寿

藏历六月十七日（公历 7 月 19 日）是阿姐的八十大寿。阿姐过寿的藏服，同样靠手工缝制。承担这项工作的是四哥和夏吾才让，为此，张青松完全被藏族男人的细腻勤劳感动。而即使这样，藏族女人的任劳任怨、辛劳勤快更让他惊叹，简直无法形容。但针线活是男人的事，她们绝对不做。

阿姐爱美，对她的新衣服非常期待。如果给她拍照片，她总是朝张青松挥挥手："等等吧！等穿上新藏服。"

此后，宾客们陆续到达。谁来得早谁最诚心，福气也最大。每个宾客除了赠送礼物，还要伴以歌舞。同时，阿姐要回赠礼物，家人们也要伴以歌舞。阿姐的回礼是一碗花生。一碗又一碗。从晚上十二点到第二天凌晨，阿姐回了三百多碗花生，说明来过三百多位客人。客人有熟悉的，也有不太熟悉的。

黑帐篷是庆典的中心。盛装的阿姐像女王，雍容华贵、仪态万方地望着暗色中的吉博日神山。礼后，客人们陆续进大帐入座，喝茶、饮酒、吃肉、聊天、唱歌、跳舞……笑声不断，歌声不断，一直持续到次日凌晨。

夏吾多杰是唐德村最受欢迎的年轻人之一，他一本正经地对张青松说："如果你认为我们天天大碗喝酒、大口吃肉，你就错了。其实藏族人本来不喝酒，当年文成公主把酒和酿酒技术带到藏区，只告诉我们酒好喝，却忘了告诉我们喝多少，所以我们不按斤喝，而是按天喝，高手可以连续喝七八天。后来，我们才知那种感觉叫'醉'。'醉'不好，所以现在多数藏族人不喝酒。当然，重大喜事另当别论。吃肉也不是你想象的那样。按传统，每月有八天绝对不吃肉，藏历四月整月不吃肉，平时尽量少吃肉，不是不爱吃，其实是舍不得吃。吃肉只能吃牛羊肉，不能吃小动物的肉……众生平等，不能杀生；人要生存就要吃东西，高原上除了肉没有什么吃的，怎么办？尽量少杀生。一头牦牛可以让很多人吃饱，因为它大；很多条鱼才能让一个人果腹，因为它们小。”

夏吾多杰的话让张青松长了见识，连连点头。难怪，平时藏族的主食主要是糌粑。如果你是一个好人，女主人会在你的碗里放很大一块酥油，加上奶茶。黄澄澄的一层酥油漂在奶茶上，喝上一会儿后，把青稞面放进碗里，用无名指搅拌，揉捏成团做成糌粑。对于长期吃糌粑的藏族人来说，吃完糌粑后，盛糌粑的碗要干净得如同新碗，如果碗里还有糌粑残渣，要用舌头舔干净，否则会被视为对食物的不敬。开始，张青松很不习惯。但有一天，他突然想起，小时候在老家山东农村，吃过面糊糊后不是也一样舔碗的吗？有什么大惊小怪的。也就表现得从容、坦然了。阿姐、阿妈看到后很是满意。

当然，八十大寿这样的庆典，肉是充足的，酒是管够的。

法会和赛马

有一天回家，发现少了两顶帐篷，其中包括自己住的那顶白帐篷。张青松心里一震，以为家里嫌弃他，嫌他领来了太多陌生男女，所以把帐篷藏起来了。因为前段时间，有很多朋友假借看望他，实则为了旅游常来泽库，而他在激动之余，又常常忍不住带朋友们来帐篷小住，吃家里的肉、糌粑、酸奶，欣赏家里的牦牛和美景。

经过小心翼翼地求证，才知帐篷被移到法会和赛马会去了。

法会，就是大家聚到一起听活佛讲经、念经。有的活佛学问很深，一讲讲好几天，所以就要把自家帐篷迁到讲经的地方住下来听。活佛用藏语讲经时，不明觉厉的声音不绝如缕，使人震颤。张青松曾苦苦央求一位听了三天法会的人给他说说活佛都讲了些什么，那人沉思片刻：“活佛说，要孝敬父母，不要老看手机。”

泽库的马叫河曲马，中国三大名马之一。藏地牧人家中都养马，张青松家就有四匹，主要用于比赛，现在已经很少有人骑马放牛放羊，取而代之的是摩托。赛马分为部落赛、村赛、乡镇赛等等，就像内地的足球比赛，一言不合就来一场。乡镇举办的赛马活动比较隆重，配有歌舞、拔河、摔跤，一搞就是三天。

参赛的马以年满三岁最好，骑手的体重必须超过五十公斤。阿姐送给他的赤兔马正好三岁，张青松的体重也符合条件，但遗憾的是，比赛过程中，如果骑手从马上掉下来不算成绩。所以，思前想后的张青松只能忍痛让别的骑手骑着他的赤兔马参赛。

赛马几乎吸引了全乡镇牧民，司法局不失时机地带着他们进行普法教育。完全不用担心，牧民们绝不会把普法书籍垫在屁股底下坐着看表演。藏族人对文字极其尊重，凡是有字的纸一律不会坐在屁股底下，不管认识不认识。

拉雅死了

中秋节，泽库下了一场大雪。还不到三岁的拉雅被狼咬死了。按说，这场雪不算大。第二天一早，草原就变得黄绿相间。山脉白雪连绵，与蓝天相映，清洁、美丽。

张青松想，地毛角乎家的拉雅很可能是被美景吸引，独自走了出去，走得太远，远离了自家的草场，再也没有回来。被发现的时候，拉雅已经死了，身体左侧的肉被吃掉，露出了肋骨。

一般来讲，牦牛群里如果有一头壮硕的头牛，狼袭击牦牛的事件就不会发生，而且狼根本斗不过它。头牛，是牛群里最牛的公牛，对外震慑狼群，对内团结伙伴。高原上的野牦牛自由奔放、身体健壮、精力充沛，很受母牦牛的崇拜，有些母牦牛会忍不住跟着其他野公牛私奔。头牛发现了就会和野牦牛打一架，以维护家庭的完整和自己的权威。牦牛性情温顺，一般没有攻击性，但是如果把它惹急了，追到天边都要把你顶死，求饶都没用。这就是传说中的牛脾气，所以狼轻易不敢惹牦牛，但是像拉雅这种脱离集体的落单者，很容易被狼钻空子。

牧民当然希望头牛把野生母牦牛带回家，但成功率不高，因为野牦牛不大喜欢安逸平稳的生活。所以，公牛长大后一般就放到草场上不管了，而母牛则需要每天下午按时赶回家拴好，不是为了防止它私奔，而是为了挤奶。牦牛奶是高热量食物，营养丰富，藏族人的大多数食物里都有奶制品，所以他们身体强壮。张青松一直想学挤牦牛奶，却遭到扎西吉大姐的拒绝。理由很简单，牦牛奶只能女的挤，男的挤不出来。他对此将信将疑，想问原因，又怕别人说他没学问，只好闷在心里。

拴住了母牛，公牛就不会走远，因为第二天拴牛的地方，会多出很多牦牛粪。用晒干的牛粪烧火，飘出的是草香味。一个“大神”说，牦牛粪冒出的烟对眼睛非常好，可以治近视。于是，张青松趴在牛粪炉子上熏了三天，双泪长流，结果仍然近视。除了做燃料，牦牛粪还有很多用途。它不仅是草地的养料，防止高原沙漠化，还有着杀虫护草的功效。高原土层中有专门以草根为食的害虫，对草地破坏极大，但牦牛粪恰巧能够毒杀这种害虫。高原上的蚊子很大，被咬后久久难忘，但只要有牦牛粪的地方就绝对没有蚊子。没放过牧的人不知道，羊吃草是将草连根拔起，牦牛吃草是用牙齿将草的茎叶切断，不影响草的再生。有时候，张青松很坏，对来看望他的朋友说："牦牛吃的是冬虫夏草，拉的是延年益寿的六味地黄丸。"就有朋友把捡到的牛粪往嘴里塞。

地毛角乎是家中老四的媳妇，和许多藏族人一样，说不准自家有多少头牦牛，但只需要看一眼牦牛群，就知道谁没回来，而每一头牦牛都有自己的名字。地毛角乎非常勤劳，但也不能防止悲剧的发生。拉雅的死给家里造成的损失不是太大，但牦牛被咬死总不是一件好事。

泽库的藏族人不仅不杀生，还要放生。放生是佛教传统，生老病死、婚丧嫁娶、忌日庆典，都要放生。被放生的牦牛只是在脖子上系一个标志，就表示被赦免了，既不能杀，也不能卖，还要继续在自家草场上养着，直到终老。牦牛的自然寿命大约二十岁，放生牛越来越多，但是草场有限，以致能卖的牛越来越少。以张青松家为例，全家有大约二百头牦牛，其中放生牛六十头左右，也就是说只有一百多头有经济价值。最狠的算老二彭措，他有十五六头牦牛，全部放生，家里还供着两个上大学和中学的孩子，只能做点小生意筹集学费凑凑合合地过。

拉雅之死，不悲不喜，乃修行境界。放弃物欲，安贫乐道，是一种生活态度。哪怕只剩下一顶帐篷，藏族人也不会觉得穷。"现在我们的生活好多了，政策好，政府好……"这样的话，从藏族人的嘴里说出来是非常真诚的。

在泽库做律师

9 月 15 日，泽库开始供暖。室外活动大大减少，终于谈到律师事务。在泽库，第一次有人叫张青松"臭嘴巴"，他羞愧地刷了三次牙，戒烟一天。但是依旧挡不住被天天叫"臭嘴巴"，这让张青松倍感苦恼，几乎要怀疑藏族同胞是否对律师职业有偏见了。之后才知，藏语"律师"，发音近似"臭嘴巴"。

在县司法局大厅上班后，张青松受到了欢迎，来咨询和寻求法律援助的人络绎不绝，有时候会出现排队等候的情况。七八两个月，张青松共接待咨询一百四十四人次，代写文书三十六份，受理案件三十一件……当然，这些工作主要由张青松的另一个“1”——洛桑扎西同学具体操作，张青松在一旁指导观察。除了咨询、办案，党委、政府、学校、公检法纷纷请张青松给他们讲课。一段时间后，走在路上的张青松被很多人认出来，老远就喊他“臭嘴巴”，张青松这才意识到，自己还是蛮重要的。

有一天，一位藏族阿哥的孩子要到天津一所学校上高中，找到了张青松：“听说天津只吃海鲜，没有馍馍和糌粑，吃不惯海鲜会不会挨饿？”张青松轻松地告诉他：“问题不大，天津有麻花。”但是藏族大哥还是在犹豫能否让孩子去天津。还有一天，一位当地藏族青年搭他的车去西宁。路上藏族青年心事重重，叹息如何保留藏族文化：“藏族人搬到山下住，藏族人连锅庄都不会跳了，糌粑都不吃了。”他另有一件极其痛苦的事情，女友是汉族。家人根本不同意，不让他们结婚，说要保证血统的纯正。此次去西宁，就是要做分手的事。张青松一边开车，一边对他讲：“和一个女孩分手有多种可能，如果不爱她了，就是借口；如果真爱，民族不同就不是什么事。古老的传统文化都在博物馆里。汉族的、藏族的都一样。过去吃糌粑用泥碗，现在你还用吗？过去去西宁骑马、走路，现在你不是在坐我的汽车吗？”青年连忙制止：“张律师，你，你不要说了，我心里有点乱。”

有一天，一位虔诚的宁玛派教徒、藏族兄弟，到他这里坐坐。聊着聊着，这位藏族兄弟说，女儿考上了大学，没钱缴费，希望张青松能给他女儿资助。没有经过任何考虑，他爽快地答应了，但是他要把这件事谈清楚：“你为什么穷？为什么没钱给孩子上学？你养的牛呢？”

藏族兄弟说：“我本来有很多头牦牛，后来都让我给放生了，剩下的几十头全部送给了寺院。”

张青松就和他谈宗教、佛法。最后发现，其实藏族兄弟懂得并不多。说到不解处，他便说：“喝吧，喝酒，这个问题先不谈。”于是就喝，喝到醉了，倒下了，什么也不知道了。

其实，有很多学成回来的藏族“九〇后”很有想法，想做点事，但碍于老人的反对，什么也做不了。想多养几头牦牛。老人说：“养那么多干什么，你想杀生吗？”“卖给别人，别人吃了，不是一样在杀生？”县上也有机灵的年轻人，稍微动点脑子就能赚钱。其中一位卖酸奶的，坐在张青松的屋子里，一边喝酒，一边低下声音说：“政府对我们藏族人太好了，只要做生意就给钱。我一年卖酸奶赚一百万，政府给我补贴三百万，我一年能赚四百万！"张青松心头一惊，盘算着自己是否也该改行卖酸奶。

刚来的时候，很多朋友问张青松，你那里到底需要花什么钱？我们来赞助。到了后才发现，没有花钱的地方，大家关注的医疗、教育、道路、水电，政府全包了，连学费都免了。如果管得太多，他们就会有依赖，所以藏地扶贫，需要自己真正觉悟，否则，钱花完了就完了。但是，任何一件事都不是孤立的，是相互联系的。这中间的每一件小事也许不大，可终究会起到作用。有记者曾经不断地追问：您给泽库带来了什么变化？张青松只能回答："一个地方的法治建设不可能因为来了一个律师就健全了。但是，我做就是了。"

2020年9月19日，张青松就要离开草原，离开洛桑扎西一家，离开他以前从不知道，现在却刻骨铭心的大泽库了。临走，阿妈为他选了一头膘情不错的牛放了生。家里大大小小几十人，为他举行了隆重的欢送宴会。张青松身穿藏服，脚蹬皮靴，头戴镶有金边的"松沙"帽，与家人不停地合影、拍视频、吃肉、喝酒、唱歌、说笑，一直闹到深夜。迷迷糊糊中，他想起有一天，阿妈专门为他留的厚厚的奶皮，那是从刚下过牛崽的牛乳里挤出的第一口奶；想起了他四处玩乐几天不着家时，阿姐打发孙子、孙女给他打电话，到县上找他，让他回家和阿妈一起转玛尼筒、包饺子、念经。张青松的眼泪就不由自主地流了下来。

再见，大泽库！

请收下我的律师袍，让泽库的第一个律师穿在身上；再见卓玛，草原上盛开的蓝白花，是我硬硬的胡楂儿；再见家人，阿姐您念过的每一遍经文，都在我内心吟唱；再见牦牛，听见阿妈呼喊我的名字，你要回家偎依在她的身旁。再见，我的夏德尔。再见，我的泽库。我，还在高原上。

阿微木依萝　**为明天的日子**

刚坐下没吃几口饭，我那位从小一起长大的好朋友就带着她的“团队”来到城里，她比我大十岁，今天打扮得和从前一样朴素，穿过席间所有客人，在桌子边扭着屁股走到我身旁。

嗨！她说，今天你参与吗？

我咽下一口饭，心里想：今天是丧宴啊！

你参与吗？她再问。

我睁大眼睛看向她的眼睫毛，她的眼睫毛还是那么长那么好看，在她那双很大的眼睛上面，眼睫毛像一片青草盖在目光之上，我很难拒绝这样充满期待的目光，我说，好的呀！

她很高兴。

可是我心里怕得要死。我像上一次吃酒席那样没有事先准备塑料袋子。但这个话我不能说。她最讨厌像我这样出门吃酒席不拿塑料袋的人。

她知道我没拿塑料袋就会跟我说，你是舍不下面子……你是故意不拿塑料袋子……你没有过着艰难日子不知道日子难过……我教给你的经验一样也学不会……早知道这样，小时候你被大水险些冲走我就不该伸手将你捞上来……你从来不和我们一路……你打心眼儿里看不起我这样的人！

我不要听她说这些伤心话。这样的话听过三次就够了。即便我可能就是不高兴跟她们这么干，可她是我一起长大的姐姐，不是亲姐姐，感情却是亲生的。我不要与她分道扬镳。我要铭记她的救命之恩。所以我要说一些连自己也厌烦的鬼话。

今天不知道什么意思，我心里乱成一团。说完“好的呀”这句话，我的碗就有些端不稳了。

很快她们干的事情将和之前每一次相同，在场的人都会眼睁睁地，不知道发生什么事情，看着她们将酒席上每一桌的好菜全部倒进塑料袋，然后扬长而去。她们可能连肉汤也不放过，像前几次一样，车屁股流汤滴水而去。

我恐怕得把她们这种行为叫作“工作”才妥当。

那些人不会知道这个工作我的好姐姐已经干了不下十年。她轻车熟路、干净利落，十年如一日，但凡熟人宴请，无论生孩子满月酒，无论婚丧嫁娶，她都会热情参与。吃完再把桌上剩饭剩菜一扫而光，打包带走。宴请的主人谁也不会真正跟她计较。计较也没法追究。

她就是这样过来的。十年。

十年前她一个人，现在她有了一帮队友。队友也就三个人，加她四个人。如果我加入，就是五个人了。

我咽下一口汤。差点被烫死。

你吃完了没有？她说。

我急忙站起来。

现在我必须站起来了。一抬眼撞见她目光里有些逼迫的味道。她安排那三个队友继续守着饭桌，一旦那些人吃完就动手装菜。三个队友点头答应，她们身经百战的样子。

我跟着姐姐一路走到房子的巷道深处。再往前就是殡仪馆焚烧尸体的地方，那房子的上空还冒着一股死者的青烟。我们这次参加的宴席正是因为我们两个共同的亲戚，一位年过七十的老头子两天前死去了，这会儿他的尸体在前方的炉子里焚烧。

我可不要再往前走了。她也不打算往前走。

你没有拿袋子是不是？她问我。

是的。我说。我望着前面房顶上的青烟。

你看房顶干什么？她说。

有烟。我说。

我就知道你和以前没什么变化。她话语中含着怒气。

我俩一来二去说了一百多句，她最后说，我就知道你不清楚日子难过。说完扬长而去。

我一个人站在巷子里。前面房顶上空青烟淡了下去。那个死去的亲戚彻底没有了。

我有点难过(这太难得了,我终于感觉到了一点难过)。于是立马张口喊住已经快要走到巷子尽头看不见背影的姐姐,把她喊停下来。

她又走回我身边,问有什么要说的。

我其实也不知道有什么要说。我只是突然觉得这个死掉的人是我们共同的亲戚,可为什么刚才我和姐姐站在巷子里没有一点伤感?难道这不是一件伤心事吗?姐姐只关心饭桌上那些剩菜剩饭,她跟我聊了一百多句,净是在追问为什么十年过去,我仍然活得像个白痴。

我喊她回来是想说,我总算感觉到一点难过了。今天这场丧事,本来就是我们共同的亲戚的死期。他在那儿烧成一股青烟,青烟都淡了,他彻底没有了,我才好不容易尝到一点难过的味道。我想问她有没有难过,哪怕也是短暂的一丁点儿。

她比先前更疲惫的样子。

她一屁股坐在地上。这是我见她最伤感的一次。我以为伤感终于像一只黑色蚂蚁,从她脚背爬到头顶的山坡,然后从高处一口咬下来,让我这位姐姐的心也痛起来了。

——可她只是瞌睡来了。

我伸手去拽姐姐的衣领。在死者面前睡得像个死者是大不敬。

她眯缝着眼,含糊其词。

由她睡吧,我想。坐下来让她靠在我的肩膀上。这个时候她的眼睫毛离我更近。有人早年跟我说,眼睫毛长的人容易做贼。我眼睫毛也不短。所以长大以后每一天我都保持在正道上行走,保持善良,保持不占人便宜,口袋里钱多的时候会往路边乞丐的碗里放下十块钱。因此,我也总是保持在乞丐与富贵之间。我怕一个人有钱了会做贼,太穷了也会做贼。

姐姐的呼噜声像河水,驮着滚石而去的河水。我稍微动一动肩膀,呼噜声就小一小,但不会消失。她的喉咙松弛得像一根两指宽的皮带,贴在她活命的颈项上。她坐下来比站着更臃肿。整个给我的感觉就是:她是个有弹性的人。也可以说她活得比我明白和胆大,也可以说她顾不上那些异样的眼光。从她自衣兜里"刺啦"扯出塑料袋那天开始,她就是一个全新的她,谁也别想把往年那个战战兢兢的她再换回来。

往年她很瘦小,年纪也轻,仿佛一直要保持自己的身体只装得下一把月光。自从死了父亲后,委屈就开始像沙子一样把她填满。

那天她死了父亲。她一个人紧紧贴着墙根站着。我也贴着墙根站着。你怕不怕?我这么问的话。不怕,死的是我亲爹。她这么回的话。

我们两个都还是孩子(至少心理上没有长大),不知道如何招待丧礼上的客人。我们搓着双手仿佛若无其事。客人们挂完礼金就去旁边找熟人聊天。不知道他们为何那么开心:打扑克,打麻将,喝酒聊天说笑话。有一瞬间,我的耳朵一直在关注"一筒、幺鸡、八万"和东西南北风,姐姐也走神了,她眼睛直直的。后来到了饭点,女客们吃完就开始打包桌上的饭菜,她们说这是在她们那个地方流行的,杜绝浪费,吃不完要打包带走。就在我和姐姐面前,表面上交头接耳,热热闹闹,实际上手脚麻利,抢来抢去,恨不得吵起来。后来院子里每张桌上只剩下一大片空碗,还有地上一大片垃圾。我们两个互相看了又看,以为刚才发生的一切是在梦里。姐姐往前走了一步又退回来,退回来又想走出去,她战战兢兢像只落汤鸡,汗水把整张脸打湿了。我不知道她为何流那么多汗。

她父亲入葬以后过了好几天,她跪在坟头突然说:我感觉那天他们把我爹分吃了。

这个话我本来已经忘记,到现在我跟她坐得近才想起来。

她睡醒了。脑袋从我肩膀上拿开。

起来,我带你跑一圈,练一练精神!她说。说得那么清醒,像是刚刚从深水里游一趟出来。

我跟在她身后慢慢放开步子。她在前面左摇右晃,一个悲哀的大屁股,腰粗得像箩筐,上半个肚子和下半个肚子是平齐的,要不是胸部外扩挤着两边胳肢窝,可以借此看出来她还有胸,那就根本不知道她还有胸,头上毛发油腻并紧紧贴在头皮上。她跑了一百多米,风吹来吹去,也没吹起她的头发。

你多久没有跑步啦?她问。

很久啦。我回。

你多少斤啦?她问。

一百二十五斤九两。我回。

她在前面哈哈笑了两声。我就知道她要笑。并且她心里恨不得将过去说过的话再来一遍:死要面子。

我就是死要面子。一百二十五斤九两绝不说成一百二十六斤。我这么斤斤计较如何能有出息。她是这么看我的。我知道。

她回头拉着我的袖子,往前狠狠跑出几步。我喊她跑慢点,我们又不是马,灰尘都踩起来了,她不听。

我们跑到殡仪馆外面的山包上。前两日刚刚过完立冬,树木还绿,青草没有发黄,但是天气瞬间就凉了。

她躺在条形石板上,望着天空也望着我。她很平静,这个样子像个要讲故事的老年人。然后她跟我说,并非那些饭菜有什么好,而是她这么去做的时候,觉得心里很畅快。

我想了想,认为是她父亲死的时候,那些人所做的事情给她留下了很重的阴影,毕竟当初我们还是少年,毕竟心里还很空荡,我们长在山区的孩子没有太多经历和见识,我们都很穷,无论谁家办了宴席,都很珍惜桌面上剩下的食物,哪怕剩菜中掺着别人筷子上流下来的口水,哪怕食物已经不干净,我们都不在意。一头猪要喂一年,一只羊牵着跑几片山坡才长大,这样的我们不容许食物被蛮横地无端哄抢。何况那天的宴席并不是高兴的,那天是她父亲的忌日,她以为所有人都会悲伤得吃不下东西,谁知道他们吃不了还兜着走了。一些伤害轻易就能钻入少年人的心底。这种遭遇使她后来也陷入困局,做梦似的无法走出困境。只有做出和那些人相同的举动,她才能感到一点点畅快。

我现在才明白她为何在父亲丧礼上满头大汗。如果是我,也会是那个样子。就好比轻伤的人容易喊疼掉眼泪,重伤却是哭不出来的。

她从石板上坐起来,望着山包下殡仪馆的丧宴,她的队友已经在“打扫”桌子了。

不要再倒那些东西,姐姐,那些东西吃多了不好。我说。我感觉自己始终压着火气,像什么人掐着我的脖子,虽然很生气却不得不慢慢地将说话的声音从喉咙缝隙里挤出来。我其实想说,我们已经长大了,有些事情忘了算了,反正它已经过去那么远。反正回想起来只让人痛苦。

她这回没有很生气地骂我,目光平缓地落在脚前草地上,她说,你没有经历艰难的日子，你不知道日子……

我知道日子难过。

我抢了她的话。心里顿时有火燃烧，我在失去耐心。就像我母亲断定的那样，我是个心肠很硬的人。刚刚我愿意跟她出来跑步，就是想跟她说，过去的事情就算了，总不能翻来覆去就在那件事情里受折磨——哦，同时也折磨别人，人只要肯活着，就该抬起眼睛，哪怕眼睛里填满泪水也抬起来，只要不低头，总不至于哭得很难看。啊，我说糊涂了！我的意思是，她如今四处搜刮剩菜剩饭的行为比低头哭一场更难看，一些馊了的饭菜她也打包带走，那玩意儿能有什么用？还不如正儿八经找个没人的地方哭一场。我就是这么想的。我跟着她出来跑一趟就是想把心里话说出来。可是一直没有说出来。

现在她又说起明天的日子难过。我就更难过了。我现在就感觉很难过，翻来覆去总是这句话对付我！

该死的！我说。不知道这话怎么就说出来了。

她抬起眼睛，这会儿她的眼睫毛像一把屋檐草，被大风掀翻了贴在上眼皮的陡坡上。她整个人瞬间变得好可怜、好穷的样子。我以为她将低头哭一场。谁知道她哈哈笑了起来。

你感到不耐烦了吗？她说。又说要是放在从前，我这种态度会让她伤心好长一段时间，现在不会了，她觉得人是黑色的，黑色的东西容易沾灰，时间一长就越沾越多，越多越厚，越厚越动弹不得，越是如此，她心里的一些感觉就会变得迟钝，像城墙一样厚的东西把她所有的感受都压得死死的。这样并不是一件坏事。对她来说是一件好事。她不再像从前那样敏锐地时刻感到惶惑不安、伤心和怨恨，不再做噩梦，不会在梦中看到父亲站在一片寸草不生的旱地上，满脸被日光晒得通红，在仿佛经历大火焚烧的土地上悲伤的模样。虽然，她偶尔觉得浑身沉重，也觉得被时间茧起来，也突然想从自己的壳子里钻出来，可这种想法只是一瞬间就淡化了。

我被她的话震住。到此刻似乎才模糊明白，一些人的痛苦会变成硬壳。

我把她扶起来，站在身旁。抻了抻脖子，像鸡啄米一样，说点什么说不出，就把所有话吞下去了。

姐姐，我说，我们吃饭去。先前没吃饱。

她好像很高兴我没有说一些安慰的话。伸手就把我的手牵着。是以前把我从激流中捞起来的那只手。右手。不用看就感觉出时间的刀片曾一天天割它，在掌心边缘有刺，在掌心的中间也有刺。我不能低头，我不敢看。它是救我性命的手。它变成这样了。

我们手牵手，仿佛小时候她牵着我在河边的田埂上找鱼腥草，我们一人摘一把过年才开的黄花，然后她摇着花在前面走，我像傻狗一样跟在后面。她在前面边走边跟我说，头一天学校里教了一首诗：春眠不觉晓，处处闻啼鸟……然后她就摔进水田。我拉她出来。那时候她很瘦，人也年少，水田也浅，轻易就能拉她出来。眼下我只是被她拖着走，也像个傻狗，连可以勇敢地“汪汪”叫两声都忘记了，在灰尘堆积生硬的水泥路上，手快被她捏成饼子。

到殡仪馆大门她才放开我的手。她突然说，今天难得高兴，就不要那些剩饭剩菜了。

我们走进吃饭的场地。她在前，我在后，她突然一下刹住脚步，险些被我给撞倒了。

好多人在抢剩饭剩菜，闹哄哄的，有说有笑，就在我们两个的前方。她们都很麻利，一口吹开干瘪的塑料袋，抬起盘子盖下去。她们都很高兴，在桌子间穿来穿去，像蚂蚁，也像蟒蛇。

你不要去。我说。我看见她眼神在发呆。

她推开我，脸上没有笑容，也不愤怒，也不无奈，熟练地从衣兜里掏出一只大号塑料袋，指头在舌尖沾一点口水，搓开塑料袋口，快速向桌子走去。像个灵活的……木偶。

晚间，死者入葬后，最后一顿饭顶着黑夜开始。杀了一只灰山羊。晚饭摆在露天场坝里。

姐姐又来到我身旁。一切像白天的重复，我还端着碗，一块羊肉咬到一半。

你今天真的不参加吗？她说。

她只是习惯性问一问，就像熟人见面好歹打一声招呼，实际上不会有兴趣听我说什么答案。她端着一个喝水用的一次性纸杯（塑料袋肯定是用完了），拿着一双折成两半的一次性竹筷，伸到我面前的盆中挑拣羊肉。哆哆嗦嗦的，半截竹筷捏在臃肿的手里不太能看见，就看见一个拳头，在菜盆上空晃来晃去。

赵冬妮　半成品的木匠和下落不明的椅子

我一度想过做个木匠。这似乎始于我和阿荣结伴回家的路上。阿荣是我的同桌，放学后几乎全班同学都往一个方向走，他们穿过体育场前的空地继续向前，我俩沿空地边缘右转，横穿过大街，转进一条小道，道路两边有院墙，或小工厂场院。场院往往不大，春夏生野草，冬日空荡荡，被两道铁丝网拦住。草永远不肯结出可以吃的果实，空荡荡会遭一夜大雪覆盖。暴雨来临前，蜻蜓神经质地来回穿梭飞舞，画出一道道横线，或从半空中落到铁丝网倒角刺上，换个姿态继续消磨生命。还有幢县政府办公楼，高大庄严的灰色建筑，也围在两道铁丝网内，退得有些远，像故意保持着距离，它有自己的前院后院，很宽敞的空地，偶尔有人影从中经过，很少有人清楚那高楼干什么用，一旦知道了就会又好笑又不解：一个县政府办公楼怎么会设在市区里。居民楼红砖墙灰瓦顶，一幢幢远近横斜，再就是粮站的一堵后墙，红砖从底到顶没有门窗，阳光也不照过来，青苔从角落里先绿起来，再从潮湿的墙根往上爬，沿墙根的泥土往外爬。

阿荣矮小敦实，她走路脚下是有声音的，还有呼吸，在那很短的一段路里，急促而沉稳，至今我都还清晰地记得。刚开学不久的一天，我俩在路上讨论这学期要开始的学工劳动，做石棉瓦。石棉瓦是校办工厂的一个生产项目，我后转学过去，参加过学工劳动，却一点也不知道石棉瓦。阿荣解释说，做石棉瓦用玻璃丝，玻璃丝是透明的，比头发细，比头发利，它们会在空气里飞，是肉眼看不见的刺，扎进手指，然后你的手指碰到哪儿都疼，不碰也疼，刺挑不出来，在手指里永远地疼。我问那怎么干活儿，她说戴口罩手套。石棉瓦我并不陌生，铁丝网后小工厂的房顶上，一面面像波浪一样涌动的灰色长瓦，路上也常踢到残瓦块，玻璃丝从水泥的断裂处露出来，阳光和微风使它们格外耀眼，两米外就能看到最细微的丝光。第二天，阿荣告诉我，她课后一直在校办木工厂做活儿，快有一年了，她问我要不要去，木工师傅答应接收班上六个同学，让她开个名单，这样一个学期下来，直接躲掉石棉瓦，她说：“主要是能学些手艺，将来我想做木匠。”

校办木工厂就现身了，像是隐匿的密电码终于嘀嗒作响，而且近在眼前，就在小路一侧的深处。木工厂是在县政府楼后院的西侧，这后院同时又是我家楼的后院，两处后院只是被长铁丝网隔开而一分为二。校办木工厂远离学校，藏进一个本来就很令人难解的县政府后院，一切转向，变得神奇，我也想应该做个木匠。近百平方米的简易房，周边没有树木，但初春包围了那座房子。老师傅从工具箱里一件件拿出工具，平刨、凿子、羊角锤、刀锯、框锯，种种型号，这些工具的名称成为学工劳动第一天的开场白。他没有说接班人事业理想之类的话，在那之前，小学初中高中我在红砖厂农药厂矿灯厂学过工，感觉天下师傅都一样，不会讲什么，至多只有一句话，手一挥说干活吧。师傅展出的工具大都眼熟，我家有几件，新奇的事物是电刨和电锯，可电锯的尖厉声一听就认出了，我常听到它，有时受它折磨，没想到刺耳声音的发源地原来就在眼皮底下。仲夏酷热，家里两扇窗终日大开，偶尔睡下午觉，往往就是从窗外传来的电锯声中醒来的。天地那么安静，被大睡梦淹没了一般，只有尖锐的噪声能证明你身在何处，还是这张木板床，床上细篾凉席还紧贴手臂，于是让你放下心来，跟着这个世界继续运转。电锯是边缘有满满一圈锋利牙齿的圆锯片，固定在锯床上，电会使它飞转，推进去每一块木板，它都近乎奇怪地发出痛苦又欢快的怒吼，它用尖叫作业。破开木板之初，我总要先闭上眼，不敢去看，心里牢记着不能松手，按住木板，朝着转动的锯片缓慢推进去。一块木板转眼间走完它的旅程，一分为二，再也不是原来那块木板了。电刨会抚平伤口和所有断裂的痕迹，刨刀像舌头，舔过几下，木板褪去粗糙，最终摸起来光滑如水。电刨用刀刃造就光滑，光滑得让人不禁惊讶。

是椅子占据了一半的空间。椅子上叠着椅子，全都缺胳膊少腿的，有的靠背空心了，一根横撑也没有，有横撑的一头脱落，另外一头榫还勾留在卯眼里。没了侧杆的，前后腿劈叉分了家，失去前杆的，就两条前腿左右分家，像一头受伤的小鹿要跪下来。它们站不住，椅背往前跌，跟大磕头虫似的，却不能像磕头虫那样把自己的身体弹飞，挣脱被损毁的命运。仅剩四条腿的椅子也不少，椅座面一片板条都不在，像椅子不屈的灵魂，先从结构框架上守住自己，最终就不会分崩离析。更多的需要接一条新腿，或两条新腿。缺腿的椅子，总让我想到坚定的锡兵，一条腿的锡兵心怀爱情，他出自安徒生童话，当时我能反复读到的书，就是这本童话书了。单独的腿，还有半截腿，露出陈旧或新鲜的硬木茬，全是硬杂木，要是从树的年龄算起，它们或许比我们还要大，颜色和木纹极其杂乱混淆，永远不要想着去分清谁是谁。忘掉榆木的香气吧，哪怕它们也曾有过一片山地，现在它们早离开了那里，被运送到城市里来，又从我们身上感受到另一种生命生长的力量，甚至是故意的损坏。有个男生就在我眼前，他久久端量着一把椅子，我以为他对它着迷了，却看到他突然一脚踏上去，椅子瞬间散为一堆木条，跌落在地。

并不是永远有美好的木板向电锯里推送。看看这根后腿能不能改造，长的截短，或破开变成侧杆前杆，两三把椅子拼凑成一把，椅子就有了不同颜色的腿。每条腿都固执，爱着自己的颜色，无论你怎样刨，刨掉一层又一层，刨到心了还是原生色。如果接一根新木头腿，木头太新，一把椅子摆放在那里，看上去伤势就显得更重了。但这样的椅子，往往出自阿荣之手。师傅说，木料有两件，卯料和榫料，他在卯料上画好线，在榫料上画好线，随后递给阿荣去凿卯和榫。师傅说卯榫构成骨头架，上千年前就这样了，像说出了一束光，自老远老远的地方赶来，停歇。我也第一次发现阿荣的手指短小却结实，平凿在手，像嵌在石头里，切割出卯线里的小碎片，再用羊角锤，锤打凿头，又准又平，卯孔成了，切割榫头，师傅修好细节她再组装。她几乎是个熟手了，我和男生却还在废木腿上反复做练习，要么把半卯凿透了，要么把榫削瘦了。起初我们围成一圈，看阿荣做活儿，阿荣是个普通的女生，大家在她身上给自己找到了信心，又不免深深感到泄气，就像龟兔赛跑，谁都看到了这次学工劳动的结局。男生认为阿荣的手不是有劲，是有准，我觉得到了我这儿，一切皆不对，样样需要你来对付，凿子榔锤不听话，就连我自己的手都抗拒我，不再柔软顺从，反而露出它笨拙的一面，它能在最小的范围内把自己弄丢，能被凿刃带偏，凿刃冲出卯线外，什么都毁了。那些破椅腿旧木头，折断了也被坐过了，脏兮兮，还有带节疤和虫眼的，本来不成器，也能混进来，成为椅子腿和靠背。虫蛀留下的痕线弯弯曲曲，小线头似的蜷缩，无端开始又无端中断了，即便这样，它们也是坚硬的。而任何一个新手，都是缩在小心翼翼的甲壳里行动的，总会忽然血不流了，呼吸停止了，手指僵硬如泥巴，其实也许很简单，是自己造成了这次生命事件。工具箱里有本卷边了的木工手册，吃午饭时我拿出来闲翻，手册里说，榫有面颊，榫还有肩部。指导我切割榫的时候，阿荣或师傅都会说，慢一点，准一点，看好线，再握牢靠些，我小心照着做，锯片和平凿，我真怕它们开玩笑，最后造不出脸颊和肩头，又怕它们在最后的关键瞬间，毁坏了脸颊和肩头。

清明过后大地暖透，小草在墙角和无人走过的空地生长出来，从铁丝网这一头爬向那一头。沿窗台边堆放的残椅下，也绿茸茸一片，一棵喇叭花的幼藤才一指长，就开始爬蔓，顺着一根椅腿向上攀缘。我们在院子里吃完午饭，饭盒放在脚边，在大门两边坐着。男生坐门左边，女生就坐右边，双腿规矩地拢在一起，很少高声说话。蚂蚁在眼前匆匆走过，怀有着某种心事，我们发呆地看着，或者把脸仰向天空，闭眼睛晒太阳。不知不觉就伸直了腿，严寒的冬天过去了，至少有五个月，草木凋零，停止生长，眼里一切的事物都是萧索的。北风卷起泥沙，漫天漫地，有时要闭起眼睛走路，闭着眼睛有如在旷野里游荡。而眼下太阳多好啊，晒在身上多么温暖，万物安静，连电锯声也停止了，泥土和青草的气息全在蒸腾混杂一处。没有风，浑河并不远，河风却不吹过来；如果过河继续向南，就会走到露天矿大坑边，每次重大节庆活动大家写发言稿都会写上：十里煤海。其实哪里见过煤海，那热烈的热火朝天的煤海，要么在高音喇叭里，要么在学校走廊板报墙上，要么纯粹地存在于脑海里。由于超离视线之外，便看不到煤海其实一直是流动着的，从地心开始流，在异地燃烧。比起煤海，河这边，在北岸，有残破的古城，城内外时序新始，大地微微，屋舍散落，崭新的不知怎么就破旧了，像空贝壳丢在了一片大河滩，人从一只只贝壳里脱离出来。我们并排坐着，师傅出来进去，洗净自己的饭盒，收净刨床下的刨花，或整修锯齿。师傅一向低声慢语，对学生很宽松和气，三个月学木工，能学出个什么样？大概他心知，一次劳动锻炼而已。看我终于凿出一个卯孔时，他也会很认可地笑，赞赏我。我知道他的善心和鼓励，我到底能把卯料和榫料装在一起了，俩家伙严丝合缝咬在一起，掰都掰不开，合二而一。我也心知，这离一把完整的椅子实在还很远。

一辆半截卡车说来就来了，直突突地开进院子里，载来一堆破烂桌椅，我们慢腾腾地把它们一把把从车上卸下，惨不成样的直接丢院里，尚可救药的搬进屋，我在心里叫它们大人物，能不能放进屋，是能否成为大人物的决定性标志，是活不活的问题。大人物来时灰突突的，离开时就变了，也并非焕然一新，但它们身上什么也不缺了，有前腿，有靠背，后腿笔直中流砥柱，侧杆撑起板条，可以安心坐上去。用劲晃晃，一切都在证明，这是一把完整的椅子了，已不复为残骸。我觉得自己和它们，走过了再生之日。大人物也永远有它难以抹除的标志,像是一种终身的,再也褪不去的,那就是拼凑,或者说救治也好。腿因为拼凑出现两种颜色,新旧不同,前杆因为拼凑额前就如同贴了白布条,但四条腿是齐的,平平稳稳立在地上,椅背给身体以结实的支撑,靠上去,可睡一小觉。谁也不觉得这拼凑有什么难看。木工手册里说,卯就是一个缝隙,我从心里认定,不管大人物什么样,它每个缝隙里都有过我们,有我们手的力量,手的小心谨慎和沮丧:紧握凿子的左手会被右手所伤,右手落下的铁锤最是没准,它偏离目标,打在虎口上,手在惨痛中躲闪。十次八次以后就稳定了,结实了,皮肤粗成砂纸,手心充满汗味。慷慨地把大人物一个个搬到卡车上去,快速地,粗糙地,你来我往地,无暇去想世间还有离别之情,高高兴兴把卡车打发走,看它驶出院子,最终成为一团黑线球左转从视线里消失。人人心满意足,每个大人物都有一个我们凿出的卯和榫,都有一条腿走向一把椅子,损毁也有可能得到终止。有一些细腻光滑藏在不起眼处,在榫的脸颊,在肩部,在缝隙的内壁,我们用手指摸过,碴口毛刺被细细铲平,难以开凿的内部,最小的木质伤口,我们全都进去过了,再用工具和手铲平涂抹。

又回到了教室里。我坐在教室最后一排,坐在那些玉树临风的高个同学中间,顿时矮小起来。曾跟阿荣同桌的女生回来上课了,她近一年没来过学校,谁也不知道为什么,连老师也说不清原委,总之有一天她想来就来了。清早她出现在教室门口,发现椅子有人占据了,气不打一处来,我第一次遇到一个初次见面就特别生我气的人。将座位还给她后,我一时不知自己该坐哪里去。那以后才发现自己开始有些近视,在教室最后,黑板又远又小,粉笔字总有几个看不清楚。全班的椅子都在我面前,上课溜号时就一个个看过去,心里疑惑自己修过的椅子怎么一个也不在。我写一篇作文,语文老师看了说好,至今我也想不起当年写了些什么,大概有一个场景写了“我”站在雪地里,雪花落到脸上,悄悄融化,“我”因为某种沉浸而全然不觉,似乎老师最欣赏这段细节。她在我们班读,又领着我到年级其他班去读。趁课间大家还在走廊里喧闹,我们先进教室,在后排座位上等着,铃声响起男女生进来落座,我走到讲台上,开始小声读作文。在慌张等待的一两分钟里,我目光尽量地飞快扫过,到底没见到哪个大人物椅子出现在哪间教室里。两年后,在恢复高考的热风中,我考进了大学,也就很少再回头去看自己——那个半途而废的小木匠。倒是有一把小手刨,我在旧货市场遇到,就把它买回来,一直放在书架上。

于坚　窗子

这两个少年，一个要比另一个大些。马飞十二岁，壶子刚满十四。两个漂亮的少年，两个都是唇红齿白，正在蓬勃生长。他们都在中华小学读书，不是一个班的，一个在五年级，一个在六年级。每个人一生总是会与某人发生那种形影不离的关系，不一定是恋人什么的，就是好朋友、哥们儿。马飞和壶子就是这样的关系。他们从来没有干过坏事。有一天，他们在武成路的电影院里偶然坐在一起，都因为电影里一个关于牺牲的镜头哭起来。从电影院出来时，他们成了朋友，他们发现彼此都没有朋友，现在有了。他们发誓要好到地老天荒，除了上课和回家睡觉，几乎形影不离。放学的时候他们会找个地方去玩上一阵，有时候躺在草地上看天，壶子喜欢白云，马飞喜欢乌鸦。他们的一个玩场是待在壶子家做作业，看风景，看看住在壶子家对面房顶上的那些野猫什么时候出来。

壶子家住在一条老街临街的二楼，这条街叫登华街。苍老的街道，那些长着茅草的瓦楞就像天空垂下来的灰胡子，大人说这条街清朝就有了。两边的房子都是两层楼。楼上住人，楼下一般是铺面，后来大多关闭，也住人。统一刷成棕红色，楼房高低不整，瓦檐上长满了草，开着些黄色小花。街道不宽，一根竹竿就可以伸到对面窗子，街坊彼此照顾，要晒衣物，就用竹竿夹好，另一头撑出去搭在对面那家的窗台上。风一吹，阳光一晃，很快就干了。街道不宽，有些地方，一根竹竿就可以连接起来，竹竿上面经常挂着短裤、长裤、白衬衣、打着补丁的床单、褪色的衬衫什么的。有时候水会从织物里渗下去，滴在下面石板路上走着的人的头上。他们以为下雨，抬头看看蓝天，也不知水是从哪里掉下来的，揩揩走掉了。房头上长着野草，可能还住着几只鸟。有时候它们会沿着瓦槽啄点什么。

壶子家的窗子是格子窗，上面糊着的绵纸都已经发黄了，窗子关不严，只能半推半就地开着。对面也是一模一样的窗，灰蒙蒙的，有的从来不开，有的半推半就。有的摆着一盆兰花。窗洞里糊着一层绵纸，有些绵纸已经被风撕破，战战兢兢地扬着些小旗子，正在被下午的斜阳照耀着。在《金瓶梅》时代，这些窗子乃是风流韵事的肇端，潘金莲就是在这种窗子前看见西门庆的。如今，这些窗子没事就关着，街坊邻居一晾好衣物，马上把窗子关起来，收取衣物的时候才打开。一种新的风俗。好在绵纸是半透光的，房间里稍微朦胧但不碍眼，笼罩着一种鸡笼般的安全感。每年春节前，家家就要把发黄的绵纸撕掉，贴上新纸，一条街的窗子就又白生生的了。他们注意到斜面的窗子与众不同，独一无二，与他们学校教室的窗子一样是西式的，因此格外引起他们的注意。两扇，一边四格，后面还挂着花布窗帘，像是对面的阁楼被缝了大补丁。窗台上有个陶盆，里面种着大叶子兰花。肥厚而尖削的兰叶朝窗台外面刺开去。这条街是沿着一个山坡建起来的，壶子家在坡的高处，斜对面的那个窗子矮些，他们可以俯视。早晨的时候，光照着壶子家这边，到了下午，光就转到对面去了，那块补丁几乎纤毫毕现。这个窗子有时候开着有时候关着，开着的时候，他们往往只看见那里面靠窗有一张铺着花垫单的床，挨着墙，窗台下是桌子。有时候靠墙床上的被子裹着一个人，迷迷糊糊，好像是一个人。他们老是站在窗子前等着猫出来，壶子他妈看见马飞来了，走过来摸摸马飞的头，仿佛马飞是个傻子。他们只是偶尔看见猫，他们喜欢等着它们出来。马飞和壶子都不喜欢那些总是晾在头上的东西，经常有水珠子从床单、被面、裤子、外衣、袜子什么的上面滴下来，还有大娘们的汗裤，他们觉得有点屈辱。背着书包，在街心低着头飞快地跑。现在一根竿子也没有，都收起来了。那时候街道上经常有游行队伍经过，人们敲锣打鼓，高举着红旗。有时候旗子挂在钉子上，要扯半天。街道上空还拉着许多电线，穿过这些电线也是很麻烦的事。马飞和壶子站在他家窗前的另一个乐趣，就是看游行。他们看着那些红布在下面晃来晃去，布下面人头攒动，敲锣打鼓，喊着口号，相当令人激动。一听见口号声，马飞和壶子就背着书包朝他家楼上跑，楼梯漆黑如夜，到了楼梯口忽然光辉灿烂，阳光从窗子外面翻着跟头跳进来。他们几乎要被它搞瞎。他们站在窗前。有时候队伍不是一队，而是一队接着一队，有时候要走上两三个钟头。他们就有更多的看点。他们像两个检阅台上的指挥官，对各支游行队伍评头论足。这一支阵容整齐，雄赳赳、气昂昂；那一支步伐混乱，有点儿溃不成军；那个五花大绑脖子上插着牌子的坏人看着像是李志军（壶子的同班同学）他爸爸……游行队伍络绎不绝，口号声一阵接着一阵。这时候壶子他妈总是忽然在后面大叫，关窗，关窗子！她一走开，他们又打开了。没有游行队伍的时候，他们就看对面的屋顶，有时候屋顶上白云盘踞，或者飞着几只乌鸦，蝙蝠们似乎也住在那边。有时候屋顶像集市上的傣族人那样顶着一轮日头。屋脊上有时候走着几只高视阔步的猫，一只白猫跟着一只黑猫，黑猫后面跟着灰猫，灰猫后面跟着另一只黑猫，它们一只跟一只，也像是在游行，看得他们目瞪口呆。有时候蹲着三只乌鸦，有时候谁家的铁皮烟囱里冒出来一股烟，味道浓重，说不出来是什么味道，壶子觉得像是石灰味。这窗子外面总是有看头。下面的街心有时候有人拎着一桶井水走过去，水花洒了一地。有时候他们在后面追着一支游行队伍，他们撒了一路的传单。有时候几个女生彼此追逐，她们头上飞着几只蝴蝶，是从一个烧书的铁桶里飞出来的。

有一天，对面的窗子吱呀一声开了，似乎是有那么一声。多年后马飞看了《金瓶梅》，回想起来，那个窗子打开的时候就像《金瓶梅》的第一章。他们看见那房间的墙上贴着发黄的报纸，中间吊着一个灯泡。墙边上靠着一张床，床上躺着一个人，没盖被子，什么也没穿，雪白的，胸部高翘着。不是很清晰，但是足以令他们血肉横飞。壶子他妈走回来的时候，他们赶紧回到桌子坐下来写作业。她在楼下工作，她的工作是为一家火柴厂糊火柴盒子，她只要上来，楼梯就会发出咯吱咯吱的响声。她一回去，他们即刻回到窗子前，可惜窗子已经关上了，那天再也没有打开。他们不确定是不是真的看到了，一直在争论那场景的细节。壶子觉得她是背着他们的，露着屁股；马飞说她是平躺着的，胸前堆着一个东西。又觉得床上什么也没有，只是一床卷着的被子而已。为了证实所见，马飞开始频繁去壶子家做作业。壶子他妈很喜欢马飞和她儿子约着一起做作业，她认为马飞比壶子聪明，家庭条件好。那时候家庭条件好就意味着聪明。马飞通常穿的是灯芯绒布做的衣服，而壶子的裤子膝盖上常年有个补丁。他们坐在吃饭的桌子上，一人一边，桌子上扔着语文书、算术书、作业本、水笔帽和直尺、三角板，看上去他们非常积极上进。从夏天到秋天，他们再也没看见那个窗子打开过，或者说每次他们看的时候，运气不好，窗子都刚刚关上。他们越来越不确定是否真的见过那一幕。壶子说，就像两只大蛆。马飞说，就像一堆肥肉。到底像什么，他们越说越不像那回事，他们努力想牢记那场面，永志不忘，可是那场面越来越远，越来越模糊，到底有没有这个场面，已经不确定了。他们似乎已经换了一双眼睛，看不见过去的事了。或者那只是一块纠缠不清的云。你总是会遇到些不确定的事,不是吗?你能确定你看见的不是一头大象而是一块乌云?昆明天空的云很大,马飞和壶子的看法不同,他们经常躺在草地上或者篮球场旁边的木头堆上争论,为那块云将要变成一只狗还是坦克争个不休,有时候他们都错了,那些云什么也不是。

他们终于再次等到了那个窗子开着的时候。上次开着的时候是在夏天,这次又是夏天。一支队伍过去后,那窗子已自开着。里面的一幕令他们血肉横飞,目不转睛,终生难忘。他们看见床边上多了一把藤椅,藤椅上面坐着一个短头发的男子,穿着白衬衣。一个没穿衣服的女子胸前挺着一个东西,跨在他身上,他正在摸着她。

马飞说:太糟耐了。(糟耐:昆明方言,肮脏、恶心之意。)

他们搞哪样啊?

搞哪样?

天哪,怎么可以这样!马飞的身体已经发生了某种反应。他相当害臊,开始发烧。立刻断定这是一件坏事。壶子也一样,这件事坏透了,简直是反动透顶。热血在身体里面冲突,马飞觉得自己的裤子被微微顶起。壶子将身子侧着些,不想让马飞发现他身子的变化。他们心照不宣,都知道自己已经变了,并不言语,只顾盯着那个窗子。

要是有望远镜就好了。

他是不是在给她梳头?

像是呗。

这一幕只出现了几分钟。一支队伍的口号声又在街那头响起来。那男子推开女子,走来关了窗子。他们望眼欲穿,盼着窗子再次打开。直到又一支旗帜招展的队伍走过来。壶子说,马飞你看,那个是不是你爸爸。马飞看见有个人在队伍前面走着,举着一本书。

是我爹。

队伍过去后,街道又空无一人。那支队伍里落出来一只鞋子,亮生生地躺在街心。

他们再次去看那个窗子。壶子还没恢复正常,他看出马飞也不太正常。

等着,再也不开。

壶子他妈又上楼来了,关窗,关窗子!叫你关起来!

壶子关起窗子。他妈还不罢休，插上插销！

房间暗下来一些。

他们怒火万丈，义愤填膺。怎么可以有这种事，怎么可以做这样的事！罪恶啊！必须逮捕。马飞立即想到了一个词，是他在一张大字报里面看到的：坚决要求逮捕坏分子某某某！

他们达成了共识，这件事得报告老师。

他们忽然醒悟，一个跟着一个转身下楼，朝着学校跑。终于有坏事可以报告了，他们一直在等着报告这种事。那些报告的同学都能得到一面小红旗，贴在教室的墙上，自己的名字后面，他们还一面都没有呢。学校不远，经过两条巷子，再穿过文林街和金星花园就是，他们走得相当快，飞沙走石，上气不接下气。停下来坐在人行道边歇的时候，还在想那个场面。

这绝对是流氓行为。壶子说。

怎么说这件事呢？

他们没穿衣服。

没穿衣服这种事怎么告，要说出来他们做什么，要描写。

下流的、可恨的、卑鄙的……都是形容词，要讲事实。把我们亲眼看见的说出来！

可是怎么说？他们在干什么可以定义，肯定是流氓活动。可是是怎么个流氓法？马飞很内行地问道。壶子说不上来，语文课没教过他们描写这种事情的词汇。

他们试着描述。

他摸了她。

摸了她，壶子觉得这种说法告不着他。

他摸她的奶。

你怎么知道他在摸奶。

壶子语塞——那不是奶是什么？

马飞不怀好意地笑，你见过。

你没见过？

肯定是在摸奶。你肯定见过，就像你妈的那种。

不是那种奶，他是摸她的奶。

他摸她的奶？这种话我倒是说不出来。

反正要去告。他们是流氓，摸奶就是流氓。

找哪个去告？

告刘老师。刘老师是壶子的班主任。

要怎么说呢？这是个问题。要怎么说呢？一个男人在摸一个女人的奶。这种话他们可说不出口，尤其是在语文老师面前说。他们从来没说过这种话，马飞和壶子偶尔会说起“奶”这个字，但他们指的不是窗子里面的那个，他们说的是奶奶的奶、奶粉的奶、奶牛的奶、奶嘴的奶、奶水的奶、妈妈的奶这些，即便如此，要去对老师提到“奶”这个字，还是令人害臊，绝对不可能说出口的。这个奶无法说。

那怎么说呢，就说他们在搞流氓活动。壶子说。

什么流氓活动？就是乱搞男女关系。他们在大字报上看到过这个词组，他们觉得那块补丁里面发生的一幕就是这个意思。

如果老师问，具体是怎么搞呢？

他们在摸奶。

还是要说出奶。

马飞说不出来。壶子也说不出来。

如果老师再问，在哪里看见的，为什么你们会看见，别人看不见？

这个可说不得。

老师就站在学校门口，正在一块黑板上写着什么，他们永远在黑板上写着什么，到处都是他们的黑板。他们走到老师面前，看着他写，他正在抄一条口号。他们看了一阵就走开了。他们说不出口，他们不知道怎么报告，无法描述那场面，那得说多久，用到多少他们还没学过的词啊。老师根本没注意有两个男孩站在他旁边，他聚精会神地抄着，相当神圣。他们不敢打搅。

那就不告了。马飞说。

好吧，不告了。壶子说。

他们如释重负。

那是一个火热的夏天。马飞和壶子疏远了，马飞再也没去过壶子家。马飞总觉得他身上有一股他不喜欢的味道。壶子很少洗澡，那时候他们洗澡是在武成路国营江苏浴室的大池，每次五毛钱。一般都是每个月洗一次，但是壶子三个月才洗一次，所以身上总是有股味道。

他们有了一个没完没了的秘密，无法对任何人讲，要说也说不出来。但是又时时刻刻激发着说出来的欲望。这件事太黑暗了，相当烦人。虽然彼此疏远，但是都各自一直悄悄地关心着那个窗子。视野里无论真实还是虚构都有这个窗子，就像眼球上也有了一块补丁，无论如何也揩不掉。他们老是在看它，在想象中看，在睡梦里看，白天有机会就去看。壶子在自己家的窗前看，马飞则绕路经过那条街去看。窗子再没打开过，窗前的那盆花后来枯萎，垂下来，干掉，像是两只瞎掉但依然会发光的眼睛，长满了白内障，都不知道里面有没有住着人。待他们稍长，掌握了更多的名词、动词、形容词、数量词、代词，陈述式、支配式、并列式、偏正式、重叠式……学会了绘声绘色，他们各自在一个集体宿舍，将这件事大声讲了出去，出乎意料的是，没人当回事，来自五湖四海的男性听众早听说过这种故事，在不同场合听过，只是陈谷子烂芝麻的段子罢了。他们终于彻底长大。壶子参军，终身未娶。马飞去工厂当了工人，死于夏天的一场横祸。

看官，如果您要评论这个故事，建议您这么说：这是那个时代的男人的童话。

谢炯　**长跑二三事**

五十岁之后，我渐渐喜欢上长跑。

这是我万万没想到的。长跑曾经是我最讨厌的运动。高中时代，我在上海静安区读书，年年评比德智体三好学生，我都没有评上，最高拿到三好积极分子，原因就是长跑不及格。智力方面我是没得说的，成绩总是名列前茅。“德”方面差一点，经常被批评高高在上，自以为是，不肯亲近“群众”。

但德行是可以改进或掩饰的。有一年，我主动留下来帮老师擦黑板。不清楚现在的老师是否还用白粉笔在黑板上写字，猜想多半是已改用电脑投影之类的新技术了。二十世纪八十年代初，电脑才开始萌芽，更不要说智能手机了。老师往往很辛苦地高举着手臂，个子矮的还要站在脚凳上，有的女教师举起手臂写黑板时，腋下露出黑魆魆的一簇毛，空气中飘扬起狐臭味道，尽管淡得像雨后湿地的蒸汽，几个青春期的男生就开始彼此眨眼睛，嘴里发出嚓嚓的声音，好像夜半梦中磨牙一样。

现在想起来觉得可笑，我们当时从来没听说过什么鸽派除汗条、喷雾式去臭剂之类的东西，而且没有人刮腋毛。到美国后才知道女人光着膀子露出腋毛会被认为不礼貌和没教养。我想多半是因为美国女人从头到脚都是粗重的毛，三天不刮就成了“毛人”，既然要刮就全刮，包括腋毛。商场货架上除毛和去臭的品牌之纷纭之繁复令人晕眩，最近还看到一种黄瓜味的，买来试一下却很讨厌，黏糊糊的，感觉自己成了烂掉的蔬菜。

爱写黑板的老师都不爱擦黑板。手掌大的长条形板擦用过一次之后就不灵了，一擦，不仅黑板不干净，而且粉尘往鼻孔里、眼睛里钻，引发阵阵咳嗽。老师们知道这点，所以下课前总是问，哪位同学愿意擦黑板？我总是第一个举手。等同学们一哄而散后，我站在矮凳上，从上到下，从左到右，先干擦一遍，然后跑进厕所弄湿黑板擦，再湿擦一遍。第二天老师来上课，看见黑板发出干净得仿佛剃光了毛发的头皮的幽幽青光，多少要心存感激。

还有一段时间，我穿着用母亲的靛蓝工作服改的外套去上课，得到老师的表扬。老师说，你们看，谢炯同学多么朴素，肯穿旧衣服。老师不知道的是，我非常喜欢那件衣服的颜色，认为靛蓝给我不够白的肤色以反衬的背景色。当然，我不戳穿老师，让她每天在"群众"面前表扬我。到了学期末，我在德行上的努力终于没有白费，得到老师这样的评语："谢炯同学为人朴素，肯吃苦耐劳，品学兼优，希望再接再厉，主动帮助同学……"但是，尽管"品学兼优"，我仍然没有得到三好学生的荣耀，该死的就是长跑的体锻标准。

其实，我是很有点体育基因的。小学时练体操，中学时是运动大会的旗手。我能跳高、掷枪、扔铁饼、跳远、做操、空翻，连游泳都不算差。我也能一百米短跑。偏偏我这么个很有点体育才赋的人一到长跑马上全面崩溃。记得有一年的标准是八百米，学校体育场每圈两百米，我们必须在规定的时间内跑完四圈才能及格。第一圈，我跑得很快，第二圈，我慢下来了，到了第三圈，所有人都超过了我，我开始由自然跑步变成了举步维艰的小跑，随后退化为走路，往往还没到第四圈时，我已经嘴唇发白，自觉呼吸困难，濒临死亡。举目望去，体育场椭圆的沙地和沙地上白色的分道线仿佛命运的轮回。到底是什么使我如此恐惧呢？体育老师见我这样非常着急，于是跑过来助跑，一边拍着我的肩膀，一边说些"坚持到底就是胜利"的话。我不好意思地跑两步，然后又停下来，腿再也抬不起来，身体像被灌了铅。

有一年体锻标准将八百米改成了马拉松。我们从学校出发，沿着威海卫路跑到人民广场，然后从南京中路一路跑到静安寺，再在静安寺拐进延安西路回学校。这一带我是非常熟悉的。于是，一次我偷溜上公共汽车坐了两站下来，还有一次从静安寺溜下防空洞，到黄家沙门口钻出来。防空洞是二十世纪七十年代初为了防止美帝国主义入侵挖的，里面空无一人，灰色的水泥墙壁，穹顶上白森森的白炽灯随着脚步一闪一闪，令人毛骨悚然。如果不是为了当上三好学生，我是绝对不会进入那么恐怖的空间的，我一边走一边喊："有人吗？有人吗？"推开防空洞盖，刺目的阳光在沥青马路上跳跃，我总算回到了阳间。即使作了弊，也许是因为害怕，在防空洞里走得太慢，我还是没有通过长跑的体锻标准。

后来读了《钢铁是怎样炼成的》和《约翰·克利斯朵夫》，我决心鼓起勇气，克服人生的障碍。两本书讲了什么，我现在已经全部忘记。只记得有段时间，我每天六点起床，从家里一直跑到人民广场。我的原计划是沿着石门一路跑到威海卫路的。我家所在的大弄堂和后面通到人民广场的小弄堂相连，六点钟的弄堂生活已经很沸腾了。公共厕所边上挤满了穿着背心、排队上早厕和倒痰盂的中年人，嘴里还×那×那地不知道在嚷什么。大弄堂口上的豆浆摊也已经开张，火炉上的一只大铁锅里冒着豆浆热腾腾的蒸汽，铁板锅里的大饼和生煎馒头上撒满清脆碧绿的葱花。我傻头傻脑地跑步，好像非常不合时宜。迎面走过来的人总是睡眼惺忪地看着我，我感觉他们即便没恶意，也未必有什么好意，我的跑步状态和他们慢吞吞的走路状态是势不两立的，这令他们和我同样不舒服。

而我的晨跑计划也终于因为一个偶然事件结束了。

当时的人民广场是空落落站有几排华灯的大广场，中间没有博物馆之类的建筑物，记得好像也不能行车，连栏杆都没有。广场周边植有一排茂密的灌木林，树是那种最普通的常青树，深绿的叶子好像绿了太久的样子，叶子中间难免被虫蛀了几点去，林子比人略微高些，时常有人躲在里面小便。一天早晨，我往回跑路过灌木林时，一个年轻男人突然从灌木林中蹿出来，他穿着米黄色卡其布的长风衣，我当时一愣：七月的大热天，还有谁穿这么厚的风衣？他拦在我前面，脸有菜色，眼圈黑黑的，一副塑胶架子的近视眼镜，很狼狈地架在他的瘦脸上。我以为他想和我说话，谁知道他突然打开风衣，里面是他赤条条的身体，很瘦，肋骨在皮肤下凸出来，我的眼光仿佛自己长了脑子，朝他的那里望去。那又是一愣了。他脸上淡淡地泛出一层暧昧的光，似乎得意，似乎又是可怜的，然后"啪"地一下合起风衣，闪回灌木林。我从惊讶中回过神来，头也不回地跑离了那个地方。

之后，我就不再晨跑了。长跑不及格也就让它不及格去。我觉得我的肺活量天生就是可怜的，也就是说，我活在这个人世，只能呼吸几口气，我想，我得保留这浅浅的几口气。

跑步是最难的运动。为什么呢？因为跑步要求人付出的代价太低了。如果打篮球，要找空地，有篮球架，买篮球。踢足球也一样，还得有一帮人。打乒乓、打网球都需要运动器材和竞争对手。高尔夫呢？必须付绿地费，买球杆背囊。游泳花费也不非，泳装不算，池塘有淤泥，大海有潮汛，还要有换衣服的地方。更不要说骑单车、扬帆、划橡皮艇之类了。凡是需要付钱的运动，人付了钱，总会略微从事几次以安慰自己。好比每个月花了一百元付了健身房会费，不去岂不白花了钱吗？只有跑步，只要鞋合适，只要路还在，甚至没路的地方，任何时候抬起脚来都可以跑，什么装备都不需要。

正因为如此，跑步要开头总是最难的。首先是缺乏一种重大事情开始应有的仪式，比如说签了一年的健身房合同，购置了几千元的滑雪工具，像模像样有了紧身连体鲜明的运动衣和头盔。其次是缺乏他人的参与和共谋，因此即使有了跑步运动的念头，往往想的却是：有空再说吧。于是，当然就永远没空了。另外，一开始跑步时会产生很多不适和疼痛，令人怀疑自己身体的可跑性。好比我第一天跑出十分钟不到，感到左膝盖里面咔嚓咔嚓响，于是马上停止了，怀疑自己有严重的关节炎。这样一搁就是一年，后来同样的关节更加老了，一样咔嚓咔嚓响，没当回事也就没事了，再后来居然连响都懒得响了。

跑步一旦成了习惯，是最不容易磨灭的运动形式。

其他运动，时间一久，往往因为自身的烦琐条件令人生畏。我在离家十英里的仓库中租了一间储藏室，前不久去拿文件，发现储藏室的一半被运动器材占据：二十根各种型号的高尔夫球杆，用了不到三次；一只充气橡皮艇、四杆桨和救生衣，自从我儿子离开家后就没有再碰过；四副网球拍、双轮自行车、溜冰鞋、单腿滑动车、篮球、足球、羽毛球、成套的潜水装置、滑雪板。每样东西，平均用过不到五次。每每产生一些运动的念头，但一想到要拿出这些器材擦干净、租场地、报名、付钱、找搭档，等等，就马上打了退堂鼓。只有跑步是简单明了的，跑的能力和欲望隐藏在自身，完全不需要借助外物或外人。

于是，只要早晨准时起床，没有夜半发疯，起床写诗作文，或东想西想想得精疲力竭，我便马上喝一杯水，套上跑鞋，出门跑步。先是跑两英里，现在已经增加到五公里。我家靠近哈德逊河的出海口，出门对面就是河滨步行道，步行道拐进一个港湾，港湾中有一长满野草的浅滩，浅滩和步行道之间是马蹄形的涡流湾，这里水流得非常缓慢平静。清晨五点过后，一群野鸭身披晨光悠然回归这安静的涡流湾中。我跑过时常常默想这群野鸭于月明星稀之夜在出海口的风浪间的疯狂。年轻时我也常常半夜溜出自己的校园，穿过半个上海去其他人的校园发疯，看野鸭的神情却非常坦然悠闲，毫无我当年的内疚和怕被人发现的恐惧，可见不做人也有不做人的好处。

浅滩在傍晚时分是个供人遛狗的地方。早晨无狗，只见野草和无名的树，一条小径上撒了些灰白的碎石子，草丛间星星点点到处是白色鹅黄心的野花，滩边没有围墙和栏杆，也是一大堆黑色的岩石，乱堆在水的泡沫中，乱石中间还有一段不知何方漂来的横木，上面写着“ACORN”几个朱红的大字，acorn 是橡树掉下的橡子，也就是松鼠们时常抱在怀里的东西。我怀疑横木是某条名叫“橡子”的帆船某天撞翻在浅滩折断的桅杆。跑到浅滩时，好几次看见横木上坐着一个人，面朝开阔河面，背对着我，一动不动地眺望着远方影影绰绰的自由女神像。但这背影并不全属于一个人，有时是个男人，有时是个女人，有时年轻，有时老。不管什么人坐在那里，一概不会回头看跑近的我，似乎滚滚涛声吸走了他们的注意力，使他们完全听不见我的脚步声。

前不久，画家朋友岛子来访时，非常惊讶在人口密集的城市中居然有野滩，用他的专业术语来形容，是“线条野性多变，生动有趣……”我自己如果出门旅游，去到人口众多的亚洲和文明日久的欧洲，眼见手触处处是人类的痕迹后再回到美国，也常常发出岛子那样的感慨。美国人对自然是“放任”的，很少花时间在对自然的雕琢加工上，既没学会意大利园艺，也不像我们中国人三步一亭，野就是“野”，根本不去制造“趣”。 而我发现自己已经“野惯了”，看见人为的“野趣”，反而经常感到无趣了。

跑步时，我总是听音乐。一开始是节奏强烈的摇滚乐，我以为这样可以帮助跑步，好比 U2、Coldplay、Bob Dylan 等，后来又听了古典音乐，一开始是贝多芬，后来又听了德彪西，最后连听费玉清的“昨夜小楼又东风”这样柔绵委婉的靡靡之音也不会影响我的脚步了。

我发现长跑的奥妙在于：绝对不能从跑的状态转化为走的状态，即使很累，最多只能改成慢跑。身体一旦落回走姿，便很难再回到跑姿。任何一个有经验的马拉松运动员都会告诉你，想跑完全程就得保持均匀平衡的呼吸和脚步，而不是时快时慢，一开始逞能跑得很快的，往往到后来体力不支，无法完成，正所谓“欲速则不达”。

为什么现在的我能够长跑，年轻时反而不能呢？我归因为现在长跑的非功利性。跑就是跑，喜欢跑，既不是为了达到三好学生的标准，也不是为了减肥锻炼身体，或者啰唆的医嘱之类的其他目的。一旦功利心切，渴求减肥，每日跳到磅秤上称三次，记录小本子，跑一星期不见减一磅，岂不又是要放弃跑步了吗？尽管人活着总有目的，但是这个"目的"如何来达到却很讲究。孔夫子说"五十而知天命"，所谓"知"，不是说真的知道宇宙怎么运行，人类历史将怎么布局演化，自己的命运将是什么。这些，我们其实永远都不会彻底知晓，任何号称"知"的人都有点像那只坐在井底的青蛙。所谓"知天命"，在我看来，就是不再劳心费神为知而知，而是知之为知之，不知为不知，或是干脆就承认自己的"不知"，活得简单起来。

周华诚　**山中月令**

一月落雪。

雪花压竹林，一片一片。一夜爆裂声，毛竹压坏不少。

雪花也有重量。雪花压在猕猴桃枝上，须除雪，不能听凭它压坏枝条。

这山中有小气候，气温不会太低。最低不过零下四五摄氏度，猕猴桃树能耐零下二十摄氏度大寒，现在出不了大问题。

除雪工作做完，离春节就近了。老林准备出山过年。

在山中十年，人们都以为老林在山中"修道"。十年前，老林到这人迹罕至的山中种猕猴桃，如世外隐居，也如人间修行。

老林大名林建勇，今年五十四。其人面貌敦厚，言语迟缓。一身青灰布衣，两脚黄泥裹裤。

他扛锄头拿柴刀，在丛林巨石之间钻进钻出，敲积雪，听山音。

二月雪化。晨起，又钻进猕猴桃园看树。

每隔三天巡园一遍。全园有猕猴桃树一万六千棵，他要把每棵树都看一遍。

主要看病虫害，他随身携带医用酒精、棉球、镊子、柴刀，若见枝上有病斑，就用酒精棉球处理。清除病菌，处理伤疤。

病菌弱小时好处理，防微杜渐。病菌大了，悔之晚矣。

他吃过亏。投下去一千多万元，造了一个猕猴桃果园，两万棵苗，到了三年后，快有好收成了，结果因为杀菌不到家，起了溃疡病，招致毁园之灾。整个果园，猕猴桃树无一幸免。

他欲哭无泪。原来雄心勃勃，没想到如此艰辛。

怎么又坚持下来的，他忘了。

他把猕猴桃树全部砍完，等它一点一点重新生长成林。

他现在走在猕猴桃园里，跟桃树可以交流了。要不要剪枝，枝条会不会累，缺不缺什么营养，他一望便知。

三月春风吹拂山间，涧水丰盈欢唱。

在园中开排水沟，给猕猴桃树施发芽肥。待母芽出来，又要疏芽。

园中春草萌发，万物生长，使人欣喜。

老林想起自己三十年前在深圳背水泥的经历。他和工友一起，八个人，一天要背六车皮的水泥。总共四百八十吨，一人一天六十吨。一袋一袋水泥，靠肩膀扛出来。

那时候挣的钱，每个月八千块，真是拿命换来。

一年零四个月后，他带着攒下的钱，回到老家办了一家砖瓦厂。又过了些年，他进山种猕猴桃。

那样的苦都吃过了，还有什么扛不过去的？

四月，猕猴桃开花。

猕猴桃开花前后一周，最长不过十天。

猕猴桃开花时，花很香，却无蜜，蜂子不喜欢去，这就需要人工授粉。

早上把花药提取出来，放在二十八摄氏度以下环境，过二十四小时花粉会自然爆出。要看好温度，如超过三十摄氏度，花粉活性会丧失。

再用机器喷粉，或是一朵朵花去授粉。

园子里，每二十株猕猴桃树，便有一棵是雄树。雄树雌树，老林看叶看茎，也一眼可以分辨。仔细看，雌树的花朵，有一个初生的小猕猴桃，也就是在花朵中间可见子房。

花开时，靠风传媒，花朵也能自然授粉。只是花粉很重，风吹不远，效果不佳。靠昆虫，效果也不佳。

猕猴桃花期短，园中有工人二三十人，都做授粉工作。这是最忙碌的时候。

因为花只等你三天。

猕猴桃的花，花瓣白色。第二天略微淡黄。第三天又黄。如果三天不授粉，第四天，花瓣就默默掉落。

花瓣白色的时候，授粉最好。

如到第三天授粉，畸形果就多。这就像人一样，状态最好的时候孕育，才会有高品质的结果。

如果授粉成功，花瓣黄得特别快。

五月中，要疏果。

猕猴桃没有生理落果现象，挂果太多，影响品质，产量也低。及时疏果，把那些畸形果、过密果淘汰掉。看看枝条。枝条旺的，多挂一些果；枝条弱的，就少留一些果子。

挂果，并把这些果子养大成熟，对果树来说，也不是一件容易事。

疏果之后，就要施肥。施膨果肥。把复合肥施在地表，离开根部七八十厘米的土地上。这时营养要跟上。一棵树给半斤肥。大株的树就给一斤肥。

同时施叶面肥。一般如海藻、多糖、氨基酸，还有钙、镁等微量元素。有的可以同时施，有的宜分开施。

叶面肥很要紧，提高叶的光合作用。光靠根上吸收，也不是一回事。施了叶面肥，三天见效，第四天一看，叶子油绿绿的，光照下来，闪闪发亮。

这说明树很健康，精气神也旺。

肥料施在根部，一般要七天，树才会吸收到养分。有了肥料，果子也长得旺。一个月里，果子迅速生长。今天看这么大，明天看就那么大了。

六月，山地开沟排水。

园里不能积水。南方的雨水季节，要特别当心猕猴桃受涝。

猕猴桃有几个特点，喜光怕晒，喜水怕淹，喜肥怕烧。

猕猴桃这么娇贵呀，难伺候。

种什么都要对它的性格了解呀，跟人一样，彼此了解了，喜怒哀乐，冷暖都知，相处起来就不难。

七月，继续施肥。高钾复合肥，也是为了壮果。也要补充微量元素，硼磷钾锌铁钙镁，都要打上一遍。膨果期结束之后，施高钾肥三遍，这是为了集聚糖分。

施肥过程中，要给果实套袋。这个工作量也巨大。老林的办法，是选择性套袋。不是每一个果实都要套袋。日头不直接晒到的，就不套，以减工。树叶能遮阴。

今年，老林套了五十万个袋。

明年估计要套六七十万个袋。

一个工人一天最多能套两千五百个袋。最多的时候，林子里有二十个工人在套袋。这项工作，前后持续半个月。

猕猴桃怕日灼。晒伤之后，果子的颜值不佳。本来里面是红心的，晒过之后，心就不红了。

这期间没得休息。还有夏剪——每年夏天都要修剪一次枝条，从五月底一直持续到八月，有空就剪。让枝叶疏朗，利于通风、采光。如闷头憋着，容易起病。

干旱的年景里，还要时常浇灌，或用喷管喷淋。

草是不除的。草高的时候，人走进去也找不着。这样自然生态好一些，也大大减少了农药的用量。

草茂盛起来，夏天能大大降低地表温度，也防止水土流失。虫子的食料充足，就不会上树吃果子。一般园子里有青虫、毛辣虫、金龟子，会吃青。

猕猴桃的叶子掉落地上，虫子们吃完叶子，就饱了，就不会上树去吃。你把虫子养懒了，它和人一样，坐着有饭吃，就不会站起来，更不会爬到远处去寻吃的了。

草多之后明显的缺点，是费肥。草也吃肥，但是好在草没有长脚，到了秋天，草枯了，到了冬天，就烂在地里。

这是用无机换有机，肥料本身，并没有流失。

七月时候还要杀一次菌。从正月里猕猴桃树发芽开始，一共有六道杀菌。不同时候，杀不同的菌。

这就到了八月。夏剪、灌溉，都在继续，杀菌、施壮果肥，没有完成的，也还要做。

为了来年花芽分化，提前打一次芸苔素。

到了八月底九月初，沉甸甸的猕猴桃果挂满枝条，成熟期到了。

你去闻吧，满园子的甜蜜果香。

红心猕猴桃也有两种:黄肉红心、绿肉红心。

黄肉红心甜度高,有二十四个糖度。绿肉红心低两三个糖度。绿肉红心果形漂亮,长长的,好看,产量也更高,商品化率高。

九月采果。

采果须人工采摘。工人要修剪指甲,戴上手套。采摘时,大拇指往把子上一顶,把子就留在树上,果子到了手掌心。

老林不喜欢游客胡乱采摘。有的人粗鲁,采摘时乱扯,就会损伤果树。果树留下伤痕,免疫力下降,溃疡病就会乘虚而入。

采果要持续二十来天。

猕猴桃从开花到成熟,要一百二十天以上。不像枇杷、杨梅,成熟起来有先有后,猕猴桃是一次成熟,一次全部采摘完毕。

三十斤一个筐,边采边装,轻采轻放。选出小果、畸形果、破损果、虫咬果,让其他好果入库。采果当天,果子得进冷库。冷库温度零到四摄氏度。先在零下一摄氏度的空间放置二十四小时,把果实体内的温度调下来。

果实也会呼吸,是活的。热度排出,再移库到零下四摄氏度,可以放四至六个月不坏。六个月之后,果实的糖分就会分解,慢慢就不好吃了。

选出的差果会很快软掉,可以酿酒。

机器把果子碾碎,加进酒曲、白糖,放置缸内,低温发酵。

一缸能装一千五百斤。放置四十五天,这时候最有趣,缸内如煮粥一样,噗噗噗噗响个不停。

一日夜之后,缸内发酵的汁水就会往上扑,势同鼎沸。缸内也是滚烫的,同时酒香四溢,满屋子都是酒味。

两日夜后,发酵转至平缓状态,此时可以搅拌,封口,静置四十五天。

十月。也是最忙时候。

采了果,园子要秋剪、清园。剪去多余枝条,剪去挂果枝、病虫枝。剪下的枝背出来,集中烧掉或是深埋。整个园地淋浴式喷洒石硫合剂,达到五个“波密度”。

秋剪结束,要杀菌。此时杀菌,有利于采果之后的伤口愈合。

再是割草，一年只割一次草，让草烂在地里，做有机肥。

采果后施肥，这时是施月子肥。一般是采果后十天左右。月子肥是有机肥。下大肥，好好慰劳一下果树，抓紧恢复树势，为来年的丰产打下基础。

秋天施肥最好。秋施是金，冬施是银。一年施肥，七成在秋施。

接下来，涂干。这是为果树顺利过冬采取的措施。要把每根树干都涂白，防冻，也防病虫害。有时还要刮除病斑，涂白，剪修病枝。三个工序一起做。

此时，各项工作同时进行，秋剪，杀菌，割草，施肥……你说忙不忙？

十一月，蒸酒喽。

蒸酒师傅技术过硬，蒸出来的猕猴桃酒，是五十二度。

老林很为他的猕猴桃酒骄傲。几间简陋的房子，仿佛成了一个酒窖。

老林入山的第十年，他把二十万斤猕猴桃酿成了酒。

果子酿成酒，猕猴桃的附加值就提高了。往年有的时候，猕猴桃果集中上市，价格卖不上去了。酿了酒，碰到果子价格低的行情，他就不怕，都拿来酿酒也行。

酒是放得时间越长，越金贵。

放三年以上的酒，你一吃就知道了，好东西。

十二月，山外来了朋友，坐下来烤火，喝一盏酒。

聊聊山里的事。聊聊几只鸡几只狗的事。再聊聊一条路的事。一条路走到头，是一片原始森林，那里有棵杉树王，两个人无法合围。

那是树神，山人路过，都要朝老树拜一拜。

老林说，十年前，他只想着种猕猴桃可以种出一个自己的王国来，来到这片大山，这条深山峡谷，一头钻进来。

十年后，他把自己种在了山里，成了人们口中的“桃仙人”。

喝一口酒。酒里都是猕猴桃的花果香。

山色渐晚，老林指一指窗外渐渐幽暗起来的大山，说这里叫“火把坞”，有人也叫“灰壁坞”，不过地质书上写的是“蝙蝠坞”。

和老林碰杯。我觉得，还是叫“火把坞”有意思。

山里快要落雪了。

九歌　衣裳

一

母亲管罩在外边的上衣叫布衫儿，贴身穿的叫汗衫。说布衫儿的时候母亲一定要咬小字眼儿，说汗衫发的是 shǎn 音，格外重。《三言二拍》收录了一个《蒋兴哥重会珍珠衫》的故事，讲那个，珍珠衫说成珍珠汗衫（shǎn），都觉着好听，只有那么叫，珍珠衫才配起宝贝似的。

赶上忙了，母亲不再仔细，上身的东西通通叫作衣裳。母亲自己包括我们一众孩子，都懂。其实只有母亲才有那样的心思把衣服分得那样仔细，一个孩子一个孩子地拉扯，穿衣脱衣之间，我们长大跑离，只有母亲愣在"穿""脱"的一瞬间琢磨。

母亲十九岁嫁给了父亲。家里不富裕，可父亲穿得布衫儿像布衫儿，汗衫是汗衫，出门讲书说事，齐齐整整。回到家，汗衫脱下来搭幔杆上，换一身带补丁的家常衣裳。再出门，掸掸抖抖，一个一个系扣子，瞅一眼母亲瞅一眼镜子，再瞅一眼母亲。

屯里人说父亲活得光棍，母亲说他是面上人儿。父亲做了一辈子农民，社里上工，可一天活儿没干过。夏日，社长分派他去地头给社员说书，冬天漏粉烧酒。父亲平时闲在。谁家闹纠纷请出面调停，他不着忙不着慌，详详细细打听，觉得缠手，痛快话一撂，另请高明接手。要不就是三下五除二，人到事儿了。说和事纯属帮忙，不在分内，去与不去全由他。父亲揽事有个轻重缓急，吵架拌嘴磨牙费舌之类的事情不接，赶上分家闹离，不说二话，回家等着，人家头脚进门，他后脚就到。

二

父亲的"光棍"换来了一家人的体面。可这金贵的体面，不顶吃不顶穿。大集体那些年，家里人口多，日子过得紧巴。大哥成了家另过，舍出去不管。大姐出嫁了。二哥二十出头，二姐二十傍边儿，都到了谈婚论嫁的年龄。

母亲把压箱底的嫁妆翻腾出来，用青色的薄呢二大衣给二哥改了一件洋服外套，绿色的缎子袄给二姐拆了一件套面棉服短袄，勉强应了过去。轮到三姐和四姐的时候，山穷水尽，穿带补丁衣裳也是无奈。轮到我，补丁摞补丁，俩姐姐的剩儿。母亲呢，怀里抱着小妹，捂一身儿光板棉袄棉裤，夏天呼哒一身儿孩子们甩下来的破衣裳。每逢不得不抛头露面，母亲罩身上一件带大襟的褪旧大布衫儿，小妹身上盖条毯子。布衫儿被母亲宝贝似的收藏，轻易不洗，不敢洗，毯子也是。

一户姓傅的人家，生十一男两女，个顶个儿没冬没夏赤脚，西院王大娘瞅着老傅家孩子在当街光脚，隔墙凑过半个脑袋和母亲说话：

“哼，白姓一回傅（富），比老穷家还穷。”

三

我十三岁那年，生产队解体。土地分给各家各户，农民当年见了现钱。转年夏天，我考上了初中。母亲托供销社上班的表侄子给我扯了几尺涤卡布，绿的，铺在炕上量几量，披我身上比几比，琢磨几天还是下不去剪子，怕铰坏了。最后领我和小妹去东北屯铺子里交给裁缝做。

东北屯离我家十二里地。摆过一条小河，穿北屯，再往东走几节就到了。去的时候，母亲边走边说话。小妹说话我听不清，母亲讲庄稼小妹也听不懂，我俩一个劲儿在母亲身前身后打哑巴禅。路过一座小山，母亲走得有点儿慌，抬头东瞅西望，压着声喊我俩跟上别说话，过了山弯，能看见我们要去的那个屯子里的人家了，母亲停下脚步，领我们坐在道边歇。指那个小山，说叫平顶山，山上有个人脚獾子。

有一回冬天，人脚獾子把一个喝醉酒走黑道儿的醉汉扑倒了，差点吃掉。醉汉冻个半死。醉汉回家以后，家人把他的脚按到凉水盆里缓，一只脚缓出个冰坨，小半年才能下地走路，一条腿落下残废，一踮一踮。民间说，人脚獾子吃人。

裁缝铺不大，一个小院，两间小房，屋里摆着一个机器，一个案子，案子上摆着剪子皮尺。裁缝在案子里侧坐着，案子外侧摆一个长条凳。他除了胳膊上戴一副花套袖以外，穿戴和我们屯里的社员没什么两样。裁缝话不多，见我们走满头汗，绵声细语：“坐吧。”母亲抱起小妹坐在了长凳上，指指贴身站着的我，说明了来意。裁缝“嗯嗯”应了两声，摸尺，绕出案子，拉我往前站一站，让我伸开两只胳膊站直，给我量尺寸。量完，他拎着尺转到案子后面，把尺放到案子上，抓起一个铅笔头往本子上划拉洋字码："要几个兜？要贴兜还要插兜？""都要，都要，汪师傅看着做吧，我老儿子要上乡公署上学，头回做新衣裳，给加加细哦！"

从进院到出门，始终没看到他们家还有什么人，可能都下地干活去了吧。说不定他们家也有我这么一个半大小子，不知道上哪儿玩去了呢。我一边往出走，一边回头回脑看，心里想着不相干的事。母亲催着我和小妹出了门，又往屯东走，边走边打听，拐进了一个院子，一喊门，应声走出来一个和母亲年纪晃上晃下的妇女，见了母亲，乐得一劲儿拍巴掌。她在前面引着，高声大嗓地把我们让进屋。进屋就让脱鞋，母亲不肯。她把穿着鞋的母亲推到炕里，回身把我和小妹搁上炕，沏茶倒水。稍稍稳当稳当之后，她跑到屋外隔墙把二丫头喊了回来，吩咐她抱柴烧火。二丫头梳俩黑黑亮亮的大辫子，小孩胳膊粗，打屁股蛋子。她腼腆地和我母亲打过招呼，往外屋走的时候，在小妹脸上亲昵地掐了一下，顺便扫了我一眼。母亲盯着二丫头的影子冲女主人不住嘴地夸："丫头真俊，这俩大辫儿，随你小时候，这要是搁过去，大几岁有啥的，非给我老儿子当媳妇。"

我在母亲和那位女主人的唠谈当中，知道了女主人姓白，小名叫英子，大号叫啥没说，有个外号叫白眼眉，是母亲小时候在大白庙子住时的玩伴，还拜了干姐妹。小时候眉心受过伤，伤好落下一条疤，缺了一窄条眉毛。她和母亲闲话那个裁缝的腿，小时候打针扎偏了，扎瘸的。一条腿粗，一条腿细，干不动重活，他爹妈有正事，省吃俭用把他送到景星街学了做衣服手艺。没成家和父母过，伺候走两位老人以后，守着父母给他留下的房子。

女主人手快脚快，领着二丫头不到半炷香的工夫，收拾了满满当当一桌家常饭菜。最后端上来一盘压桌菜——酱肘子，大酱缸里腌的，通红，油汪汪。肉片薄薄拉拉，浅口碟心儿摆一层儿。擀擀盘子碗，撂在了桌心。肉片吃进嘴里，不腻不柴，咸丝丝香。我和小妹没敢多吃，一人只吃了两片。出门前，母亲嘱咐过："到人家吃饭，别老盯硬菜，头不抬眼不睁。"

那顿饭，香了我好几年。

母亲和干姐妹坐炕里，盘着腿，膝盖贴膝盖唠。两个人好像有一肚子话要一股脑儿都倒出来似的。各自嫁人，离得远了，心还是那么贴。

吃过饭，母亲惦记家里的猪鸡，忙忙叨叨往外走，女主人领着二丫头紧忙着送，一送送过平顶山。二丫头背了小妹一段路。

多年以后，一个夏日的午后，我和母亲唠到这一节的时候，母亲告诉我，白眼眉后来专程登门来看过她一次，她儿子开车拉她来的。说人已经没好几年了。母亲和干姐妹打小分开，十二里地，隔七十来年，只见过那两回面。

衣服做好以后，汪师傅托人给捎了过来，一试，可身。留了仨兜，上面一个小兜可以插钢笔，下面两个大兜可以装点大东西，不是贴兜，也不是斜插兜，是抠出来的直兜。1986年，我考入师范学校念书，那阵学校里流行的学生服和汪师傅给我做的那件衣裳款式一个样。

汪师傅还随衣服捎来一卷碎布头。母亲拣大块的拼一起给我吊了两只手巴掌面儿，用窄布条接一根布绳，缝了手巴掌带儿，搭脖儿上牵着手巴掌。不戴的时候，绾个扣儿，吊在脊梁骨后面，耷拉着一走一拍屁股，和二丫头那两个粗辫梢子似的。

四

1995年，我调到城里上班，骑自行车冻手。到军人服务社买了一副绿手巴掌，下乡采访也戴着，端着照相机拍照片时，把手巴掌夹到胳肢窝往地下掉，回到家让爱人给我钉了一个布带子，忙时把手巴掌往背后一绾。爱人调到报社当值班编辑以后，见我天天屁股后头吊着两个绿手巴掌四处跑，看不过去，给我买了皮手套。皮手套戴着好看，不暖和，拍照片时还是往地上掉。我把皮手套撇在一边，又捡起绿手巴掌戴着。爱人偷摸把手巴掌藏了起来。后来换了单位，不再外出采访，新买的住宅楼离单位近，冬天穿棉大衣步行上班，手往兜一插。时间长了，两个手腕子让风吹皴了，还得买手套戴。手皴过以后有了记忆，稍有放松，沾水见风就皴。出门前抹手油的时候，时常想起那副绿手巴掌。

母亲走了以后，梦到过一次——母亲穿着早些年那套光板棉袄棉裤，正站在屋地上筛面呢，我里外屋翻东西："妈，我手巴掌呢？"连喊数声，母亲也不说一句话。喊醒了，爱人在扳着我的肩膀唤我，听我醒了，嘴里嘀咕一句："啥手巴掌？"爱人侧过身去接着睡了，我在黑暗中大瞪两眼睡不着，嗓子眼儿有股热在那儿堵着。

——妈走了，不管我了。

五

母亲六十八岁那年得过一场大病，挺重，好几天不吃不喝，治了一个多月才慢慢缓过来。那年，我和爱人还在乡下教书，母亲住在我家。哥儿仨商量着给母亲准备下一口寿材和一套寿衣。

母亲病好以后，进仓房转圈看看那口寿材，回屋打开包，看了看那套寿衣。

那场大病之前，母亲一身病，肠胃不好，气管不好，还有肺心病。得场病周身都好了，百病全无，一直健健康康活到九十二岁。

母亲一辈子没做过手术，没摔坏过胳膊腿。西院王大娘活着的时候爱捧着母亲说："你是修来的！"

母亲一辈子没信过啥，但爱烧香。和我讲过几次，小时候上谁家，见着香炉碗有香就点。在燕窝沟住的时候，上下屋住着的老皋太太见了常说："这小孩赶明儿寿命要长啊。"母亲舍善，赶上做饽饽，见谁家孩子馋了饿了就搡给两个。我拽着母亲衣襟不让给，告诉母亲，他们家大人一回都不给我。母亲挓挲着两手不言语，用胳膊肘推我，怕把手上黏米面蹭到我身上。说上一句："嗨，一个小孩子知道啥，瞅他怪饿的，吃去呗。""你傻不傻呀，不让给偏给。""傻瓜长得大，你爹脑子好，除了天上的星星查不过来，没他算不到的，早早岗儿南躺着去了。"

母亲走的时候，七天七夜水米未进，睡着的时候呼吸均匀，醒了，睁眼瞅瞅，吧嗒几下嘴。我拿棉签蘸水往她嘴唇上抹，她还知道用手往外挡。那只手，小了，凉了。睁眼看看她的孩子们，又睡着了。在母亲吃不进东西第五天的时候，我想起了她之前和我说的话。母亲在最后三年下不去地了，我们八个儿女雇侄媳妇长天伺候她三年。我们八个也轮班回家贴身陪伴她三年。母亲下不去地的那年夏天，我用轮椅推着她房前屋后转悠，看她累了，推进屋把她抱上炕，放到褥子上，脱去衬裤，身子底下垫上尿不湿，身上搭个线毯，坐在旁边看着她睡一觉。母亲醒来以后，把手伸进毯子下面摸摸，仰脸很认真地和我说："这可光落得劲了，着紧喽穿不上衣裳那可不好啊，光个屁股走可不是个事。""不能啊，十年八年都不能，再说了，我们这不都看着你呢嘛。"母亲听了，点点头，没再说啥。第二天，我要回城里上班，在地上穿鞋的时候，母亲坐在炕上又很认真地和我说："老儿子，听着信儿，你可抓紧来哦。"我听了心头一热，一边穿鞋一边抬起头笑着和她说："嗯哪，我知道。""不能啊！"我紧接着又补了一句。

我和老妹商量："妈和我说过，没的时候怕穿不上衣裳，咱俩给她穿上吧。"老妹同意了。我俩把二十多年前为母亲准备下的装老衣裳拿出来，一件一件在准备入殓时躺的那个褥子上铺好，垫上干净的尿不湿，把母亲光身儿放到上面，裤子也套到了小腿上，又给她穿上了袜子和鞋。拉上衣裳先盖上，不伸袖。然后把母亲连同那条褥子，抬到母亲之前睡的毡褥上。小妹守在头上，我守在脚下。这样，又躺了两天两宿。最后看实在不行了，我和小妹撤掉尿不湿，给母亲伸上袖，提上裤子，系上扣，扎上腰带，戴上帽子。大伙要把母亲抬到垫头垫脚的"垫"上去，我不肯。我知道，抬上去一垫脖子，母亲就活不成了。这样，又挺过了半个多小时，母亲停止了呼吸。——母亲穿着衣服走了。

最后那半个多小时，我打量着穿好了衣裳躺在炕边的母亲。长袍不长不短，大衫不肥不瘦。那双鞋，是她好时候自己可着脚做的，帮儿是帮儿，底儿是底儿。鞋底儿纳得密密的白线之上，用青色线绣出了一架云梯，梯子的上端绣上去一个转着圈长翅儿的太阳，一个凹着脸笑的月牙。太阳有模有样，月亮有眉有眼。太阳和月亮中间儿还绣了一朵云子卷儿。一个鞋底上绣一幅，两个鞋底绣的图案对着，能分出左右脚。

母亲一定是一个人试过了很多回，剪完缝，缝完绣，绣完描，一个人。

白天母亲会担心吓到孩子们，一定是晚上，她一个人在灯下，把衣裳铺展开来，坐直了身子，向后仰着脸儿，银针青线，慢慢儿把线纫到针鼻儿里，哈下身去，一针一线缝上去绣上去描上去。

母亲走后三天，按当地风俗，要把母亲穿过的衣裳挑几件拉到墓地附近的山顶烧掉。头天晚上，三姐做了个梦，梦到母亲和她说："谁让你们把我绿棉袄送人的，你明儿个去给我要回来。"三姐往乡下给二嫂打电话，一问，那件绿色儿的缎子面儿的棉袄还真让二嫂送给了侄媳妇儿。二嫂撂下电话，毛毛愣愣跑前院儿要了回来。第二天上坟的时候，三姐一边拿棍儿扒拉着烧衣裳，一边叨叨念念："都给你送来了……"三姐从山上回到家，病倒了，住进了医院。我去医院看她，她看病房没别人的时候瞅我说："巧不巧，做恁个梦呢？"

母亲的名字叫邵云芝。

我坐在电脑前，敲出母亲名字的时候，又想起了母亲临走穿那双鞋的鞋底儿上绣的那朵灵芝样的云子卷儿。

韩嘉川　**远方的狼**

梁南是诗人，冬季却在大山里伐木。夜里睡窝棚不脱衣服，和衣而卧虽然不舒服，但衣服上有人气就不会冻硬了，早晨也免了穿衣服的艰难；但晚上不能不脱靴子，劳累了一天，两只脚怎么也得从靴子里解脱出来松弛一下，可是离开了人气，到了早晨靴子冻得邦邦的比铁还硬，怎么也穿不上。然而即使脚踝磨出血来也要穿，因为上工的号子一遍遍在催了。人气，也就是人身上的味道，一群汉子睡在窝棚里，那股浓重的人气散发在覆雪的山林间，加上窝棚里总少不了有火光照射出来，任凭狼在山冈上嗥叫，终归是不敢靠近的。狼在地球上生存了上百万年了，人类在森林里直立起来以打猎为生之前，狼就是这个世界上散布最广的动物了，而人类又有了火和相互呼应的号子，狼群虽然依依不舍，也只能退避三舍。

跳槽，今天指换工作，而当年在山林里，却有另一种诠释。东北的雪季来得早，利用山坡的冰雪滑道将砍伐的原木运出山林，是二十世纪五六十年代时的主要方法。被称作"串坡"或"溜山"的冰雪滑道是一个人工挖出的半月形凹槽，里面的冰雪可以使一搂粗的原木顺势而下，直到山脚下的楞场，也就是堆放木材的场地。由装槽工、看槽工、出槽工、归楞工等组成的滑道操作流程，需要密切配合，原木装槽时要高声喊号子，让上下的人都听到，且应声确认后才能操作。滑道旁边隔不多远就有一个看槽工，也叫安全员。原木在滑行中惯性太大，遇东西硌一下就会跳起来，出现跳出凹槽或"插垛"（卡住）的现象，就需要安全员用撬棒及时进行规整、疏通，同时高声喊号子，让装槽的人听到了马上停止作业，如若不及时停住，不仅会造成大面积的阻塞，且很危险。2016 年"冰雪滑道"（snow chute）成为林业名词了，也颁布了规范的操作流程，不仅原木要把枝杈处理干净，且须小头朝下，不然不许装槽。我父亲在东北待过，他的手曾被原木挤伤。他给我看时先说不许我难过。而我对于原木挤伤手的痛苦没有概念，只是觉得父亲受伤的手很难看，问他是怎么回事，父亲只是回答：木头，木头……

> 一声令下，万树来归；
> 冰雪滑道上，木材如流水；
> 咱们说：占三尺地位。放万丈光辉！

这是郭小川脍炙人口的诗歌，《林区三唱》之一《祝酒歌》，是他 1962 年深入伊春林区采风写下的诗句。这样的气势，对于被占用了领地的狼群是很无奈的；失去了生存空间，狼的群行群居的生活习性也随之改变，或单独行动或向人类生存的空间进犯。

祥林嫂说："我单知道下雪的时候野兽在山坳里没有食吃，会到村里来；我不知道春天也会有……"据说，狼不是饿极了，是不会攻击人的。在北大荒的冬季，尤其是山林里有狼出没，是不奇怪的事情；而令人费解的是，那年暮春时节，部队疗养院后面竟然也有了狼。

疗养院后面有一片十几亩地面大的杨树林，林子前的坡地上，也就是与疗养院之间，寥落地住着几户人家。去太平山割草，最便捷的路是从那几户人家房前的小道穿过。每天上山割牛草的是不远村子里十三四岁的半大小子。他凌晨四点出门，天大亮时已背着一大捆青草从山上下来了。牛草送到奶牛房，一厘五一斤，一百斤是一毛五分钱，如果坚持风雨不误地每天送去，一月可以赚四五块钱，这对于母亲常年卧病在床的家庭来说，是重要的收入。有的人眼红，觉得每天割一百斤草不算什么，于是也磨好了镰刀，天不亮起床，将镰刀别在腰里向山上进发。一天两天的偶尔试试还可以，而持续下去便吃不了那个苦，尤其每天必须在早晨七点之前送到，因为鲜嫩的草上沾有露水，需要晾一会儿再喂牛，不然牛吃了会拉肚子。不能保证每天按钟点将牛草送到，奶牛房是不会与之签合同的。而半大小子每天送完了牛草，还要去村东的小学校上学。

除了割牛草的小子，每天几乎在同一个时间同一个地点遇到同样的人。走上柏油路的时候，宝善的爸爸会骑着自行车从我身后超过去。他在市房管局工作，是从房屋修缮队瓦工提拔到科室的干部。再往前走到工人疗养院门前时，看公墓的老张的女儿会迎面走来，她从商校毕业，分配在百货公司做会计，她穿着干净的双排扣蓝上衣，一双大眼睛眨动得令人心跳，相遇时总是收起嘴角笑一下，我会看到她洁白的牙齿和两只酒窝，霎时心情大好。

在这样的环境里居然会出现了狼，且与祥林嫂说的情况相似。他出门时三星已西斜，部队疗养院后面与杨树林子之间的那段路特别黑，虽然几户人家的房屋总是耸立在那里，人们却都还在“春宵一刻值千金”的沉睡中。在伴着自己沙沙的脚步声从人们梦乡边上走过时，突然觉得头皮发炸，身上的汗毛竖起来，两肩似有东西按上来，且听到呼哧呼哧的喘息；他迈不动步，两手也动不了了……这时，从老薛家传出了哐啷的金属响声，继而窗子上亮起了灯光……他身上的那些感觉瞬间消失了。

借灯影，栅栏门里的院落中出现了薛家老婆，她披衣从正屋出来，一边叫着儿子的名字一边走向厢房，刚才就是那里发出的响声，半大小子像见到了救星一样向薛家走去。睡在厢房的薛家儿子也出来了，说他起夜方便不小心碰翻了凳子，放在上面的唢呐掉到了地上。薛家老婆昨天下午就有些疑窦，在农读一中住校的儿子突然回来了，埋头在厢房里不知在鼓捣些什么。他是学校宣传队的唢呐手，因唢呐的哨片坏了，他将一枚五分硬币从中间钻了一个孔，套在吹管上代替哨片，不想被同学举报，说他在国徽上钻洞是发泄对国家的仇恨。他因此遭到了批判，被勒令回家反省写检查。他回来翻箱倒柜找出一枚上面有“顺治通宝”字样的铜钱，将唢呐拆开了放在方凳上，比量着要把中间的方孔磨圆了套在吹管上，起夜时竟把方凳上放着唢呐的事忘了，不想一声脆响，惊散了外面发生的事情。

根据迹象分析，老薛认为半大小子遇到了狼。这对于曾走南闯北到过关外的老薛来说可算经验之谈；再经薛家老婆的渲染，事情很快传得沸沸扬扬。也有不信传言的，揭出薛家老婆的底，说她是戏子，曾在青楼里唱清倌(卖艺不卖身)，无中生有、信口雌黄是惯常的事。

如果说祥林嫂所言不虚，狼在春天会出现在村子里。周边虽然有疗养院，而且还不止一家，但是由于批判资产阶级的享乐思想，取消了以往的疗养计划，偌大的院落与楼房都空着；后面虽然有几户人家居住，但是相距寥落，而且夜里那一片又特别黑，因此出现惯于夜行的狼是有可能的。这里距离近四百平方公里的崂山二十多公里，而狼以五十多公里的时速能连续奔跑二十多公里。虽然不能说狼是来自崂山，但总归是在狼之所能的范围里。

虽然没有疗养人员，但医务工作者与后勤人员依然在，而且开车的站岗的做饭的，甚至基层护理人员，大都是服役的士兵。他们每天的伙食费有限，为了改善生活，那时允许部队在有条件的地方养猪种菜。杨树林里有一个废弃的地下工事，从表面看是半个足球场大的地坑，坑里的四周是水泥构筑的地堡墙壁，只有一个斜坡入口可以下去。部队疗养院的士兵在坑里用石头垒砌几个猪圈，里面分别养了十几头猪，每天有炊事班的人挑着伙房的泔水来喂猪。想到那些猪圈，人们又分析，那头孤独的狼也许是冲着那几头猪来的，只是不巧被半大小子遇到了而已。

一个雨后晴朗的星期天，阳光从碧蓝的空中倾泻下来，女人们将洗过的衣服被单晾晒在院落里，一股清新的气息散布在空气中。杨树林子里突然响起了吱吱的猪叫声，孩子们循着叫声跑过去，看到四五个疗养院的人，要将一头猪绑到架子车上。那猪拼命地挣扎，以至于几条大汉怎么也按不住，手忙脚乱中被那猪挣脱，在树林里东一头西一头地乱窜。汉子们前堵后截，甚至被猪撞倒在地，好不热闹，惹得林子边上的孩子与疗养院的家属们哈哈大笑。最终有人拿来木棒，等猪靠近时朝猪头上狠狠打了一下，猪被打昏了才被绑到车子上。说是要送到不远的村子里，请会杀猪的人帮忙杀掉。边上有看热闹的人说，这猪有这么大的劲儿，说明正年轻，杀了可惜，再喂些日子至少还能长二十斤肉。可疗养院的人等不到一个半月后的八一节了，与其说不定哪天被狼吃掉，还不如先动手。那些猪就这样被陆陆续续处理掉了，至少不会让狼的诡计得逞。

天气还是不可阻挡地热起来了，傍晚邻里们坐在门前闲聊天的时候，老薛讲了一个东北张三的故事。

说东北有一个人叫张三，有一天去赴婚宴，路上遇到一个老头。老头说想吃四喜丸子，问张三能不能从婚宴上带几个给他。张三应允并如约带给了老头。老头非常感谢，从兜里掏出一条头巾，说我没啥感谢的，送你这条头巾，你想吃肉了蒙在头上，就有了。说完老头就走了。

老头的话张三将信将疑，一天张三饿极了，便掏出头巾蒙到头上出门了，走不多远果然看到了肉，于是大吃了一顿。几次尝试都很灵验，张三便经常蒙了头巾出去吃肉。回家摘下头巾与人们照常交往，可人们背后传说张三会变狼。张三的妹妹出嫁了，一次回娘家看爹娘，回婆家时天晚了，让哥哥送她一程。路上妹妹问，哥，有人说你会变狼，是真的吗？张三不回答。妹妹执拗地说，你不变我不走。张三想，既然妹妹想看，就变给她看看吧。于是拿出头巾蒙到头上，然后他又看到了肉，忍不住就将那堆肉吃了。摘下头巾时却找不到妹妹了，只剩了妹妹带的篮子。张三自己明白了，因兽性发作，干脆将头巾再蒙到头上回家了……

讲到这儿老薛打住了，不再往下讲。

回家了怎么样？孩子们问。

还能怎么样？从此张三没了爹娘，成了真正的狼。

那年深秋，老薛听到风声，因在东北入过绺子（土匪），准备斗他，夜里将脑袋伸进地坑猪圈墙上的绳圈里。据说还从他家搜出一把驳壳枪，尽管已经生锈，但不影响作为证据。

在中国，狼的分布除了东北，还有内蒙古等地区。前不久，赤峰一位王大爷家，遭到了野狼夜袭羊圈，咬死了大小二十六只羊。老人向民警哭诉，民警说，狼是国家二级保护动物，不可捕杀，但可以申请赔偿。有六只野狼夜袭了羊圈，等他发现时看到的景象已经惨不忍睹，被咬伤的羊横七竖八地躺在地上，到处是血，有的羊被吃得只剩了头。据推断，狼群之所以会夜袭羊圈，可能与11月发生的雪灾和严寒天气有关，积雪的覆盖导致山上没有食物，它们只能下山觅食，养殖户的羊群是相对容易下手的……

“我横竖都睡不着，仔细看了半夜，才从字缝里看出来，满本都写着‘吃人’二字。”若山上或草原上的食物链不被破坏，狼一般是不会攻击人的。

雍措　自己不知道的冬天

泽仁旺堆新做了一个俄尔朵，他说明天要让我看看。我说我不看，他说你看看。我转身就走。第二天他把俄尔多带到我家，我们坐在门槛上看他新做的俄尔多。

"狼皮的。"泽仁旺堆得意地跟我说。

"你抓住狼了？"我问他。

"没有。不过这就是一张狼皮。"他说。

我把俄尔多还给他，气愤地说："吹牛大王。"

"我看见那匹狼时，它快死了。它全身是伤，四只脚都没有了，眼睛还在眨，眨着眨着就不动了。"泽仁旺堆看着我说。

我不相信他的话。我从来没在草原上遇见过一匹缺脚的狼。

"我带你去看它的尸体。"他说。

我从拴马桩上解开我的若若，让它带我们去想去的地方。

若若今年两岁，它自从出生就跟着我。现在它已经能像一匹真正的老马一样在草原上奔跑了。

"就在那里。"泽仁旺堆指着远处的一座小山坡。若若像能听懂泽仁旺堆的话，朝他说的方向一路奔跑起来。

我们很快到了小山坡，坡上的草长得绿油油的。除了草，坡上什么也没有。

"那天它就躺在这里，它眨着眼睛看我。后来就不眨了。"泽仁旺堆跳下马，指着一丛绿油油的草对我说。

那丛草在风中左右摇摆。

"一匹狼不会躺在这里眨巴着眼睛等你。"我说。

"它没有脚。不知道什么动物吃掉了它的脚。"泽仁旺堆边说边用手疯狂地拨开草丛，他在一丛绿草中寻找一匹狼留下的踪迹。一只草原鼠从里面蹿出来，接着还有一只。它们受到惊吓，在草丛中疯窜，一会儿又埋没在另一丛浓草中。

“一定是它们吃掉了剩下的那匹狼。”泽仁旺堆说。

“别找了，又吹牛。我们回去。”我对他说。

泽仁旺堆沮丧地爬上马背，就在我们离开那处荒坡时他还在回头望。我们一路无话可说，只听见若若在草原上奔跑的声音。风从我们耳边奔向相反的方向，还有远处的雪山，还有天上的晚霞都在往我们相反的方向奔跑。

“总有一天，我会找到一匹狼。”我们在马背上往回家的路上赶，泽仁旺堆的话朝我们相反的方向奔跑。

很久没见到泽仁旺堆了。确切地说，我很久没有见到凹村的几个人了。我不知道凹村的人都去了哪里，没人走的时候向我告别，没人走的时候向谁说要去的地方是哪里。凹村的人似乎都有自己要去的地方，四面八方都是他们的家。他们可以在任何地方生活下去，每条路，每棵树，每只鸟，都可以是他们重新开始的地方。

在那段时间，他们的记忆被一场风掏空，被一场雨淹没，被一个突然来临的冬天冻结。谁都记不起有凹村这样一个地方。出走凹村的人，仿佛都经历了一次生命新的开始。他们觉得，自己一生下来就是这个年龄，他们告诉遇见的人，他们没有父母，没有亲人，没有一切。他们在说这些话时，可怜兮兮，仿佛马上就能哭出声来。

他们在有些分岔的路上遇见凹村人，他们上下左右地看着对方，看够了，转身离开。谁都无法拒绝这样的打量，谁都做过这样上下打量别人的事。这些在路上遇见的凹村人，他们比一个真正遇见的外人还要陌生。在那些分岔的路上，他们的很多记忆也在分岔，分岔的记忆像一棵棵草下面的无数条根系，有某种东西联系着他们，但各自要走的方向又完全不同。

在那个冬天，他们在各处修建一幢幢雪里的房子。雪厚厚地压着路，压着树，他们把一座房子压在雪上。他们记不起自己是哪里学来的盖房手艺，他们认为自己天生就是能盖一幢幢木头房的人。有时他们想把自己的房盖得大些，除了自己住，他们还想在房里为一些雪地里的野鸡、鹿、麻雀腾些地方。他们试着养过几只麻雀，麻雀身子小，占不了房子的多少空间。可是他们刚把麻雀带进屋里，那几只麻雀就不断想往外面飞。麻雀不想要这个家。他们也曾把一头野鹿抓来拴在门口的木桩上，他们想让一头雪地里的野鹿过些好日子。他们对野鹿没什么企图,他们只是想养着它。他们甚至在抓野鹿回来的那一天,冒着大雪往山上爬。他们费尽心思地给一头他们准备养却对它没有任何企图的鹿割一背草回来，他们想用一背雪地里的枯草让鹿安心。他们告诉那只被抓回来的鹿,只要它安心地待在这里,他们可以每天冒着大雪去为它割草。可是他们没有想到,刚抓回来的鹿吃完他们为它准备的草,晚上咬断绳子跑了。等第二天他们发现时,绳索被又一场大雪埋没了,那只他们曾经抓过的鹿远远地在树林里看着他们。后来那只鹿也会偶尔来看他们一下,却再不靠近他们的木房。

他们不想在雪地里修那么大的房子了。他们把房子修成够自己住就行,有的修得只能容下自己的身体,他们说那样能感觉到自己和一座房子之间的某种亲。一辈子和一座房子亲着,也够了。

冬天,他们的胃好像被一根细绳勒着,吃不下太多东西,也感觉不到饿。他们在自己修建的房子里,要做的最大事情就是睡觉和听大雪落地的声音。再大的雪也淹没不了他们的房子。他们的房子会动,雪厚一点,他们就把房子往上移一点,再厚一点,再往上移一点。有的房子移着移着就移到了树顶上。他们白天夜里在一棵树的顶上生活,树托着他们的梦。树在雪里生长,他们的梦也在雪里越升越高。

一个梦离地面太久,就再感觉不到那是一个梦了。梦成了他们的真实生活。他们活在一场梦里。梦里,他们能听见自己骨头生长和衰老的声音。在梦里,他们竖着耳朵听那种清脆的声音,他们说那种干脆利落的声音让自己周身都充满了力量。他们在梦里用尽力气地生长和衰老,为的就是想听见那一声声干脆利落的声音。

什么东西在厚雪里都长得很快。它们的生长被一场厚雪隐藏着。一场雪来和一场雪去都是一次阴谋。雪来,为的是它要给这个冬天带点东西来;雪去,为的是它要给这个冬天留下点什么。雪,总是有远方要去,雪总有故乡要回。生活在雪里的人,永远生活在一场雪要去的远方和故乡里。

那些把房子越建越高的人,总会等到厚厚的雪慢慢把他们放到地面。树顶上的房子,他们一节一节往下挪,每挪一节,他们都会向每个树杈告别。每挪一节,他们似乎都隐隐看见那些他们移动过的地方,悄悄地长出了嫩叶。

雪快化了。他们的冬天就快走到尽头了。他们做着远行的准备,他们不担心找不到一条远行的路。他们知道,一条远行的路就在某处等着他们,只要他们随便踏出去一步，路就有了。他们顺着路一直走，一直走，就到了他们要去的地方。

他们回来时已经春天了。我站在空了一个冬天的村子看那些归来的人，他们个个精神抖擞，在村口相互遇见，热情地招呼着对方。他们在说一些我听不见的远话，他们指着一片凹村的枯土大声向站在远处的我喊：再过几天，土里该撒些青稞了。

我不知道该怎样回答他们的话。他们已经在一座空村里消失了一个冬天。他们不知道自己的消失，只知道一到春天就该在地里种些东西了，仿佛他们一直都待在那片枯土旁边，他们白天夜里地守在地里，他们要做的就是告诉我，春天里的某一天，我该做一件春天的事情了。他们说话的语气，就像跟一个懒了很久的人说的话。他们厌倦了一个懒人的无知和不理事。

我看见泽仁旺堆远远地朝我走来。先是走，后是急急地跑。

"这是我新做的俄尔多。"他跑到我跟前对我说。他不知道自己已经很久没有见过我了，仿佛他的离开只是昨天在草原上的分别。

"狼皮做的？"我问他。

"狼皮做的。"他肯定地说。

"抓住狼了？"我盯着他。

他黑黑的眼珠子在眼眶里转。他比我们分别之前黑了很多。他不知道自己是在哪里变黑的。只有我知道，他的黑来自这个春天之外的某个地方。

"我梦里来了一匹狼，我和它在雪地搏斗，经过几个回合，我战胜了它。我用它的皮做了新的俄尔多。可能你不相信，但这是真的。"他真诚地望着我。

"我知道那匹狼，我看见你和那匹恶狼在雪地搏斗，最后你胜利了。"我对他说。

"你看见了？你真看见了？我还怕你不相信。这下我放心了。"他在我面前开心地笑着。

远处，那片干枯的土地上，着急的人已经在播种青稞种了。他们将一把把青稞撒在干枯的泥土里，经过几场春雨之后，他们希望自己种的青稞比其他家的长得快些。长得快些，青稞就能早些收割，早些收割，他们就可以早些住进一个自己也不知道的冬天里了。

王选 **撤退**

清晨,依然是旧模样。逼仄的巷道,青蓝而狭长的天。灰鸽子如同草鱼,胆小,寻常,被光膀子的男人吓跑。一早买菜的老太太来了,她多年前被马路上的三轮车撞坏的腿,旧病复发,走路摇晃。

咳嗽,韭菜,布袋,煤渣,尿盆,晾衣绳上的鞋带,民营医院值夜班回来的姑娘,骑摩托的中年人,因迟到进不了校门的小学生,等等。我走过这习以为常的巷道。又是一天,太阳尚未骑上墙头,便已知结局。

只有西侧巷道口那个疯子,是我难以确定其结果的。

巷道口,挨着一堵院墙,孤零零地在外面倚着一间拳头大的破砖房。真是很破了。屋顶用石棉瓦搭着,遮风挡雨。红砖败露,有些甚至断残。一扇红漆木门,油漆剥落,裸着发霉的木头。没有窗户。这不是一间柴房,也不是厕所,是一个叫虎头的疯子的房子。

我经过他的门口时,疯子虎头已经起来,坐在门槛上,衣衫不整,满脸污垢。他嘴里絮絮叨叨说着什么,偶尔可以听见几个脏词,在他嘴里像瓜子皮一样飞出来。透过半开的门,我大约可以看清黑乎乎的屋子,只支着一张单人床,床上堆着棉絮外露的被子,仅此而已,再无其他,也再无落脚之地。屋里向外飘着某种污秽的气味,霉味,尿臊,腥膻,似乎都有。

有时候,疯子虎头是不在的。他不在的时候,听说是流浪去了。他想走多远,就走多远。但不管走到哪里,他都会找到回来的路。回来时,他抱着一堆破烂儿,丢在门口,从里面挑拣可以用的东西。

有时候,疯子虎头是在的。只是没有坐在门口,而是在巷子口的大青石上躺着,他不知从哪里搞来了一顶帽子,歪斜地戴在头上,帽檐把半张脸遮住了,只留出胡子，蒿草一般蓬乱。嘴里唱着秦腔，细听，是《探窑》——老娘不必泪纷纷，听儿把话说原因……大风吹来，他的衣衫飘摇，唱腔隐约。这暮春的寒流，携着沙尘，攻城拔寨。不用多久，全世界都一片混沌了。风继续刮。风越大，他的唱腔越大。那腔调，像一块旧布，在长风里呼啦啦响着，不经意，就会风化了。

在西北，每个大风里唱秦腔的人，都在心窝里包着一堆往事。疯子虎头的心窝里，也包着一堆。他已不再诉说，也无人愿意倾听。反正一个疯子的话，况且那么肮脏，谁信呢？而我，又是怎么知道的呢？

虎头年轻时，也是一表人才，相貌堂堂。父亲老虎是一名三线企业的工人，母亲改嫁了。早些年，企业效益好，老虎也挣了一点钱，在莲亭买了一块地，盖了两层民房。他想着，两个儿子，一人一层，他住中间堂屋。盖了房，他这一辈子的任务就完成了一大半。另一小半，就是给两个儿子娶媳妇。

但日子总没有那么顺风顺水的。后来，企业效益严重下滑。一个生产机床的厂子，在智能化的挤压之下，加之身处内陆，交通运输不便，订单日益减少，滑坡是必然的。老虎的两个儿子，大儿子虎头，小儿子虎尾，都没有正式工作，一个在粮库当装卸工，一个在酒店干保安，都不是牢靠饭碗，说砸也就砸了，顶多挣点零花钱，混混日子罢了。老虎为两个儿子的工作，也是费了周折。大儿子虎头，大专毕业，按理说，要是能找好可靠的人，弄个乡镇干部或者村学老师，也是有可能的。但办事的人拿了他的钱，给自己儿子把事办了，气得老虎差点吐血。二儿子虎尾，身体壮实，脑瓜子鬼道，贪玩，初中没毕业，老虎想不上办法，只能靠他自谋生计了。但他深信，他的二儿子有一个好脑子，别人大脑里转一圈，他已转了两圈，以后再咋混，也不至于吃亏。不承想，他的这种鬼道，最终用在了老大虎头身上。

那时候，企业里有这么一条不成文的规定，父母在企业干够二十年，到五十岁就可以退休，人退岗在，退休金照发，岗位由自己直系亲属顶替，大多都是子女顶了。老虎考虑到后路，自己五十冒头，已无所求，也再无机会，不如早点下来，让儿子顶上。即便企业效益以后再不行，一点社保还是有的。权衡之后，他把大儿子虎头弄进了企业。

没几年，老虎得猛病，给两个儿子娶媳妇的心愿未遂，便撒手而去了。

老虎过世之前，他倒是通过亲戚撺掇了一个姑娘。乡下人，长得一般，但性子好，人干活泼辣。他本想着让人家姑娘从两个儿子里面挑，挑上哪个是哪个。他把姑娘带他家来耍，正好是三月天，飘絮乱飘、青杏豆大、油菜泛黄的日子，村里唱大戏。姑娘在他家住了两天，看了两天戏，便回了。回去，捎来的话，说是看上老大虎头。虎头长得秀气，人腼腆，性子绵，跟她能搭。老虎觉得看上老大也好，老大年长，内向，早点娶妻成家，他也就放心了，免得一拖再拖，最后没合适的，打了光棍儿。当他准备给虎头订婚的时候，猛一下，谁都没想到，活生生一个人，平时也没喊过一句身体不适，说没就没了。

父亲是顶梁柱，人一殁，家里无主，虎头的婚事，只能暂缓。

老虎活着时，他家的院，他说了算。十来间房，他们住过三间，其余的全租了出去，租金他收。他说，以后我死了，这房，你们兄弟一人一层，房费各收各自，互不干涉，以后万一拆迁，补偿款对半分，老话虽说亲兄弟明算账，但你俩要互相帮衬，互相支持，老话还说，兄弟齐心，其利断金。老虎死了后，兄弟两人按嘱托一人一层，各自出租，各自收租，各自过活。老虎在时，老虎、虎头、虎尾，完完整整一家人。老虎就像一根纽带，把三个人串在一起。老虎死后，这带子也就断了，兄弟两人，分锅离灶，成了两家人。

三年后，也或者是四年后，在城中村这样的地方，时间不重要。重要的是，那些烟火升腾的背后，被遮蔽的光阴，就如同虎头和虎尾的光阴，淌着淌着，一条河流干涸了，另一条就澎湃汹涌起来了。后来，厂子里的工作成了虎尾的，虎头又干起了装卸工的活。接着，那乡下姑娘，跟虎尾结婚了。虎头一直打着光棍儿，一晃眼，四十岁的人，这辈子也再没啥出路了。他开始成天喝酒，喝大了，不去干活，醉醺醺的，坐在院子里，守着四四方方的天，像守着一口井，痴痴地笑。再后来，一层的房租，全被虎尾收了，他成了这个院子名正言顺的主人，而虎头，这个浑身破落不堪的人，成了一个寄居者。他已经不去上班了，一头扎进酒瓶里，一天不喝醉，就要死掉一般。

这一切，都是虎尾利用几年时间慢慢经营出来的。他通过自己的鬼道，把老实到无用的虎头步步逼退，自己则步步为营。最后，虎头跌入生活的悬崖，他走上了康庄大道。在虎头身上，他把他的鬼道发挥到了极致。他说，兄弟齐心，其利断金，意思就是说，在利益面前，兄弟要争取的心都是一样的，为了利益，那股狠劲，能把黄金都搞断。这世道，阳世人间，人弄人，阴曹地府，鬼日鬼。

另一个春暖花开、青杏悬枝、春风恍惚的日子，村里早已不再唱戏。虎头疯了，他疯了的标志，是扒掉自己的衣裳，赤条条在巷道里号叫着跑掉了。大家都说虎头疯了，却不知虎头是怎么疯的。这些年，虎头沉默如铁，寸言不发，把万千心事装在心窝，发酵，发酵，那些气体成了甲烷，一遇到火，便爆炸了。

离家出走半月之后，他披着一件破棉袄回来了。回来后，虎尾不再叫他进院子，而是把他推进了门口的那个柴房里。从此，疯子虎头就在那间巴掌大的房子里落了脚。虎尾的女人好几次看不过眼，想把虎头叫回屋里，还想带他去医院看看，也想给他找几件像样的衣裳穿穿。毕竟，她曾经看上的是老大虎头。不管那时候她跟虎尾发生了什么，但心里，还是记着当初第一眼看到虎头时的那种文文静静。她给虎尾反复提过几次这事，最后招致的是谩骂，甚至说急了便是拳脚相加。她无可奈何，只好看着虎头彻彻底底沦落成了一个疯子，她唯一能做的，就是一天给他端一顿饭。

买菜回来的老太太坐在院子里，阳光从屋顶移过来，落在院里，一寸寸，流淌开来。她敲打着自己的膝盖，疼痛让她的暮年如同一只旧瓷碗，长满裂缝。她常有预感，用不了多久，她就将碎成一地，连个声响都没有。身后的花，开的开，落的落，没有悲伤的情绪。我坐在她对面，听她拉拉杂杂说起疯子虎头家的旧事。她说着，就像把伤疤揭起一样，牙缝里总是发出因疼痛而吐出的叹息声。她老了，满脸皱纹，堆积如山。她摸了一下眼角，混浊的眼里，看不清这个漫长上午的倒影。她起身，吃力地把一把蒜皮扔进垃圾桶，扯着衣襟，进了厨房。

我再次走过巷道，还是重叠的一天，结局似乎永远定型。风还是那场风，灰鸽子还是那群灰鸽子，墙头还是那墙头，满院关着的人还是那些人，就连他们说话吵架呻吟打呼噜的声响，也是一样的。老太太还是闲坐着，上午的光线，缓慢移动，抽丝剥茧一般，将她大半生的故事一一收走。

当我来到疯子虎头的门口时，他四季半敞的门，竟然锁上了。一把黑色铁锁，挂在门扣上。可能是觉得铁锁还不够牢固，在门扣和拉手上又扎了几圈铁丝，用钳子拧紧。这显然不是疯子虎头所为，他不会把自己锁在门外，断了后路，况且，他也没有工具。黑锁、铁丝，坚固地把门和墙面捆绑在一起，黑房子和外面的世界，断绝了关系。而虎头呢？他没有在门口出现过。或许他出现过，趁着夜色，在某个流浪归来的夜晚，摸到冰凉的铁锁时，心一下子凉透了。他试图撞开门，或者徒手撬开铁锁，可终究是徒劳的。这个世界，已给他夯起了一道坚不可摧的围墙，他只能独自在墙外流浪，无论生死。

虎头倚着门坐了一夜，寒冷犹如抽筋剔骨一般，让他浑身颤抖。他无限地怀念一门之隔的房子，虽然肮脏不堪，但足以让他躺下，蜷缩着，抵御风寒，哪怕是大雪翻滚，寒意杀人，他都能把自己焐热，甚至焐出一段父亲在世时喜乐的光景来。现在，他无路可退，无处可去，彻底成了一名流浪汉。

这些年，弟弟虎尾各种阴谋阳谋，极尽狡猾之道，把他一点点吸干榨净。从工作，到媳妇，再到一层楼，直到今夜，他最后的一点落脚之所，也被没收。他真是在这世上赤条条了。

我曾想，在无数个夜晚，守着巷道里漫长的风声，或者人们散乱的脚步声，同样在无数个白天，看着大地上辽阔的人间，或者人间那生死疲劳和尔虞我诈，疯子虎头有没有想过这些年他到底经历了什么，有没有想过他一步步的后撤终将跌落悬崖，有没有想过这样活着究竟是为了什么。

没有人知道虎头是怎么想的。

那一夜，秋霜落下，巷道里的狗，冻得呜呜哭泣。破房子跟前的老国槐，叶子落了厚厚一层。天抹明时，虎头顶着一身白霜和树叶，摇摇晃晃地离开了巷道，轻飘飘地，有人以为是一只破塑料袋，被风刮出了巷道，呼啦啦飘远了。

我从虎头的房前经过时，锁子依旧挂着，冷冰冰的样子，我想他再也不会回来了，他的故事到此为止。若不是别人讲起，或许有些事，也就烟消云散了，就如同他曾到这世上来过，或者不曾来过，都无所谓了。这拥挤而繁杂的人间，终究是寂寥而空旷的。除了屈指可数的人，没有谁在意你的生死。只有房前的老国槐，叶子绿了，枯了，落了，把四季的悲喜刻画在叶面上。

紧挨着破房子，是红漆铁皮的大门，门敞开着。院子里，略显臃肿的女人蹲在地上，搓洗着衣服，白花花的后背和大红的裤衩腰，露在外面，她身前的洗衣机轰隆隆响动着，污水漫过院子。台阶上，一个光膀子的男人坐着，一手举着鸟笼，一手拿着手机拍照。他肥硕的脸，像一只蒸开花的馒头。他的口哨声，让笼子里的画眉鸟惊慌失措。这是正午，灰鸽子落在屋顶，咕咕叫着。做饭的人，把葱段倒进了锅里，滋啦啦的响声，溢满了巷道。逼仄的巷道，捧着青蓝而狭长的天。

用不了多久，这院子将被拆掉。院墙上，红漆刷了一个大大的“拆”字，“拆”字上，还套着一个圆圈。巷道里已经有人反复说起拆迁的事了，大家心急如焚，又焦躁不安。一拆暴富的日子，指日可待。而这些，和疯子虎头毫无瓜葛。疯子虎头究竟还在不在这世上，也难说了。

闲更　**返城记**

一

一声鸡鸣让我们远远望见炊烟，望见山坳深处的小村落。

身后沟壑纵横，还是光秃秃的山。黄土与乱石相杂的弯曲小道，踩上去挺硌脚。

离着村子不太远就是我们知青的工作单位，一座地处晋冀豫三省交界太行山腹地的工厂。工厂尚在筹建，单身宿舍更没有盖，厂里包了这一带老乡家的房子让我们住，自然是厢房，三四个人一屋，都打地铺。屋里堆满陈年玉米面、黑枣面、柿子面。柿子面是柿皮风干磨成的。县里每年派人来收柿饼，说国家用它换外汇。农民舍不得把加工柿饼时削去的皮扔掉，就加工成了柿面。

据说闹灾荒那几年颗粒无收，饿死不少人。有小儿用指甲刮墙皮往嘴里送，竟不再喊饿。原来是当初长辈建房抹墙时用了柿面，却不承想在后来的岁月里竟救了一家人。

我们厂是离省城近七百公里的“新兴钢铁基地”。从省城来的技术员老吴告诉我，其实建设生产规划中还远没有钢的事，就是开铁矿、炼铁，产品是铁锭子，六棱形，俗称“王八铁”。

我们这些只上到初一的学生被从省城分配过来，这里急需一批劳动力。该基地属外地工矿，与上山下乡同类。我妈叹着气说，好不容易盼来你进工厂，还是山区，一千四五百里地。到这儿来一律学徒三年，不管分配什么工种，月收入都是十七元，满一年涨两块，没任何奖金补贴。我被定为焊工，“车钳铆电焊”里的“焊”，电气焊全要学。省直机关事业单位抽调到这里来的干部，国企的管理和技术人员，在我们这里当着各级领导。

在干本工种职业之前，领导决定让我们这些单身小青年先修一年的专用铁路路基。这条路基虽只长二十多公里，却是建成炼铁高炉、焦炉和投产的基础工程。在山区筑路，涵洞、桥梁之多，砌筑石护坡土石方需求量之大，运输之难，非亲历几乎无法想象。施工设备只有地排子车、箩筐、铁锹、镐头、石头夯、钢钎和几千名年轻人的双手。山那头隆隆的开山放炮声刚刚响过，成百辆地排子车即已推到刚开采出来的毛石跟前。各自码满两千来公斤石料，一人驾辕，另一人扶把，车后两人上坡推下坡拽，小心翼翼辗转在七弯八转、陡峭狭窄的山道上，直至运到各个施工点。累得周身作痛时，伙房送来午饭，蒸小米饭、熬白萝卜。萝卜不是鲜的，是白萝卜干丝，用一条条草袋子装着，大锅熬熟，入口如嚼橡皮筋或棉絮。因它禁得住存放，我们都叫它“战备条”。

没有谁泡病假或借口躲回省城，连叫苦讲怪话都似乎听不见。但生活也并非都是如箭在弦，也有闲荡的时候。星期日歇了，我们就去爬山。一边是几乎直上直下的嶙峋山梁，另一边则是数十丈深苔藓斑驳的石沟，我们极小心地贼一样走过，没有什么路线图、时间表，走到哪儿是哪儿。

不觉已到晌午，拿出从伙房带来的馒头、咸菜，我们倚躺在山坡上。叫生子的同事突然说了句：“还有四十三年我就退休啦！”我们几个人听了一愣，刚才的高兴劲全没了。生子说，怎么，没见厂院墙上刷的大红字，“满腔热血献终身，太行深处写芳华”，每个字比磨盘还大啊。又说，厂长没传达吗，“同帝修反争时间、比速度”。

对啊，我们要在这太行山过一辈子啦。慢慢地大家一起扯嗓子喊起来，声音越来越齐。“还有四十三年我就退休啦——”回声，从山间清晰地确认着这一点。

那年，我们都是十七岁。

二

要钻被窝睡觉的时候，安修大队急火火找我，说现场有一条不锈钢换热管线滴漏，让我赶紧带上工具去查原因。接我的汽车已在平房外等着了，找我来的工长说，咱全建造厂就数你不锈钢焊得好。

电弧焊不锈钢还真有点窍门。不锈钢的成分不同于普通钢，焊条性能又黏，搞不好刚一点焊件就被粘住，焊活儿时全凭操作人手腕的巧劲——轻击闪腕，这是我自己悟出的“理论”。我抄起电焊面罩赶到现场，发现是管线接口处有气孔，没几下就焊好了。

建造厂的王副厂长有两个星期没露面了，他也是省城过来的。工友们在传，王厂长要回省城了。有人马上反驳，不可能，王厂长前些日子还说誓死坚守太行山呢，那可在大操场上，当着咱全厂两千来名职工的面说的。

王厂长确实调回了省城，听说是找门子办回去的。

又出现了一件意想不到的大事。省里决定我们这里的建设暂告结束，缩减一部分从省城分配来的职工，统一返城安排工作。条件为技术工种或家庭有特殊困难。对外传达时口径则是：选调一部分急需的技术工人及管理人员充实省城各有关经济门类的国企。这次返城人员比例之高更让人咋舌——高达全厂符合条件人数的五分之二。

我们安修大队郑大队长也是从省城抽调过来的，开始天天往分厂机关跑，说是找书记去的，两眼红红的。

有人说得像亲眼所见一般：这个一把鼻涕一把泪呀……

大家确实没心思干活了，不再扎堆议论感慨，转而各自为战，哭的闹的，拳击鼻腔至淌血或口含敌敌畏哭诉的，还有颠三倒四唠叨自己困难的，赤身露体绕厂区奔跑的，不一而足。

生子急火火地跑来找我，说看见没，猪往前拱鸡往后刨，各有各的高招，你还不赶紧折腾。我说，我不用折腾。他瞪圆双眼嚷起来，过这村可就没这店，看你抓得住抓不住啦！

我符合条件，不行拉出来比比嘛，我说，我是焊工，手艺在那儿摆着了。而且哥、妹都下乡，家里只剩爹妈了嘛。

生子摇着脑袋说，你以为还真的按条件？人家的家属、孩子都是省城市民，还呕心沥血搭车占指标返城。你啊……

名单公布前一小时，我被叫进劳资科。科长沉默了半晌说，这次选调返城，没有你。我傻眼了半天，半是自言自语半是探问地说，还有第二次吧。科长看着我，低声说，我不能骗你，说还有机会的假话。没有第二次了。

被通知返城的工友们正在捆箱子，这是知青的一句行话，用浸湿的草绳捆紧个人木箱和行李卷。此刻他们的双手是那样有力，动作是那样利索。他们看见我走过来，竭力忍住快乐，做一脸痛苦状。其实我心里挺为他们高兴的。返城工友中也有采用极端办法才回去的，他们的家长没关系没背景，他们不那么做，真不知还能有什么办法。

三

单身宿舍冷清了。我从厂院走出来，沿渣石铺垫的小道百无聊赖地走。望望夜空，马上就是八月十五了，一晃五六年了，我都在这儿过中秋，陪伴我的只有食堂发的两块月饼。我恨不得也走上十里山路，去长途汽车站坐四个小时长途再换火车，回到家中。可如果我这样回去，能有好日子过吗？爹妈能够帮我什么呢，除了善良，他们也和其他的人一样，一无所有。

刚回到宿舍，工友黄缘跑来闲聊，他爹是省住建委副主任，照说返城是小事一桩，却没有他，听说是因为他爹“文革”前受过处分，对他有影响。他找我借五十块钱，说有急用，发工资就还。我每月才挣三十多块钱，但还是把身上仅有的四十块钱给了他。

1974年，为响应领袖“大学还是要办的，要从有实践经验的工人农民中选拔学生”的号召，从“文革”初就停止考试和招生的大学，开始了不用考试，被推荐可直接上大学的招生新模式，还为此制定了方针：“自愿报名，基层推荐，领导批准，学校复审。”这十六个字，我的许多工友都能倒背如流。

这一年下达到总厂的推荐名额中，分给我们分厂两个，我报了名。大约过了十来天，分厂组织科通知我，经过领导研究，这次批准了另外两个同志。我问：能告诉我是谁吗？回答：这个就别问了。

转过年来，我从安修大队调到厂部，成了企业干部。这一年上面又给我们分厂划拨了三个名额。我又报了名，我所在分厂机关的党支部按照程序推荐了我。

我们分厂机关支部书记姓彭，还兼着武装部长，把我叫到家里吃饭。我们这些青工都是光棍儿，有家庭的只有厂里各级领导。吃饭时彭部长一再给我搛菜，说记着回省城后，有空来看看我们。说得我差点落泪。

结果这次仍没有我。

省上一所颇有名气的大学录取了黄缘。很快，他悄悄离开了厂区。

春节时，我借休探亲假的机会到省城的这所大学找他，想把他拖了两年的四十块钱要回来。一路打听找到黄缘所在的某系学生宿舍，敲门进寝室，一位同学摇摇头说，黄缘三个月没来上课了。

为啥？

听说是因为诈骗被抓起来了。另一坐床边的同学回答。

后来有人说，那三个名额，是“戴帽”下来的。

四

单身宿舍坐落在山坡上，楼群四周圈起一个大院子，大院里装着几只高音喇叭，每晚七点定时播放中央人民广播电台的“新闻和报纸摘要”。

就是从这几只喇叭里，我听到了恢复高考、停止招收工农兵学员的消息。这是真的吗？

听说北京决定恢复高考时，原来也是十六字方针：自愿报名，领导批准，严格考试，择优录取。大领导大笔一挥，砍掉了“领导批准”四个字。

如一泓热乎乎的泉水突然涌到身边，我既兴奋又紧张。我出身贫穷，小时候没有好好读过书，十六七岁便从省城来山沟上班，只有初中一年级文化底子，要考大学是不是太不自量力了？

晚上，我失眠了，翻来覆去，我觉得自己想明白了：我成为工农兵学员——如果领导批准的话；我被通知返城——如果领导批准的话；我成为大学生——我考上了。

只有这个“考”，才能真正靠我的一己之力做到，也才能真正改变一个人的命运。

真是想学了，困难比预想的要多得多。说是复习，对于我这样的考生来说，其实是从头学起。

奇缺复习资料。即使我跑一千多里地回省城，跑遍省城最大的新华书店，书架上空空如也，遑论我们这山沟里。诸如请老师辅导、上辅导班、遇到难点困惑问题求老师点拨这些事情，对不起，更没有师资。

每天下班后学习到深夜一两点，次日早照常上班。有段时间我一下班就匆匆拿饭盒跑食堂，打上俩馒头和一份菜，放回宿舍，再赶长途公交车到总厂初中学校听辅导课——那里有一位从石家庄对调来的老师。下了课早没有长途车了，便摸黑沿着山路返回。

记忆犹新的是一个雨夜，我刚走到车站便天降大雨，怕错过仅此一班的长途车，我不敢回去取雨具。等浑身湿漉漉地走进教室时，偌大教室里只有老师和一个同学。

我参加了两次高考。恢复高考制度的第一次全国统考是在那年的 12 月 29 日和 30 日，考了两天。那时太行山区已经很冷了，我冻得麻木的手里，紧紧地攥着准考证。

我上线了，但填报志愿难住了我，怎么填？不懂，也无处无人可以请教，遂胡乱填上，结果可想而知。第二年的高考，时间提前到 7 月份，备考时间缩短为仅半年，且听说要变各省市命题为全国统一命题，难度将提高不少。怎么办？似乎没有别的办法。我咬咬牙，又报了名。

这年 8 月底的一天，天仍然很热。我穿件短袖衬衫，从七百公里外的山区回到省城家中。母亲和妹妹早站在小院外的胡同等着我了，母亲紧紧拉住我，说，瞧这小胳膊细的。

还没说完，她就背过了脸，但一直没有松开她的手。

程鹏　**异乡与爱情**

一

在桥头居住的时候，可以这样形容我：喜欢孤独，内心又渴望朋友。这么多年的孤单生活，让我想对人类说，请热爱我。其实，我把一切错误和等待，生命的缘分、喜悦和泪水，浓缩成大的悲情和小的感动。我相信了时间。时针和分针走着，突然背道而驰了，突然又交抱一起，改变了我们的容颜。

我的工友刘先隆是我在年轻的时候遇见的。那些时光，工厂里的面影，都一样喜欢留长发，他性格安静，我性格是否不安静？我们曾在同一条流水线上，曾一起去照相，曾一起喝百事可乐，曾一起去荔枝林偷看人家约会。我们说过再见，又再见了，失去一段消息，又失去一段消息。我们都记得那段时光，十五六岁时的光景。我的胡子疯狂般的爬满我的嘴唇，他依然是淡淡的绒毛。当我用剃刀刮下胡子时，我就不再是一个黑瘦的小伙子了，他还是那样白净得让我很生气的气色。他羡慕我的胡子，当着我的面用生姜擦，依然是淡淡的绒毛，让他很生气。我的身体住着一匹简单的兽，生猛，敏捷，狠毒，不安于现实的囚笼；而他的身体也住着一匹兽，被他囚禁得如陷深牢大狱。我们所在的工厂和车间是清一色的男孩，脸上都会冒出一两颗青春痘，有的爬得满脸都是，像战争和风云，透出一股荷尔蒙的气味，这些简单的青春，苍白又充满生机。整理段的女工们交接班时，她们姣好的身体从机台上抽出来，朦胧中发着芽，疲惫中也有几分青春的美。我们线下的男工们，一边劳动，一边尖叫起来，口哨声、欢叫声里，甚至有几分污秽。我也尖叫在其中，只有刘先隆是安静的，眼睛也不眨，全神贯注地在线下操作。女工们从我们车间穿过，有的匆匆小跑，有的嘻嘻哈哈打闹，有的骂起了男工，骂也是带笑的。那种笑只能用男人的视觉和感觉去体会，男工们私下笑了，每个人都心领神会似的。其中有那么个女工，刚来不久，她长得很美丽,脸上纯净,像鹅蛋,乳是坚挺的,像白兔,身材的比例是黄金分割。她穿过我们的流水线,却是一片平静,这种平静,带走每一个男工的眼神。

母亲的来信总是说到我的婚事,上一封信里说有人给我介绍了这个姑娘,下一封信里说又有人介绍了那个姑娘。母亲总是说到她们身上的优点,仿佛谁都可以成为她的儿媳妇。她是在告诉我,我该找女朋友了,好完成她的一桩心事。这我明白。我当时十五岁,也就是说,在我们村里,这个年纪还没找到媳妇,要么是家庭条件差,要么就是这个小伙子身体有问题(指的是智障或残疾)。

该从这里说起。我们村有个女人叫传秀,她拖着老公来到我们工厂,投靠她老公的侄女,想进到我们工厂来打工,因为我们工厂的工资还不错。1995年,我们工厂的女工加班加点可以拿到一千三左右,这是个天文数字。她想进到我们厂,可是进不去,工厂不招工。她躲在我们工厂宿舍。我有时碰到他们的时候请他们吃一顿快餐和喝一瓶水。她夸我特别懂事。她问我有多大了,说给我找一个媳妇。她说我们家的条件好,房子修好了,交通方便,又是一个儿子。她说的女孩是她家族的女子,叫传菊。她写信委托她的父母与我母亲达成了共识,母亲很快给我寄来了女孩的相片。我一看,很清素高挑的样子。我按照母亲给我的地址给传菊写了一封信,很快收到回信,要我照相给她。第二封信,邀请我去她工厂里见见,她的工厂就在坂田的雪象。从南山去坂田要通过布吉海关。我的通行证过期了,去四川大厦补办,没有办成。我冒着没有边防证的危险冲出关去,见到了传菊。很晚了,她加班从车间出来,白色的衬衫罩着个马甲,在夜色下我辨清,是紫色的。我那时读着徐志摩的诗,我把传菊比喻成紫丁香,后来才知道,紫丁香其实是戴望舒的经典意象。我和她的通信是终结在第二次见面上。在白天,我们看清了彼此,原来,爱情是见不了光的。

据说刘先隆在工厂也有过一段爱情,个中细节我不得而知。我先他离开工厂去北京打工。他二姐夫说给我听的,他二姐夫说得不生动,但说得很切中要点,说刘先隆只提到一个女孩的名字,提的次数还很多。他们是别人介绍认识的,我大概知道的就是这个,关于他们怎么认识怎么相处怎么分手不得而知。我从没有去问过,也没有问的必要,直到现在他也没告诉过我,他是藏得住心事的男人。有个工友叫魏文军,不记得是哪个省份的人了,长得眉目清秀,中分的长发,这是他留给我的整个印象。我跟他是泛泛之交,我去宿舍找他玩,看到一个长相平淡的女孩坐在他的床上。他却对我说(现在想来,他把我当了朋友),别人开玩笑介绍他们认识,女孩认了真，常常过来给他洗衣服，甚至连内裤都洗了。魏文军不喜欢她，这个女孩激不起他心中的爱情，也激不起他身体的爱情。我第二次去找魏文军玩，他的床铺上一大堆相片，都是他的，花花绿绿。我看了一下，其中有一张相片背后写着——我们分手了。魏文军说，是那个女孩写的。他挑了一张送给我，穿西装，留着中分的长发，他就是这个形象。现在想起来，那个女孩是怀着怎样一颗悲凉的心，又是用多大的勇气写下这几个字？多年以后，她会不会认为自己是做了一件傻事，如此转恨，如此转喜，又如此这般？还有一个人，我不记得他的名字了，白白胖胖的，五官很帅，刚来工厂不久我们就认识了，是老乡。他有一个女朋友也一同被招进了工厂，是编制内的员工，住在白色房子的二楼。他女朋友矮矮的，胖胖的，相貌也粗疏。他说是他的女朋友，我没有惊异，我那时不以相貌取人。他自己在解释什么。他说，家里订下的婚事。意思是，他看不上她，或迫于无奈。但看到他们出双入对的，外貌上不匹配，也没见他们有别的什么分歧。谢建临是湖南的，他有些口吃，我们线下的男工常常拿他开心，他和我谈得来。久了，他和我之间有了戏称，他叫我老公，我叫他老婆。他有一个女朋友，是他的同学，小家碧玉型，常常来到我们线下，对着谢建临盈盈地笑，他也回她笑微微，让我们很嫉妒，只是在暗地里，没有爆发出来。他女朋友又来线下和他“笑”了，我莫名地走过去叫了谢建临一声老婆。谢建临生气了，口吃，骂起我来像打喷嚏。他责备了我好多天，我们之间的戏称也消失了。他曾在一个白色的信封上给我留下过他老家的地址，叫我以后写信给他。十五年过去了，他和她怎么样了，是不是儿女成群，是不是还和我一样在异乡打工？有时真想写封信去，想想也就罢了。我只喜欢人生中的遇见，我们不再遇见了，也许人群中擦肩而过，也不再相识了。

我和传菊终止来往激起了传秀的雄心，她说她非要给我找一个媳妇不可。我把她介绍进了厂，她给自己定了承诺。我在宿舍睡觉，她来了，说又给我说个媳妇。我说，你怎么又来了。她说，女孩叫玉兰，在工厂整理段芯板车间。我一听这个女孩的名字，就觉得有一股清香，没来得及等传秀安排我们见面，就独自去车间偷看了玉兰。齐耳的短发，苹果的脸，身材中等，裹在厂服下，很安静。我一下子喜欢上了，常常趁着上夜班，白天睡到下午三点就去车间帮她修板，她也不反对，把长长的纸条给我。

站在流水线下，长久的夜班，使我的双眼开始充血。我们一边打瞌睡，一边不忘双手继续操作，俨然成了机械人。黎明来了，我们从睡意中醒来，一层一层的板材从干燥机里出来，有人在白白的板材上写下：I LOVE YOU！

二

东莞是我和刘先隆再次相遇的地方。这时我已经结婚，小孩刚刚生下来不久。他还是单身，偶尔抱抱我的孩子，逗着说话。我的这次婚姻全因母亲的着急。那一年，我打工回家，家里就有很多给我找女朋友的，我看后就失望。母亲就急了，说我挑什么，自己也没两样。初三，母亲对我说，有一个女孩不错，你要不要去相一相。我很疲倦，说，我要去同学家玩两天。母亲说，那就等你回来了也不迟。当我回来的时候，在路上，碰到邻家的姐姐说，你媳妇来了。我穿着长风衣，蓝色，有些重的味道，回家来不及脱掉，母亲就拽着我去相亲。她说，人家等很久了。到了媒人家，母亲就和人家说开了。我一看，沙发上坐着一个大眼睛的姑娘，冬天里还穿着裙子，麻纹色，身材高挑。我只是看了一眼，也没说话，我们彼此都没有说话。然而我的母亲和媒人却看出了端倪。就这样，我母亲就和对方达成了协议，去我家吃饭。吃完饭，我带着姑娘去我家的菜园乱转。我问她在哪里打工，她说在东莞。她问我要找一个什么样的女孩。我说，找一个谈得来的。她说她也是。

就这样，我们定下了婚约。我去了北京，她还是去东莞打工。

我们开始了书信和电话来往，那一年，我不顾亲戚的反对（表哥表姐要为我找一个对我家有帮助的女孩子），辞掉北京的工作去了东莞。同年春节，回家结了婚，第二年就生了小孩。

我和刘先隆整天在东莞找工作，找不到，回到租屋，晚上睡觉，抽掉楼梯，这样查暂住证的也没办法上来了。偶尔听到他谈到一个女孩，他说，对方在中山做妈咪，很有钱。我说，那好啊，找个有钱的女人。于是，他就不说话了，神色庄重。等到我们钱都用完了，刘先隆去了中山。回来时，他窝在床上，叫吃饭也不理，不说话。过了几日，他说，不能要那样的女人啊。我们在东莞待了三个月，我的妻子和刘先隆成了好朋友。因为穷，我和我的妻子常常闹一些矛盾，吵架成了常事，有次打了起来，气短的妻子买来了一瓶白酒，让我对爱情的想象力缺乏了力度。我投降了，败给了现实。嫉妒在我身体里燃烧。我嫉妒妻子和刘先隆的友谊。我去做零工的时候，半夜回来，走在路上，会莫名地想起一个场景：我妻子和我的好朋友睡在一起。我气愤地推开门，然而什么也没有。女人是天生的易察者，我妻子看出了我这一点，说我是小气鬼。然而有一天，刘先隆为了我的妻子跟人家动了刀子。那是在午后，大家还在午睡，我的妻子跑到出租屋来，说刘先隆被治安队的抓走了。妻子吓得不知所措，手脚乱晃着。问起缘由来，说是我的妻子和刘先隆在水井边洗衣服，有流氓调戏我妻子。我的妻子身段很好，爱穿着打扮，在众多的打工妹中算是亭亭玉立的。刘先隆为了保护我的妻子，和他们动起手来了。没想到，他们人多，刘先隆也不畏惧他们，掏出了放在身上的水果刀，就这样惊动了治安队。我们正在商量拿钱去取刘先隆，没想到他回来了。他绘声绘色地讲起他英雄救美的故事。我没有听。

我们在东莞都没找到工打，刘先隆去了深圳，做一名小工，我回北京，还是做我的水电安装。再来到深圳时，我和他也取得了联系，他做一名泥水工，我向他借钱，他借给了我。在我的记忆里，见到他的时候，他已经结了婚，有了一个儿子。我无法相信刘先隆找了这么一个女人。就拿我们的常言来说：要身材没身材，要脸模没脸模。这个时候，刘先隆开始独立承包一些泥水工程。我到福永桥头一家装修公司的时候，他刚好也在那里建农民房。他们生下第二个儿子了。他们夫妇邀请我住到他们建的大楼里，不用缴房租，我就带着行李住到他们那里了。有时，我从市场抱回来一个西瓜，分给他的两个孩子吃，到了一个月我补他们的生活费，他们不要。我给，我坚决给，他妻子也就收下了。这个时候，我睡在他们房间旁的另一个房间里，我有时会想，刘先隆和他的妻子之间有爱情吗？那个英雄救美的刘先隆当年对我的妻子有爱情吗？

我搬出来，租到桥头新村也是因为他的妻子。我的妻子过来，听说我和刘先隆住在一起，高兴极了。我妻子中午来的时候，刚好刘先隆去工地了。我们站在屋子里，刘先隆的妻子不知道为了什么，脸耷拉得很长。屋子里空气很郁结，妻子是个急性子的人，拉着我离开了，我们去外面吃了一顿饭。妻子埋怨着，刘先隆现在有钱了，就看不起朋友了，真是的，这世道。

妻子说，搬出来！

陈美者　女王和刺猬

一

起先，我姐在一条快要拆迁的街尽头的四果汤摊位前，租下一个三角形的店面。

来自中国银饰之乡莆田上塘的银项链、银手镯、银长命锁，一一在柜中摆开。我姐将店铺命名为"一生一饰"。店里时不时做些诸如"欢度国庆，全场六八折起"的活动。然而，朝阳街人民对金银饰品的需求并不热烈，倒是百来块钱的国际名牌手表隔三岔五地卖出一两个。生意惨淡，但我姐再无别处可去。

她在还未发育好、有着一头又柔又细黄头发的年纪就已嫁人。对方是邻村的一个老实青年，眉清目秀。这对夫妻当时年纪加起来也不到三十。有一次我姐发烧，青年借了一百块钱给她看病。婚事是我父亲定的。父亲一过世，我姐不必担心他老人家生气，立刻提出离婚。我姐是幸运的。青年同意放她走，似乎比借钱给她还痛快。

长城、东方明珠、西湖……我姐寄来的照片，背景像明信片。更奇妙的是，她渐渐长高了，长开了，真的像花朵那样绽放。我那时刚在镇上读初中，竟已深知摆脱婚姻桎梏的女人是多么快乐，对来自村里的流言蜚语十分痛恨。我姐则反过来劝我不必在意。我在信中反复叮嘱我姐，一定要留在城市里，赚足够多的钱。那时她四处漂泊，从不存钱。其间，给我买了一条新裙子作为生日礼物。那是一条完全超出我想象也完全超出我生活的裙子，两个袖口和下摆都有层层叠叠的白纱，裙身上绣满粉色玫瑰花。我费劲地穿好，很快就脱下来，将它深藏在木箱子中。层层叠叠的白纱瞬间充盈老木箱子，似乎在散发光芒。我盖上箱子，依然迎来舍友们的连绵惊叹和嫉妒。那时候每个寄宿生都有一个小木箱，用来放几件可怜兮兮的换洗衣服和自家种的小食。为了这条新裙子，我把箱子中的东西全都取出来，堆在床的一角，夜里睡觉的时候总能踢到那些零碎。遗憾的是，这件无与伦比的裙子，和其他珍贵的东西一样，最后在岁月里不知所终。

我姐在都市到处漂的时候，我母亲正在老家努力为我姐寻找归宿。在莆田市区有九套房、身强力壮、脾气温和、爱好喝茶养花……我母亲口中描绘的美妙幻景，屡次在相亲现场被打破。直到有次发现前来相亲的男方居然有精神隐疾，我母亲才彻底放弃张罗。

我姐却很快恋爱了，和一位广西男人，“五一”节还去了他老家。男人在深圳住十平方米大的出租屋，在老家却坐拥良田数亩。我姐去的时候，壮阔的田里种满西瓜，每条藤蔓下都可以翻出一个又一个滚圆结实的瓜，一拳砸下去，瓜瓤香甜红润，足以和天空中的晚霞交相辉映。

要不就留在乡下老家吧？我姐笑，笑着吃瓜，笑着拍照。两个人又回到深圳市，继续打工。我姐在一家私人医院当收银员。

可是没过几个月，她就捧着西瓜一样滚圆的肚子，回到乡下。不是广西，而是莆田。发现怀孕后，我姐毫不犹豫地选择回到自己母亲身边。漂泊多年，她还是没有在别处找到安全感。

回想这些事的时候，我始惊讶于时间之河如何使我们姐妹分道扬镳。她大我七岁，一直在城市打工，我小她七岁，一直在县城念书。我们以两种方式叛逃出乡村，偶尔通信，春节见面几天，仅此而已。恰巧的是，我也在那时怀上孩子，妊娠反应加倍了我的抑郁，所以得知我姐在莆田，我毅然决定也回去。两个孕妇在老家会合，共同度过了二十来日。这算是我们姐妹相聚最长的一段时光。

但那时我其实并不了解我姐的处境。我吃不惯一切吃的，像是要把自己整个身体从身体里吐出去。我姐的月份比我大，但一样脸色苍白。我也几乎没有见到她吃东西的样子，总是看见她捧着自己膨胀的肚子，坐在老家屋后的农田边唯一一块光滑的石头上，吹着风，两条长腿越发的长。见我走过来，她还会费劲地挪动一下身体，将石头分我一半坐。我们乐此不疲地猜对方肚子里是男孩还是女孩。这样的时刻，我姐就会一边轻轻抚摩自己的肚皮，一边抬头看天空中的晚霞，苍白的脸上露出充满憧憬的微笑。我姐的名字中有个“霞”字，她叫美霞，我叫美者。有一天，我也抬头看晚霞，忽然间明白了她为什么都没吃东西。瞬间，一股尖锐的刺痛感袭来，几乎要让我哭出声来。离开莆田前，我捏着两千块钱放到她的掌心里。我姐先是讶异，然后是高兴，最后，坚决拒绝。“就当是借给你的，好吗？”“好！”我姐拥抱了我。两个孕妇的拥抱实在特别，像两只甲虫的触碰。我无法忘记这个时刻。

我姐生下一个女孩。我母亲不喜欢女孩。当然，更不喜欢女孩的爸爸，那个广西女婿。全莆田都找不到？一定要找个外省的？我母亲固执地发出这样的质疑。我姐则沉默地抱紧怀里的孩子。谁都知道，外省的当然也没什么。最后的一层意思，大家都不愿意捅破。

刚一满月，我姐就带着女儿逃往漳州朝阳街。之所以选择漳州朝阳街，实在是别无选择。记得当时她曾托我在福州为她找个店面。可我竟无用之极，一味惊诧于繁华市中心的转让费和租金，不知往新区去看。我姐一边坐月子，一边寻找头顶的遮雨瓦片。直到有一天，村里有老人路过，和我姐闲聊，说她家孩子在漳州开店呢。

朝阳街以嘈杂热闹和低廉实惠，向我姐敞开了怀抱。最终姐夫也赶来胜利会师。他们选中一个三角形的店面，因为——再没有比这更便宜的了。

这样一条街，备受拥戴是有道理的，十块钱一套的睡衣摊，三毛钱一串的烧烤摊，以及生意并不好的“一生一饰”珠宝店，摇摇晃晃地，也都活下来了。我姐后来还真的把两千块钱还给了我。

来漳州的第二年，我姐将珠宝店改成内衣店。第三年，她在街的另一头也开了一家女装店。第四年，她在街的最中间也开了一家养护品店。对这条当初收留她的街，她似乎充满无限的热情，无视其周围菜市场般的环境，所有店面皆不惜重金装修。米白沙发边，永远摆一大捧新鲜玫瑰花。门口一律放只圆滚滚金灿灿的招财猫。她的三家店在朝阳街上都是最美的，就算搬到繁华市中心地段也适合。

我姐终日在朝阳街上走来走去，同时照看三家店。而请来帮忙看店的年轻姑娘，总是不如她会做生意。

二

每年我都会去找我姐玩几天。

她早已将一头又软又细的黄头发染成热情的枣红色，还常年种睫毛。夏天，她喜欢穿破洞牛仔短裤，还总趿拉着一双拖鞋，一双长腿依然耀眼，从背影看，简直是少女。

在朝阳街开店的人，几乎都知道我姐。她笑眯眯地一路走着，路过水果店指了指西瓜椰子，水果店老板心领神会，稍后自会送到。路过鲜花店，她指了指戴安娜玫瑰，鲜花店老板也心领神会，稍后自会送到。路过卤货店，她却没有停下来，任由我看着卤货悄悄咽口水。回到她自己店里后，她才说，不干净，有苍蝇。

我总是折服于她操持生活的能力。

每年春节回家，她会买三箱车厘子、一麻袋瓜子、好几大包糖果，甘蔗更是一捆一捆地运。而我，什么也不带，什么都懒得买，背一个双肩包就回来了，只给我妈一些现金。离家时，我姐又会指挥着姐夫，往车上搬地瓜、花生、蛏干、墨鱼干、紫菜、海带、芡实，甚至葱头……我光是双手插着裤袋站在一边看，头都要掉了。这些东西并非我母亲手工。我母亲已经老到更喜欢别人给她物品而不是现金的年纪，哪里还有多余力气。所有东西都是村里食杂店采购的，就连鸡蛋也是邻居按一个两元钱卖给她的。我终日匍匐在写字楼里，一年比一年客气与冷淡，只好佩服我姐对待生活的热情。

不同于我上班打卡、到点吃饭的日常，我姐享有身为老板的自由。具体来说，就是极不正常的三餐和作息。白天忙起来就不一定吃饭，等到晚上店铺打烊了，再去附近吃烧烤，或是回家里摆火锅。夜里折腾到十二点还不睡。我们坐在客厅里，把脚跷在茶几上，喝马卡龙色果酒，脸上敷片仔癀面膜。片仔癀是漳州产的，我姐店里也有卖。

如此随意的日常中，我姐还是有一件固定的事：每晚睡前吃一条海藻冻。这东西口感像果冻，功能似乎是人间理想：减脂纤体、解酒护肝，还能改善睡眠。作为店里的主打产品之一，我姐每晚都在深夜边吃边拍一条视频，发朋友圈。

内衣也是我姐的主营。她的微信通讯录里好友人数五千多，通常以内衣尺码作为备注名。比如“小丽 36B 存 650”，36B 就是内衣的尺码。预存八百元你就是我姐的尊贵客户或代理，享受内部价，每次拿货就从预存的金额里扣。

“女人，一定要做手心朝下的女人，不管你多漂亮，当你伸手要钱的那一刻，你就输了。”

“再牛的副驾驶，不如方向盘握在自己手里。”

“做自己的女王，我有我自己的灵魂。”

每天，我姐都要在朋友圈发布这样能量满满的战斗宣言。她的代理大多是在家带娃的宝妈或附近一带的失业女工。经过我姐的点化和一段时间的打拼，很多人会摇身一变，微信头像全都是这样风格的精修照片：穿白西装，化精致妆容，环臂在胸，一副乡镇女企业家的气场。

我姐自己迄今尚未买房。她赚到钱就开一家新店，赚到钱就开一家新店，赚到钱就买了一辆二十万元的车。刚提新车回来，她就和姐夫运着一后备厢的货，开到别处去摆摊。来漳州快十年了，我姐最大的愿望是能在朝阳街边上的欧式风格的新楼盘里，买下一套新房子。

可是这些年她开的店越多，买房的钱就越来越不够。

三

最近的一个清明节假期，我和我姐都回莆田了。我姐是喜欢回老家的，她总是能谅解一切。而我，像个逃犯，心里装满秘密和伤口，有时还不爱接我母亲的电话。只有跟随着我姐，我才有勇气回去。

我母亲已经没办法煮三个人的饭了。我不太敢自己一个人回去看我母亲，大概还因为不愿意买菜做饭洗碗。我姐亲手给我做莆田卤面。她其实已很少动手做家务。她煮的时候，我就在旁边瞎打转。面一出锅，我就像个干力气活的人，一口气吃掉三碗。

清明节当晚，我姐做了一个梦：一个三月大的胎儿，已经长成三岁小男孩模样，身体结实，相貌周正，一双眼睛很大很亮，只是充满了幽怨。他自己开口了，说是那年 10 月 23 日走的。他说他不甘心，要挖掉她的眼睛。

我姐第二天早上醒来时，眼睛疼痛不已。

我母亲原本是要去村诊所打点滴的，听闻此事，立即命令我姐跟她一起去找仙公化解。

我和我姐一左一右扶着我母亲，走到村里一个农户家。

看过去只是一个普通农户家。唯一特别的是，这户人家门口的田里，原本应该种花生或地瓜的地方，种着一畦一畦的向日葵和白百合。我们在空荡的厅堂里等着。少顷，一位农妇向我们走来。她身材高大，骨骼粗壮，站在门口时，一下子挡住厅堂内的大部分光线。

她也不同我们交谈，走到厅堂里唯一的陈设——一个香案前，从容地点香，上香。很奇妙的是，做这些时，她的周遭开始洋溢出一些柔和的光，高大的身体传递出某种安全感。我想，或许正是这样一种安全感，让人间香火永续。

而后，她从香案边拿出一棵烟，点上，坐在条凳上，慢慢地抽起来。那棵烟在她粗壮的手指夹缝中，显露出一种婴孩般的稚嫩。接下来，她的表现，则令我见识到乡村大地的神奇。她吐了一口烟，说道："那么好的儿子，根基很稳，头脑不清楚的人才会把他拿掉。"

我母亲立刻替我姐辩："被医生骗了。"我姐则抓着我母亲的衣角，似乎又变回小时候那个一头黄毛的瘦黑小女孩。

我们从仙公家出来，我姐还在哭，但显然内心渐渐平静了，似乎那简短的仪式已驱走她的不安。你叫我能怎么办呢？我能怎么办呢？我听见我姐心里的声音在这样说。然后，我真的听见她说话了。她说，过几天，她代理经销的产品在上海开招商会，开完会还直接飞马来西亚团建，产品方公司包吃住的。

我和我姐都是逃离乡村的人。多年过去，在城市的丛林中，我早已进化出怀疑的眼神、沉默的唇和一身的刺。而我姐，至今仍握紧双拳，心怀梦幻——有朝一日成为自己的女王。

回福州后，我常在失眠之夜，在暖黄的夜灯中，凝视孩子睡着的样子。有时他在睡梦中咯咯笑了，我也笑。那一刻，竟也是甜蜜时光。

有天晚上，我给儿子读的睡前读物是《不一样的卡梅拉》，有一集讲到刺猬兄弟皮克和尼克，被千年月光照过，拥有了一身黄金的刺。它们被自己的非凡感动，立即动身前往凡尔赛宫，出发时的豪言壮语是："再见啦，乡巴佬！"后来，国王的牙签匠拔光了他们一身金灿灿的刺，皮克和尼克捂着身子羞答答地跑回了乡下。

我喜欢皮克和尼克这对刺猬兄弟，不知道它们还会不会再长出刺来。我同时还希望生活不要将我身上的刺也一根一根地拔光。

我每天准时上班，得体地微笑，严谨地工作。下班就给孩子看作业、念绘本、洗球鞋。多么平静的日子，却迎来一次又一次的精神危机。

"你来朝阳街，你来看看我！"每次我在电话里对她倾诉时，我姐就这样温柔地说。

蔡舒晓　出梅雨记

一

专家声称是地球自转速率的微弱减慢导致了这个春季的气候异常，属于春天的特殊水汽味道已经出现，潮湿的、朦胧的绿色也已经蛰伏在小区的角落，但是总是下雨，总是缺乏阳光，过量的水汽隔离了紫外线已近整月，兼有衣服因布料纤维的水分不得干燥而沉重地贴附在身形轮廓之上，以至于大多数人的脸盘子都呈现出一种苍白的颜色，看起来也比从前苗条了。

长年生活在亚热带季风气候带的人们已经可以相当熟练地对最近将春未春的天气特征进行总结。我从我刚上小学的外甥的日记本中偷看到他极有天赋地概括道：春天好像踏空了脚步，一只脚在门外，一只脚在门里。但他的老师很有可能是一个敏感而挣扎的股民，在作业本上用红色圆珠笔重重地圈出了"踏空"这个词并批注为用词不当，在这个绵长潮湿的春天，在吸水而变厚的作业纸上，留下数个下凹的醒目的感叹号。

在咀嚼冰箱里剩面包的时候，我想起小时候读到后全然不理解的某位西方哲学家的话，直白来说意思就是：身体是个大老爷，我每天伺候他吃和穿，还要给他洗脚，真的浪费时间。根据我人生前二十几年的观察，人只有在大脑或身体高速运转、意志力尤为集中的时候才会发出这般感慨。比如早高峰的日本地铁站便利店里，到处都是拉开功能饮料易拉罐一饮而尽后奔向工位的上班族，动作熟练有如赛车在加油站接受补给后迅速离场。《千与千寻》里衣着光鲜的年轻夫妻埋头只顾吃终于变成可怖猪头的寓言故事缠绕着我，让我从童年时代起就产生一种本能的紧迫感，并且在这紧迫感的带领下长成一个积极向上、精神紧张、学习进步的好青年，像一只不断抽打自己的陀螺一样转得又稳又快。而因为下雨，我最近的日子快活得有如在加了滤镜的梦里做戏，我大把大把地浪费时间：用一个小时认真抄写一份食谱、研究葱姜蒜和蚝油的配比；用一个小时腌制一份生鸡翅，想象自己是大长今，以赋予食物本味之名徒手给予鸡翅不定期的搅拌；等鸡翅下锅后用一个小时洗掉手指甲上的葱姜蒜味，晚上再用一个小时给手指甲涂上完美得即使在灯光下检查也没有一丝折面的透明甲油。近期从网络上听说日本有一位中年男子因为长年寄居在父母家无所事事，除了吃饭打游戏外对所有事情都不大感兴趣以至于被亲生父亲杀了，这让我一阵恐慌；但是突然想到我的父亲母亲相对通情达理，并且住得离我很远，又稍感释然。我猜我的某些神经突触可能长得更敏感一些，漫长的雨季所带来的阴暗光线、黏湿空气和时刻以不同频率敲打窗玻璃的水滴声，恰好从各种感官上钝化了紧张感，让我保持了难得的持久稳定的好睡眠。在本地媒体粗制滥造的晚间新闻里，外景记者穿着黄色雨衣一边一步一顿地走路，一边僵硬地伸出一只手，对着镜头介绍今年的雨水是如何之多，以至于节前节后的交通是如何拥堵。而我自私地想着：这雨还是可以再下一会儿的。

梦境中经常出现的场景是：水汽腾腾的半透明磨砂玻璃，高大绿植的叶片从低到高依次沾满雨水附身于其上，在风里瑟瑟发抖；昏暗光影里浓白色的背景和深浅不一的蓝绿色，足够让我这个对色彩极其不敏感的人像被击中一般在梦境里反复回忆。其实它只是一块位于公司一楼门厅公共卫生间里的巨大磨砂玻璃，内侧紧邻着一只高档抽水马桶，一门之隔外，造型极尽高调复杂的水晶灯具悬吊在大厅里，亮如白昼的灯光让人分辨不出窗外的晴雨；剪裁严丝合缝、质地丝滑精良的西服勾勒出精英分子薄薄的身形，配以时刻举重若轻的自信笑容，足够折射出优越的智力与意志层面的控制力。第一次，精英分子中突然有人抬起脸来对我礼貌一笑，我在一阵心脏快速跳动中躲进了卫生间，坐在马桶边时稍有不注意，膝盖就碰到了冰凉的玻璃，尖锐地提醒我仍是这间公司的实习生，应当尽快被这些自信笑容所感染并成为其中熟练的一员。后来，在我琐碎生活的诸多其他场景里，我时常克制不住想转身走进那间公共卫生间的念头，或是闭眼跌入那个乳白色交织蓝绿色的梦境里。

二

总有人比我更加热爱雨季。离我们不远的日本的作家就相当中意阴天与湿冷，声称在这样的天气里，钟表会因为上弦过紧而自杀性崩坏，香水会顺着湿润的毛孔入侵血管和心脏，男人不要触碰女人的手臂，否则会因为过分依恋而难舍难分。初次读到这段话时，我就遗憾地认识到了自己文学才能相形之下是何等有限，继而耳边响起日本黑白电影里诡转的配音，总是冷不丁就出现的、让人感到无处落脚并且头颈一凉的 4 音和 7 音，带给人淡淡的刺激。

我拢了拢手头的钱，所谓拢一拢，无非就是打开手机里的各个理财 APP，将每个抽象的小数字倒来倒去直到相加成一个总数字，看到这个总数字大于来去京都的廉航机票钱后，我决定短暂地离开家里这扇临街的落地大窗，走出这块过滤了雨水和市声、只能让我看到行人彼此面面相觑的玻璃。恨抛水国荷蓑雨，贫过长安樱笋时。一天比一天更浓重的水汽在发酵，密密编制的竹篾斗笠因不得曝晒而散发出并不讨人厌的头油气味，春天独有的植物色香味俱全，让人想在菜肴碟子里从纤维的嚼劲、收口的香味中一遍遍地全身心复习它们。一旦起了这个念头，每个夜晚打开窗户透气的时候，就十分期待有从树枝上一路滚动下来的雨滴恰好从衬衫领子的空隙间，掉落在后背皮肤上。

这个纬度稍高的地方也在下雨。预订的住所位于新京极市场的内部，人声喧哗，奶茶店前排长队。通过和章鱼丸子铺老板一番英语和日语夹杂的愉快交谈，我在大啖丸子的同时，逐渐感觉身体被激活。油布纸颜色的半透明顶棚覆盖了回转连通的长廊，我学着当地小女生的样子买了一把长柄伞，挽在手上慢慢地走，忽然头上顶棚的雨滴敲击声音更大了，市场里的行人渐渐多起来。长街两边暗色的是杂货铺，造型古怪、摆放密集的小物件将光线反射再反射，最后如黑洞一样吸收了空气里的波长和灰尘；亮色的是神社，通常以橙色的光面油漆将门头刷得格外显眼，宗教的爱、慈悲与神秘不可言说都浓缩在这个颜色里头了。

走出长廊后就需要撑伞，然而作用不大，站在黄昏中的三座大桥上，流水以趴伏的姿态缓慢从河床的沙石上前进，随着日光的温度减退，天空和流水逐渐融合成为一样的灰黑色。湿漉漉的空气和黑夜一起到来，逐渐浸透了全身上下的每一个毛孔，我收起了手头的伞。听说这里曾是刑场和坟冢，但是如今有人在堤岸边慢跑和骑行，有人将彩色的塑料布铺在地上野餐，更多游客拥挤在这里一座木头结构的星巴克内拍照打卡，乌鸦从天上哇哇而过，没有人感到害怕。

《感官世界》这部电影里，窗外总是连绵的雨水和男女主人公总是突如其来、大动干戈的热情和欲望让人感到费解，窗户纸薄薄的一层，搪不掉团团的雨汽，久居其中的人们必定是油粉满面，浑身上下不得干松。倘若是我，一定早早地用中医理论进行了自我诊断，因为湿气侵袭导致五脏六腑转动降速，我应当找一块粗布纤维的床单，终日以虾米的姿势躺着休养生息。直到亲眼在这里的艺伎小巷看见一位将脸孔扑得和脚上的袜子一样白的女人，层层叠叠的和服下拖着小碎步快步行走，看见生人时低头牵动嘴角，随即用纸伞巧妙而礼貌地挡住脸以避免同游客的视线接触，留下一截雪白的脖颈给人以想象，我才感受到了电影里男主角眼睛发红的迷狂状态。

没有荤油味可以长期贮存的天妇罗，佐以调料捏合而成的精致鱼寿司，劈开后滴上柠檬汁就可以吮吸的生蚝，没有什么比这些不需要大动柴火的、永远只能吃个七八分饱的清淡饭食更适合他们了。和四川人民围坐在火锅前用花椒和牛油驱寒祛湿的对抗方式相比，这个民族更想去适应和融入，将这些从水里捞出来的生冷食物日复一日地用肚腹去温暖和感知，直到拥有同样柔白滑腻的脖颈，直到能够用这样的脖颈在水汽中自在呼吸。

旅行的这几天，每一天都有断断续续的雨水。电视机里的早间新闻应景地播放着一辑名为“伞之迷惑行为大赏”的特别节目，镜头对准大街上种种不文明用伞的行为，最后采访了一个妆容精致但是笑起来粉底层层剥落的老太太，她说希望大家都能撑透明布料的伞，这样能够大大降低在路上戳到周围人的概率。我突然有一点想念家乡本土电视台的节目了。

但是当我回到家的时候，梅雨季已经结束了，小区里家家户户都格外珍惜有金灿灿太阳光的日子，被褥和换季衣服横在阳台上等待暖烘烘的杀菌消毒。我穿上硬邦邦的白色短袖衬衫，阴差阳错地进入一间公司实习。因为长期独处而额外生长出的丰富神经突触，也纷纷迅速凋亡。

白琳 **春天的第一天**

2021 年 3 月 15 日，罗马所处的拉齐奥大区再次被划分为红区。我和教授达贝尔的会面又一次延迟。

软封锁持续了三四个月，其间连国立图书馆也关闭了。一整年里每个人都像是一个新骑手，在学习如何与生活和谐。一切在于侧倾的方式：如果一个靠轮子运动的物体想要转弯或者改变方向，就会产生一股离心力，根据永远要节省能量的惯性定律，正是这股力量试图把我们从拐弯拉回直线。在运动时，直线运行是耗能最少的，所以骑摩托的人会把体重向弯位倾斜，调整摩托车的重心，抵消掉离心力和惯性定律的效应。

我像骑摩托一样学习如何面临每一个疫情的拐角，所有的计划都被打乱，越是想要走上轨道越是费力，于是不得不顺应重心，不再挣扎，逐渐适应这样的生活。为了在大封锁期间手头有足够的资料来撰写论文，在封锁警报拉响之前，我慌慌张张去图书馆收集能找到的资料。从 9 月底开始，罗马历史与考古图书馆就彻底关了门，而国立图书馆每天只接待两百人次的阅览者，并且需要提前一天在网上预约。预约时间从早晨七点半开始。我连着许多天七点半爬起来预约却都没有拿到预约号，后来我突发奇想，从六点半开始疯狂刷新页面，结果在七点钟抢到了当天的一个号码。

罗马国立图书馆很大，比起别的宫殿式图书馆，它更像是一个现代工厂。考古馆里原本就不会有很多人，我去的那天巨大的阅览室里只有两个读者。和往常不一样，一切都忽然智能化了起来，这让我非常不习惯。以前刚来的时候也很不习惯，因为总要和人打交道，好多事需要手工操作，也曾被馆员带领着去架子上翻书。现在全都得自己网上操作。刚到欧洲时，觉得这边科技落后，干什么都不迅捷，后来适应了慢腾腾的生活，反倒是对各种层出不穷的新科技失去了兴趣。

此后是漫漫无尽的封锁解禁封锁解禁，弹皮筋一样摆弄着人们的耐心。大约是因为常常不能出门，运动量跟不上，我开始失眠，有时候会一直睁眼到清晨四点。罗马的冬天并不寒冷，清早还不能入睡时就走到窗前，推开镂空木窗，向外面望一望，想象一百年前这栋房子里住的人是不是也曾在清晨推开窗子向外面望一望。这房子建在马焦雷城门边，从窗户望出去可以看到一星半点的古城墙，就着黑色的铁艺路灯，影影绰绰。除了白天黑夜都不停歇的鸟鸣，没有更多的声音。

冬天的罗马常常陷入雨季，直到 2 月才放晴。2021 年旧历新年前夕，达贝尔教授有天很开心地发消息给我：谢天谢地，我终于可以再次在博物馆里授课了。

博物馆都开门了吗？我只知道圣方济各说梵蒂冈博物馆开了。我问。此前我在教宗的社交媒体上看到他说从 2021 年 2 月 1 日起，梵蒂冈博物馆在关闭八十八天后将再次向公众开放，这是自 1943 年以来博物馆历史上关闭时间最长的一次。

于是大年初一我去了博尔盖塞美术馆。从前去这个馆总得预约，而现在只需要拿上考古学证件在售票窗口兑换门票，坐在花园里等进入的时段即可。林荫道上有人散步，散发出常有的静谧，仿佛生活一直都如此从容不迫。我来过这个别墅许多次，甚至和娜塔莉在深夜还在这个花园里游荡过，但从未耐心打量眼前的建筑。大约天气好，宫殿白得耀目。意大利的阳光十分富足，天空蓝得透明，博尔盖塞的草坪绿油油的，都是很饱和的色彩。很快我就脱下了风衣，穿着件薄衬衫坐在椅子上看草地上奔跑的狗。

博尔盖塞是疫情之前我在罗马唯一需要预约的博物馆，去一趟很麻烦，所以去的次数最少，也许正是因为如此，每次进馆参观，都觉得十分满足。十九世纪末，意大利政府想要向当时因一连串投资失利而面临巨大财务困难的博尔盖塞家族购买博尔盖塞别墅，在经过多次讨价还价之后，以三百六十万意大利里拉的价格买下。真不知道这个家族当年穷途末路到了什么程度，竟然可以接受，因为光是别墅内收藏的一两件画作，价值在当时恐怕就远高于此。

卖一张拉斐尔的画就能解决的事，为什么反倒是卖了整个别墅和其中的收藏？

谁知道呢？管那么多干吗？要不是因为他们贱卖了，你如今怎么能花两块钱就能在这个国立美术馆欣赏这些世界名作呢？娜塔莉说。

卡拉瓦乔是达贝尔教授最钟爱的意大利画家，而博尔盖塞以收藏全世界数量最多的卡拉瓦乔作品以及藏有大量贝尼尼雕塑闻名。在馆里我拍了卡拉瓦乔《捧水果篮的男孩》传给他，告诉他我也来了博物馆。这是时隔半年的首次博物馆行程。

然而和往常一样，约定一直延后，短暂的博物馆课很快就不能够进行下去了，因为意大利再一次关闭了所有这些公共场所。政策三不五时地修改，有时忽然就限制出行，罗马常常不是红区就是橙区。

按照意大利法令，如每十万居民每周感染病例超过二百五十例，即自动升级为“红区”，需要实施封城等更严厉的措施。“红区”居民除工作、健康及其他必要原因外不得外出。理发店不可以营业，所有校园不能开放，非必需品零售商店禁止营业，但食品、药店、烟草店、洗衣店、五金店、童装店、书店等除外。聚会是不被允许的，甚至去超市每户也只能一个人出去，并且要随身携带自我声明。

我已经习惯了这样的生活，已经整整一年了，从意大利第一次封锁开始就没有停下来过。甚至为了不让人们随便出行，好多商品在某个时段之后就不允许购买。但总有一些无脑的法令随之而来，比如从十八点开始禁止顾客购买卫生巾，因为它们不属于“基本必需品”。

这一法令显然触犯了众怒。在意大利，卫生巾的增值税是百分之二十二，和奢侈品的增值税是一个价。所以有人在网上发帖表示愤怒：

我们简直如临深渊！

有网友翻出来之前的法令，比如烟酒被视作必需品，而孩子们需要用的马克笔和水彩用品却禁止正常售卖。风向很快也转向女权主义：2021 年了，我们还是生活在一个男性绝对占上风的世界。

尽管政府很快出来道歉，并对法令进行了修改，但糟心的事不止这一件，惊掉眼珠的操作此起彼伏。这一场魔幻大戏演得久了，剧场里常驻的观众都已见惯不怪。很快又迎来了复活节，3 月 15 日至 4 月 6 日（4 月 3 日到 5 日的复活节三天假期除外，这一阶段大家都不能出门），允许“橙区”居民在所在城市内探亲访友，但探访活动仅允许每天五时至二十二时进行一次，最多两人，十四岁以下儿童或残障人士等不受限制。“红区”则禁止探亲访友。不知道这种“法令”究竟会起到何种作用，总之每一个节假日里的规定真的是懒得赘述。

意大利人平时就懒散，节日过得更加分明，一切关于文件的事都停摆，我手头的工作也跟着停摆。发给教授们的信件从假期开始三天前就得不到回复，更不用提学校的网络。它们直接瘫痪。写信给秘书处询问，系统很快发来简短的回复。一切事项均在复活节后才能解答，请耐心等待。离复活节还有三天，大家就什么活儿都不愿意干了。

逐渐失去耐心的我，和早已失去耐心的意大利人，都既想办法按旧日的规则活下去，也懒得用心活着。我在家里临摹一张达利的画。图像的设置是一个广阔的、平滑的灰度平面。它在右侧升高，在左侧降低到较低的水平。聚集在该空间中间的是各种奇怪而又丰富多彩的超现实主义图像。后来我又去看一首我看不懂却好像充满隐喻的诗：

> 安静的老妇在笔直轻烟之上代表海上落下蚁之雨，在冰冷的岩石旁有一根睫毛，一块撕扯的鸡肉表示坏天气，六只乳房散布在一方池水中，腐烂的驴子全身贴满表示春天的开始的小虫，一只肚脐放在某处，上面有着鱼骨般白色的小齿，干螃蟹在标示着沼泽蔓延的软木塞上，它的鼻子上带有一抹月亮的颜色，一瓶猴子茴香酒躺在空心的木块上装睡，一条皱纹上有橄榄的影子。

这两个毫不相关的作品让我想起了另外一个更加不相关的故事。2019 年大约这时候，巴黎圣母院遭遇了火灾。第二天和达贝尔教授坐在贾科莫摩尔人喷泉前时，他说他感到非常难过，因为那是他童年时常去的地方。而我在浓烈又舒适的春光下丝毫不能体会他的烦恼，也不觉得后悔。我去巴黎圣母院那天和同行旅伴吵了一架，于是他独自参观了教堂而我跑去附近的药妆店大肆采购。所以虽然曾经路过巴黎圣母院，但当时我连眼皮都没有抬一抬，去看看那后来被大火噬尽的钟楼。

我们可做的非常少，达贝尔说，好像永远也不够，但是必须继续。他在说关于那座钟楼的修复。

我极力想象钟楼的样子，但毫不意外我全然想不起来。2019 年的我眼里只有浓浓春光下的罗马，从没想过我会失去它。

2021 年，画累了看累了我就在窗前站站。罗马的春天可真美啊，可惜我们只能站在窗前。

2021年3月20日二十三点三十七分(意大利时间),春季正式开始了。在那一刻,太阳越过黄道和赤道相交的天球两线之一:所谓的春点或春分点。太阳完美地出现在天顶上,白天的时间将等于夜晚的时间:两者都是精确的十二小时。

春季从3月21日启动,我的春天在红色封锁中展开。和往常一样,我度过了日与夜的交界线,拥有了顺滑的失眠。海鸥在夜里打斗,发出啾啾的惨叫,我使劲寻找,也不辨其踪。黑夜染透了所有的事物,只余一点干涩的声音。它们也许早已从汽车顶子上扑腾进不远处的马焦雷城门顶。大概是四周不见人烟的缘故,它们叫得大胆放肆,声音极具穿透力,使人在上颚产生腴润的口感。这声音震裂了裹挟着罗马的巧克力碎片,我喝完了杯子中冷掉的咖啡。清晨的第一缕阳光普照大地时,我钻进了被窝,当傍晚的太阳向地平线滑落时,我再一次苏醒。整整十二个小时,梦境如此浓烈,我睡完了春天的第一天。

干亚群　刘老师和他的雄鸭

照相馆装了两扇玻璃门，在整条老街上显得卓尔不群。

白天，玻璃门各顾各，你看到了"涛声依旧"时，肯定也听到了涛声依旧，年轻的毛宁唱着年轻的涛声。"月落乌啼"在老街拐弯抹角后漫向一家家店铺——黄毛老酒店、阿三裁缝铺、老胡子布店。"千年的风霜"贴着风刮过香来兮面店、好吃来饭馆，那里稀稀拉拉坐着几位老人，他们正埋头吃面，呼噜呼噜，数根残面挂到了胸前，似乎吃的是岁月的残羹。"照相馆"三个字就在对面，而且还是反的，不太容易读明白。

到了夜晚，两扇门静静地站到了一起，"涛声依旧"跟"照相馆"，总算肩高肩低地挨到了一起。

一盏昏黄的路灯斜斜地照着，照出青石板的幽深，老街的味道越来越浓。

玻璃橱窗里贴着毛宁的半身照片，一对亮晶晶又有些突灵灵的眼睛，即使隔着毛玻璃，也阻挡不了我内心隐忍似的柔情。我有些飘虚，脚底仿佛沾了许多歌词，不敢频频回头，但眼睛一点一点斜过去，与毛宁的目光努力拼接着，直至被脚步拽回。

那段时间我喜欢毛宁的歌，爱屋及乌，跟着喜欢起这条老街。

照相馆的橱窗里错落有致地摆放着一些照片，相比毛宁，他们显得隆重多了，因为背后有天安门，有三潭印月，还有小木马。他们也笑着，不是毛宁式的微笑，他们的笑用了蛮力，是真心想把笑表达出来，可在摄影师的修正下，反而笑不明白了。比这更不明白的是那些老人的相片，没有笑脸，黑白相间，看了挺瘆人的。我真不敢多瞧，为了看毛宁，还得忍住一些走偏的遐想。

偶尔，照相馆也展出女孩子的照片，可拍得特别偏题，有个女孩双手叉腰，一身凛然地站在天安门前，她的脚边蹲着小木马，小木马上挂着一顶草帽，不太清楚是失误还是道具。还有个女孩，头上是宫女头饰，而衣服是短夹克，眉心中间还点了一个红点，貌似卸妆，也像准备登场。

我忍不住笑了。然后，我听到了几声鸭叫，很沙。

开照相馆的姓刘，大家都叫他刘老师。刘老师戴副黑框眼镜，国字脸，一米七五的个子，话不多，有事无事爱眨眼，就像他手中的快门。

刘老师曾在下面的一所完小里教了十几年的书，由代课老师熬成了民办老师。刘老师每天骑辆破自行车，意气风发地洒下嘀铃铃，跑出老街很远，嘀铃铃仍影影绰绰，仿佛是奔向公办教师的信号。刘老师在年底常常能捧回一张优秀教师的奖状，用糨糊贴在堂屋最显眼的地方，旁边是他母亲贴的八仙过海。

刘老师书教得好，数学、语文、美术都教，普通话也好，字正腔圆，镇政府搞选举时经常请他读选举办法。刘老师从选举会场出来时，镇长站在门口，用一双肉墩墩的手捉住刘老师的手，向刘老师致谢。刘老师不停地俯下身，还礼，声音低沉浑厚。

刘老师书法也不错，有时镇里的文教办请他写个标语什么的，他从不推让，拎个油漆桶刷过去。别人还要戴个帽子，穿件旧衣服，怕油漆溅到身上。刘老师不用，刷子在油漆桶里蘸一会儿，吃透漆后提数分钟，把浮在外面的油漆滴到桶里，像运功一样站成马步，捉起刷子在墙上左右开弓，一气呵成。刘老师写的标语还不太会褪色，风吹雨打，仍精精神神地站在墙上，尤其是“热烈欢迎”，一直鲜红在人们的视野里。偶尔，刘老师也替计生办的阿姨们写几条标语，“多生多育不如优生优育”，诸如此类。

刘老师的转正指日可待。

可在这个节骨眼，家里发生了意外。他已有一个女儿，刚上小学三年级。如果他不是老师，二胎的准生证肯定能顺顺利利拿到。可他现在是准人民教师，身份不同于他的哥哥与弟弟，他们可以，他不可以。

所以，当他的老婆腆出肚子时，计生办的陈阿姨天天跑他们家，没有动之以情，直接是晓之以理，理是他是快要转正的老师。转了正，刘老师有公费医疗，工资是民办老师的三倍，而且说不定以后还会当校长，现在的校长已经快到退休的年龄了。

刘老师端一碗热茶给陈阿姨，自己站在窗边，目光时而远眺，又时而跟陈阿姨对接一下，一副淡定的样子。等陈阿姨离开时，他还会送一送，客气地跟她道别，似乎陈阿姨是他倍加敬重的亲戚。

后来，刘老师躲着陈阿姨。一到老街，他忙下车，把车铃的盖拧了下来，推着自行车一步步前行，背微微弓着。一些家长碰到他，喊他刘老师。他惊慌地点点头，动作过于简单，以至于让家长以为他没听到，再喊刘老师，声音跟炮仗似的，吓得刘老师一只脚磕到了自行车踏板，另一只脚擦到了前轮胎的钢圈。刘老师忙把嗯嗯送出去，两只手紧紧抓住自行车，一步，两步，轮胎吱咕吱咕恢复了节奏。

等刘老师轻轻悄悄把自行车推进院子，陈阿姨的后脚立马跟上。她笑嘻嘻地跟刘老师打招呼，刘老师的脸立马又像上了糨糊，可又不得不直面陈阿姨的笑脸，露了一个力不从心的笑。陈阿姨自己搬了凳子，坐到八仙桌边，大有母仪天下的风范。

陈阿姨开门见山，劝刘老师在计生政策面前不要犯错误，准确地说是在人生选择面前不要犯低级错误，理由有一二三，中间插了几句刘老师的嗯嗯啊啊。陈阿姨又补充了几点，还是一二三，讲道理摆事实。陈阿姨的情绪控制得很好，低的时候低，高的时候高，甚至该尖的时候尖。刘老师在小板凳上抽着烟，陈阿姨的话像中药一样，一味一味地加进去。

刘老师自始至终只有一句：让我考虑考虑。陈阿姨说，刘老师你抓紧考虑，这时间拖不起的。陈阿姨走之前，伸长脖子冲着屋里喊一声，阿芬，我走了啊。阿芬是刘老师的老婆，家庭主妇，本分，厚道。如果不是刘老师，而是刘老四，陈阿姨肯定是做女人的思想工作。陈阿姨人胖乎乎，但想法瘦精精的，很会切中要点。这也是陈阿姨在众多阿姨中转正最快的原因，她现在不再是镇聘干部，而是国聘干部。

刘老师到家的时间越来越晚，要天色全黑的时候才摸回老街，在家门口确认没有陈阿姨堵在那里，才低着头把自行车推进去。可往往屁股还没坐热，陈阿姨就披着灯光站到了门口。刘老师硬着头皮，再次接受陈阿姨的思想教育工作。陈阿姨的态度正往消极方向滑，口气也越来越不耐烦，让刘老师尽快做出选择。

听说，刘老师请人替自己的老婆掐了掐，推测怀的是男孩，还去区卫生院照了B超，拐弯抹角地问医生是男还是女。医生自然不肯说。刘老师再托学生家长的亲戚的亲戚去问检查结果，医生给出的是恭喜吃苹果。刘老师花了一个上午破解医生的暗语，认为这是暗示怀的是男孩。

刘老师离开了学校，回到老街。四个月后刘老师的老婆生了，是个女婴。刘老师像霜打的茄子，缩在家里大半年不肯出来。他小女儿天天被抱到外面晒太阳，脸蛋红扑扑的，一笑能多可爱就有多可爱。刘老师的脸却一天比一天白，白得不像样子，让人误以为他在家没事干点涂脂抹粉的闲事。

有天晚上，刘老师一个人从老街的东边踱起，一直踱到西边，背着手，歪着脑袋，从一家家店铺面前走过。然后又从西边踱到东边，还是歪着脑袋。刘老师踱得很轻，也很慢，店里的人根本不知道刘老师从自己店门前走过。过了半年，刘老师便开了这家照相馆。

刘老师声名鹊起，并不是来自于他的拍照技术，也不是缘于他那些稀奇古怪的道具，而是他养了一群雄鸭。

雄鸭在幼小时跟下蛋鸭差不多，看不出什么端倪，一身黄毛，但黄毛褪去，雄性特征便招人显眼，声音沙哑，羽毛五颜六色，在阳光下闪闪发光。镇上的人极少养雄鸭，除非雄鸭不小心混在雌鸭堆里，养着养着，突然有一只长得特别快，羽毛跟织锦缎似的，此鸭必雄也。刘老师却偏偏养了一群，这不能不让人觉得匪夷所思。

刘老师把雄鸭圈养在后院，筑了一排竹篱，竹篱旁还叠出了几座迷你的假山，并接了一个小水管，终日浅流，形成高山流水的意境。他种了些药草和花木，一年四季皆有花香与药香，见过的人皆以为这是仙鹤住的地方。

刘老师的老婆由此冠上了贤惠之名。她从不说刘老师的不是。刘老师给雄鸭喂锅心饭，还拌上猪肉汤，她不说。刘老师辟出半间屋子让雄鸭们住，她也没有异议。刘老师除了拍照，便是整天跟雄鸭们待在一起。雄鸭的嗓子特别难听，可刘老师听得眯起了眼睛，惬意无限。

镇政府有选举会议时，仍想请他做工作人员。刘老师指指咽喉，说嗓子沙哑了。一听，果然沙哑得厉害。有人不知哪里听来了一个偏方，说是吃雄鸭大补，遂向刘老师提出购买，被刘老师一把扫帚赶出了照相馆。遂有人猜测，刘老师准备自己大补。

刘老师的照相馆名经常换，只要哪首歌曲流行，他就改成歌名，并反反复复地播放，雄鸭们有些张开翅膀，长长的脖子一伸一缩，两只鸭蹼左颠颠右颤颤。刘老师站在雄鸭中间也是左摆摆右晃晃，两只手在两耳边一张一合，脸上充满了陶醉。有时雄鸭没什么反应，安安静静地蹲在竹篱笆下，听着听着，脖子一拧，插进了翅膀。刘老师跟着打起了瞌睡。

有人来拍照，刘老师轻手轻脚离开雄鸭，那样子很滑稽，惹来笑声，且惊起雄鸭数只。刘老师脸拉了下来，挥手让人离开。来人央求再三，照片是用来结婚登记的。照片还是拍了，但男女的位置站错了，本来是男左女右，而刘老师拍成了女左男右，等发现后想改也来不及了，鲜红的结婚证盖上了钢印。

有次刘老师来医院看病，他在前面走，后面跟着一群雄鸭，浩浩荡荡。刘老师进来时着实吓了我一跳，以为哪个养殖户带着病鸭来看病。虽然医院是给人看的，但极个别的农民有时也会抱着一只小猪或一只小羊什么的，让医生打支针或配些抗生素。

刘老师自己找阿其医生看病，让雄鸭站在医院的天井里。此举引起了清洁工阿德的抗议，可阿德说话没点到位。一个说，鸭子太脏了。一个说，你看哪只鸭子是脏的？一个说，鸭会拉屎。一个说，你看哪只鸭子拉了？两人扯了会儿皮，无果。刘老师顾自跑到内科，留下鸭子们呆头呆脑立在墙根。阿德提着扫帚，狠狠地盯着鸭屁股。

那天我替注射班，刘老师的针是我打的。刘老师趴在窗口，对着窗底下的雄鸭群。当针扎进屁股时，他不由得哎哟一声，那群雄鸭咔咔地一只只站起来。刘老师腾出一只手往下压压，雄鸭再次蹲了下去。

刘老师出了医院，拐弯，站到了石桥上。雄鸭们仍伸长着脖子往前摇摇晃晃。刘老师把手拢在嘴边做喇叭状，呼唤出"鸭鸭"。雄鸭群为首的那只停住，呆了几秒，旁边的几只把头偏过来，又偏过去，似乎对上了目光，然后掉头。

刘老师和他的雄鸭，一起路过了电影院，穿过了车站，渐渐消失在老街。

刘老师是镇上第一个接受男性结扎的人。

〇卷叁

散文
2021
精选集

游侠小木客

THE ELVES IN THE WOODS

散文

2021

精选集

陈蔚文　猫叫咪

朋友去赣东某景区玩，碰到一只路边的小野猫，样子挺可爱，只是瘦巴巴的。她把手中火腿肠顺手喂给它，这只猫狼吞虎咽地吃完，给她带路——当时正好在一个分岔口，有两条下山的路。她原本打算从左边的路下山，从路线图来看用时更短。但猫一直叫，把她往右边那条路引。好吧，反正时间还宽裕，于是她跟着猫从右边下山，那只猫一直把她送到了山脚下。到了山脚下，她才知道，左边的路因为头天大雨，中段被冲坏了，景区还来不及为此设置标识。

朋友自驾来的，停车场就在山脚下百米开外。这只小猫一直跟着她到停车的地方，和车保持了几十米距离，趴在那儿，望着她。

朋友心一动，问："你要是想和我回去，你就叫一声。"

"喵。"猫叫了声。

也许是巧合？朋友又说了句："你要是想跟我回去，就自己过来。"

猫没动。

朋友又说了次，猫还是没动。好吧，看来自己误会了，人家根本没打算和自己走，朋友发动车子。这时，猫站了起来，向车边慢慢地矜持地走来。

这只猫现在朋友家待了快半年，胖了不少，外号"豆芽"（后改叫"包子"），学名"山拾"，朋友习书，特意刻了枚章，是为纪念此缘。

另位朋友的黑猫，在小区的垃圾桶旁边领回来的，当时几人逗它都爱搭不理，一副"懒得理你"的样子。但朋友过去，那只猫的高冷表情有了点变化，它看了眼朋友，喵地叫了声。朋友喂了它几天，有次，它跟着她到电梯。朋友摁着电梯门，问它进不进来，猫低着脑袋，仿佛在进行激烈的思想斗争。斗争的结果是电梯门快关上时，它窜了进去，于是就这样成了朋友家中的一员。叫"小米"，现在已经当猫妈妈了。

从上海一位摄影师的朋友圈里看到，位于普陀区安远路的玉佛禅寺里有一只叫“释大橘”的猫。摄影师朋友去给它拍了不少美照，晒了一组，张张美极，配了文字，说是一只有故事的猫。

怎么个有故事法？赶紧问朋友。朋友发来则链接，原来网上对这只猫已有报道。

“大橘”是住在玉佛寺的流浪猫，因其佛缘深厚，被往来香客戏称为“释大橘”。大橘生于寺院，其父也生在寺院。橘爸自小与诸上善人聚会一处，伴随晨钟暮鼓，邂逅橘妈后，有了大橘三兄弟。大橘出生不久，曾遇黄鼠狼偷袭，橘妈惊恐的叫声引来了寺院法师，黄鼠狼逃之夭夭。此后，大橘一生亲近三宝。

橘妈和大橘兄弟们陆续被善信领养回家，唯独大橘调皮捣蛋，一般人招架不住，于是留在寺里成为“常住”。

据说大橘祖父常穿梭于寺内屋檐楼阁，身段灵活，轻功了得，被常来的信众称为“金毛狮王”。大橘的奶奶每天跟随法师一同参加二时功课，它会匍匐在自己选中的拜垫上，聆听佛音。等到早晚功课结束，法师们都散去，橘奶奶才起身离开。

大橘因为有向佛的基因，不仅不避香客，还爱凑各种热闹，见者随喜。无论是法会或是居士班、梵呗班，或是禅夜，都少不了其身影。寺院里来过几只流浪猫，有的自行离开，有的被有缘人领养归家，唯大橘如如不动。

摄影师朋友是听另一友说起，特意从浦东开车去玉佛禅寺看它，摄下一组照。

我想，下次去上海，一定要找机会去寺里瞧瞧“释大橘”本尊，带些鱼干给它——也不知它是不是吃素。

现在要说说我养的猫了，我是完全被动地成了“铲屎官”的。前年秋天，先生的生日当晚，十点多了，总听见有“喵喵”的叫声，细声细气，我们以为一定是楼下院里的某只猫。结果儿子无意中打开房门，发现门口蜷缩着一只小白猫，大概一个月左右的样子。这真让人太惊讶了！要知道，我家住六楼，不，严格来说，是七楼，一楼是架空层。它是怎么爬上楼的？不可思议。它在门口应当叫了好一阵子。

不管怎样，既然来了，那得先招待好。赶紧上网咨询了翻译家肖毛先生——他是一往情深的资深养猫者，简介中写着：“爱猫且如猫一般独来独往，故以‘肖毛’为笔名。”他翻译了不少与猫有关的书，至今家里养了七八只猫。肖先生靠翻译为生，有限的收入很大一部分用在了猫身上。他告诉了我这个养猫小白一堆入门知识，譬如给这只小猫喂什么。他还告诉我，猫不会随便去人家的，它有灵性，去谁家一定经过挑选，知道去的人家会善待它。有捣蛋孩子的人家它也不会靠近，它肯定知道你儿子乎乎是善心的好孩子。肖毛老师这样上纲上线到对我们品格的表扬，让我有点犯晕，但我还是保持了清醒。因为真没想过养一只猫，乎乎上初中，学习生活已够忙乱，再添只猫……而且“养”这件事是得负责到底的，不能始乱终弃，嫌烦了就丢开，和养育一个孩子一模一样。等等，猫的寿命是多少年来着？十五年左右，随着生活水平的日益提高，二十年估计也普遍。

我还得承认，我并不怎么喜欢猫，觉得它幽冷、神秘、警惕，不如狗憨厚、朴实、亲人。有时看到一只猫的眼睛，我觉得它们的肉身游荡在尘世，精魂却寄居在一个人所不知的异时空。

我们打算先收留，有合适人家再送走，毕竟，如果非要养只什么动物，那也是狗。乎乎要求养狗好一阵了，从他六岁起，每年都要重申好几次这个要求。属狗的他特别喜欢狗，尤其在我姐姐养了一只美且帅的柯基犬后，他太羡慕了。疫情期间，有次他差点把一只路边的流浪狗带回了家——他去买火腿肠回来喂狗时，那只狗已不知所踪。

我妈知道我家来了只小猫后，联系了我大姨，我大姨欣然表示可以接收，她家有鼠。然而，乎乎听说后，激烈反对，他不允许这只可爱的小白猫以捕鼠为志业，爪子沾染上鲜血。我只好骗我妈，这只猫自己走掉了，没找着。

我们管这只猫叫“咪”，这是我父母之前收养了二十年的一只橘猫的名字，这只猫几年前已去世了。新来的咪和我们熟起来，从最初的防御到亲近。我才发现，原来猫并不冷淡，而是很黏人，它会跳到我的膝上，拨弄我的衣服拉链或饰品，有时跟在我先生的脚边，亦步亦趋，让人担心一抬脚会踩着它。我们有空陪它玩时，它四脚朝天，亮出肚皮，表示对我们的信任。

咪来家后的生活，我不打算展开写了，总之它现在已成了只文静的大白猫。咨询肖毛老师后，我们决定不给它做绝育，但即使春天到来，它也叫得十分含蓄。我只是觉得，生命与生命之间的确是有缘的。事实证明咪的选择何其明智，如肖毛先生所说，它果真知道，我们会善待它。

万法缘生，皆系缘分。无缘的，距离再近也觉硌硬；有缘的，再远也心息相通。人与人，人与物，人与自然，皆如是。

曾看一心理专家的微博：

> 药方这个东西有时候很神奇。我经常用的一个膏药，用来缓解我的肩颈酸痛，它来自成都一个朋友卷哥。他做核电站里的核燃烧反应监控技术，让核裂变更加可控和充分，用他的技术可以节省一些核原料。
>
> 这个朋友家有个方子，他爸临终前把方子给了他们哥几个，哥几个都尝试熬药，一样的配比，就是都熬不成，药出来没效果。只有卷哥熬制的药成功，有效果。卷哥这个人心很静，做出的药薄厚均匀，有美感，他说做药就跟禅修一样，是他的修行。他自身财务自由，每年熬一次药，布施给有缘人，就当他自己的修行。

你看，这就是所谓缘法的奇妙。没有缘，仅有药方没用，因为药方里包含的不只是那几款植物，更有制药者这个人，他的气息与药材融合，药方能熬成。

还有次看人说，买了个陶瓷杯子，想配个碟子喝咖啡。在厨房找到一个满是灰尘的白色小碟。碟子刷洗干净之后，把杯子往上面一放——碟子和杯子无论大小、色调搭配一起都正合适。母亲告诉他，碟子还是他小时候买的，当时买了十只，现在硕果仅存这一只，已经多年不用。这只二十多年前购入的碟子，与这只新杯子的组合近乎严丝合缝——好像它就为了等这只杯子，一直小心翼翼地保护着自身，以免被打碎。

这让杯碟的主人不由感喟：一件物品，冥冥之中也有其自身的命运。

人和植物亦然。

> 我第一次到广东法性寺那棵菩提树时，哭得像个泪人，我围着菩提树转啊转啊，就觉得我这不是第一次见到这棵树，却是跟这棵树真的很熟很熟的感觉。而我本人今生真的第一次去。

在心理专家那则有关“药方”微博下的留言区看到这段，让人莫名感动，也想起有年在广东南雄的大雄禅寺，住持为我们介绍两棵宝殿前的菩提树，雌雄各一，雄树高大粗壮，雌树柔美低垂。神奇的是，每年四月初八佛诞浴佛节，两棵树一荣一枯，同时示现盛衰奇景，仿向众生宣说无常之法。

我立于树下，仰视菩提，微微鼻酸。这样的感觉，在上周去抚州大觉山又经历一次。乘缆车上山，车至海拔一千多米处，半空响起梵音袅袅，左边云雾缭绕的视野中忽然出现依山而凿的一尊巨佛。佛像与山全然融为一体，大丛灌木在佛像头顶如一顶葱郁绿冠，使得他更似人间的神，不，是天人合一，肃穆慈宁，人世千年沧桑都在他默默垂眸中……

透过缆车玻璃凝视佛像，耳闻有几分邈远的梵音，不由有些眼热。我当然知道这是人力所为，但这寄寓着人的愿景与信仰、人的苦诣与渺小的佛像身上，那明知的人力似不觉化入了山势与自然，如同这尊佛像原本由这座山化育而出，具有了神魂。

想起一位朋友去敦煌，对一尊微笑颔首的坐佛怎么看都看不够，伫立良久，告别时竟流下泪来，犹与亲人作辞。

人与万物冥冥中有着释不清道不明的联结，与一段旅途、一幢建筑、一盆植物、一段旋律、一本书，也常常如此。

这个秋天，咪来家里三年整了。除了带它去宠物医院几次，它从未下过楼，像我父母之前养的那只猫一样，温顺，胆小。它有时歪着脑袋看我，圆而大的眼瞳充满孩子般的天真与好奇，还有一点狡黠。看着它的眼瞳，我相信了肖毛先生说的：它是一只有感知的猫。它来到了一个压根儿没想养猫的人家门口，因为它知道，这家人终于会为它而改变，接受某种事先安排的缘法，成为一个养猫的人家。

肖毛先生还说："植物告诉我，生活是为扎根、开花和结果，即创造与延续。很多同类告诉我，生活是为了出人头地或者应有尽有。猫咪告诉我，即便住在最简陋的房子里，吃着最普通的饭菜，只要能够得到真爱，就会感到满足。"

从收养咪后，我成为猫的忠实粉丝，关注了好多萌猫，看了好多可爱的猫的电影与视频。比如土耳其女导演希达·托伦执导的《爱猫之城》，电影讲述了伊斯坦布尔居民和自由自在生活在这座城市中的猫之间温暖而充满爱意的关系。还有据真实事件改编的《流浪猫鲍勃》，以及日本电影《咕咕是一只猫》《小猫奇缘》等等。

猫的世界从此向我敞开了一扇新大门，曾经，我们在同个世界里生活了这么久，一直没有交集，像在两个平行时空。但一个秋天的夜晚，它意想不到地进入了我们的生活，带来温存，也带来一份卸不了的责任。

凌岚　**狗名克雷**

三年前的夏天，我曾带着一只哭泣的小狗堵车在新泽西的高速公路上，走走停停。为了让他不哭，我一边开车，一边拼命在手机里找各种音乐放给他听——先是莫扎特，他不感冒，继续哭；换成滚石，他一听米克·贾格尔雄性有力的大嗓门儿吓得大叫；换成霍洛维茨演奏肖邦夜曲，他又叽叽歪歪；台湾女歌手的伤感抒情歌，他安静了一会儿，可能觉得无聊，又开始哼唧；最后我换成科恩，《苏珊》《再见玛丽安》《慈悲姐妹》《哈利路亚》……哎？他喜欢，立刻不作声了，原来他喜欢伍德斯托克风格的流行音乐。

小狗是空降到我生活里的，在2018年夏末。那时北京房山的爱狗协会托北大海外校友会，从国内航空托运过来六只流浪犬送到纽约地区供领养，小狗上飞机前的疫苗体检、机票费用都是北京的爱狗人士捐助的。狗到达前几个月，纽约校友群已经看到狗的玉照，连我在内好几位同学都表示愿意认养。我从来没有养过狗，被排在优先名单的最末。那年8月我有新书活动，到9月下旬才回美国，爱狗协会的接头人通知我去新泽西校友家取狗。我开车到那里时，只剩下一只毛色混杂的小狗。这只狗从长相看属于集大成者——骨架和耳朵像小柴狗，脸的长度像贵宾犬，毛长和华丽的尾巴像京巴——洗完澡以后，他背上的长毛丝一样滑溜，还带着小波浪。

我说这好像不是原来照片上指认的那只，校友说没得选，就他了。这是上飞机前几天救下来的一条，一窝里唯一幸存下来的一只。清理队打狗时他钻进小饭馆外的垃圾桶里，命大。我刚从南京回来，眼前立刻浮现出小街上打狗的情形：南京这时候正是吃小龙虾的季节，小街小巷的饭馆门外堆积如山的龙虾壳，吃过的麻辣调料在敞口的垃圾箱里发出浓烈的气味，装龙虾的水产箱子堆得有一人高……房山的街上应该没有那么多小龙虾，但闹市的情形在国内都相似吧，在堆叠如林的垃圾之间藏一只小狗，那还不容易吗？他只要飞快地钻进垃圾箱之间黑暗的角落，忍住害怕，不作声。几米之外是自己的兄弟姐妹悲鸣呜咽，在尖叫两声后接连沉默了，等着，等着，天慢慢黑下来……

校友说着这些的时候，眼圈都红了。我却很好奇这被救助的流浪狗怎么会越洋飞到新泽西来，校友说，还不是爱狗人士里有很“壕”的，出了一大笔钱嘛，但也只这一次，跨国不常有。然后她举例说索契冬奥会时，有个欧洲滑雪金牌运动员，顺道去了韩国，救了一卡车的肉狗回法国……我小时候不止一次吃过狗肉，是冬天农民拉着板车偷偷到城里来卖的，狗肉性热，冬天可以进补。我的这些记忆，现在是绝对不可能跟校友说的，否则她肯定要把我踢出校友群了，她的狂热也让我害怕。

我们聊天的时候，克雷在她的脚边无知无觉，他像猫一样地坐下来，无聊地打量着泽西学区房里大同小异的房子、花园，车库外停的日本车。校友递过来几页A4纸打印的中文写的养狗指南，叮嘱我狗不能吃桌上的饭菜，会拉肚子，也不能吃巧克力和葡萄，会致命……说完，她又让我重复一遍，看看我这个从来没有养过狗的人能记得多少。等我合格了，她才郑重交给我一个硬塑料防水文件夹，文件夹中，一是狗的旅行证件，二是国际通用标准疫苗证书，两个小开本都是硬纸烫金，盖章认证。证书上狗的名字一栏，写着“张克雷”三个字。没想到这狗有这么正式的学名，校友呵呵一笑，说兽医搞错了，小狗本来叫“旺财”，张克雷，是房山爱狗协会的司机。

校友准备了毯子、狗玩具和狗粮，看我把证件收好，属于克雷的物件通通装进车的后备厢里，才隆重托孤，将装进笼子的克雷交给我。小狗进了车就觉得事情不对，开始低声呜咽，所以才有开头那一幕。车到公园大道收费站，自动缴费的机器坏了，等过关的车排队排了近两百米长。我回头看看在后车座的他，他把头靠在笼子上，耳朵从笼子的缝里支出一个尖尖，随着音乐声，耳朵上的毛微微抖动一下。克雷晕车，笼底汪了好多呕吐物，怪不得他刚才不停地哭呢，原来除了离情之外还有生理反应。

这工夫克雷转头看我一眼，他大概已经猜到我是好人，不会把他剥皮吃掉或者拎起来溺进水桶里。他的眼神里没有恐惧，只有一种近似呆滞的漠然。后来他在我家住了一段时间，我经常开车带他出门，他不再晕车。他坐在副驾驶座上，头靠近车窗，一动不动，像跟着廉价旅游团走的游客那样望着窗外，无论窗外出现什么风景，他的表情都没有什么变化。克雷的木讷，跟他九个月的年龄不相称。九个月大的狗还算奶狗，属于活泼好动的童年时代。但克雷不同，他生下来就老了，或者是被房山的那幕给吓到。克雷平时最常见的姿态，就是像老人一样“沉默一团”地坐着，这个姿态他可以保持好久，让我想起沙漠里的仙人掌或者司芬克斯。即便在我们彼此很熟悉之后，他也很少对我亲昵或者撒娇，他唯一表现信任的方式就是无声地跟在我身边，然后坐下来，一声不出地看着我。他没有奶狗常见的天真、憨傻，从来没有主动求抱抱，好像天生就是一只没有主人、风餐露宿的流浪狗。对苦难的隐忍，对恶意的机警，造就了一只真正完美的流浪狗。

不叫不闹，表情呆滞，只是表象，或者说是策略。我们看不到他，不代表他看不到我们。相反，我们的一举一动他都看在眼里，开房门前自动锁咔嗒一声，他听得真真的，无论在家里什么地方，只要门锁一声响，克雷就会身手敏捷地奔过去，绝对不放过出门的任何机会。克雷喜欢户外远多于室内，在室内他没有安全感，我走到哪里他都跟到哪里，如果我走到外面超过五分钟，他就会焦虑地用爪子挠门，跳起来抓门把手，想把门打开。如果我离开的时间更长，他就开始咬鞋子，撕沙发垫子。这是一种“分离焦虑”，校友听到我投诉以后解释给我听，分离焦虑，在流浪狗中特别普遍。

如果在室外，他的焦虑就会减少很多。我出门办事，他若在院子里，就会看着我远去，小心地跟到大门外，然后颓然地坐下来，像华表上“望君归”的神兽。他到来的那一个月，除了晚上睡觉，大部分时间都在室外待着。每年 9 到 10 月间，纽约这一带的气候叫“印第安之夏”，也就是“秋老虎”，又热又闷，堪比盛夏。要等到一场大雨过后，天空凉爽透明，“印第安之夏”骤然结束，这时秋天才真正到来。克雷初到那个月的天气就是印第安之夏。他每天待在室外臭汗淋漓，我开了水龙头给他淋浴，飘扬的水珠里他摇头摆尾，舒服极了。狗有一种奇特的甩水的姿势，像拧毛巾那样，先把浑身肌肉收紧，然后猛地抖动身体，发力时毛发呈水平状，把其中的水分像抛物一样洒出去。如此两次，身上基本上就干了。克雷每次淋浴以后都抖水，心情很靓，我几乎觉得他爱洗澡胜过爱食物，他心里那些凄惨，那些过去的提心吊胆的记忆，似乎都随着水珠里的热量散了出去，暂时离开了他，这是他最快活的时候。

秋天是踢足球的季节。女儿天晴是年级里女足的主力后卫，每周有三次训练、一次比赛。克雷来到以后，送女儿去踢球，看天晴球赛，这些活动一定要带上克雷。

到了足球场，我把车停好，车门打开，他就一个箭步蹿了出去，头也不回地朝远离人群的地方跑。镇里的足球场原来是一户农民家的田地，田主人去世以后子女不愿继续种地，就把一百多英亩平展的农田捐给镇里。农田压平，撒上草籽，足球场就是这么来的。足球场旁边是一个陡坡，坡上生满野树和野生蓝莓。克雷第一次来足球场，下了车他就往陡坡上跑，以后每次都如此。他不喜欢人群，尤其怕孩子——这点我们猜也跟房山的经历有关系，他和他的狗妈、狗兄弟姐妹，在街上流浪的时候，不知被多少顽童追打嘲弄。

克雷天生怕人，见人就躲，他站在陡坡顶远远看天晴踢球。比赛结束时众人散，我们打开车门，克雷会蓬头垢面，毛里挂着好多草刺草果，闪电一样准时从陡坡顶冲下来，第一个蹿进车里，从来不会迟到或者迷路，也不会跑错车跟错了人。这种本事，让别的同学家长叹为观止，若换成美国土生土长的狗，早就跑得无影无踪了。"你没注意到电线杆子贴了多少寻狗启事吗？"同学家长说。的确是这样，小镇的电线杆上贴得最多的就是寻狗招贴，上面不厌其烦地罗列着所寻的狗的品种、颜色、年龄、性别，再加一张狗的彩色照片。除此之外，还有酬谢奖金、主人的手机号码、宅电，这些信息边画了好多惊叹号，以及全是大写的英文字母"谢谢"。新的寻狗招贴压在旧的招贴上，经年累月贴在小菜场和图书馆的公告栏里、路灯柱上，其数量远超过寻猫的、出租房的、打理草坪的、卖旧家具的小广告。我从来没有想过有一天克雷也会丢掉，他这么精明的一条小狗，多远都能找到我们，找到家。

我们的小城在海岸线上，是椭圆形的长岛内湾的一部分。我带克雷去海滩，第一次他小心翼翼地把爪踩在沙滩上，一步一个脚印，走一步，他回头看一下，好像行走在月球上。他对浪花有点好奇，来来回回地追逐着沙滩上那道齿形的水的花边，好像在跟波浪捉迷藏。很快，克雷就不怕水了，敢走进浅滩的海水里狗刨式游泳。10月的一天晚上，朋友新买了一只电动的皮划艇，看准了时间在涨潮时到康珀海滩试水。我带上克雷一起去。到了那里停了车，克雷一下就跑得无影无踪。现在我知道他这个跑得没影的习惯，也不担心，就跟足球赛的时候一样，等我们要回家时他自然会回来。我帮朋友把船从车顶上卸下来，从沙滩上拖进水里，我们两个人坐了进去。那晚没有月亮，海面上星星点点发着微弱的光，好像天上星星的反光，也可能是海水的波动，带动水里的什么东西。看久了我才意识到海里漂的海藻会发荧光。

皮划艇沿着弧形的沙滩，在平稳的水里漂动着。涨潮时近岸的海水并不深，也不太冷，细小的浪温顺得很。朋友突然指着我身后叫我回头看，在一片细碎的磷光里，一只黑色的水怪正尾随在我们的船后，起劲地朝我们游过来，水怪的身后拖出一道扇形的影子，带着闪光的边。最后它靠近了，我看清水怪昂出水面的头，原来就是克雷那尖尖的小三角脸。他镇定地游了一路，根本不怕被海水溺死。我把他从水里拎起来，把胳膊伸直让他先滴水，他顺从地缩着脖子，像一个湿淋淋的布袋。我们拖船的一步步，他都看得清清楚楚，等船起航，他就跳进海里跟了过来。现在上了船他是真累了，趴在我脚边一动不动，直到我们下船回家，他都没有再乱跑一步。

11 月过后，天气就很冷了，气温在晚上会降到零摄氏度。克雷在室外的日子不好过了。我跟校友抱怨克雷不肯回屋的麻烦，她心里起疑，偷偷从新泽西开车到我这里来察看。察看后发现是我家的院子虽然有一段矮矮的石头墙围着，但并不是全封闭，这不符合要求。克雷想跑出去的话，随时可以穿过院子一侧的树林跑到街上，而克雷的确是那么做的。这样的院子违反了收养规定。她把所见汇报给爱狗协会，协会给我两个选择，要么立刻加盖围墙，要么把克雷送到下一个人家。她们还举例说最近一只被收养的流浪狗，因为院墙不封闭，窜到街上被车撞死了。

那时已经是 12 月，下了一次雪，天寒地冻，工程队都是季节性的，不可能立刻找人加盖围墙。再说了，树林那段属于湿地，在湿地加盖任何东西都要到镇里报批，报批是一个漫长的过程。校友听完我的话，说那我们就得把张克雷取走，不能让你养。克雷的固执、聪明，给我带来好多惊喜也带来好多限制，我甚至不能像过去那样随时出门。所以，我狠狠心说好吧，那就把他给更合适的一家。这个爱犬协会是这么严格，她们若是知道克雷在足球场边的小山上乱跑，夜里在海里游水，早就取消我的领养资格了。

克雷黑黑的三角脸上，一双眼睛深陷，黑黑的，几乎看不到什么表情。我喜欢盯着这双眼睛看，希望能看到他的心里。但每次他都转开头，不与我对视。若是我还是盯着他看，他过一会儿会偷偷侧脸瞥我一眼，侦察一下我是不是还在对视。如果我这个时候还是不依不饶地盯着他看，他反而放松下来，抬头看看我，一双眼睛像老人一样。决定把他送走的那段时间，我不知道他在我们这种眼神交流中得到多少信息，他知道要离开我，又要去一个新地方了吗？克雷的新家在加州洛杉矶，那里的好多人家，都有一个被木栅栏围起来的小小的后院，完全符合领养规定。洛杉矶跟纽约比完全是热带了，克雷可以整年睡在院子里。

虽然心痛，但为了克雷好，我如期开车把他交还给校友。不久爱狗协会给他建了一个脸书账号，我可以随时看到他在洛杉矶生活的视频。但这个账号建了不到一个月，视频就不再更新。据说他是在长滩码头上跳进海里游走的——那天克雷的新主人带着他在码头上跑步，码头上停靠一艘嘉年华的豪华邮轮，游客纷纷下船，游客中有许多人大声地说着普通话，人声鼎沸。这些说普通话的声音是克雷到美国之后很少听到的。我跟他说中文，也说英语，但海外华人双语说话跟普通话有明显的差别，不要说耳力灵敏的狗，就是我也听得出来。

估计克雷听到一个他害怕的声音，到底是什么声音？谁的声音那么让他害怕？没有人知道。在一瞬间，他突然像见了鬼一样，用力甩颈，让脖子从带弹性的狗圈中挣脱出来。没有狗圈和狗绳的羁绊，他箭一样地朝远离船的地方逃开去。他的速度太快，主人跟在后面连跑带喊都阻止不了。等主人反应过来，克雷已经头也不回地跑远了。克雷到底在人群中看到了什么，新主人说不清楚，与过去不同的是，克雷这次再也没有回来。

这只小狗的到来和离开都是那么突然，那么随机，好像生命本身。但我相信他还活着，在西海岸的某一个城市的某一个角落，克雷安静地坐在那里，机警地打量周围的一切，倔强地活下去。

冯杰　画某某记

画鹤记

我花八分钱买过一张虚谷的画(不用注释肯定也是印刷品)。虚谷的一张《松鹤图》。在上小学时。

把那一只鹤贴在枕头那边的墙上。我睡前观赏一阵,才去合眼。鹤是瘦的,缩着脖子,蜷着腿,单腿独立,冷冷地站在那里,下面一地菊花。窗外有风,夜里开始梦鹤。

虚谷让我知道什么才是好鸟。海派里他的鹤古,再看任伯年的鹤都是俗鹤,讨市场喜欢。让商人当成板鸭。

有年除夕前要上供"挂轴",姥爷让我"画轴",他来"誊轴"。"轴",是留香寨方言,读 zhú,就是家族的族谱牌位。质地上分两种,布轴和纸轴。在姥爷的喝彩下我开始画轴,毕恭毕敬。收笔后兴致一来,又在家谱牌位空地前画了一只鹿。看还有空间,姥爷又鼓励,让我再添上一只鹤。皆祥禽瑞兽。那一只鹤如今飞到哪里了?它在时光里拐弯,它一直躲着我。

鹤是长寿象征,乡村集会画摊上,最好卖的画就是"松鹤延年"。里面包含着世间凡人愿望。我遇一鸟类专家用知识来煞风景,他说鹤最长年龄只有二三十年。真实和虚幻,令我感慨。

村里有一位先生叫孙鹤鸣,字九皋。我姥爷说他的名字来自《诗经》:"鹤鸣于九皋,声闻于天。"姥爷喊他九皋。村小而古风犹存。现在北中原皆无此风,人名叫"发旺""国富""进取"的多。

孙九皋还是画家,有一天下晌后兴致一来,放下拾粪箩头,在我家屋后墙上用白石灰画一只老虎。青砖白虎,夜里放光。我开始摹虎,恰好又从村东头传到我家一册《芥子园》残本，里面有松鹤。我开始画鹤。三十多年后见到真正的鹤，专门坐绿皮火车穿越酷夏，到向海湿地鹤乡看白鹤。火车头一路嚼咀青草和白山黑水。

在苍茫寥落的湿地，传说里的丹顶鹤全部回归故乡，空余瑟瑟风声，只看到遗留下一只孤鹤。那位护鹤者说它受伤掉队了，养好伤未走。它是依恋还是坚守？这属于鹤自己的秘密。我手里握了一掌玉米粒，它用长喙亲切地啄我的手心，像问候大安。

沙地。草原。一条云中鹤路像梦境编织。

我调色时对比，许多鹤在飞，虚谷的瘦鹤格调最高。画品幽玄，以后我看现时画坛大部分属"厨子画"，特点是含油量大：手油、脑油和心油都有。

习惯上觉得鹤是经典中国鸟，后来知道国际上公认的丹顶鹤拉丁文，意思是"日本鹤"。情感上产生障碍，这真是一团矛盾。

落款时我想，面对世间纷争，世界上只有鹤穿越国境线时才不会被雷达警告吧。有"被雷达警告过的鹤"吗？它没有草木以外的概念，过自己的日子，它宁静祥瑞，眼里只有一汪属于自己的山水。

它还拥有朱砂一样的丹顶红。

画鸟记

世上专注一辈子画鸟的"鸟画家"不多，大多属顺坡下驴，兼笔捎带。即使在皇家画院工作的黄筌也不全是画鸟，还画蚂蚱和蛐蛐儿。

徐悲鸿画马之余兼画喜鹊、画鸡。鸡是家禽，不能叫鸟。李苦禅唱完京戏后兼画苍鹰，接着再唱，李苦禅笔下老鹰造型变化不大，水墨老鹰因遗传基因缘故，外表看都是一个巢孵出来的近亲。

那一年，同道侯钰鑫老师在河南省文学院开《大师的背影》新书研讨会，对我说，当年他收藏一幅李苦禅画的八哥，可惜没有落款。我问缘故，说是李大师画完的空隙犯了戏瘾，要唱一段京戏《霸王别姬》，唱到高兴忘题款了。我对侯老师说，没有落款的八哥只能卖上一只老鸹价。

八大山人笔下之鸟，一只一只孤独站立，都在藐视这个冰雪世界，它们羽毛冷峻，这些鸟没有自己的名字，且是一条腿独立，翻着白眼，和一个新政府的政策叫板。八大山人也不是专一画鸟者，兼画荷花画松风画残山画剩水画咳嗽画叹息画眼泪。唐寅画美人之余才画一只学舌的八哥。齐白石的题材如统计可以得出结果:莲蓬、虾米多于小鸟。潘天寿多画山水,石头铁一般坚硬。铁青络腮胡子似的山水,不断增加宣纸的厚度。他很少画鸟。

黄宾虹干脆离案,避鸟。

诗史上有个幽默诗案叫“众鸟欣有托”,是赞颂疝气的。我除了不敢画领袖的像之外,其他题材都画,尤其画鸟多,落款不同。省美协陈逸鸣主席看到,叹道:“这真叫见什么鸟说什么鸟话。”

在《猫头鹰》落款:“此鸟可避瘟疫,避鼠辈,避雀噪,避虫鼓,避乌鸦之声,十丈之外,最可避鸟人也。”落款我一向不喜欢重复,许多人非叫我来回重复不断地题款这几行字,我都烦了,许多人还未烦,足见世风走向。

《乌鸦图》上的落款是:“乌鸦自白:会当凌绝顶,一览众山小。老杜说的是我此时的心声。”许多人皱眉,攒着手偏不让我题这几行字。

《白鹭图》上落款:“我追寻月光的影子,然后融为一体。”现代抒情诗的句子。

《麻雀图》的落款是穷款,瘦款,仅四字,“大地赤子”。惜墨如金。

我一向认为,落款是画的帽子,是画家的眉毛。

没有眉毛的画家成何体统,只能叫蛤蟆眉。现在留蛤蟆眉的画家很多。面白无须无眉目。

数年来凡是遇到出手必写“宁静致远”“厚德载物”的书画家,我多是在旁边理纸,看他们写。

见什么鸟就要去说什么话,这才是对鸟的尊重。我知道急就章的游戏最见突然的妙趣。如果要说艺术立场,我只有一种移动的态度,像不断移动的云彩。一种带有翅膀的艺术立场,是一个“鸟立场”。

不仅仅是画画。一个诗人也须拥有一个“鸟立场”。这接近《金刚经》里的“应无所住”那一句。让一位从艺者在艺术里有所受用。

画芋记

鸟类怎么能和植物联系到一块儿?属于猫头鹰嫁接芋头。染色体不配对。

鸱是《山海经》里说的一种鸟。一首三身。接近猫头鹰。

因大芋状如蹲伏的鸱,古人称芋头为“蹲鸱”,因形赋意,作以文艺贯通。中医里有一味药叫“蹲鸱丸”，主要成分就是香芋。望文生义，多数患病者看说明书还以为是叫人生吃一只猫头鹰。

从芋到鸟自有出处，这称呼很早就有。画芋头落款我抄过四个人的——《史记·货殖列传》：“吾闻汶山之下，沃野，下有蹲鸱，至死不饥。”左思《蜀都赋》：“坰野草昧，林麓黝倏，交让所植，蹲鸱所伏。”苏轼《上神宗皇帝书》：“是犹见燕晋之枣栗、岷蜀之蹲鸱，而欲以废五谷，岂不难哉！”清人陈维崧《满江红》词：“论生计，蹲鸱一顷，菰蒲百亩。”

我掉书袋是为了画。让芋头收羽蹲下，古人都不怕那芋头出首飞翔。

因叶子近似荷叶，我家把芋头叫“旱藕”。

有一次我画一页芋头，落款手生写反了，下笔弄成“鸱蹲”，自以为天然得古。许多天后，荷翁先生纠正，说这样写就不是指芋头了，“蹲鸱”和“鸱蹲”是两种蹲法，姿势不一样。“鸱蹲”如鸱蹲状，局促而瑟缩。欧阳修有诗句：“儿吟雏凤语，翁坐冻鸱蹲。”

我反击说，最后这一个“翁”字是指荷翁吧？

看来一块芋头是不能胡乱摆放的，白纸黑字，尤其不能在纸上放颠倒。放颠倒的芋头会发冷。有行家在地面上抗议，有芋头在地下叫唤。

积累了一个经验：画家要会落款。画家不会落款时一定要谦虚，譬如《韭花帖》最后一定要写成杨凝式不要写成杨凝氏或杨列宁，勤学多问有益，画芋叶前要问问芋头：

吁，芋，你到底是起还是落？

画艾记

到抱朴谷去是为了画艾。

那里有一条溪叫回龙湾，许多年前上下两个村落，上游物产丰厚，下游贫瘠欠缺一些，下游羡慕上游，近似一国两制。下游村民商议要峰回路转，便从县城请来一位方士作法，要把上游好风水占住，具体细节是需要找来九位老道前去破风水，先把青龙拦腰断了。

方士交代，听到山道上马铃铛响就躲起来，没有声音就凿。

所谓青龙，就是一条十多丈长的青石。横在溪涧。我好奇心害死猫去看时，果然上面九道深缝，缝中都有青苔。往上一坐，屁股有点凉。我随便一问，便引出来上面这一传说。石头象征性凿空九道，大概是九位老道的象征。

路边见到有奇草开着白花，曲曲弯弯爬上树，像树开的花，同行马导游说，这是“铁线莲”。回镇上，马导游拿册页趁机让我题字，我故作风雅写上急就句：“老道不知何处去，青龙依旧卧水中。”

一路山艾气息逐渐浓烈。

回来把传说里的一条青龙和九位老道都忘记，只记住约我来的老杜宴席上的一盘炸艾叶。原料是山里的野艾叶，上来一盘，马上吃光，再要第二盘。绿艾叶用白盘子衬托显得好看，我是第一次吃炸野艾叶，我的标准是：一次旅途能记住一道菜就算不虚此行。譬如有一年到濮阳老城，一路下来，只记住一味卤羊头。

一直想着酸菜是可以酿造口水的，像曹操的梅子，我开始惦记着炸艾叶，也要带回家一试。山里厨师交代，取材时只掐艾枝上面的新芽，下面老叶不用，炸前一定在清水里浸泡一夜，去掉浓烈苦味。在旅途山路上，我开始留意两旁的艾叶。

山上的艾叶清瘦，远没有平原上的艾叶肥大，气味充足。它们才是一身艾的气息，风来，几乎能代表艾的方向。老杜说，近年社会上艾灸需要艾量大，山下人工种艾一年都割四茬，早没药力了。这山里的艾只在端午节这一天割一茬，故香气浓烈。为了增加说服力，他说当年神农尝百草就是尝的这里的艾。

艾叶还可蒸馒头，可揉艾叶丸子，做艾叶鸡蛋汤，最好吃的方式是这一种油炸，缺点是费油。和炸“荆芥鱼”“香椿鱼”一样，细致一点的活可叫“艾叶鱼”。

回到家里，让太太炸了一盘艾叶，特意盛在一只白盘子里。上来后孩子们觉得苦，不吃。

我搛一片，吃得新鲜，再细细品，却没有山里那一盘炸艾叶气韵生动。那是抱朴谷的艾叶。

我说炸得不太好吃，完全没山里艾味地道。太太有大于艾叶的强烈情绪，说，比起上一段新冠肺炎封城俩月，你在单位干啃方便面强多啦，将就吃吧。

画柿记

一个画家在酩酊大醉状态下才会用蓝颜色画蓝柿子。我没喝酒有一次也画过一颗蓝柿子。

蓝柿子一直没人硬画。画蓝柿子需要蓝色的画胆。

画家荷翁叼着烟斗，眯着眼把图看了，对我说：蓝柿子就是烂柿子，我都不画。毕加索画过蓝柿子吗？没有。大家都画红柿子，图个吉利。

他说，京城的画家们都不画蓝柿子。

想想也是。我初学画描摹齐白石的“四世同堂”，它们依次是青柿子、红柿子、黄柿子、墨柿子，齐白石不画蓝柿子。称世不能只好画柿，借其谐音也。五世分甘，三世太平，事事如意。这些都是称上好柿子。

太行山里有一种小火罐柿子，汁液透亮，晚秋时节，吸溜一声，立马成空壳子了。我曾抄着手，连着试吸了六枚。空旷得很。

甲午初夏，沈秋雄先生自台北寄来一包快件，打开时过程慢如侦探。里面像俄罗斯套娃一般，大信封套着小信封，最后一封里装一方折叠扇面，徐徐展开，扇面是画家李猷在约二十年前的癸酉年写的诗，李猷是江苏常熟人，台湾已故著名书画家。我先以为是赠送，待读了几帧古色古香信札后，方明白是沈先生让我为另一扇面补图。

沈先生是台湾收藏家，是画家江兆申入室弟子。

另一信封里，沈先生赠我三帧二百年前的高丽纸，他说这是早年在韩国首尔仁寺洞古董店置得，一直珍藏着。我一一展开，似有高丽旧日风云掉落。

我没有到过朝鲜半岛，最近的事是到集安访高句丽遗址好大王碑的旧事。在中朝边境，旅次的金顺姬小姐热情，说在对岸有亲戚，有一年还和妈妈去送过米。

细雨慢慢来临，织梦一样，并坐高句丽旧日石头，眺望鸭绿江，江雾迷蒙迷离，静静细数那岸炊烟升起。旅程涂上立体的江水。多年后她竟南辕北辙地从云南送我一包特制的古法营造的土纸。我用素纸，画两只红柿子端坐，无处可寄。

一张高丽纸能折叠多少旧事？二百年前，朝鲜人出使中国只是游山观水吟诗作赋。他们回国经鸭绿江时甚至要洗眼濯耳，嘴里念着“如今尽观清夷之劣俗”。崇祯上吊之后，朝鲜认为华夏已绝，以小中华自居。高丽纸一直是一片素色。

我花三天时间，青石覆纸，将扇面压平舒展，在上面画四颗红柿子，柿毕也就事毕，顺手多加一颗七星瓢虫。几年后，沈先生来信。

一次和诗人下太行山，路上我还增加了一个常识：有一把好胡子的人千万不能去吸溜熟柿子，就像蟋蟀不能常在蟋蟀草旁边鸣唱一样。

画蒲记

在民间环保协会参与环保那两年，知道在评估环保标准里，有一个朴素的“蒲草标准”：水中如有蒲丛生长，证明此地环保质量过关。香蒲和鹭鸶都是水质的天然监督员，可信程度高过拿国家工资的环保局局长。鹭和蒲还不需要供给。鸟和植物心有灵犀。

我腕下画出的香蒲别于古人案头香蒲。不是画技好，是材质独特。

我画蒲草不带清气，咖啡味道，用瑞士正宗雀巢咖啡来画中国蒲。不设他色，一步到位。材质是咖啡调和熟普洱茶汤。

咖啡在宣纸上交融那一刻，静处生变，“咖啡因”也是“咖啡洇”，随即会自然洇散，迷幻，提神，似满天的雀巢，配合着膨胀熟透的香蒲花要炸裂升空，常用的赭石色不能作如此表达，赭石色的渗透力嫌弱。

纸张要用存放五年以上的白宣。

在北中原湿地，香蒲茂盛，用途多种。主要编制蒲团和蒲包，历史上的蒲团供真和尚打坐，现实里的蒲团供假和尚使用。乡村编就的蒲包，带着草气，专供豆腐坊里生长豆芽，现在爱马仕包包再贵，长豆芽时不能使用。蒲根可入药，最高处的蒲穗棒治疗外伤，在河滩割草时我们划破了手指，敷上它止血，疗效近似云南白药。

我童年过冬铺的草褥子和它有关，草褥子下就是蒲叶编织的蒲席。暄松，厚实，散发清逸之气，温暖程度如一篇带有感情的课文。在冬天马厩，马匹身上也常常苫盖蒲草褥子，用于午夜御寒。

香蒲和菖蒲，本是两种草，药方上说菖蒲能治疗心神不宁，可开窍，菖蒲配上远志、龟板，治健忘症。我画蒲棒槌为蒲草的标识，远看极为醒目，在潜意识里，画菖蒲也是为了治疗健忘。怕遗忘掉草木形状，遗忘掉草木讲的方言。读到马一浮的诗：“已识乾坤大，犹怜草木青，长空送鸟印，留幻与人灵。”便抄下来作我画植物的标准。

画蒲后用曙红色添一粒瓢虫，会意外出彩，意境算是活泛了，理论上近似画龙点睛、画人点阿睹，近似画美人点那么一滴乳红。纸上飞逝的蒲花可是那年见到的一片？

我办一个小型画展，晚报的女记者马思璐人高马大，戴一身玉，竟不知菖蒲为何物，问我，是像春都火腿肠那样？你是比着火腿肠画的吗？

我才知道是说菖蒲棒。

我听后只好卖弄说，这是古代女子的定情物，面对爱情，古代女子是这样抒情的：君当作磐石，妾当作蒲苇，蒲苇韧如丝，磐石无转移。不像现在城市姑娘只知道要房要车。

她反问：要是你有个女儿出嫁，她愿意只要菖蒲吗？

洪放　**想把人间唱遍**

逝川

早些年读日本的俳句。那种清寂之美，让我动心。骨子里或许就是个清寂之人，只是到了这人世间，也必得努力地风风光光地走上一遭。因此，读俳句，还有像《雪国》这样的小说，往往是沉得进去，脱不出来。犹如《诗经》所言：不可脱也。

水波晃动的下午，
一大片旧时光，
被带进了深处的阴影里。

这也学着写上几句。于是想到我故乡桐城乡下的那条名不见经传的栀子沟。

这么一个好听的名字，如同桐城这名称来源于万桐之城一样。栀子沟宽仅丈余，据徒步走过全程的人说，长也仅仅三四华里。它在经过我们村庄时，细如竹节。只是到下游有了一座大塥，塥下有深潭。潭是乡村上最有传奇色彩的地方，溺亡者的身影，潜在石缝里的有刺的鱼，刮风天潭里发出的如游丝般的哭泣声……某一年，我上初中，逃学坐在潭埂上。我不知道我为什么坐在那里，一个人坐了一下午。直到黄昏，夕阳照在深潭里。我忽然觉得潭水慢慢收拢，最后缩成一块树叶般大小的水晶。我伸出手，似乎就能触摸到它。但事实上，我的手再怎么努力，也永远与它保持着三寸的距离。然后，它消失了，深潭回来。我觉得很快便能听见游丝般的哭泣声。我起身离开，在那个年纪，我是无法禁得住那哭声的。

后来，栀子沟也消失了。现在是工厂。

没有人能准确地说出那深潭的位置。就像诗歌，写过去了，没有人能再次回到它的源头。

小学校

黑板上写下的那些字，或者那些拼音，到底能留存多少年？这是一个十岁的孩子的问题。老师回答不了，同学回答不了。他只好站在教室里，他看见窗外稻子正飘着白色的稻花。那是他第一次看见稻花。后来，很多年后，他又想起那个场景——

小学校坐落在山冈上。山冈上没有松树，没有杉树，只有两棵柳树。柳树在塘边上，柳树根伸进水里，像一条要爬上塘埂的大鱼。老师们大都来自乡下，甚至同村。当然也有来自于城里的。老师们其实都还年轻，因此，那些让孩子们读不懂的眼神，往往在男女老师之间传播。后来，眼神打了个弯。一个哭着的女老师背着行李，站在小学校门口。而我们的班主任，正躲在他的房间里。班主任的女儿坐在我前排。她问我：她是要走了吗？

半夜里，蜡烛依然点亮。乡村小学校最后的晚自习一直延续着。我在作业本上写：

一粒稻花，
又一粒稻花。
都是稻花，开在田里，
像本子上我们写下的一个个字。

这是诗吗？如果是，那一定是我的最初的诗作。往往是，等我们消失纯朴与天真多年后，再回头，我们看见的就是那山冈上的小学校，看见的就是那稻花，然后，我们心底里，幽幽地升起那些长短不一的句子。

这就像宿命里的安排。诗人，注定是个为自己打补丁的人。

鱼刺

我总是小心翼翼。我总是先于鱼刺到达恐惧。

而且，不仅仅是恐惧。还有一种极其深刻的幽冥气息。我总是先于鱼刺到达死亡。

那是年轻的死亡。三十年了。一张巨大的诗报，将时光折叠。而折叠，便是那个黑色的名字。他第一次飞舞，衔着诗歌。半年后，他死亡，带着鱼刺。那年，他二十三岁。姓张。一个刚毕业的中专生。一个诗人。他死于南京的医院。鱼刺，败血症。他回到了另一个世界。而我们却一直苟活到今。

我一直想不明白：在他的死亡中，诗歌充当了怎样的角色？

也许，与诗歌根本无关。他只是个诗人。而他死亡，他只是个鱼刺的受害者。

但，诗歌加速了这一切。我总是无故地设想：他在吃鱼时，想到了诗歌。诗歌掩盖了鱼刺。然后，诗歌又掩盖了死亡。

我无法将所有的诗写完。因为我总看见他就站在所有诗歌的结尾处。

缓慢

有些人现场吟诗。有些人背诵自己的诗歌，像流水。有些人在别人的诗歌里感动。而更多的人，活在诗歌之外。

日子漫不经心。日子不因为诗歌而充满诗意。日子缓慢，这让我想起我故乡那位活到寿终正寝的老人。

她就在村子南头。我们的村子，有南有北。她在南头，屋前有一条一尺宽的流水。流水几乎就漫上了她的脚背。她坐在小竹椅上。那竹椅闪着肉红色的光亮。她每天坐着。从早到晚。她总是看着天，看着地，看着来来往往的行人，看着流水，看着树木，看着家禽，看着灰尘，看着那些说了多年的话语，看着那些在村庄上流传不绝的传说，看着鬼怪、神与村庄外连片的祖坟……事实上，她什么也看不见。但她看着。

她看着，就像那个年代的诗歌。

如果她是个诗人，那么，她看着的一切，便是诗歌中的那些繁复的意象，那些高低起伏的情感，那些散发出来的高于人间却立在人间的气息。

最后她寿终正寝，依然坐在竹椅子上。

没有人读过她的诗歌。换句话说，没有诗人之外的读者。生活的缓慢，与诗歌的前行，悖逆而合理。那些吟诗的人，那些背诵自己诗歌的人，那些在别人诗歌里感动的人——谁注意过角落里坐在竹椅上的人？

而她，才是真正的明了一切的人。

当金山口

我记得的最阴郁的山口。满山的阴影。像一只大鸟的巨翅。没有人能逃脱它的覆盖。一阵寒冷。再一阵寒冷。天地开始收紧。我后来明白:阴影总是小于阳光。阴影的部分,总是小于有阳光的部分。

后来,我为此写过诗。

早些年,我是个诗人。如此说,并不仅仅因为我写分行文字,而是因为我的激情、理念、思维、行动与形而上的步伐。我留过长发,瘦,而且充满幻想。我穿越千里,成为当金山口阴影中的一部分。那一刻,我除了寒冷,别无察觉。然而,多年后,在一个有阳光的午后,那阵寒冷再次袭来。而同行者,已经成了逝者。也就在那一刻,我放下了诗歌。或者说,我放下了一直高高在上的诗歌的神龛。我转而进入最世俗的生活。我描摹世俗,如同描摹我自己的内心。

我想把人间唱遍

说书人离开村庄后,村庄一下子空寂下来。但随后不久,某一个夜晚,说书人曾经说过的那些部分,又在村庄上活跃起来。传诵,或者被记录、复制、默想,甚至唱出。说书人的背影似乎还印在油灯照耀的墙上。那是一方古老的黄土墙。墙上有风干的茄子、黄瓜,有模糊的祖先的画像,或覆盖于其上的那些排笔刷成的标语。

当说书人坐下,调弦、开口,一切便隐没了。整个村庄都只有说书人了。

说书人闭着眼睛。甚至,我怀疑他也闭着嘴巴。他的声音发自胸、腹和身体的全部。他的声音发自墙、油灯、昏暗而呈现各种神情的脸、半掩的门,和门外那些依次进来的、看不见却真实存在的影子。

人间如同流水。

人间如同阴影。

人间如同花开。

人间如同日落。

人间演绎。故事在说书人的声音中,高亢,或者沉郁,而它们一经说书人说出,就像把人间唱遍一样,再也不属于说书人。它们只属于村庄、夜晚、贫苦而荒凉的世俗……它们其实本就在村庄之上。只不过借着说书人的声音,再次提醒村庄:永远别忘了这村庄本来的一部分。

写作者(一)

茫然与不确定性,往往是一个写作者最初的源头。当我注视凌晨的天空,巨大的空洞般的茫然,被刚刚消解的夜色所平复,然后又或许将重新被新的一天所抬升、笼罩。而它的内核,正是不确定性。

万事万物从不由我。人生因此才漫长、曲折、疼痛和丰厚。

写作者从来都不是孤立的。他永远挟着一颗渴望融入与回到大千的心灵。“一切理性的表述,缘于呓语!”安·拉莫特始终记得小时候飞过头顶的那些鸟群。她说:只要一只接着一只地写,按部就班地写。是啊,按部就班地写!这对于一个写作者,恰是化解茫然的最重要的步骤,与最切合的途径。

我们可以忽视这世俗的繁华,却无法漠视这人间的荒凉。写作者,终其一生,都是在不断的认定不确定性与解决不确定性之间,游离,恍惚,思考,进而写作,放弃,并最终否定自己所因为写作而留下的一切,包括片语只言,甚至他曾在人世间所说过的一切有关写作的话语。

如此想,写作是没有意义的。但写作的目的,往往正是破解这种无意义。这是一个天大的悖谬。事实上,它如同黎明前那即将跃起的第一缕霞光。虽然茫然、不确定,但它的冲击却如同陨石。

——表述霞光初升,那是诗人。

——表述太阳照耀大地,那是散文。

——表述夕阳,那是小说。

我如今企求整整一天。写作便是诗、散文与小说的渐次展开。我因之抒情,委婉,但最终沉入薄暮。

写作者(二)

作家总会想尝试成为解答的一部分,去了解一点点人生,并把这些心得传下去。即使冷酷实际如萨缪尔·贝克特,他也通过剧中坐在垃圾桶或将头埋在沙中的疯狂人物,以及他们不断翻出包包里的东西,停下来赞叹每一件物品的生存状态，让我们深入思考并理解人生当中何者为真，哪些才是对我们有帮助的。

这段关于写作的论述，仍然是安·拉莫特说的。而真正的写作者，往往忽视那些大师的细微与缓慢。

人们看见大师，只有光芒。只有思考。只有箴言。只有那浩如灰烬的巨著。

然而，人们总是无法洞见他们对问题的解答，包括对茫然与不确定性的抽丝剥茧般的烛微冥思。

从二十岁写诗，一直到四十岁开始写小说，过程如此漫长又恍如一瞬。我刻意对各种大师进行阅读，却往往被崇拜与更深的茫然所覆盖。理论何为？诗意何在？回到诗歌，那一点点“人生况味”，都被形而上悬挂、敲打、隐匿。而小说，浮世绘般的，将夕阳之幽静、复杂，形而下地呈现。写作依靠语言，却到语言为止。成为了语言，无论诗、散文还是小说，都是它意义丧失之时。

周蓬桦　瓮：新麦地

墙上的洞

中午，绕过西厢房，我去屋后的青草垛里看小人书。阳光强烈，只能眯起眼睛走路。像往常一样，我在草垛上半躺下来，翻开画册，进入故事叙述的情节中。无意间抬头，发现远处的土墙壁上突然出现一个黑洞，像一只黑眼睛，正十分诡异地盯着我，似乎还翻着一个白眼珠。

这时候，人身上天生的好奇心发生效力，我轻手轻脚地朝黑洞走去，欲看究竟。那一刻，我如履薄冰，心怦怦直跳，整个世界都静下来，可以听得见远处有一只昆虫正开足马力撞击窗棂的声音。我脚底绵软，朝黑洞目标悄然靠近。整个过程中，我的脑海里兀自冒出许多画面，它们与传说中的金银财宝有关，或者与某一桩秘密事件有关。

阳光把周围的一切照得更加幽暗，晒干的草垛芬芳四溢。

经过两天的观察，我发现墙壁上的洞里似乎有一些细微的响动，窸窸窣窣，就像从水缸里发出的声音，那声音如此弱小而又神秘，类似深夜风掀动一片落叶。不知怎的，我一边感觉兴奋，一边又心怀惧怕。

在童年的乡村，偶然发生的事件足可以改变人的命运，比如南街的一个孩子在老屋的地下挖出满满一大坛银圆，主动上缴了大队部，因此获得村里的表彰，免试上了镇中学，成了全镇孩子的仰慕对象。

有一年夏天，村里一位叫朱八的青年人，从沙河里捞出一条会唱歌的怪鱼，有人说朱八捞上来的是极其罕见的美人鱼。消息传开，一下子轰动了周边三四个村庄，人们络绎不绝地前来观瞻，精明的朱八一家早已把怪鱼藏匿起来，排队购票后才能饱一下眼福。虽然票价只有区区五分钱，但在那个年代也让他一家人迅速发了一笔小财。在那一段时期，人们经常看到朱八家的烟囱里炊烟袅袅，三天两头的炖牛头、炖猪下货，肉香弥漫村庄，惹得村民们无端地流了许多涎水。其直接后果是眼瞅着去沙河里捞鱼的人多了起来，一度达到了“哄抢”的地步。当然，除了几条泥鳅和一些小鱼小虾，再也没有人捞上怪鱼，幸运的朱八只有一个，就像世上的怪鱼只有一条。

事实表明，神灵对万物所持的态度是公正的，人的贪欲越强，幸运之星降临的机会就越少。而在整个童年时代，天生胆小如鼠使我历来感觉幸运与自己无缘，对世间的事从不敢作非分之想，即便是面对墙壁上出现的一个神秘黑洞，也不敢独自享用——万一是个天大的秘密呢？它一旦被我捅破，无论是福是祸，我都无力承受。

每天除了照例去草垛里读小人书，我都会悄悄地来到墙洞下，静静地谛听和观察一会儿，仿佛黑洞里隐藏着另一个世界，它或许比现实的世界更加单纯、明亮、温暖，如一场细雨对小草的呢喃。

就这样，在狐疑了七天之后，我决定把这件事悄悄告诉哥哥。

我哥哥当时正端着一只海碗喝玉米粥，他长得健壮如牛，食量也大得惊人，他一顿饭可以喝五碗粥，因此人们看到他的肚皮总是胀得圆圆的，像一面牛皮鼓，无论敲击或捶弹都会发出一阵激荡人心的声音。而且，他喝起粥来也动静很大，旁若无人，像一台强力收割机横扫一片庄稼地。见我支支吾吾了半天，他忽然听出了什么，瞪大眼睛问：“什么洞？在哪里？”当然，手里的碗仍是没有放下，半碗粥还冒着热气，散发一丝蒸熟的胡萝卜味道。

我说：“在西屋后面，草垛旁边。”

我哥哥眨了一下眼睛，迅速放下了手中的碗，起身找出一把掏炉灰用的铁钩子，拉起我的胳膊就来到了西厢房，双脚站立在那个折磨了我一周的黑洞下。

他吩咐我把院子里的树墩子搬过来垫在脚下，踩上它就能俯视黑洞口里的一切。他手持铁钩子探入洞中，三下五除二就把一个惊天的秘密破解了：洞里隐藏着一个鸟窝——两只老麻雀和五只小麻雀。

奇怪的是，两只老麻雀进进出出哺育幼儿，墙根下竟然没有留下一粒鸟粪，也没有发出暴露目标的叫声。这让我觉得，这是很聪明的一家：如果不是那个黑洞，没有人会想到，这里隐藏着一个正在繁衍的家族。

哥哥哈哈大笑，从树墩上跳下来。

望着散落的草茎和羽毛，我在心中泛起阵阵懊悔，顺手捡起两只碎裂的蛋壳。

瓮：新麦地

除了池塘里的蛙声，村前还有一片新麦地，我爷爷是这片新麦地的主人。印象里，他起早贪黑，肩扛锄头，往来于池塘旁边的家与新麦地之间，把一条小路踩得又白又亮。

那时候，村里人要先从事集体劳动，大家一起干活挣工分，大片的田地是集体的，人们一年四季都在耕种，秋天收了粮食分给村民一部分，余下的用来缴公粮。而新麦地则属于自留地，是集体之外分给个人的土地。每家每户都有几分这样的自留地，有的用来种烟叶，有的种瓜菜，也有的荒着，长满了芦荻草。

我爷爷是个闯过关东见过世面的人，他太爱惜土地了，舍不得让一寸土地荒废掉。因此他总是聪明地充分利用季节的时间差，在麦地里套种其他植物：黄豆、玉米、西瓜之类。他最擅长的是在麦地里套种西瓜，以一米左右为一带做畦，在大畦上种植六行小麦，再在小畦上种植两行西瓜。

现在想来，土地在爷爷手里，就是一块泥巴团，可以任意由他揉搓和摆弄，像一只碗打碎成粉末又和成泥，放到火窑里烧成一只新碗，或者一只烛灯台。

当六月麦收过后，西瓜也进入了生长成熟期，空气里到处弥漫着甜丝丝的气息。爷爷在新麦地里搭上一间草棚，晚上睡在新麦地里看守西瓜。当时，西瓜地是最容易招贼的了，在一些毛贼眼里，偷一只西瓜远比偷一袋粮食有趣得多，即便被抓到也不太丢人——在他们看来，西瓜圆滚滚的模样这么好看，原本就该是被盗了吃的。另一个重要的原因是，西瓜们长在荒天野地，比较容易得手，人在月光下趴在西瓜地里，朝一只西瓜匍匐前行的感觉也比较刺激。

是的，话说至此，正是在那个时期，我无意中发现了爷爷平添了一个新毛病——那天中午，我提了饭篮子去新麦地给他送饭，穿越池塘边的一片花楸树，绕过一道小溪水，远远地看到了亲切的茅草棚，草棚外两根黑漆漆的木桩像两个人影子，晾衣绳上晒着西瓜秧和爷爷的老汗巾，而从风中飘来一阵呜里哇啦的人语：

“嗯嗯，好着哩，俺好着哩！”“大娥子，你和孩子们都好吧？……那就好。呵呵。”

我顿时惊呆了，手中的饭盒差点失手落地。因为大娥子是我在东北吉林公主岭生活的一位姑奶奶，是爷爷最小的一个老幺妹，她的居住地与故乡沙河镇相距近两千公里。难道她从东北回来了？唔，不可能。我当即摇头。慢慢走近草棚子，才发现是他一个人在嘀嘀咕咕地说话，还很投入地打着手势——自那以后，我知道世界上还有一种人会在孤独时自言自语，呼朋唤友，或怀念故交。这种人我在后来的人生中又遇到过几位，他们多半神经不太好，但我爷爷属于健康正常的一类。事后得知，因为看守瓜园要吓跑小偷，他才平添了这个毛病的。有时他睡着了，还仍然可以磨磨叨叨地说话，远远地听上去，像是一群人在说话。

岂止是说话，他还能在昏睡状态下讲述一个长长的故事，故事里反复出现的物象，是一口瓮。

马灯里的雨

春天里，有个病男孩原本就睡得迷瞪，对一场雨的到来没有任何提防，他甚至还以为是在梦境中行走，穿山入林。推开窗棂，天空很及时地打下一道闪电，照亮了村庄里的一切：荒凉的土地，苏醒的河流，稀疏的树林，低矮的屋舍，简陋的马槽，一条正惊恐逃窜的草狗——狗在转过头来朝向他的刹那，他看到了一双琥珀色的泪眼。

而当他睁大的眼睛企图搜索更多的事物时，闪电熄灭了。

好在第二道闪电很快被神灵点燃，雷声也鞭炮一样炸响，雨水倾泻而下。在第二道炬光的照耀下，他看到天空有一块镶着金边的乌云，乌云里有一辆马车。马车从天而降，飘落到村头那条最宽敞的乡路上，拉马车的是一匹英俊的白马，车厢里是几麻袋棉籽饼。

是的，你猜对了——在时间的深处，黑黝黝的村庄里，这个手扶门框耽于幻想的七岁男孩，就是我。

一大早，人们照常出工，到田里劳作，春天的农活无非是给麦苗浇水施肥，或者用犁耙翻弄土地，远处的树林里传来阵阵布谷鸟的叫声。这时候，太阳突然隐匿了，屋内比黑夜更黑，散发一股腐烂麦草的气息。雨让天空暗了下来，人们出现了视觉上的错位。雨让整个村庄都笼罩在一片模糊的阴影里，磨坊和蛛网都在轻轻摇摆，像一幅荡开涟漪的水墨画。

我还记得在雨的背后，是隐秘的花蕊、枝头的青杏和沟畔柔弱的穗芒，以及房前屋后的荠菜花、紫地丁和车前草。当然，春雨过后，田野里的事物也被随之改变：

坟茔被雨水冲刷,有的长满了青草,有的则露出了棺材板和白骨。

而我当时正在生病, 被爷爷圈在家里不许出门。印象中是比感冒更严重的疾病,具体的名称却忘记了。我只是感觉头比平时大出一倍,像戴上了一顶斗笠,还嗡嗡响,有成千只蜜蜂在我耳边飞翔。因为感觉头大,走路便跌跌撞撞地打趔趄,有几次撞在院子里的梨树上,撞得眼前金星四溅。

人生病了便格外嘴馋,什么都想吃却又吃不下,尤其要命的是,再好的食物也变了味道,吃到嘴里根本不香。在生病期间,前街的二婶送来了烙鸡蛋饼,那可是我平时做梦都想吃的东西,但吃了几口就吐了出来。爷爷和二爷急得团团转,生怕他们的孙子性命不保,那样他们将无法向在外地工作的儿子交代。在那些天,他们整天趴在我耳朵旁边问:“想吃啥?吃啥就说。”我咳嗽着,小脸蜡黄,只是摇头,他们的眼睛里便流露出恓惶和担忧。

我突然开始馋一种食物:“燎麦穗”——就是麦子还未成熟时,用火烤熟的青麦粒。

两个爷爷一听就傻了眼,因为时令刚过惊蛰,田里的麦子刚刚抽穗,而催熟术当时还没有诞生。

另一次是突然想吃棉籽饼,爷爷们听了都表示不解,齐声说:“有毒呢!”我就说是去年村里的张二驴吃着一块棉籽饼故意馋我,老远就闻着香。这一次,爷爷们妥协了,连夜冒雨分头去寻找棉籽饼,最终是二爷披着蓑衣进屋,手里拿着半块饼。爷爷看他全身都是泥水,就问:“摔倒了?”二爷咧咧嘴,说:“回来路上雨太大了,一跤跌到水沟里了。”爷爷骂了一句:“笨!马灯呢?”“被水冲走了。”二爷一脸沮丧。

当晚,我拿着二爷从生产队仓库保管员处要来的棉籽饼,只吃了手指肚大的一小块,就拒绝再吃了。坚硬的棉籽饼实在是难以下咽。

值得一提的是,第二天,爷爷从水沟里捞出了二爷丢失的那盏马灯。它被我收藏至今,摆放在书房的一角。马灯里,有时间和一场雨的较量。

豆春明　**背街：想象的雨**

一

小叶榕站在背街两边，枝丫散得很开，像一群举着手等待发言的人。只是，人累了会把手放下来，没见小叶榕这样，是它不累，还是还没发上言？

其实，在背街上没有多少事可说。好多事光在正街说还不够呢，咋会轮到这里？谁都知道，正街热闹。上一件事还没说完，下一件已经开始了。每一条正街，都是一个越说越长的句子。不停补充的词汇，随时变换的发音。虚实真假，啥都可以说。一条正街，正在表达谁的一生。

当然，我也不能否定小叶榕的努力。树在漫长的一生中，不以树的方式说上几件事，也说不过去。为此，我琢磨了好久。一只猫夜里从它的枝条上捉走了麻雀，一个醉鬼靠着它站了一会儿，一辆经过它的公交车又晚点了……这些，对小叶榕而言，不算正事。不过，让它说一说也不要紧。甚至，有些人死去，需要草木含悲，它也可以配合一下，在风吹过时，让树叶作响，像在述说悲伤。可就算这样，它好像也没必要一直举着手，做出比正街上的蓝花楹还要想说的样子。人家大老远从南美洲赶来，奇闻逸事可以一年一年说下去。小叶榕连正街也去不了，有啥可说的。

每天我从张家巷出来，横穿背街，顺着街边往东走五分钟到达正街，然后折向北，去单位上班。回来经过这里，也是五分钟。也就是说，我有十分钟和小叶榕相处。如果它有说的事，我可能听不全甚至听不到。它在我面前举手，也许起不到啥作用。

这不能怪我。正街上的树太多了。除了蓝花楹，还有樱花、紫藤、黄花风铃木等。一年四季，忙着变换色彩。城市不过是一张画布，任由它们涂抹。这才是一棵树该干的事：用花朵说话。跟在色彩后面，我忍不住要去入侵，去放纵。把大把的时间，都花在正街上了。

走过小叶榕底下，我一般不会抬头。低矮的天空，刚好装得下枝丫。我的目光爬上去，就有压塌天空的危险。如果枝丫落了一地，我该捡起哪根，让它发言？

有时，我也会慢上几秒，为一把扫帚让路。它是钟摆，准时拨响清洁之钟。清冷的晨光里，小叶榕的叶子躺在地上，稀稀拉拉的，正在举行一场节俭的告别仪式。有些叶子已经发黄，踩上去，有时会发出声响，有时又啥也没有。

在离正街几米远的地方，我总能看见扫成一堆的树叶。叶堆不高大，像一个仓促的结尾。背街快到头了，话没说完，小叶榕都该结束了。好在第二天，我又会经过，它又可以再说一遍。

碰上雨天，我不用为谁让路。打着伞，赶去正街看落花。红的、白的、黄的、紫的……那里的每棵树都在扯着嗓子喊人，喊得我头昏脑涨。回来时，小叶榕却还是老样子，没有趁着大雨发泄一下，多掉几片叶子。那些叶仍和枝丫在一起，举着手，落寞而矜持。

也许要隔上好多年，小叶榕才可能会成功一次，让我听到几句印象深刻的话。它瞄准我的脑袋或者脖子，落下几颗雨滴。惊诧中，我回头看见，树叶正在向上弹回，绿意涌动，像一个幽怨的眼神。那些举着的枝丫，原来还在悄悄接住雨水，在我走过时，为我下雨。这样说，其实有些不妥。下雨，是上天的专利。所以，说树在下雨，应该是我想象出来的，不知小叶榕介不介意。

在被抹掉之前，雨滴已在头皮上滚动了一段距离。滴在脖子上的，则钻进背心，趁我还没紧缩脊背，一路狂奔。那一瞬间，我发现自己之前一直在发热，似乎还在昏睡。小叶榕让雨滴捎带的话，让我短暂地清醒了一会儿。

二

我是平足，走过背街没啥问题，但在正街上奔走，就有些先天不足。我的办法是把这个弱点藏起来，免得对手知道了，又把正街加长一段，让我紧赶慢赶也到不了目的地。

小时爱穿母亲做的布鞋，棉鞋单鞋都有。可它比脚还要虚弱。每双都从鞋跟烂起，跟着是鞋掌。而鞋面还是好好的，像是一个谎言。可见，疼痛不仅心狠手辣，还很狡猾。

工作后换穿皮鞋。虽然疼痛不减，鞋底磨损的速度毕竟慢了下来。我穿上它，咬着牙，努力跟在人群后面。不了解的人，还以为我心胸不广，恨谁恨得牙痒痒，要去咬上一口。我也懒得解释，疼痛让我很疲惫。正街上风狂沙大，鞋面脏了，我也没心思去擦干净。

在背街右边，第五和第六棵小叶榕之间，有两个女的在擦鞋。一个是哑巴，发出啊啊的声音；一个罗圈腿，走路一摇一摇的。十多年来，她俩一直坐在那里，和小叶榕举着枝丫一样，没改变过姿势。当然，她俩也去不了正街。那里禁止摆摊，城管凶得不得了。

我的脚翻得飞快，还是让她俩看见了。是呈扇形的瞄准，一天两次，从左到右，或者从右到左。动作相当熟悉，让我想起在头顶上向我瞄准的小叶榕，好像她俩就是跟它学的。想干啥呢，这两个人？我又有了雨滴快落下来的感觉。

啊啊总是先招呼我。啊啊——短促的语音敲击耳膜，不正像雨滴在敲窗？摇摇跟在后面喊"擦鞋嘛擦皮鞋嘛"——又是窗外的雨滴串成了线？如果这些是真的，她俩对我就太好了，天天都在想为我下一场雨。

但面对邀约，我又很为难。倒不是经济问题，擦一次五块钱，并不是出不起。主要是鞋干净了，脚还是痛，还是行走困难。倒不如理理发、洗洗脸，说不定还要有用一些。但拒绝呢，鞋脏了又的确不好看。何况摇摇还天天在喊：鞋干净，好走路。万一她说准了呢。

这么一犹豫，好多年就过去了。

其实，她俩的行走比我更加不易。尤其是摇摇。听说她丈夫患癌，独子出了车祸。生活的担子全压在她的肩上。而擦鞋，不过是在下一场我想象的雨，换不来多少钱的。有人劝她另找事做。可惜她在背街待得太久，已把人生简化成一个单一的姿势。除了擦鞋，啥也不会。每天，她和啊啊早出晚归，准时来小叶榕底下报到，看不出她有一丝悔意。

这两个卑微的人，看起来好像值得信任。但我还是做不了决定。她俩想下的那场雨，跟小叶榕下的一样，也是小雨。在这样的雨中，打开我自以为巨大的疼痛，我还是认为不太靠谱。我需要足够的信心和理由。一句话，她俩要继续等着我。至于能不能等到，那就另说了。

每天从正街上回来，看见她俩并排坐在小板凳上，皮肤黑黑的，如两朵雨意浓厚的云。那时我就会想起，还欠她俩一双鞋，也欠自己一场雨。

三

出了张家巷，如果向西走，不到两分钟时间，就到了背街的尽头——当初我进城的地方。隔着一条河，是广阔的原野，通向我遥远的家乡。

在这两分钟，我可以装成是在往家乡走。相信我的每一个人，甚至我自己，都会被骗上一次。到了河边，我四处张望，做出在看路的样子。河里有混浊的水，缓缓流着。更多的地方，河床裸露。乱石堆里，艰难地生长一些杂草。在河的下游，母亲总想替我养一群鸭子，种上几棵青菜。咋没水呢？她问我。所以要回去，我是要带上水的。不多不少，刚好一河水。每次想到这里，我就不再往前走了。只有在这时，我才会看出自己是个多么干燥的人。

在我身边，背街的尽头，一边一棵小叶榕照例正在对抗河风。迎风的一面，叶子片片立起，显得枝丫更加细长。这两棵小叶榕要接住雨滴，难度更大。稍不留神，雨滴就让河风吹走了。

对于河风，我有体验。河面多宽，它就多宽。它是风中的胖子，灵巧不是其强项。不像街道的风，会去追赶一片纸屑。它有的是力气，对付的是河两边的房子、树以及闲逛的人。

河风更大了。两棵小叶榕的树梢开始向背街弯曲，由感叹号变成两个问号。在河风的启发下，两棵小叶榕呈现出若有所思或者忧心忡忡的模样。不知道它们每次想的是不是同一个问题。

偶尔会有几片叶子跌落下来，在地上翻滚一阵，准确地扑到我的脚尖前。我如果捡起一片，就能感觉叶身冰凉。它接住过雨滴吗，或者，曾经瞄准了谁？

在树底下，我听到了熟悉的咔嚓咔嚓的声音。听起来，像是两棵小叶榕又在河风中受伤了。不知道比起上次，伤是不是更重了一些？但可以肯定的是，在背街的尽头，我曾经的起点，小叶榕仍在坚持想以这种方式对我说些事情。我正在面对的，可能是最后的机会。

但作为骗子，我想早些结束。我打算在右边那棵小叶榕下买点卤牛肉——一种来自家乡的美味，就当是又回了一次家。虽然草率了一点，好歹也算是骗子干成的事。

接下来，我听到的是一个人受伤的声音。低沉，伤感，一如从前。

他又老了一些。我多长时间没来这里了,几十天还是几个月?接过牛肉,我依旧先尝了一片。味蕾贪婪地绽开,包裹每一缕肉丝,拥抱抚摸,然后埋怨争吵。我重复上次的动作,摇了摇头。最好的牛肉,最正宗的味道,已经瞄不准我矫情善变的味蕾。哪怕他和摇摇她们一样,也是一个想为我下雨的人。

原本,他打的是家乡牌。扔一块牛肉,能砸到好几个老乡。可现在,老乡很少来这里了。正街上的西餐、火锅、烧烤……轻易就绊倒了他们。好容易我去找他,他又没能瞄准,把雨白白浪费了。

像我藏起脚上的疼痛一样,我和他们也隐藏了舌尖的疼痛。

生意太难做了,他又在我背后说。过段时间就好了,我也又一次做起了骗子。好像时间一到,雨就淋着我了。

四

几年过去,又是几年,想象的雨始终没能淋着我。但小叶榕和那几个人却好像没受多大影响,还是在向我瞄准。我感到不解,也有些不安。一场雨而已,这么较真,有必要吗?

我把雨想象出来,不过是想提醒自己还穿着一件想象的外衣。如果我裸露在正街,火热的现实会抢走每一丝湿润,把我烤焦。我这样做,其实是在自我安慰。除此之外,并不想参与背街上的其他事情。

何况,在想象方面,我一直是个悲观者。我测量过,我的想象还达不到背街的长度。用一截,就会短一截。在背街消失之前,我肯定早就啥也不想了。

所以,很难说,我所做的一切不是在得过且过。想象的雨,编织出一挂薄薄的帘子,能够在后面躲一躲,我就已经很满足了。为啥老是不能瞄准我,这下你总该明白了吧?

接下来,看样子,小叶榕和那几个人还是要和正街上的现实死磕。但我还能够为他们提供多少想象的雨,连我自己也不清楚。还有,看着小叶榕和那几个人遍体鳞伤的样子,满身伤痛的我会后悔自己曾想象过雨吗?

陶灵　川江志怪

白鳝

白鳝,也叫鳗鱼、河鳗等,俗称蛇鱼。它的形状有点像蛇和黄鳝,但要粗扁得多,无鳞,背为青黄色,腹白,故而得名。因其烹食味道鲜美,在川江一带很有名气。

古人发现白鳝可治痔瘘、便血、白癜风等症,能杀体内外各种虫子。宋时,长江上一个叫瓜村的地方,有个村民的女人得了痨病(肺结核病),不仅治不好,还传染给很多人,都送了命。有人出主意,趁女人没死,装进棺材,把棺盖钉上,丢到江里流走,这种病才灭绝,不再害人。棺材漂流到金山,被一个渔民捞到。他觉得有些奇怪,拉到岸边,打开棺盖一看,里面躺着一个女人,还活着。于是,渔民把女人抱回岸上自己住的棚里。平时渔民捕了很多白鳝,吃不完,用米粉与盐腌制后放在坛子里贮存,称为鱼鲊。渔民给捡回的女人吃鳗鱼鲊,久之,痨病竟好了。后来,这女人自然成了渔民的妻子,一直健康地生活着。

住在嘉陵江的杨伯伯从不吃白鳝,也不喜欢吃鱼。他年轻时当"水木匠",带着一个徒弟,帮人造木帆船。有一年农历六月,嘉陵江发了一场洪水后还没完全退下去,他们的船停靠在一个土坎下,上面是一大片红苕地。正值中午大太阳,杨伯伯停下活路,躲在舱里裹叶子烟抽,徒弟在船头架起鼎罐煮稀饭,一边添柴一边打蒲扇扇火。突然,船上方一道白光一闪,坎上飞下一根长条物体,啪地摔在船头。吓得徒弟一跳,定睛一看,一条黄鳝不像黄鳝、蛇不像蛇的东西,在舱里活蹦乱跳。徒弟傻眼了,问:"师父,这是啥子玩意儿?"杨伯伯连头都没抬一下,回答:"白鳝。嘉陵江的特产。"徒弟虽没见过白鳝,但听说过。于是惊喜地双手抓起白鳝,丢进水桶,又问师父这东西啷个吃。杨伯伯吧嗒着叶子烟,仍没抬头:"你不是架起鼎罐的唛?放点盐和猪油煎一下,熬汤就行了。"

白鳝肉嫩，徒弟很快做好了，喜滋滋地请师父一起享用。杨伯伯喝着稀饭，就着咸菜，吃得津津有味，对徒弟说："不喜欢吃这玩意儿。"徒弟仍一个劲儿劝师父尝尝。杨伯伯有点不耐烦了："你又不是不晓得，我连鱼都不吃。"徒弟听师父这么说，就毫不犹豫地大吃起来。

等徒弟差不多把半鼎罐白鳝肉吃完汤喝尽时，杨伯伯才慢悠悠说："你到坡上去，看看红苕地沟沟有啥子东西没得？"川北那一带，红苕地用锄头刨出比较大的沟，和苞谷间种。徒弟跳下船，爬到坎上的红苕地里认真察看。刚走几步，就大叫起来："我的妈呀！这里有一个光胴胴的'水打棒'，肚子上还有一个洞。"说完，立即跳了下来，还没回船，就呕吐起来。川江一带称水里的浮尸为"水打棒"。

杨伯伯说，退水时，水打棒被红苕地的沟沟壁挡住了，那条白鳝就是从他肚子上的洞洞儿里跳出来的。徒弟惊得大张嘴巴，忘了呕吐："师父，您逗我玩的哟？"

杨伯伯轻描淡写地继续："在江里的时候，白鳝就钻到了水打棒肚子里吃腐烂的内脏。今天太阳大，白鳝在里面受不了，咬破水打棒肚皮蹦了出来，恰好落在船上。"

徒弟听杨伯伯这么一说，挖肠挖肚地吐起来，又是抠喉咙又是漱口。吐完之后，身体像虚脱了一样，没精打采地对杨伯伯说："师父吔，您老人家唧个不早点说哟？"杨伯伯回答："我怕扫你兴呀。"

石匠黄老头常在下梁沱一带岸上打石头。那一年初夏，正是发麦黄水的季节，有一天中午，他躲在背风的大石头后面煮午饭，看见捞水打棒的周缺巴向他招手。捞水打棒的小划子靠在岸边，大概又捞了一具。

黄老头走下去，周缺巴说："我佑客走人户儿去了，你帮我把水打棒抬到坡上去埋一下，给你两块钱。"周缺巴以捞水打棒为业，每捞埋一具，可去政府领六块钱。

黄老头吃了午饭，回到江边，周缺巴已用篾席裹了水打棒。他接过周缺巴递过来的野蒿，搓出汁，塞进鼻孔里，暂时闻不到尸臭味了。

他俩把水打棒抬到坡上后，周缺巴说："你转去做活路吧，这下我一个人得行了。明天我把钱给你。"

黄老头客气地答道："不忙不忙，你也跑不了。"正准备转身往回走，不觉中瞟了水打捧一眼，裹尸的篾席张开了，突然看到肛门洞里冒出一点小尾巴。川江上乱石多，水流湍急，水打棒原来穿的衣服都被扯烂冲掉了，光条条，一眼可见。"水打棒肚子里有白鳝。”黄老头高兴地叫道：“周缺巴，你等到，莫忙埋，我去找把刀子来。”

不一会儿，黄老头回来了，手里没有刀，拿着一块打磨尖了的宽竹片。周缺巴问：“这行不？”水打棒已开始腐烂，他俩七脚八手很容易就破开了肚子，里面果然有一条白鳝，足有两斤重。黄老头扯了几根野草绞成一根绳绳儿，穿起白鳝嘴巴，提着，一路狂奔，径直送到了国营馆子。白鳝卖了六块钱，黄老头分给周缺巴三块。

事隔多年，黄老头都没忘这事。他儿子问：“老汉，你破水打棒的肚子就不害怕吗？”

黄老头平静地回答：“那个时候只怕饿。”

鱼泉

川江一带喀斯特地质构造多洞穴，秋汛时，被山涧溪河之水淹没，因穴内水温较暖，河鱼成群结队入内过冬。第二年开春，洞外温度回升，鱼群出洞觅食并繁殖后代。这时河水还没上涨，洞口位置较高，可见鱼纷纷涌出，形成鱼泉。当然，不一定是鱼原来进去的那个洞口了，可能在下游另一个洞穴出来，地下河（或称阴河）连通多个洞穴。

古籍上鱼泉为“丙穴”：一座名“丙”的大山，山中有洞穴，穴中出佳鱼。洞穴之水冬暖夏凉，又源自地下深层，生长的鱼其肉嫩白、味美，便为“佳鱼”，也称“嘉鱼”。出佳鱼之穴故泛称“丙穴”。老一辈的人将丙穴、鱼泉并用，因鱼泉浅显易懂，今人只知鱼泉了。

川江沿岸鱼泉多，叫“鱼泉”的地名也多。清咸丰《开县志》说，东河上游官渡河至白马泉三十多公里的河段，有鱼泉二十多处，其中一个出鱼很多，后来鱼没有了，留下“大鱼泉”的地名。又《云阳县地名录》记载，城西鱼泉坝，早年崩山成坝时，鱼随泉出而得名。鱼涌口，岩崩后的乱石洞中鱼多，常涌出。汤溪河边鱼泉镇，早年有泉水洞，涨水时有鱼出，故名。川江更有一个鱼泉县。公元553年，安乡郡南浦县由江南深山迁至川江北岸边，此地泉穴多，内有佳鱼，居民又主要以捕鱼为生，便得此名。鱼泉县名存世十四年，千多年来几经变化，今为重庆市万州区。

川江洞穴之鱼花样百出。民国时期，城口县有鱼泉七十多处，当地民谣唱道：“春雷轰，桃花开，鱼儿出泉来。”城西二十多公里处有个大鱼泉，每年春天流出细鳞、大嘴巴的鱼，鱼翅和尾巴都是红的。有人在这泉眼里钓鱼，时常遇到泉水突然涨起来，感觉里面有怪物一样，但从没看到过，很吓人。后来再没人敢去钓鱼了。又，城西几公里的半崖上有跳鱼洞，常年悬流而下，如瀑布。每年春夏秋三季，可见洞内的鱼顺流而下时，往往飞跃而起，小鱼可跳一米左右高，几斤重的大鱼能跳几米，有时又跳入了洞口。遇久晴将要下雨，或久雨将晴时，跳鱼最多。乡民在洞边支网接鱼，每次收获不少。县城里一个活了一百零一岁的朱姓老人，生前喜吃"跳鱼"，在鱼泉边置上锅灶，烧好水，等鱼直接跳进锅里煮了吃。据说他吃过县境内大大小小三十多个鱼泉之鱼。再往西去约三十公里的地方有韩家泉和老鸦泉两个鱼泉，清乾隆年间，春季常有鱼流出。清嘉庆七年，当地匪乱不断，乡民躲避，不能耕种，缺衣少吃。自冬至春，两泉涌出无数的鱼，小的两三斤，大的十多斤。难民靠吃鱼活了下来。《城口县志》附录记，清同治、光绪年间，明通镇居民约定俗成，待鱼泉出鱼时，当地居民分成上中下三街，轮流取鱼，曰："鱼泉乃天物，人人有份。"城口鱼泉出鱼数量不定，少则几十几百斤，多则几千上万斤。1964 年，东安大鱼泉一次就曾出鱼一万多斤。吃不完的鱼，居民拿出去卖。二十世纪五十年代只能卖几分钱一斤，1964 年每斤一角，1980 年五角，1985 年九角。城口属边远山区，交通不便，二十世纪七十年代有新华社记者前来采访，评价："这是汉人居住最落后的地方。"因而，鱼也卖不起价。

距彭水县东北角约五十公里的后灶河上，有一个马岸洞，洞中阴河出一种性惰的鱼，头生细密肉角，口上有吸盘，水急的时候，附在石头上，水缓便游弋觅食。乡人知其性，常持火把入洞捕捉，手到擒来，像自家喂养的一样，故称"家鱼子"。每条有三五斤不等，肉多味美。距巫山县城六十多公里的抱龙河岸，一个正正方方像宫殿一样的天然大石洞，洞内有深潭，潭里的鱼长条、细鳞，每年下春雨打春雷的时候，水涨起来，鱼直往外跳。

川江洞穴出佳鱼，也产好听的故事。巫山马渡河有个出鱼的洞穴，进去打鱼的人要先往水里丢一钱四银钱，才能打到好鱼和大鱼，否则一无所获。后来大家给洞取名"一钱四"，久而久之变成了"鱼钱子"。鱼钱子洞附近有一年来了两个端公，即会道法的男性巫师，一师一徒，法术高强。比如他们扯一把檀木树叶往水田里一撒，全变成泥鳅，因其习钻田坎而漏水，害得栽秧人捕捉到半夜。还有，他们用盘子装水，可把太阳留住，一直是黑夜，盘里水一倒，马上鸡鸣天亮。

有一天，师徒俩寻到鱼钱子洞。师父说，洞里有一条龙，我进去斗龙，斗赢了可骑龙上天。进洞前，他给徒弟三个鸡蛋，嘱咐道：这是三个"炸雷"，能降龙。龙头出来时你丢一个，龙腰出洞口再丢一个，看见了龙尾丢最后一个。然后你抓住龙尾，我带你一起上天。师父进洞后大约半个时辰，里面刮起一阵风，随后龙头冒出来了。徒弟从没见过真龙，一看到狰狞的龙头，吓得大叫起来，情急中把三个鸡蛋一下子全扔了出去。只听得轰的一声巨响，龙头赶紧缩了回去，洞口被炸垮塌，师父和龙都没再出来。从此，鱼也没有了。

马渡河上还有一个罗连洞，说是和鱼钱子洞相通，但相距十多公里。一个叫罗连的人推船进洞打鱼，装了满满一船。出洞口时，遇见一个白胡子老头，告诉他："这洞从今往后你不能再进去了，今天打了一船鱼，应该知足了。"洞里那么多的鱼，天大的好事，罗连怎么舍得放过，第二天仍然去了。刚进洞不久，洞口莫名其妙地垮了。洞被封，鱼没有了，渔人罗连也没有了，留下"罗连洞"名。

1992 年编纂完成的《城口县志》记载，县内尚存鱼泉五十六眼，其中十一眼被阻。2000 年后，总纂《城口县志》的傅华明先生著文说：城口鱼泉已是"昨日黄花"，因修筑公路，阻断鱼路，几乎没有一处完整保存下来。退休干部马老头却另有说法：哪是断了鱼路嘛，溪河里鱼本来就少了。

我想起一个龙门阵来，三十多年前刚参加工作时，听一位老前辈摆的，他年轻时在城口工作。有一年，一只老虎从山上跑进县城，大家纷纷躲进屋里，连公安局也赶紧把大门关上了……县城边的任河，鱼多得不得了，不要钩，直接用麻绳拴一根蛐蟮，丢进水里就能钓起来。

龙门阵里的老虎实为金钱豹，1934 年和 1940 年跑进过城里，人豹皆惊。县志里记有此事。麻绳拴蛐蟮钓鱼的故事，不知老前辈加工没有？

反正我只有羡慕的份儿。

人邻　寂照寺

一

随僧人循阶而下，去了院子西边的一座小楼。

你住这儿。僧人说，一楼是书房，你在二楼。僧人一边说，一边推门，却一下没推开，因为潮气，门涨了，涩涩的。僧人再推，滞涩地，门吱呀一下，才开了。

寂照寺在半山，四围是森然高大林木，道路崎岖，上山不易，香客不多，挂单的僧人也该是不多。推门进去，一楼两边都是书架，堆满了书籍。潮气的缘故，那些薄薄灰尘有点发酵了似的，顺手抹一下，嗅嗅，却不难闻。

楼梯很窄，不过二尺阔，勉强容一人上下。二楼也并不宽敞，可是有沙发茶几，另有条案，备有笔墨纸砚。条案上铺着毛毡，墨迹斑斑，前一段有人住过，写了字的。

二楼靠里，是卧房。不过一床一桌，余下的地方，宽窄可以转身。这间卧房，凉森森的，有一段没住人了。

僧人提了一暖瓶水回来，下楼时说，五点晚饭，就在东面院子。

二

安歇一时，从窗子往外看看，西面斜一点，可以看见寺院的山门。更远一点，林木蓊郁，偶尔露出一段上山的路。

看看时间，快五点了，于是往东面的院子去。到一座大殿拐角，那边传来“打板”的声音。知道这意思。这也是第一次见到“打板”。当值的僧人举着一块木板，有节奏地“当当”敲打着。木板的声音闷闷的，似乎并不想惊动什么那样，只是温敦的告白。据说，也有寺院在“打板”上写着：谨白大众，生死事大，无常迅速，各宜醒觉，慎勿放逸。

僧人们陆续来了。寺院不大，一共三进，斋堂在二进，也就无须一边“打板”，一边绕寺院行走告知。

寻常我到各处，只要人家不反对，都习惯去厨房看看。我喜爱厨房的气息。看看洁净的案板，案子上的青菜，砧板上的菜刀，以至于红的干辣椒，褐色的八角、桂皮，紫红的花椒，白的蒜，似乎看看这些，会增添了饭食的滋味。

用过几次斋饭，寺院大的，不便去厨房里看看，这寺院小，斋堂不过一大一小两间，小的做饭，大的用餐。也并不用问人，在斋堂里就能看见。厨房很小，不过两三丈地方。靠墙的案板却大，想来是经常擀面蒸馒头的。案板一边，是洗菜的池子，几个小筐，放着青菜。靠门处，是灶台。

寺院的饭食大多简单。复杂的一次，是前些年在近郊的法雨寺。那一餐晚饭，也许是住持的特意安排，尽管是素菜，却蘑菇青菜辣椒豆腐，色泽妍好，竟然有五六个菜之多。

灶台上，一口大铁锅，沸水腾腾，帮厨的居士正煮面条。希望是娴静的女人，却是一个粗憨的男人，围着不算洁净的围裙，用长长的筷子，随意在锅里搅一下。

僧人在外面斋堂里站立着，有人领着，诵念着什么。后来我问，知道唱诵的是《供养经》：

> 供养清净法身毗卢遮那佛、圆满报身卢舍那佛、千百亿化身释迦牟尼佛、当来下生弥勒尊佛、极乐世界阿弥陀佛、十方三世一切诸佛，大智文殊师利菩萨、大行普贤菩萨、大悲观世音菩萨、大愿地藏王菩萨、诸尊菩萨摩诃萨，摩诃般若波罗蜜。

各处的早午斋饭亦有不同。早斋是“粥有十利，饶益行人，果报无边，究竟常乐”。午斋则是“三德六味，供佛及僧，法界有情，普同供养，若饭食时，当愿众生，禅悦为食，法喜充满”。

寂照寺却不同，是三餐。

唱诵完毕，主持的僧人将供着的两盏灯烛熄灭。

面条也煮好了。众僧到各自的座位上取了碗筷。带引我的僧人，从哪儿寻来，给我一只碗，一双筷子。

灶房门外的桌子上，是浆水菜，也即用芹菜发酵的酸菜，还有豆豉、虎皮辣椒、洋芋丝、烧豆腐，有盐、醋和油泼辣椒。

看我端着面，身后的僧人说，把盐调合适。

我知道他的意思，到了座位上，咸淡合适，就不用再过来了。来回走动，也不合斋堂里需要的安静。我从盐罐里挑了一筷子盐，大概调一下，心想，不过一碗面，何况还有菜，咸淡，不管了。一碗饭的咸淡，也跟人生一样，不过是那样，咸即咸，淡即淡，哪里有那么合适的。

斋堂里异常安静。寻常外面吃饭，即便三五张桌子，也是人声聒噪，对面说话，是要大声的。

无声中的吃饭，似乎庄重。这庄重，也让碗里的饭菜不一样了。筷子挑着面条，入口，小心咀嚼着，慢慢吞咽，生怕出声。

碗底，最后的几根菜，甚至切得最细小的一根，也都吃净了。还剩一个虎皮辣椒的把，不知该如何处理，吃了，不对，留在碗里，好像也不对。想想，还是吃了吧。嚼一下，辣椒把似乎也没什么不可以吃的。

吃完，看看碗，多年来从没把饭菜吃得那么干净。甚至，就像这只碗里本来就没有盛过饭菜一样，似乎就是一只空碗，没有尘世气息的空碗。甚至，再看看眼前这只碗，就像自己还没吃饭一样。

端着碗，跟着僧人，排队去洗碗。从一口缸里，舀了一点水，涮涮碗，倒在一只桶里，再舀一点，再涮涮。筷子也是，用水冲冲就是。都怕浪费了水。好在饭菜油不大，容易洗干净。也许是寺院门口就有泉眼，挑水很便利，也就没有安装水管。洗净了碗，学着僧人，在刚才坐的位置上，小心把碗扣下。筷子呢，轻轻放在碗的旁边。因着筷子，忽然想起一个词：依顺。真的，碗旁边的筷子挨着那只干净的碗，就像是贤惠的女子，依顺地挨着男人。

斋堂里出来，无事，反身从玻璃窗看看空荡荡的斋堂，忽然想拍那些碗筷。五点多，正是阳光斜照，明黄色的桌子上，扣着白瓷碗，竹质的筷子，是闲暇安然的气息。也真是好看，尤其是阳光斜照在碗筷上，暖暖的，亮亮的。

三

斋堂一侧的屋檐下，悬挂着七八尺长的彩绘木鱼。五代王定保的《唐摭言》里有一段话：

> 有一白衣问天竺长者云：僧舍皆悬木鱼，何也？答曰：用以警众。白衣曰：必刻鱼何因？长老不能答。以问卞师，师曰：鱼昼夜未尝合目，亦欲修行者昼夜忘寐，以至于道。

"鱼日夜不合目"，古人何以有这样观察？渔夫是没这闲暇的，要江河湖海，打鱼糊口，也只是无事闲人，花缸里养了鱼，偶然发现了鱼的"日夜不合目"。久而久之，因文而传，而传出暗喻的意思。到了寺院，因需要警醒众人，而成就了木鱼。至于后来的斑斓五彩，是为了木鱼不敲的时候，亦可以因着醒目而有警醒的意味吧。而鱼龙的变化，尤其是衍变的龙须，寓意着皇恩的浩荡，却是我不喜的。细究之下，这斑斓我亦不喜。若是本色木头，不敲而见其身，敲打而闻其声，该是更好。本质，才合大道。友人有印：走大道。想来他是懂的。

一边殿上，有"了脱生死"的匾。不敢说话，心想，要记挂在这里，哪里就"了脱"了"生死"。凡"了脱"了"生死"的，又何须挂着。可也许这样是对的，人人都未能"了脱生死"，不过是立在这里，时时地要人警醒。"了脱"是一生，从生到死都须警醒的。因这样的警醒，而能"了脱"，"生死"才有悟透了的深意。

四

一时回去，屋里安坐，总觉得会有人来探访。多年来，习惯了人世，人与人的扰攘往来。一会儿才又想，这半山上，不会有人来。友人陪我上山时，交代了山上文管所的人，若有所需，只管禀告。可也只是等我的禀告，无事，人家不会随意打扰的。下山的友人更不会来，人家有尘间的未了事。

时间不早不晚，但无事，无事就早点休息吧。洗漱，简单。屋里就是一只脸盆，半桶凉水，还有下午僧人提来的一暖瓶热水。

随意洗漱了，要关灯，却未找到开关，奇怪。无奈，只得将螺口灯泡拧松，灯才熄灭了。因为灯，忽然想起某头陀的"燃指为灯"。燃指为灯，如何燃得？莫非是手指搁在油灯上？也许。也许是将浸透了灯油的灯芯缠在手指上，久久点燃。

躺在床上。床挨着窗子。一时，外面的风呼呼的。窗子的插销松了，窗框不时“咯当”，抖着响几下。

一时安静下来，才觉出也只有在寺院里才可以是一个人，独独的一个人，才可以感觉到自己沉甸甸的肉身，跟什么脱离着，可以与尘世无关，也有关。

夜里，有人用手机发来鱼的九种做法，又红烧肉的做法：草果、桂皮、花椒、桂籽、丁香、山柰、大香、盐、绍兴酒、冰糖，文火焖一夜。

五

第二日清早，有人发信息，像是诗：

做了一晚上美好的梦
梦里到处婴儿在笑，坏人都没有力量
醒来像初生的一天

早饭后，转一条路，上山。一处有新造的木质建筑。尤其是未漆饰的原木，敦实可亲，看着叫人欢喜。这才是自然的本质，未经掩饰，坦然的。原木的色泽近乎肉身，那么温暖，可以让人贴近的。有点厌恶那些彩绘的隔着一层，虽然也知道那样的原木，若不漆饰，时间久了，色泽会慢慢变深，变成泥土色，也许就朽坏了。可泥土色的寺院不好吗？人的衣服，也不要鲜妍，不要颜色，就是本色，涂色的深深浅浅，不好吗？草木是绿的，人是本色，绿色衬着泥土色才好呢。寺院的那些原木，朽坏，也就朽坏了。不是有“生住坏灭”的说法吗？寺的灭和人的灭，不都是这样吗？该灭的，都会灭；不该的，永在呢。

六

又一个早上。早饭，小米粥，榨菜，豆腐乳。只想吃半个馒头，不知道如何办。掰开？放下那半个馒头？沾了自己这俗世的手的，人家会不会嫌弃？不知怎么才好，于是将一个馒头拿走。掰开，吃了半个。那半个，想想，悄悄装在兜里，不给人看见。

寺院里走走看看，到一处僧舍，土黄色的门的两边，窗子下面的空地，码放着一些白菜。早上的阳光，明亮，也稍稍有几分清冷。昨天还没有这些白菜，该是今天一早有人送上山来的。阳光下晾晒着的白菜很是好看。如何好看，却说不好，只是感觉罢了。其实，也只是无事无聊的我这么看，这么想，僧人即便闲下来，也不会注意到这个。白菜对他们来说，也不过是过冬的吃食。

过一间僧舍，门半开着，似乎有人。随意瞥一眼，有女居士一脸安然，在里面缝补僧衣。居士年许半百，低头细密密缝着，像是母亲给孩子缝补衣裳那样。似乎就是隔壁的邻居，跟这家关系亲密，亲人一样，自自然然，说来就来了。来了，见炕上谁的衣裳破了，一边说些什么，一边就顺手纫了针，缝补起来。

僧舍的门也都是不锁的，也无什么可以锁的，门不过就是人进出的地方。居士缝补好了，也就走了。什么时候再有事，来就是。这些人跟这儿，熟悉得跟家一样。那些年轻僧人，跟自己的孩子一样。

僧人呢？这会儿不知去了哪里。

又转到寺院后面，有门。寺门外看看，却见不远处一座灰色建筑。问一个僧人，知道是陵园。陵园尚在建造，说是可以容纳八千骨灰。依傍寺院，青山绿水，梵音佛号，也算是好归处。

几日后下山，写了这样的几句诗：

山寺之门，虚掩
虚掩的门，可以随意？
不，尽管我是寺里熟稔的挑夫
还是要剥啄几声

我知道并无僧人责怪
可还是要敲木鱼那样
敲几下门，即便无人回应
还是要喊一声：我来啦。

我只是挑夫，不上香，亦不祈求
我只是送来萝卜白菜的人，一脸喜气

带着泥土和晨曦里的露水
带着肉身和不多的尘世念想

(《给山寺送去萝卜和白菜》)

七

晚上无事，喝了几盏茶，还是觉得无事。案上有笔墨，有上好的纸，写写字吧。

蘸墨，笔不行，秃，也散乱。写几个字，笔锋是散的，可控制好，潦草得别有味道。就这么写，不过是消磨，随它去吧。

写了几张纸，糟蹋了。真是罪过，那么好的纸。不想睡，去楼下看看。很多的经书，翻开一本，看到另一处寺院的老僧照片。看时间，是渡尽劫波后，灰色的旧僧衣，须发亦未剃净。照片是在一间屋子的门口拍的。没有椅子，老僧坐在一条用来支床的三尺许的窄窄长凳上，背后是屋门，挂着用什么草编织的帘子。老僧坚毅的神情里透着安然，安然里透着不屈服。未剃净的须发，挣扎一样，也似乎是这样的意思。想来是寺院毁了，残存着一间什么屋子，有人要留念记，于是端坐着，有了这样的一张照片。

翻看一本很厚的书，《闽南佛学院研究生论文集》，看到无准师范禅师的故事。老僧人不简单。一日，寺院着火。失手的僧人慌了，为逃命，也为了日后的生活，逃跑时顺手夹带了一些东西。僧人逃跑，却撞到了禅师。僧人愣着，不知如何，禅师却让开说，赶紧跑吧。

火灭了，有人说禅师看到了那个人是谁。问，禅师却包庇，说哪里遇到，不曾。

后来，弟子将那个僧人抓住，请禅师辨认物什。禅师却为之开脱：吾无是物也。

“我佛慈悲”，禅师懂得。遇到这样懂得的人，那个肇事逃跑的僧人和弟子如何不顿悟呢。

八

明日要下山了。晚饭后，山顶空阔处独坐一会儿。独坐一会儿，忽然想起一个词：枯坐。照词义，枯坐是默坐、呆坐。元代虞集《天历戊辰前续咏贫士》有句“目昏畏附火，枯坐寒窗中”，写的是贫士苦寒。而我以为，枯坐，亦是养心。宋末元初的俞琰在《周易参同契发挥》中写道：“入静室也，其中不著他物，唯设一香一灯一几一榻而已，坐处不欲太明，太明则伤魂，不欲太暗，太暗则伤魄……然静室亦不拘以山林，或在墨中，或居道乡，但得所托，无往不可。”这样的静室之坐，亦是类乎枯坐吧。明暗相宜，这枯坐是“但得所托，无往不可”的。

独坐，枯坐，都是独处。独处之时，人才可能真正意识到自己，真正意识到一个人可以独对着浩瀚宇宙，可以思绪渺渺，无有尽时。自然，也会更深地意识到人的孤独。

不知不觉，暮色渐起了。斜阳依稀，一个人的影子，在墁地的青砖上，长长淡淡地延伸着，一直到看不见，消失了。

有风，似乎那些风只要稍稍再吹一会儿，就可以将自己的影子吹起来，飘浮着，不知所以，不知所终。

燕子低飞，要下雨了。

回去，门虚掩着，知道有人来了。案子上，来人留下一纸：约一叙。

是山上文管所的人，知道我明天要走了，说几句话。于是闭了门出去。慢慢走着，一边寻觅，却不见文管所的人。一溜儿所遇的门都闭着也不好高声喊。只一间的门开着，敲一下，无人应我。

该是时间迟了，人家等不及，下山去了。

海龙　茅菜之味

飞机场

我父母过去是军医，当年九里山是华东军区空军〇〇八基地，即今天的空后勤学院。我童年时赶上“大跃进”及以后的饥馑岁月。那时部队尚不至于挨饿，但记得吃饭前要喝汤，汤是豆腐渣做的，能先把肚子填饱一半。

后来搬离部队，母亲任职地方医院。粮食依旧匮乏，记忆中到飞机场就地采摘野菜野果是我童年一乐。那时，大人们认真剜野菜，而这些对我呢，其实玩的成分更多。

飞机场是军事禁地，平民不得入；而部队人员因有固定伙食供应不必挖野菜。因此，我们独得出入，那片无垠草地的野菜成了我家那年月的恩物。

草地连着森林，浩瀚无边。一到春天，这里面荠菜、马齿苋、扫帚菜、金针菜、嫩茼蒿、野菠菜、野芹菜满地皆是。童年记忆中，这些野菜大多带一点苦，也带一点甜——这或许就是所谓的“回甘”吧？

记忆中最有名的大约是荠菜。我小时候对它最没有好感，后来读古诗常常不能理解古代诗人对荠菜的赞美。中年以后，方悟出农业社会的诗人很多是务农的，他们大多有些野菜情怀。

开春时就开始吃荠菜，犹忆到五月端午时仍煮荠菜水，说是喝它能明目防百病。少年时觉得那绿水难喝极了。那时候荠菜遍野，农村人也剜了来城里卖换点小钱。一大篮子卖不了几毛钱。眼下城郊已无野地，更因为各类污染连山上也不太爱长野菜了，像山野荠菜这样当年的土物却成了宝贝。同样成了宝贝的还有当年并不值钱的刀鱼、大闸蟹之类。

另外让我讨厌的菜莫过于茼蒿。母亲老家是山东日照，喜欢海鱼，家中烧大黄鱼时常同炖茼蒿。一闻茼蒿味儿常常气得我连黄鱼都不吃了。而妈妈常道茼蒿的鲜美，对此我只有沮丧。时光荏苒，直到五十岁后我才尝出了茼蒿炖鱼的“鲜”来。

再另外呢，土菜还有蒸洋槐花、蒸榆钱子、蒸紫藤花。小时候特别讨厌这些蒸菜。没想到现在回国，这些东西却都成了“童年”。蘸着蒜泥，我和弟妹们吃着它回忆旧事，不胜唏嘘。

九里山上还有野蒜和地枣苗子。后者是山上一种被唤作“地枣” 的早春植物。挖出其地下部分，像是小小的独头蒜，剥开，用两片随地可找到的小瓦片夹在中间轻敲挤压研磨最后可拉出很黏很黏蛛网般的丝，然后舔食——那时候根本没有卫生概念，瓦片是随地捡的，而地枣是山上挖的。有时候也有农村小贩到小学校门口卖，一分钱一小撮。从没洗涮过（洗过的地枣就湿了，不出丝），那上面该有多少细菌哟！这样脏的玩意儿整天玩且舔食，居然也从没生过病。

地枣可玩，它上面的茎叶曰地枣苗子，是荒年乡下人的恩物。撒上点杂粮面可以蒸食。我尝过，有点麻，有点苦，不算好吃，但很耐饥。

印象最深的是飞机场的苔藓类食物地衣。地衣种类很多，有松石蕊、石耳、地钱菜等，可炖、炒、烧汤、凉拌，营养丰富，味道较美。地衣营养价值也较高，内含多种氨基酸、矿物质，且其含钙量之高是蔬菜中少见的。但它带点土腥气，可以用辣椒炒食，如果能加上个鸡蛋，那就更美了！

今天科学研究发现，地衣还是一味补药，富含各种有机微量元素，对大脑、骨骼、皮肤和内脏发育都有帮助，还能提高免疫力。偏打正着地，我小时候没少吃它。

奇怪的是，地衣似乎只在古战场九里山飞机场有，在徐州其他地方我一直没有发现。它和木耳、蘑菇等都更接近于江南的风物。譬如雨后春笋是说南方的，而古彭城是苏鲁豫皖交界，竹子不多，但气候温润。雨后的飞机场草丛里地衣疯长，有的地方竟是一坨坨的，最多时一天几乎可以捡半麻袋；这当然吃不完，好在它可以晒干长期储存。晒干的地衣极轻，一两干品估计可以泡出一脸盆。

另外豆叶和红薯叶也是粮食。掺上在石臼里捣得粗粝的水泡黄豆在锅里炖炒，叫小豆腐或豆末子（山东话念成“邓末子”）。算是山东人的家乡至味，一顿一人就能扒拉上两三碗饭。

九里山木耳和蘑菇好吃，但这类东西有的有毒是个巨大的禁忌。我小舅舅知道什么地方的木耳蘑菇可以采摘。印象中，木耳必须是柳树上的；蘑菇呢，则必须是松树和榛树等有限的几种树上的;而且采摘它们在颜色形状上都有限制。大致上皆取灰黑色其貌不扬的,舅舅讲,越是好看的越有毒。

从小,飞机场绿草如茵,地上一下过雨,各种各样颜色鲜妍美丽的蘑菇都在招摇,我像躲瘟疫一样本能地躲开它们。不只是花草,因为是军用飞机场不准耕种,地力很肥,地里野菜也绿得发黑,油汪汪的。那里野菜虽多,印象最深的仍然是荠菜。刚化雪它就生出来了,出得早,生长快而且一直疯长,到五月端午时仍然兴旺,能吃上两三个月,堪称青黄不接时的救命菜。

荠菜不止菜叶,茎甚至根都能吃,而且耐饥。那时候剜荠菜是连根拔的,懂行的人从不舍得铲掉根,因为根最"压饿"。离开飞机场后,我家吃荠菜就不那么现成了。记得后来在城里吃荠菜要买,而买来的荠菜改写了我对荠菜的概念,因为这种荠菜味道浅得多。到了后来,荠菜开始被农民畦田播种而渐失原味——对那时的我而言,这并不是坏事,因为我自小并不喜欢那浓烈的味道。

没想到,真正脱离故土多年后,这些童年讨厌的竟成了苦苦的相思。近些年回国甚至在农家乐也极少能吃到真正的荠菜,而九里山飞机场的荠菜也成了我的一个情结,像鲁迅在《社戏》里回忆此后再没能吃过六一公公那么好的罗汉豆一样,我此生再也没有遇到像飞机场上那么味道浓郁的荠菜。

赫贞江畔

英文词 river 译成中文不分"江、河",故而纽约和新泽西州的界河 Hudson River 就有了不止一个名字。它最被认可的译名叫"哈德逊河",此河延绵五百多公里,一直向北流入加拿大,其两岸风光甚是旖旎,著名的西点军校就在河畔。

但它也有一个不太为人所知的别名,叫作"赫贞江"。这译名来自百年前一批中国留学生文青,尤其频繁出现在胡适那一批当年留学纽约的"新诗人"笔下。可惜这个译名有些矫情,又因他们诗歌有些晦涩和暧昧,是故没能传播久远。但是关心现代文学的朋友不会忽略这个名称,因为仅仅胡适早年的成名作《尝试集》中就多次出现它,而其后与任叔永、陈衡哲等人的唱和诗中也时常言及它。

有索隐癖的学人据此猜测胡适的一些早年经历与此有关,譬如他跟女友韦莲司、跟陈衡哲的"黄蝴蝶"事件,乃至于后来跟张爱玲交往,都有一笔写到了赫贞江。由此,赫贞江,俨然成了一条文学的江和掌故的江。

其实，赫贞江就在哥伦比亚大学门前百十米，站在哥大百老汇正门往前眺望，一眼就能看到隔岸的新泽西州。从正门往下走不到两三分钟，就到了滨河公园（这里或许应该译成“滨江公园”，如果将哈德逊河译成赫贞江的话），再走几十米，您的脚下就是赫贞江啦。

一百年前胡适在哥大的宿舍就在114街校园里的佛纳楼，从那里走到赫贞江用不了三分钟。那么当年惨绿少年的胡适孤独寂寥在赫贞江畔徘徊徜徉，寻找诗情，消遣孤独并以此诱发文学灵感的缘由，就不仅在情理之中，而且更是题中应有之意了。我们据此甚至可以说，“赫贞江”或许是当年胡适酝酿文学革命的摇篮。

纽约是一座个性独特的城市。它既新潮又古老，有着这个世界上全部的光怪陆离。它虽然有着全世界最先锋的艺术和哲学，但风光上仍然严格保留原汁原味的大自然。譬如说，它的公园大都遵循原生态保留原始状况，不论中央公园还是赫贞江畔公园里的树木花草，都严格保留几百年前的状态。不只是植物不准修整移动甚或施肥扫叶，连这里的石头腐土都不容挪动或染指。这样，这里的树木即使被风暴或雨雪压损倒下来，只要不挡路，任何人都不能动，就任凭它们自己经历多年自然腐烂……于是，这不经人工打理的公园是一片原生态，像数百年前的原始林地甚至热带雨林一般。它最大限度地给忙碌的纽约人一片绿色，让人们从繁忙的后现代秒入千百年前的荒原野渡。

新年伊始，纽约下了几场暴雪。残雪覆盖了校园和河畔。去年疫情辜负了春天，也辜负了赫贞江。虽然近在咫尺，大家缺少了游春的心情。暴雪后，想起了河畔，闲步寻春，蓦地眼前一亮：我看到了他乡的荠菜！

赫贞江畔有荠菜，我早已熟知。但今天，它在厚厚雪层下挣扎着举出一撮撮一团团的绿来，还是让我怦然心颤，深深地被感动了。荠菜，这是故乡的菜啊！在中国古诗中，它是伴随着春天一起来的。而今年，我们是多么需要春天啊！

不久，赫贞江畔长满了白色花的荠菜即将招摇如帚，而江边遍地该是榆钱子飘飞了。现在呢，平时拥挤的滨河公园人影稀疏——其实，即便往年春光正好的日子，这里的荠菜也是这样荒着。看到这样蓬勃的荠菜疯长招人爱，掐一点揉汁闻一下，却几乎没有荠菜味——纽约的荠菜看相肥美，大概是橘生江北的缘故吧？总之一句话，美国的荠菜缺荠菜的精魂，尽管它们是野生而且是有机的。

即使在原始森林般的公园，野生的一草一木众人也爱若珍宝。虽则这里野荠菜自生自灭满坑满谷，多年前有国人在公园野地采荠菜却被制止。那么，若想喝个荠菜汤，您还得去唐人街买上海“菜篮子工程”的烫熟速冻荠菜。这样冰过的荠菜味道当然也好不了多少，但聊胜于无。

没有荠菜味的荠菜也是荠菜。在赫贞江畔，荠菜冒绿了，春天不会远了。而我遥远的家乡，那梦中的九里山飞机场，荠菜一定有着浓香的荠菜味。那里，应该已经是春天了。

宇秀　女性的“唯物主义”

十几年前采访余秋雨时，他的“漂亮女人”马兰不在场。事后，我按余秋雨给的电话号码打到合肥，线那头马兰说：“自从认识了他，我脸上的线条都是朝上的。”朝上的线条，不用看，想想那脸也是有光泽的，即使没了青春的光泽，一旦“线条”朝了上，也就有了喜悦的光泽。马兰说那话的时候，爱与被爱的幸福感，隔着电话都从听筒里冒出来。不过，就在她说这话的前一天，余秋雨在上海的家里，放下电话对作为采访记者的我苦笑道：“又是来求证马兰是不是跟我离婚了。”

余马的“被离婚”似乎一直没间断，不知目前的情形。那么多谣传，至少说明太过幸福的爱情容易令人质疑，而在婚姻里幸福且貌美的女人更容易令人妒忌。可哪个女人不想在婚姻里幸福且貌美呢？

世界如此之大，却并没有多少人有相遇爱情的幸运，即便今天爱得如胶似漆，明天也未知怎个结局。中年里的女人，还有没有花容，实在跟婚姻脱不了干系。若以一见钟情的第一眼善始善终地看着你“慢慢变老”，然后像叶芝的诗吟诵的那样“爱你哀戚的脸上岁月的留痕”，那当然最好，但世上究竟没有多少男人的肩头靠得住中年女人挽留青春的梦想，而这梦想的现实版全在女人自己的经营。

如果说当年我在上海的各种各样的咖啡馆闲情逸致地写《一个上海女人的下午茶》时，更多的是沉湎于对美好爱情的憧憬和想象，那么过了“下午茶”的时光，便是柴米油盐，一地鸡毛。再看看镜中的脸色，也常常像阴天的午后。若只是阴天，那还算好，给自己找点乐事，或到健身房出一身汗，暂且驱散一下乌云。可到了这个年纪的女人，脸色总是像用旧的不锈钢锅底，洗得再干净，也是有一层洗不掉的锈，恨不得拿去污粉擦一遍。显然，这把岁数的女人不能只是简单地考虑心情和脸色的关系，不得不考虑这面子上的事，不仅仅是心情，还得有心情以外的物质支撑啊。忽然悟到，只有青春年少时才敢“爱情至上”，肆意任性，毕竟有青春作资本，皮肤里蓄积着满满的胶原蛋白，即使遭遇几回“为伊消得人憔悴”，洗把脸闷头睡一觉，醒来的面颊上还是朝霞。到了中年的女人可是任不得性了，一两夜辗转反侧，眼袋、黑眼圈，甚至白头发立刻跑出来给你好看。这时候，你就不能不考虑补充一些身体里实际需要的营养了，中医号着你的脉，总是老生常谈地告诉你脾虚阴虚什么什么都虚，这时候还傻傻地等着爱情来拯救，不是白痴也是弱智了。

大多数步入中年的熟女，爱情已不再是大把月光丁零当啷地洒在头上挂在耳畔，偶尔可能成为某个夜晚的独自怀想，更可能在柴米油盐一日三餐里清淡得味同嚼蜡，再不然就剩下彼此相看两生厌。我一向不同意“经营爱情”的说法，但我赞同婚姻是需要经营的，只是这经营非个体户努力所得，必是要经过合作社。与其在可遇不可求的爱情里徒劳，还不如回转身来好好经营自己，包括自己的身体。这也是婚姻经营里唯一可以被个体户把握的部分。于女人，尤其青春尾巴都留不住的女人，有一样东西是我们身体里比爱情更要命的必需，它的名字叫——蛋白质。

说起蛋白质，这一年多疫情流行以来，网红医生呼吁中国家长早餐不要给孩子吃粥，而要喝牛奶吃鸡蛋代替传统中式早餐，以增加蛋白质，说是得了新冠能否扛得过去，其中一条要紧的，就是看你体内蛋白质够不够，可见蛋白质的厉害。近来暗自思量，我能够在疫情暴发期，欧洲、美国各地跑了一个多月，飞机、火车、长途大巴、地铁、出租，各种交通工具乘来乘去，人堆里钻进钻出，回来安然无恙，或许应该感谢几年前那次急诊就医，意外地补了蛋白质如何重要的一课。

记得那个傍晚，我因为心跳过缓被紧急送医，通常等待急诊也需要以数小时计，但那天我是一路绿灯，初步诊断结果是：甲状腺素分泌不足。涉及甲状腺的病症通常都与碘相关，可我居住在海边，常吃海鲜，怎会甲减呢？医生要求我在服用药物的同时改善心情，补充蛋白质。重要的事情说三遍，医生最后画出重点：补充蛋白质！当时闭目一想，那些珠圆玉润、光泽靓丽的女人身体里肯定不缺乏蛋白质。回到家立刻查阅了一番蛋白质的功能，更是惊艳于蛋白质对于女性的至关重要。这种不仅仅关系身体健康，更会直接显现在容颜上的事情，到了我这流水落花的年纪，岂敢再耽搁一分钟？事不宜迟，回家先喝了一大杯牛奶，第二天早餐更是多吃一颗白煮蛋。

医学研究证明，人体的百分之七十由水构成，其余的构成百分之二十是蛋白质，剩下百分之十包括脂肪、矿物质、糖、维生素。蛋白质作为生命的物质基础，参与人体内一切的生命活动。如果我们体内的蛋白质不足，或蛋白质的代谢利用受到抑制，我们自以为吃进去的种种营养品都无法转化成人体器官所需要的物质，那么身体各个组织器官就只能面临衰退、老化和病变的危险。尤其对于女性，如果没有足够的蛋白质，荷尔蒙就无法正常，雌激素也会跟着下降。本来女人到中年荷尔蒙就急剧下降了，若再缺乏蛋白质，那可真是雪上加霜。呈现在女性外表的身体塌陷、松弛是不言而喻的了，天天奔美容院也无济于事。可惜不少女人在吃出来的美与外表做出来的美之间还是很容易忽略前者，毕竟后者是立竿见影的。

今天去银行见到一位久违的熟人，着实被吓了一跳：整个人骨瘦如柴，胳膊上的皮肤可以一把拎起来。我不由脱口叫道：啊呀，你好瘦啊！我没敢说她看上去老了一截，脸上的浓妆令她看上去可怖。她却高兴我说她瘦，并告诉我她掉了二十五磅。其实她原本也不算胖子。而自从开始减肥她就不吃午餐了，晚餐只吃沙拉。这种断食减肥法的确速效，可她不知她身体里的蛋白质少到一定量时，皮肤就撑不住那些化妆品了。人的身体是可以储存食物提供热量的，所以少吃一顿并无大碍，而蛋白质却不能被储存起来，必须每天有新鲜的摄入。如果没有足够的蛋白质参与人体器官的工作，恐怕就不仅是花容失色了。

想起我读大学的时候，母亲开始步入更年期。那时候尚不流行吃保健品，母亲除了每天吃那种有点咸味的小白片维生素 C 和谷维素之外，就是经常炖猪蹄黄豆汤，或红烧猪脚爪。煮得烂熟时，母亲就会从锅里捞一块脱了骨的皮塞到我嘴里，我更喜欢啃黏在骨头上的那些透明的有点网状结构的胶质，瞬间上下唇就黏糊糊的不能那么利落地张开嘴巴了。虽然那时青春年少并不在乎食物里的胶质对于皮肤的好处，不过三十年以后的今天，自己笑起来还没有一条鱼尾，想必母亲当年的炖猪蹄功不可没。难怪那时我一生病，母亲就趁机责怪我的身体是自己糟蹋的，她可没亏我。

说起食物里的蛋白质，又想起母亲的“下午茶”。母亲从来不曾说过“下午茶”这个洋名词，但是她在远离江南故乡支援内地建设的北方，依然保留了江南人下午吃点心的习惯。江南人在午休之后食用点心，颇有点类似西式下午茶的意思，只是食用的内容不同，江南人的“下午茶”除了通常的小笼包、汤包、馄饨或各种面点、糕团之外，更有自家炖煮的甜品。至今清晰地记得母亲常常在寒冷的冬天煮红枣银耳羹，夏天则会换成百合或莲子银耳羹。那时的银耳稍一炖就成透明糊状，入口即化，不像现在的银耳看上去白白的卖相也不错，可炖了老半天，水依然清亮，咬一口还脆生生的——现在的银耳怎么就跟以前长得不一样呢？

还是说回到母亲的银耳羹。印象最深的是她吃完银耳羹，会用食指把那只青花小米粒碗刮得干干净净，然后把手指上的汁水涂到手背上，待干了再洗去。她打鸡蛋时，也同样不会放过蛋壳里的蛋白液体，同样用食指在蛋壳里兜一圈，然后涂抹到自己脸上，不一会儿，母亲的脸就被鸡蛋液绷紧了，我就想逗她笑，看她的“面膜”裂开。母亲的节俭真正做到了物尽其用，她说她用的化妆品是可以放心让皮肤吃的。身为中医的父亲就常常在一边旁白：药补不如食补。

可惜很多女人并未意识到食补之重要。她们穿着昂贵的服装，背着名牌包，却对自己的肚子非常吝啬。因为穿戴什么人家是看得见的，吃什么到肚子里却是不为人知的。还有的因顾虑食品安全，吃鸡蛋怕碰到“浑蛋”，吃肉类怕都打过针，连喝奶也成了恐惧。于是觉得蔬菜水果最可靠，整天沙拉当道，结果把自己害得不成人样，还谈什么美容养生啊！

过了青春妙龄的女性美，已并不在于五官的标致，而在于风韵。一个没有蛋白质支撑身体的女人哪里来的风韵？不错，人总是要衰老的，总有一天，我们想补蛋白质也补不进去了，就像一节用久的电池终于不再能充电一样可悲。至少在今天，在我们还可以风韵尚存时，让蛋白质帮助我们把风韵维持得更持久一点不好吗？

如何能指望一个男人会对一个暗淡无光、周身塌陷的女人一如既往地钟情？虽然世上不乏“执子之手、与子偕老”的美好故事，但那是转化成亲情的感情，还有就是责任与忠诚，并不再是让你心跳让你脸红让你心旌荡漾的爱情了。但是，大凡还没有老到性别特征荡然无存的女人，内心里关于爱情的小火焰，应该还总是忽闪忽闪不甘熄灭的吧！

尽管对于早已翻过恋爱篇章的熟女们来说，上有老下有小，身边还有为了全家老驴一样默默拉套的丈夫，还想什么心旌摇荡的爱情似乎很荒唐，可是也总不希望自己的生活就此死水一潭吧？即使早已老夫老妻，你也总不想让他面对你提不起劲吧？至少，当彼此都还在人生旅途中跋涉时，你不要太早萎谢，让他独自强打精神，或不由自主地眺望你以外的风景。

如果说我们对爱情的痴迷，是更为精神意义上的追求，那么对于蛋白质的认识，显然是唯物主义的落实。而爱情说到底，也还是离不开身体这个物质条件的。即使思恋中的男女彼此不得相聚相拥，闭上眼睛看到想到的，也还是离不开物质形态的具体，诸如他或她的音容笑貌、发肤气息，等等。女人啊，当你无法把爱情攥在手心时，你绝对仍然可以把蛋白质吃到身体里。女人未必一生都被爱着，却完全可以把自爱进行到底。

在我还想回到蛋白质与爱情的关系辩证一下的时候，女儿推门进来，没头没脑地问："妈妈，你爱我吗？"

青春期的女孩正在发育，常常会有这种话题。我头也没抬脱口而出："我不爱你谁爱你！"

她回敬得干脆利落："我爱我自己！"

我不由得抬头看她，齐齐刘海下的两颊又长出几颗新的青春痘，她催我快点去给她买祛痘霜。OK，我也正好要去超市买鸡蛋，顺便看看蛋白粉。明天的早餐，一人一颗鸡蛋，还是必需的。

低眉　风仙·飞蓬

风仙

说起来真难为情，风仙花是我的外号。多不好意思，一个人，要经过多少时间的消化和心理建设，才能坦然接受自己有外号这样一个事实。当然，这是我以前的外号。现在的人，谁还有外号呀，没这个荣幸。这么一说，又显得轻巧起来，好像谁乐意有一个外号似的。我可是恨死了外号的。最不想说的，是本宝宝竟然有两个外号！另一个外号，叫细脚老太。

为啥会有这种外号呢？很好理解。爱哭，脚小。风仙花的种子，据说一碰就掉，有"风仙花，不能轧"的说法。我呢，动不动就哭。久而久之，这外号就归我了，而且流传很广。就连家里人，都叫我"风仙花"。尤其是我妈，一旦我眼泪含了苞，妈妈必定伸出手指来刮我鼻子，边刮边骂："风仙花，不能轧。风仙花，不能轧。"

太讨厌了！

至于细脚老太，就不能怪我了。脚小，天生的。怪我咯？一般人不喊我这绰号。只有细丫和唐小春喊。他们说我脚小，像老太太被裹过的。一起去上学，他们跑得快，我就跑得慢。他们有时会等我，有时不等。不等的时候，还揭我伤疤："你是细脚老太！"听了我就要哭。他们也知晓，我的下一招就是哭。还没哭呢，就又喊起来："风仙花，不能轧。风仙花，不能轧。"然后，是连起来："细脚老太，细脚老太，细脚老太。风仙花，风仙花，风仙花。"他俩排一起，喊我外号，唱歌一样，齐心合力，朗朗上口。把我气得啊，头冒青烟。

尽管如此，我们还是很爱风仙花。妈妈去小胖家要了花种子回来，就种在南窗下。我们急切地看，盼它开。它是不造作的花朵，真心实意，不靠辜负和吊胃口来博取人的宠爱。花期很长，夏秋两季都有。顶势头上，这花落了，那花又开，粉红、紫红、深红、白黄、洒金，还擅长变异，同一株上甚至有数种颜色的花瓣，真的是“五色当头凤”。单单的小花瓣，粉粉的，轻翕，无论是落在南窗下，还是随风吹散，都不伤人意。远远望去，美如云霞。不像有些花朵，要靠人的挽留才彰显出自己的美。给你美，也给你伤心。凤仙花就不，它一个劲儿开，去了又来，来了再去。行行复行行，热闹而家常。它也不要人特地种。种子会自己落，自己发，自己长。春天秋天，南窗下的凤仙花，就没断过。

凤仙花的叶子是狭长的，边缘有锯齿。因为外号的缘故，我特别留心它的种子。花落之后，花心里结出一个绿色的荚，铅笔头大小的样子。等到果实成熟，指头轻轻一碰，就裂了开来，分成三四瓣，迸出黑色的种子，眼睛仁儿大小。果然是不能碰的。它就是靠这个繁殖的。难怪晚清词人赵熙会玩笑着说它：“生来性急，小红豆、一房秋裂。”

我小姑姑马爱华经常来同我要凤仙花瓣，说是染指甲。也有人把我们的花叫成“指甲花”。染指甲这样的事，也只有马爱华这样作怪的人，才会干。我是不屑干的。花嘛，看看就可以了。看完了记在心上。泡茶喝，染指甲，乃至掐下来，插到鬓角，这种种的事体，都是没出息的人干的事。

我不干。

但是我也可以体谅外婆和两个未嫁的姨娘。她们喜欢掐凤仙花的叶子，用矾腌。里头也混着凤仙花瓣。等到凤仙花瓣的叶子被腌成老绿的时候，就拿来夹到脚丫缝儿里。这法子专治烂脚丫，据说是有效的。烂脚丫大概是很痛苦的事情，所以我愿意让她们掐我凤仙花的叶子。脚丫为什么会烂呢？不知道，没问。想想脚丫子里，夹着一堆咸菜一样的花叶子，又禁不住笑起来，也想试试这感觉，但终究没有试。很多事情，我只是想想罢了，一般不付诸行动。

很高兴，我爱的凤仙花也有很多别的人爱。“过客不知天畔月，小风吹落凤仙花。”一个元朝人，写给我凤仙花的句子，读起来，有一种家常的美。正如凤仙花给人的感觉，淡淡地开，淡淡地落，小风一样吹过，月下也有，窗下也有。民国吴昌硕写了“颜色并宜秋夏，美人独立阶前”的句子，所言之“美人”，就是我家凤仙花。

可惜，很多人看不出凤仙花的美，因为它太家常了。种一株凤仙花，根本不要费什么力气。它几乎是一种自力更生就可以开出很多花来的品类，而且蔓延不断，实在不是一种娇气的花。物以稀为贵，轻易得到的，总是不被珍惜，人就是这样的，不怪凤仙花。李渔曾隐居我家西乡如皋雉水，竟在《闲情偶寄》中说凤仙花是“极贱之花，止宜点缀篱落”，这有点让我难过。但是很快也想开了，黛玉也许十年一遇，宝玉却只能百年一遇。黛玉只爱宝哥哥一个，宝玉却连袭人都能爱。当然，他的爱，我想未必就是交心的爱情。他是不忍。爱牡丹玫瑰芍药蔷薇，并不算是什么好人。连凤仙也能爱，才算他是真正的爱花客。潘赞化之爱潘玉良，可以算得一个真正的爱花客了。

凤仙花名字其实很金贵，并不是李渔说的那样不堪。“凤仙来仪”，出自《尚书》“凤凰来仪”的典故。李渔怎么能以一种花是否难侍弄，来判定它的金贵与否呢？真要是这样，女人们就都不要洗手作羹汤了，在家里做太太吧，做难养的人，男人才长情。

这世上，识好歹的人，也还是有的吧？

飞蓬

飞蓬小的时候，其实也很有一些我见犹怜的乖模样。谁知它成年之后一旦嫁人，便变得狂妄粗鄙起来，经常脸也不洗，头也不梳，立在田园之上蓬头撒野。风一来，便骂街，大有豆腐西施之风范，真真是风里雨里无所畏惧的野路子人物，灵魂强悍。所以，人们只记得它外号叫飞蓬，至于它的学名小蓬草以及小名狼尾蒿，大家都不怎么记得。更加不记得它也有强大的家族背景，是菊科家族白酒草属的一支。

它也是春天出生，从冷黑的地里探出头，趴在那里，瘦瘦弱弱，不多言不多语。春初的薄光照射，它慢慢地活过来，暖起来，一副没长开的小丫头神情。不仔细分辨，还以为这是一棵荠菜呢。它的边缘带一点小锯齿的一拃长的嫩叶子，它的矮矮的紧贴着土地的植株，乃至于叶子上茸茸的细毛，包括它蹙着眉头的神情，真是和荠菜差不多的。可千万不要忽视了它强盛的生命力量，人家根本就不是荠菜这种小家碧玉的性情。长着长着，它就不大像是一棵草，而是有了一点“株”的意思，出落得很是挺拔。

暮春初夏是它的少女时代。可真真是英气逼人的一群美少女，丛生在野地里，一个个有两三尺高，也有高四尺的，直挺挺立着。它那叶子，早脱了童年时期的稚气，抽长了些，密密地生在植株上，勃勃地绿着。很多野外的植物，即使是在幼儿时期，颜色也不大鲜艳。但是飞蓬这时候有着一种野草里少有的鲜绿，阳光下明艳得很，浑身上下弥漫着一股美少女战士的剑气，是一丈青扈三娘一般挺括的存在，身材很好。

即使是开花的时候，飞蓬也没有放松自己的形象管理，仍然是美的。它身躯顶端的头上，分出三五六七股的杈，开出一朵朵黄白紫色的花来。小小的花朵，指甲盖那样大小，中间是一堆茸茸的圆黄蕊，边缘绕着单瓣的花冠，像缩小版的向日葵花。叶子则变得老瘦起来，仿佛一个营养不好又操劳过度的哺乳期妇女，但也并不失却中年女人的精干。

不知从什么时候开始，飞蓬变得粗鄙起来。它的花萎了，变成蓬蓬的白色小茸果，缀在叶子落光的植株上，身子又黑又瘦，一棵光秃秃的小树样。风一吹，有时会连根拔起。我拔起过它的根系，很小的一块，大概只有五个月的小孩巴掌那么大，所以很容易被风拔起来。风如果不把它们连根拔起，也会把它们的枝条折断，如果那也算是枝条的话。但是它们仍然在自己出生的地方站着，顶着自己的老花萼。有的花梃上空空如也，种子们已经飞走了。有的还没有飞走，仍然倔强地在枝头摇着。它的种子量多而体轻，自播能力极强，到处飞，飞蓬的外号就是这么得来的。从这一点来说，飞蓬倒是一个称职的母亲。

老飞蓬从秋天的风中摇晃到冬天，又从冬天的风中摇晃到春天。春天的小蓬草生出来的时候，去年的老飞蓬还在风里立着。你简直不能相信，它们俩居然是同一个人。谁承想，年轻时候那样鲜艳挺拔英气逼人的女白领，会堕落成这枯朽的怨妇模样。飞蓬的老公恐怕已经后悔死了。所以说，男孩子相亲的时候，一定要多看看自己的丈母娘。但是也难说，谁不知道呢：每一个变丑的女人背后，都站着一个渣男。

我妈不识字，但是骂人往往颇有古意。比如她有时骂我是风摆柳，教我要文而雅之，又骂我头也不梳就在外面浪，是蓬头撒野。等我领会了她语言里的一些精妙之处，往往不由得要跳起来为她击节。一边逃得离她远远的，一边又不得不在心里暗地为之惊艳。她这些话，怕都是古白话在方言里的遗传。要不然，你叫一个不识字的小蓬草一样的妇女如何懂得，而且还应用得活灵活现。

识字之后，我经常会有意无意给我妈的话找出处。“蓬头撒野”的出处是《诗经》里的《卫风·伯兮》。《伯兮》里也有一个不梳头的女人，老公是卫王的侍卫长，到前线打仗去了。她在家痴想老公，无心妆容，蓬头撒野。“自伯之东，首如飞蓬。”真真是到了“衣带渐宽终不悔，为伊消得人憔悴”的程度呢。

李白不一定是中国历史上最伟大的诗人，却被大部分人认为是中国历史上最伟大的诗人，很多人中年以后都不大喜欢这个口若悬河的家伙了。“仰天大笑出门去，我辈岂是蓬蒿人”，这就是李白写出来的诗，胜在有一股狂妄的气势。年少的时候，不狂妄就不可爱，但是人到中年，还是应当深沉些。不过我们今天不是要讨论深沉不深沉的事，而是要从这句诗里体会出飞蓬的地位。

飞蓬的地位堪忧，名声不大好啊。

“转蓬离本根，飘摇随长风”，在曹植这里，飞蓬是野外飘零身不由己的意思，蕴含着无奈、哀愁与悲叹。它飘无定所的身世和曹植同病相怜。曹植之后，“转蓬”的意象就固定了下来。就连豪放人苏轼，也写了一句“悟此长太息，我生如飞蓬”来感喟自己的身世。

何必要把飞蓬也拉下水呢？这世上，多一个锅从天上来躺着也中枪的倒霉家伙，对我们也没啥好处，但有的人，就像是能得到什么好处一样的，非要把人家拉下水不可。

周洁茹　线与面

鲜花米线

我原本是要写个关于云南的小说的，这第一个字，怎么都落不下去。

那些夜晚的光影层次都不尽相同，可是我写不出来。我这么一个据说拥有超强还原能力的人，写不出来。

我记得飞机上看到的山峦，特别清晰。我记得到达的夜，失了眠，半夜爬起来看棉棉的小说，第一页就翻到那句："我不喜欢爱情。我喜欢兄妹之爱。我喜欢那些乱而干净的感情。"太喜欢了。太喜欢了。我就趴在床上把她的那个小说都读完了。我已经很久很久没有读完过一个完整的小说了，我连自己的小说都不读，无论是现在的还是过去的。天都没有亮。

后来天亮了。我就去吃早饭了。一桌摆得满满的小碟子，一片肉，半边蛋，几棵青菜，甚至一碟金黄菊花花瓣，我都有点恍惚了。

之前也在家乡吃过云南米线，三十年前了，一碟生料，摆得似花，一碗滚汤，一碗米线，对于当年的我来说，好神奇。

先放肉，再放菜，最后放米线，米线店的人讲得简短。可是讲不讲我都是一筷全部拨入汤碗，年少气盛，等不得。

我后来也想过这个顺序，先菜再米线？或者偏就先下米线？如果菜和米线迟早都会在一起，那也可以一开始就在一起。

三十年以后了，我突然来到了云南，突然面对了一碗更为准确的云南米线，我肯定是迟疑了一下，鸡在牛的前还是后，芽菜在前那么生菜在后？那个瞬间，我想的就是这个。

还是一起落入了碗底，肉或者菜，混着一团米线，最后加入那碟花瓣，如果有个旁人，一定是要侧目的。可是没有，实在太早，我是第一个来吃早餐的客人，也是唯一的一个。

第一口，好吃到哭。怎么就会那么好吃。普通一个旅馆的饭厅，普通一碗米线。面对着那碗浮游着花瓣的米线，我又有些恍惚了。

我后来想想，会不会是因为那碟鲜菊花？鲜花米线，人生第一次。其他地方的云南米线都将这一道花给省略了，毕竟不是每一个地方都有花的，很多花也不是用来吃的。

可这是一次人生的第一次啊，我也快要四十岁了。

后来吃过了一场奇怪的烧烤，聊了一个天，走了一段很长很长的路，收到了快要四十岁的第一枝玫瑰花，来自一个也不太认识的同龄人。我们的相同之处大概只是年长，在那一个时间，两个最年长的人。我又恍惚了。

也许是云南，也许是花。所以在云南的一切，对我来讲都太恍惚，恍惚到模糊。超强还原能力能够还原清晰的事件，还原不了模糊了的回忆，人的记忆又总有一些缺陷。就好像我刚刚想起来也许不是那一次到云南，也许是第二次？我去了两次云南，在那两三个月间。每一次都很短，两三天，机场去会场，会场去机场，中途都没有停顿过。

现在要叫我来回忆云南，也只有鲜花米线，不是鲜花饼，是鲜花米线。我真的是要到很久很久以后了，才突然意识到，云南可是鲜花的故乡呀，在云南发生的一切与花有关的事，都是真实又真切，又应该特别神奇的。

如果菜和米线迟早会在一起，为什么不是一开始就在一起？因为也要给菜一点时间吧。最后撒上那一遍菊花，明目清肝全是入药的功用，如同他们所说的。可是对我来讲，也只是一个仪式感，让我模糊地记得，我真的去过云南，我真的也收到过鲜花，一切乱而干净的感情。

车仔面

居住在香港十一年以后，第一次吃到了车仔面。说起来也挺神奇的，要不是去买一块披萨，我可能吃不到那碗车仔面，接下来的几年、几十年，我应该都吃不到车仔面。但是我去买披萨了，每个星期天都要去买的披萨，西贡的一间披萨店，搭半个钟头的巴士过去，再搭半个钟头的巴士回来。

十六寸，玛格丽特或者四种起司，纽约式，十五分钟。

这个等待披萨的十五分钟，我走去另一条街的炸鱼薯条店买炸薯条，或者炸洋葱圈，也有炸奥利奥饼干的，没有买过，应该与炸鲜奶很接近，技术上肯定比炸鲜奶容易。

这个等待炸薯条的时间，一般是五分钟，我走去码头，靠住栏杆看一看渔船，水面，不远方的小岛，桥咀洲，盐田梓，都是好小说的题目。

空气中都是海的气味，甜的血腥气，也许对于有的人来讲就是海鲜的气味。

取了炸薯条，再走去披萨店，披萨已经等在柜台。

大盒子，双手捧住去搭巴士，希望巴士不太挤，要不就得放在膝盖上，半个钟的煎熬，所以多数就是叫一辆的士。

的士司机看一眼后座，好奇地问，专门来西贡买一块披萨？

是啊。我答，我钟意。

对啊。的士司机说，钟意就去做，开心就好。

绕过西贡运动场，他指给我看另一个门。这是后门，离前门是不是还挺远？所以刚才我要跟你再三确认，是哪个门。

看了一眼西贡运动场的后门，披萨安坐在身旁，也有一个位置。

有时候就会站在披萨店门口等那十五分钟，哪儿都不去。十五分钟要快起来也是很快的。进出披萨店的多是家庭，父母带着孩子，还有狗。我往往生出错觉，以为自己在真的西贡。

天热起来，在网上找到一间代购公司，只要价钱合适，可以帮你买到全西贡的好吃的，再给你送上门。

可是代购网站上也找不到那家披萨店，下了单别家披萨，确认订单的时候再问他们是不是可以加入我想要的那家。他们讲试过了，那家不愿合作。

那怎么办？我只要那家。

代购网站讲，我们的同事直接去店里买，再给你送过去，加多百分之十服务费。

我说OK。

送递费用一百二十元。

我说OK。

一盒披萨送到。盛惠三百六十港元。

很快地在脑子里计算了一遍，披萨二百，服务费二十，送递费一百二，小费二十。如果自己打车来回，也要一百六，还费时间。叫代购OK，合算，开心。

后来又叫过一次，送到的时候盒底湿透，可能是披萨店的问题，也可能是送递的问题，一次湿漉漉的披萨，我又被派出来买披萨。

夏天正午大太阳底下的十五分钟，特别漫长。

这个时候就看到，披萨店的旁边，有一间车仔面店。之前走来走去都看不到，突然就看到了，也真是神奇。

入店，靠窗坐下，一张塑料菜牌，可写可擦，重复勾选，真正实现了不浪费纸，环保。

热菜蜜，油面，麻辣，生菜，响铃，豆卜，斋根，不知斋根是什么，点了再说，好像在大阪车站点串串，一件大根，摆到面前才知是萝卜。

店员取走了单，过了一会儿又来问，全是素的？

我说，是啊，吃素。

那，我们的汤底也可以做成素的，店员说。

连连点头，不叫人看出来是第一次吃车仔面。从幼面粗面油面伊面上海面公仔面出前一丁加两蚊里选出油面来，已属不易，再叫我选鱼蛋辣鱼蛋墨鱼丸花枝丸贡丸一定会傻，幸好吃素。

面很快就来了，海大的碗，一勺辣油，一碟响铃，原来是要自己落响铃，一落即熟，周到。考究版的车仔面店。

斋根必定是豆制品，但看那模样，实在也看不出来是哪一种豆制品。一口咬下去，原来是面筋。

想起来住在香港第七年，自以为已经很了解香港的菜，餐单上一款味菜，叫我迷惑半天，上了桌才知是榨菜，顷刻打回原形。

第一口车仔面，惊为天人。上一次我使用“惊为天人”这个词还是用来形容刘宇昆和他的《纸异兽》，小说写得惊人的好，长得又惊人的帅，惊为天人。

我也算是吃过了天南海北的面，丰富的面，但是吃过了这一碗车仔面，才真正感觉到，只有车仔面，才算是真正的香港面。

车仔面为什么要叫作车仔面？大概也知道是早年间推着木头车走街串巷的小摊贩售卖的那种面，那时大家都过得艰难，活得便宜，吃得也便宜。

我小时候，每一个雨过天晴的下午，巷口也总会出现几辆售卖食物的车仔，不卖面，卖小馄饨、童花饼。车仔是岭南的叫法，到了江南，我们往往忽略掉那些车，直接就叫作小馄饨摊头、童花饼摊头。

到了下午，吃点心的辰光，有那么一碗配了紫菜虾皮的小馄饨，或者一块油滋滋新煎出来的萝卜丝馅的童花饼，也就是我的童年的滋味。

后来来到香港生活，一部《花样年华》看了好多遍，张曼玉放了工拎着保温瓶去买的那一碗云吞面，是不是车仔面？不过加多一种云吞，也就是我们讲的馄饨。我总是分不大清楚云吞与馄饨的区别，要么云吞就是会包出个金鱼尾？必定不是我们那里的馄饨，我们不将馄饨配面，馄饨是馄饨，面是面。

倒是不计较她的花旗袍高跟鞋，返工穿什么，买外卖自然也穿什么，就是个日常生活，好比那双皮拖鞋，看复刻版的时候才依稀猜到，她是去了一趟南洋，只取走一双自己的皮拖鞋？

那时的车仔档是会被人赶的，无牌，且有卫生问题。管理队一出现，档主往往推车疾逃，甚至被迫弃车而走，于是生出了一个词：走鬼。粤语真的好生动。

到了今天，车仔面入得厅堂，有了一个正式的名分。虽然我没有参与过与车仔一同奔跑，但我想，那个时代的车仔面，配了猪皮翼尖、沙嗲或者咖喱汁，一定是最饱肚最好味的。

周荣池　南角墩菜蔬传

韭菜在村庄里被称为当家菜，韭菜垛就像是一个人家的神台，简朴但也不失庄重。一垄一垄地排列，垄内又是一撮一撮地生长，又像条形的庄台里一户户的人家。韭菜垛周围几乎毫无例外地种着米葱。就像今天村庄外围的整洁的绿化。

开春之后万物清明，土地上不断地冒出来喜悦之情。“香椿芽、头刀韭，顶花黄瓜、谢花藕”——香椿芽村里是不吃的，嫌味道冲人；顶花的黄瓜虽嫩，但只在“三和四美”的扬州酱菜瓶子里；沟渠里谢花的藕瘦弱无人问津，到八月半也不过是摸几枝上来供奉月亮；只有韭菜从“头刀”到“了尾”，一直都是桌上主角。

铁锅猛火让韭菜在菜油的高温中爆发出奇香。蔬菜要先放盐，盐在蔬菜的身躯上并不仅仅只体现本味，它能激发出菜蔬的鲜香，这是一种充满情感的化学反应。日后有了科学的解释或高明的合成，都没有人们一早用口舌实践出来的味道令人着迷。韭菜做法单炒最简朴但并不寡淡，卤汁都特别“下饭”。下饭，是南角墩首要的生活标准。中午的韭菜到了下晚味道就更浓郁，残余叶片沾在盘子边上，都要努力拨到碗里。

咸鱼淡肉夠韭菜——韭菜要极致的咸。韭菜春起经夏而历秋，生长的时间尤为漫长。加上自可成菜而又百搭，所以能够当家。韭菜炒鸡蛋、韭菜蛋汤、韭菜肉丝、韭菜螺蛳、韭菜鳝丝、韭菜丝瓜汤，无不用其异香。秋深的老韭菜味道浓烈到荤臭，但也并非不可取。比如与芹菜或洋葱同炒，就像是修辞过度的文章，也是有趣的滋味。

寡淡的口舌，逼出了这些极致甚至怪异的味道。

韭菜垛边上常会散落几棵苋菜。苋菜的种植似乎并没有韭菜那么正式。人们几乎很随意地将那些细碎的种子撒在零头埆脑，不会像关注庄稼那样去在意它们的生长。这并不是南角墩的势利或者无情。村庄里更多的精力要用在庄稼上。“狗日的粮食”，能养活操蛋的日子。人们不要说无暇顾及菜蔬的生长，就连自己的子孙他们也是“望天收”的态度。清晨下地前喂饱了孩子，放在澡盆中任其熟睡或哭闹。如今六十多岁的人们，经常回忆小时候父母放工回来，在澡盆里的孩子浑身屎尿。“一把屎、一把尿”绝不是什么浮夸。还有些孩子在草窝子里站着，下面的火盆燃着了衣物，烧坏了腿脚留下一辈子的残疾，这些都不在少数。

红苋菜的颜色无比鲜艳，就像是血色一样浓烈。初长的苋菜连根拔起，或者掐头。搓揉掉叶面的叶蜡是一道重要的工序。同样是铁锅，苋菜不像韭菜那样爆炒，要的是“烀”。烀烂的叶菜味水饱满，同样十分下饭。苋菜似韭菜一样，要一茬一茬地掐食。待到叶片老而无味便不取。割下秆子来切成寸段，用清水泡出色泽。尾水就像泡着的鸡鸭血色一样，令人怦然心跳。

坛子是一个家庭的依靠，老卤是坛子里的情绪。长满了蛆虫的老卤，没有人用科学去解释或者衡量。用网袋过滤掉这些活生生的杂物，苋菜秆就开始了暗无天日的二次生长。三五日间盐水就像是肥料，促成了生长的喜悦。捞一把出来，饭锅初滚的时候放在碗里，进行味道生长最热烈的一步。“饭锅头上”，就像是泥土一样深情。几滴麻油是最奢侈的画龙点睛——齁咸，是南角墩最豪华的标准。

在南角墩，所有的菜都被统称为“咸”（读如“韩”）。

味道虽然没有被正式计量或者规范，但人们手上是有数的，这是南角墩自己的规矩。入春以及冬来之前，更大的坛子里还有两次蔚为壮观的仪式，便是腌菜。因为经常青黄不接，所以把生长贮藏在咸盐里，就是村庄里最为原始的“化学冰箱”。春咸菜多用麻菜。也有用小青菜的，但味道相对平淡。麻菜是不用特意种植的，都是满地生长的“懒棵子”。它们自觉自愿地生长在野地里，老去的时候无人收获，暗自落泪一样掉下来种子，延续着一年又一年蓬勃的生长。麻菜因味辣不能直接取食，所以要切碎腌制后经年食用。鲜香的麻咸菜，生食已经是鲜掉眉毛。用蛋花一“跳”，吃粥下饭不必其他。出天花要忌嘴，只能用麻油拌麻菜吃，这样的遭遇抑制了鲜香之名。

“粥烫咸遭瘟，才浅烟倒霉”，说的便是麻咸菜。吃粥的时候用咸菜搅拌，平凡的碗里有了翻江倒海的惊艳。麻咸菜在饭锅头上蒸，下锅前拍碎蒜瓣点缀其中，此中味道妙不可言。麻咸菜腌到熟透的时候，便有酸臭味，但人们并不以为这是败坏。似乎各地美食之中，多有这种把黑暗当作光明的取用，酸臭几乎成为一种特色也是追求。咸菜洗过“炸汤”与蛋花为汤,那是贯穿很多日子的经典。中午的咸菜蛋汤到下晚退去热烈,却似乎变了一种滋味。泡饭猛食是南角墩的孩子放学后必有的经历和尾水。

冬天腌制的是大菜。大菜就是大梗子的青菜。南角墩人说青菜是大白菜。真正的大白菜被叫作黄芽菜。这个与北方的叫法是不一样的。大菜粗粝,烧汤多佐以豆腐,这正是青菜豆腐保平安的做法。这种汤水到底寡淡,要是有些荤腥高汤,菜梗才糯烂一些,更加可取。大菜烧汤是秋天结束前的事情,入冬之后有其他青菜,如“二矮子”或者“四月不老”,身形矮小可喜一点。北乡还有一种乌菜,叶秆更加细腻,切咸肉的薄片与之同炒,绝妙。大菜入冬便收回来打理,洗净吹干晒瘪后便要下缸腌制。腌大菜多用粗盐,似乎比精盐味道更有意思。菜和盐下缸后,上用磨盘重压。也有提一桶水搁上去的,我们家便是如此。

新腌制的大咸菜可以切段生食,但与豆腐同烧更有味水,若有猪血则成妙品,多不可得。入冬之后,张邋遢就不来卖豆腐了。她安心在家做豆腐,因为几乎每户人家都会在入冬后泡几斤豆子去她家磨豆腐。这时候豆腐不容易坏,养在水里就像是鱼一样生机勃勃。隔几天换水养着的豆腐,和城里人养金鱼一样。不过城里人玩的是情趣,南角墩要的是日子。城里人那一套,被村里人叫作“摸尸”,是无聊轻浮的。大咸菜和豆腐相互调和,加少许的辣味,一日三餐,日复一日都成立。北乡的人家在低洼的水田里种荸荠和慈姑,尤以马棚湾的最好。马棚湾据说是吴三桂的故乡,这里的慈姑也出名,被称为“马棚大慈姑”,不知道吴三桂到底吃过没有。去云南街边也有大堆的慈姑,但皆不及马棚的个头大。在云南的吴三桂不知道吃了会不会生思乡之情?

汪曾祺也在云南生活过,他后来到了京城还想起家乡的大慈姑。那篇文章里提到的著名的“咸菜慈姑汤”几乎成为经典之作,让他想起家乡高邮,也想起家乡的雪。是的,只有下雪的时候,青黄不接的日子人们才用大咸菜和慈姑烧汤,苦咸的味道其实并不见得优越。

一个人,和村庄一样,苦吃得多了就能体会到甜味。

咸菜支撑着冬去春来的日子,到了万物重新葳蕤的时候,剩下的大咸菜上已经长满了霉变的泡沫,混浊得像白内障的眼膜。但是生长并没有从此停止,它们被重新拣拾到锅里开始另一段喜悦的生长。烀大咸菜,是春天里的事情。煮熟的咸菜放在门口晒，村庄里到处都有一种咸臭的情绪。这种情绪是隐秘的，就像坛子里日子的生长一样神奇。晒干的大咸菜已经身形瘦弱，切断后晒干就换了个名字，叫作“霉干菜”。余秋雨写过他家乡的霉干菜，有一次引用这种说法，被人告知并不是一种事物。大概他写的是鲜菜所制作的干菜，并非咸菜所做。鲜菜做干菜在南角墩也是有的。那是秋深以后的菠菜，割回来烀熟之后切段挂在墙边网袋里。冬天里拿出来烧汤，有一种亲切的青芒味，很鲜。菠菜是一种很古老的菜蔬，《诗经》里称野菠菜的名字极美，叫作“莫”。现在还经常看见路边的野菠菜，不知道是不是古代的“莫”，但我相信这种记忆是可靠的。我还会告诉我的孩子这些植物古老的名字。她也许并不相信，但一定也会记得。很多秘密就这样口口相传，一代一代地传下来。

霉干菜放在细口的坛子里密封。日后饭锅头上蒸，或者与肉红烧，是很多地方有的著名菜式。但著名之处并非在于肉，而在于霉干菜特有的味道。霉干菜可以存放很久以至多年，是一种苍老而顽固的味道。就像是村里老不死的硬骨头，总是蜷在村头的阳光里与岁月周旋——与日子周旋，其实正是生长。

富裕，似乎从来没有成为南角墩的主题词，甚至人们有些忌讳直接谈论这个词语。日子稍有缓和就四处张扬的，被称为“斗米富”。这是被人轻视的，人们更喜欢的是“闷声大发财”。冬瓜或者南瓜张扬的生长并没有给人们过多的感动，因为一切生长就是它们本然的命运和理所当然的责任。所以，隐秘低调如菜瓜在藤蔓之下的生长，却常常给人们意外的喜悦。人们喜欢去藤蔓之下寻找这种朴素的情绪。孩子们用枝条挑开藤蔓，去探看有没有意外的时候，也担心会有蛇虫突然的跃起。村子里没有多少毒蛇，但那种被称为“菜花蛇”的大家伙喜欢在瓜田李下隐藏，并且像幽灵一样疾驰而过。有时候，它们还把影子一样的蛇蜕留在藤蔓之间，不知是为了炫耀还是为了震慑，但总归都不是什么美好的记忆。

菜蔬和人一样，一茬一茬地生长。只有原先的土地才懂得它们的内心，也只有原来的时光才能让迷人的味道成立。这些都不是科学或者理性能解决的事情，所以才值得被一再地提起和谈论。

卷肆

游侠小木客

THE ELVES IN THE WOODS

散文 2021 精选集

草白　蓝色博物馆

爱斯基摩人至少有五十个词汇用来描绘雪，比如，软的雪、粒子状的雪、漂移的雪、随风飘扬的雪、地面上的雪、新的雪……在他们的世界里，雪既是随处可见的物象，更与灵魂表达和精神生活息息相关。

这让我想到大海，那个波澜壮阔的世界里储存着色彩王国最多种类的蓝，也有可能是所有的蓝。它们是钴蓝、湖蓝、靛蓝、碧蓝、蔚蓝、宝蓝、藏蓝、黑蓝、矢车菊蓝、孔雀蓝、深蓝、淡蓝、普鲁士蓝……这些蓝色家族的成员，微妙、深邃，充满着无限的美意和无穷的变数。而当你真的掬一捧海水在手中，它却是透明的。所有的颜色在离开大海后，被自动篡改了，消失了，像某种神秘之物瞬间被带走了。

我最初看到的大海是一片黑蓝色，模糊而暗淡，给人一种强烈的疏离感。好像你看到的不是流动的海水，而是梦境里的天空，一个遥远的、日常生活之外的空间。那是黄昏的海。白昼即将结束，大地上的一切都在降落、收缩和消失。大海也即将结束一日喧腾，凝聚和收缩的蓝，下沉的蓝，暮色却随之升起。入夜，我们的大船行驶在茫茫海面上，视野所及，灯光落在遥远的岸上，甚至看不见岸，也没有灯，除了船头船尾所照见的微茫、昏暗的亮光。微风拂来，船头站立的人体验到蓝色丝绸般微微晃动的感觉，美妙的晕眩感。灯光隐匿，人间的房屋和街市远去，眼前只有深海，无数海的影子。

那一夜，人们睡在海上，将耳朵贴近船板，聆听大海深处的欢闹喧腾或无声呐喊。见到海的真正模样是在光线转亮的清晨。那一刻，竟无法相信眼前所见，如此广阔的蓝，蔓延到地平线彼端的蓝，覆盖了视域之内的所有空间，甚至连天空也被囊括其中。如此单调、枯燥与荒芜，没有明显的流动感，也不呈现任何生成及变化的过程。它就在那里，一直在那里，好像永远如此。我想到雪地、星空、无垠的沙漠——自然界里那些广大的事物，还想到虔诚的信仰以及庄严的供奉，想到米开朗基罗画作上圣母未完成的衣袍——那是因为画家缺少一种叫“群青”的颜料，它的价格仅次于黄金。而在意大利语里，“群青”的意思就是“来自遥远的海外”。

大海之大，并不在于其所拥有的形状和体积，而是这样的形状和体积不可复制，不可描述。它没有细节，没有方向，没有铺垫，它只是存在着，猝不及防地出现在面前，让人惊讶得说不出话来。

谁也无法在离海很近的地方建造房子，更不能在冰冷的海水里自在地漫游。大海是危险的，也从不以温情脉脉的面貌出现。它让人适时地接近和永远地离开。潜水的人死在海里，冲浪者溺水身亡，但海鸥不会。海既是障碍和阻隔，更是交流与互通，人类的想象力在此获得驰骋，还有那随天光云影变化的海水表面的蓝——从来没有一处海域的蓝色是相同的，就像我们日日置身其间的天空或宇宙的颜色，它们随时随地发生着变化。

“大海”这个词语的发音也给人一种遥远的恍惚感，一念及此，一股腥涩的海水及海风的气息便扑面而来。它的神秘感几乎是与生俱来的，即使无数次抵达过海边的人，也不能真正了解和看清它，尽管海水的颜色和自然界中某些植物、果实的颜色有相近之处。

大海从来不是世俗意义上的寻欢作乐之地，所有发生在那里的故事几乎都是永恒的。《圣经》里记载了耶稣用五个饼和两条鱼拯救了五千名饥饿的人，并在海上自如行走的故事。圣人之所以能在意念之海上自由行走而不坠入其间，只因其有足够的定力，而他的弟子彼得就做不到。

列夫·托尔斯泰有一个叫《三个隐士》的小说，讲的也是类似的与信仰有关的故事。“三个隐士在海面上飞跑，发着白光，他们灰白的胡须在月光下闪光发亮，他们飞快地靠近大船，仿佛那船是静止不动的。”其实，这三个跨海踏波如履平地的隐士，连基本的祷告方式都不会，但虔敬的心给了他们在海上行走的能力。那一刻，他们已然忘了自己身在海上，且没有船。

那些去过海边的人，无论是短暂的靠近还是旷日持久的逗留，都没能增进对大海的了解。由此，我想到大海或许是不可了解的，就像雪原、星空和荒野，所有远离尘嚣的地方，它们都是拒绝被了解、知晓和熟悉的。

不知为什么，当一个人真正地抵达自然的怀抱，无论是丛林，还是海边，冥冥之中总会有一种不安，甚至恐惧滋生。那不是日常生活中的场景，那是从蛮荒时间中走来的场景，是自始至终都存在的场景。它见证了太多，却依然那么单纯、完美，不谙世事。我想说的是，无论是山林，还是大海，作为一个完整、自足的世界，它们更愿意保持不为人知的一面。

有一年夏天，因为风暴我们被滞留在某座小岛上。我们甚至不知道自己会逗留多久，十天，半个月，或者更久，都有可能。最初几天里，滞留者的心情完全被此击垮了，岛屿成了流放地，海水是天然屏障，没有人可以越过它、离开它。当惊惶和恐惧的心绪逐渐散去，当人们心甘情愿成为大海和风浪的俘虏，也就可以从容漫步了。岛上任何地方都是新奇，与陆地上不一样，气味和湿度都不同，草木植被的分布也不同，更大的不同在于，它的外围是海，完全被海水包裹。一念及此，那种难以名状的孤独感便会涌上心头。这与在荒原、沙漠、戈壁滩上漫步所产生的感觉完全不同。那些地方尽管荒凉，却是属于坚实大地的一部分。但大海不是。海水随时可能漫浸到屋子里，抵达任何它想抵达的地方。它产生的力量甚至是摧毁性的。它吞噬一切，最终却能风平浪静。

在风暴的间隙，我们绕着岛的外围，在峭壁和岩石的阴影中一圈圈地行走，和失魂落魄的海鸟一起，和一遍遍摔打在沙滩上的海浪一起。我们看着太阳从海平面升起，又缓缓地降落。漫漫夏日，我们见证海的沉寂、壮烈与美妙，宛如观看一场盛大的典礼。

沙丘的凹地上，有海鸟留下的网状脚印；高处的裸露地带上，有一种花瓣形似海螺的植物迎风摇曳；大风把沙粒吹向空中，形成巨大的风的旋涡；海的吼叫在海滩转角处激起更为猛烈的回音，简直震耳欲聋。强风会掀起滔天巨浪，也能击平从四面八方滚滚而来的浪花。短短三天时间里，大海向我们呈现了它的动荡不息与变幻莫测。

有一天晚上，我们在海岸边看到蓝色的发光物，好像海水之上燃起一大片灿烂的星图。另一个晚上，那些发光物被冲到海滩上，就在我们脚边燃亮，很像一大团艳丽的星火。那一刻，我们好似不在海上，而在无垠的星空里，我们的生命与宇宙万物的生命连接在一起。

还有那些气味，无处不在的气味，独特强烈的气味与似有若无的气味混杂在一起，它们是沙粒的气味、海水的气味、太阳的气味、贝壳的气味、退潮的气味、热烘烘的礁石的气味……某一瞬间，它们与我的记忆接通了。

十三岁之前，我没有见过海。但我知道它。或许在书上读过对它的描述，也有可能是因为那些从海边归来的人。很多年前，饥荒遍地的年月里，村里有人将嗷嗷待哺的儿女送到遥远的海边，送给那些缺乏子嗣的渔民。如今，当年遗弃子女的老人们从那里回来，带回一些可以食用的紫菜、海带和虾米。他们不断与人谈论海边村庄里遇见的人，谈论那些人的生活，在海塘里养鱼、蛏子和虾米。大水来的时候，那些鱼和虾米就会游到海塘外边，被汹涌的海浪卷走。

海水是咸的，我们吃的盐，也是咸的——后者就是大海的结晶。让人诧异的是，当河面冰封、山川变白时，海水却不会被冻住。我们在陆地上丢失的东西总能找回来，在大海里却绝无可能。那些沉积在海底的宝藏与在海里溺亡的人口，成了永久的谜。没有人知道它们位于海底何处，那本叫《海底两万里》的书上干脆说，谁也不知道大海有多深。有军舰曾探到水下一万四千米和两万六千七百八十八米处，都没能触到海底。即使石头会烂，大海也不会枯竭。那些咸涩的、不能被直接饮用的海水，组成了它浩瀚无边的世界。人们尽可以欣赏它波澜壮阔之美，却不能让口渴之人获得片刻满足。

有一天，另一个戴着鸭舌帽、穿着牛仔裤，从海边归来的男人告诉我，除了紫菜、海带和虾米，沙滩上还有数不尽的贝壳、海螺、珊瑚和海星，所有路过的人都可以捡走它们，大海通过潮汐将这些宝物慷慨无私地赠予他人，绝无吝啬之意。说话的是一个走南闯北的手艺人，每个村子里总有几个这样的人，平时他们并不待在各自的屋子里，而当他们一旦返回家中，总能在村子里掀起波澜。远行者带回的故事，给蛰居在家的人带来了安慰。我没想到他也会去那种地方，一座座荒凉而又孤独的海边渔村，无论如何都不能成为理想中的生意场。

直到有一天，我也去了那涛声涌荡之地，但现场除了贝壳和海螺的碎片、风在沙地上留下的痕迹，以及几只飘荡在岩石缝隙里的塑料袋，什么也没有。没有贝壳、海螺和珊瑚，没有他们所说的那些宝藏。或许，那个走南闯北的人根本没有到过海边，他的讲述前后矛盾、漏洞百出，只能蒙混没有见过大海的人。当他以那种语气讲述贝壳的肚子里藏着珍珠，它们是古老王国里熠熠生辉的吉祥物，五颜六色的珊瑚像一座透明的水晶宫殿，通过海螺的耳朵人们可以听到海的声音……我看到的是一个深度梦游症患者，在看不见海的地方喃喃自语。

那时候，一个叫朱家尖的海岛上住着我未曾谋面的笔友。大海和陆地之间的通信如此频繁、生机勃勃。每隔一段时间，当洁白的信纸像鸽子飞过蓝色大海，来到我的手上，我感到好像手里攥着的不是信纸，而是一张去往遥远海滩的船票。

滞留海边的最后时日里，我们变得平心静气，似乎事情本该如此。大海以突如其来的方式将我们留下。狂风暴雨的现场，树枝折断，屋舍毁损，一片狼藉。我们在离海最近的地方，我们的道路被海水包围，我们的船只暂时无法越过大海。大海将它的愤怒与狂暴撞击在礁石上，摔得粉碎。更多的风浪在抵达的途中，又原路返回。

对于大海，我们依然一无所知。单是海水的颜色，不同海域、不同气候里变化的蓝，那一整片蓝色带来的强烈震撼，其覆盖面积的广大，就足以让眼睛应接不暇了。

自那次滞留事件结束后，我已经很久没有回到大海的身边，有时候，对一样事物的想象比身临其境更能唤起对往昔的回忆。

傅菲　**针叶林**

吼虎岭以下山腰，有一片始于二十世纪六十年代种植的千余亩针叶林。我站在林中小道上往四周看，都是树。树主要有两种：日本细叶香柏和日本柳杉。不仰起头的话，看到的就只是棕黄的树干。树干疏疏朗朗，株距齐整。

斗米洼是牯岭下的一个小地方，小如斗米桶，凹在两座山之间。洼就是小小的低处。久远年代，牯岭也叫长冲，东牯之水向东北方向奔泻，溪涧也因此取名长冲河。河到了斗米洼，在民国时期又被称作将军河，有军阀的遗味。我还是称它长冲河。冲是山坳的意思，可与水相接，有了动感。我似乎听到叮叮咚咚的流水声了。第一日来到斗米洼，我便被长冲河以上的针叶林所吸引。在暮晚，针叶林如一截横屏，墨绿如浆，静默似海，悬崖般深沉。

林中有一条鹅卵石铺设的小道。我一个人在小道上走。不为什么，只是走。这片针叶林到底有多大，走多远才可以走出林子？我走得有些提心吊胆，远远地望着前面的路——万一有一头大野猪迎面而来，好来得及拔腿就跑。其实，(可视的)远处的路仅仅是山弯口。山弯弯，弯口一个又一个。我走了五个弯口，哑然失笑。离居民区这么近，野猪哪敢来呢？晨雾从河谷弥漫上来，白白淡淡，要不了一刻钟，满山白了。

山中多雨。雨水绵柔，轻轻萦萦。没有雨声。雨恢复了山林洁净的面容。雨下了一个上午，我站了一个上午，在屋檐下看针叶林。院子口有一座小桥，跨过长冲河，直通林子。院子有浅浅的积水，水珠落在水面，像光射进镜子里。桥头有两棵树，树干直挺而上的一棵，在五米之上开丫，一枝粗丫斜出，树冠呈扁笠状，树叶幼青幼黄，这是长柄枹栎；另一棵树干如拱桥，枝丫倒竖往上，再往两边斜伸，如一副鱼骨架，树皮黑褐色，叶长圆形，叶端渐尖，这是青窄槭。如果森林有门，那么这两棵树便如看守门房的人，尽忠职守。针叶树像一群穿着长披风的人，排着队，默默地站在山坡上，举行某种庄严的仪式，在祈祷或作深切的缅怀。雨中的他们微微低垂着头，裹着墨绿色的头巾，披风也是裹得紧紧的，修长高大的身板更显魁梧，被雨细心地安抚。

针叶林延至河畔，有了混交林。在林缘带，细叶香柏和柳杉格外粗壮，数倍于同年栽种的树。枝丫朝河张开，沿树而上，如一面三角形的梯级墙体。而其他三面则枝杈不长。这就是林缘效应。我为此暗自激动。我沿山坡往上爬，鞋子沾上厚厚的黄泥。上了高坡，又横着坡走。我观察针叶林的横截面，被眼前的景象惊呆了。无论是细叶香柏还是柳杉，枝丫一律向阳斜出，其他方向的枝丫则脱落死掉，树梢一蓬，覆盖出一个圆形。从林外看，针叶林密密实实，林内则是空空荡荡，地上杂草不生，更别说灌木和乔木了。地上是厚实的落叶，满眼褐黄色。几株刚竹长在坡边，也是病恹恹的，挂着青黄的叶子。

我已经来针叶林六次了，没看见一只鸟。鸟声倒是听到过一次。我站在一棵约三十米高的黄山松下，仰头望树冠，听见“嘘咭咭，嘘咭咭”的叫声。那是灰胸竹鸡在叫。叫了一阵子，停歇了，另一种鸟声又起：哦呢，哦呢，哦呢。我听不出是什么鸟在叫。叫声如幼儿哭完之后的哽咽，又轻又软又没完没了，还上气不接下气。这么大的山林没有见到鸟，我有些灰心。我沿着山道，昂起头，看树冠。一棵棵地看过去，看了约半平方公里的林子，也没看到一个鸟巢。难道鸟不来树林中央营巢吗？我又走到河边去，挨棵树看，还是没有看到。

很多鸟类，尤其是苍鹰、游隼、喜鹊、松鸦、大嘴乌鸦、乌鸦、红嘴蓝鹊等体形较大的鸟，性格凶猛，偏爱在高大树木上营巢。

我又入林子，看地面。扒开落叶，下面还是落叶。往年旧叶还没腐殖化，新叶又铺了上来。针叶林虽处于海拔八百至九百五十米，多雾而潮湿，但腐殖速度很慢。林子过于单一，也鲜有其他种子落在地面上。地上的小木苗仅有稀稀的几株细叶香柏。食物太匮乏，食源太薄弱，鸟是不会来的。“鸟为食亡”是颠扑不破的自然法则。所有动物都有就近取食的习性。“就近”，降低了被捕杀的危险，也节约了体能。没有食物可取，再大的林子，鸟也只取一枝歇歇脚。

针叶林缺乏生机，不仅没有让我厌烦，反而激起我深入其中的兴致。在一条浅山沟，有数十棵柳杉和细叶香柏被连根拔起，翻倒，最大的一棵树胸径达八十厘米。

这棵树至少有五十年树龄。在雨季，山沟也是排水沟，雨水冲刷，沟泥掏空了，留下了沙砾。柳杉不是深根性植物，抓不住土，冠盖太重，树干承受不了重力，颓然下塌，轰然倒下，树根就翻了上来。越粗壮的柳杉，倒塌得越快。高山多雪，雪积在树冠，往下压，树冠越圆大树塌得越快。细叶香柏就是这样死的。

树横陈在山沟，树皮已无影无踪，原木还完好。我用脚踩树干，咚咚，一点也不空。这些树死的年份还不长，天牛、蚂蚁等昆虫还没来得及分解它。一棵巨树倒塌了，山体的泥层松动，其他树便相继倒下。山沟遂空，一棵树不剩。

山沟有三十来米长，没有树，成了针叶林的缝隙。我沿着山沟上下走了个来回，见其他树种的树苗长了出来，有枫香、蜡梅、五裂槭、杜鹃、茅栗，还有蒲儿根、毛茛、野芝麻等杂草。有了普照的阳光，种子们以快速发芽的形式，进行了你死我活的斗争。

在一个高坡的洼地，也是两道矮山梁夹口，有十三棵大树连根翻起，针叶还没落尽，树皮也没脱落。每棵树的胸径至少达一米。我没见过巨树是怎样慢慢倒下去的。洼地上的树，怎么会自然倒塌呢？这需要多大的暴力啊。我察看了四周的地质，也看不出个所以然。我去庐山自然保护区，请教林学专家张毅。他哦了一声，说，去年林区来了一场龙卷风，落在那个山洼，树冠越大，树越容易被卷起来。

一场风，哪卷得了那么多呢。我说。

卷起了一棵树，土层崩塌了，山洼里所有的树都会倒。张毅说。

这是一场震慑人心的集体死亡。

在吼虎岭下，一条二百来米长的山沟有两棵高大乔木倒了。倒下的是秤锤树和七叶树。和乔木一起倒下的，还有细叶香柏和柳杉。树推着树，树叠着树，倒下去。山沟倒空了。秤锤树和七叶树却没有死，再次发叶，树干成了新枝的孵化器。整条山沟，这是唯一的两棵阔叶乔木。土层太薄了，树的根系扎不下去，雨水长年冲刷，水土加剧流失，树就这样相继倒了下去。我抓细叶香柏，抓出一把烂木纤维，木质已被真菌蚀空了。树腐熟，成了一具骷髅。

山沟之下是一片阔叶林。当年种植人工林时，留下一块地，在自然状态下长出了枫香树、甜槠、栲树、小叶青冈树、小叶白辛、鸡爪槭、马银花、杜梨等乔木和灌木。树冠层成了一个油绿葱茏的坡面。满山红怒放，一蓬蓬红紫的花格外显眼。我走下一小块茶叶地，往一片乔木林下去，见一对中年夫妻背扁篓，采摘野茶。三只蓝短翅鸫在一棵开花的杜梨上嬉闹啄食。高大的枫香树从阔叶林中耸立出来，青绿色的树冠如一座钟塔。一棵黄山松临崖而生，旁逸的枝丫像翅膀，凌空欲飞。

在侧面的另一个山坳，针叶林中空出了一块地。死去的针叶树已化为腐殖土层。空地约有四百平方米，长出了青窄槭、微毛柃、胡秃子、杨桐、山桐子等杂木。杂木高高低低，最高的一棵是青窄槭，约有五米。杂木还没形成林子，稀稀落落。律英、虎杖、夏天无、宽叶草等草本植物，在旺盛地生长。这些草终将会消失——在未来五年，杂木成林，草本难有容身之地。一个可自然更生的混交林出现在针叶林中。

针叶树倒下了，留下了树窗。树窗是阳光之窗，是气流之窗，是季节之窗。

树窗是森林的活门，是物种之门，是生命之门。没有死，就没有新生，就没有自然的自我更替。种子被风送了进来，被鸟排泄了进来。种子让死去的土地重获生机，生命得以赓续。

每天，东牯人会在针叶林中的小路散步，或者往南步行半小时去芦林湖。这里浓荫密密，幽静深远。斗米洼的小桥是小路的起始处，往右是针叶林，往左是一片半天然混交林。一天清晨，我去混交林看林相，爬了不足百米，便爬不上去了。不是因为陡坡，而是树枝横七竖八，挡住了去路。山坡没有路。低坡长了一蓬蓬的刚竹和藤萝，灌木也密密匝匝。高坡上，槭科和壳斗科的中高大乔木很多，蓬勃而起。虽与针叶林只一山梁之隔，混交林却有了很多鸟。我记录了一下见到的鸟：大黄冠啄木鸟、灰喉山椒鸟、灰鹡鸰、白鹡鸰、黑喉石䳭、乌鸦、栗耳凤鹛、黑额凤鹛、灰眶雀鹛、乌鸫、棕头鸦雀、黄腰柳莺、冠纹柳莺、棕脸鹟莺、暗绿绣眼鸟、红头长尾山雀、山麻雀、麻雀、黄胸鹀、灰头鹀。

一日，久雾之后天放晴。但已是傍晚。我吃了晚饭，站在院子里，和朋友闲聊。茶专家胡少昌兄望着山谷和山谷外的远山，问我：这样意境高远的山色你见过吗？

我停下了话，望着山谷。远山被淡薄的夕光笼罩，下半山浮着白雾，一片虚白。山谷明净，暮色低垂，夕光消失，针叶林如一只竖立的镂空青石雕。树在视觉中消失了，只有树的影子在耸立。我说：细叶香柏和柳杉是一堆影子在山上，墨水堆出了影子的高度。

黑影堆在山坡上。山也是树的影子，或者说，树的影子堆出了山。山是树的影子堆出来的。

欲雨欲晴，时雨时晴。高山林区就是如此气候。潮气加速了针叶林老化。尤其是柳杉,树皮呈皲裂的状态,皮缝如一条条拉开的拉链。树干裹满了苔藓。细叶香柏和柳杉均属速生树,抗病虫害强,喜光、喜沙质土壤、喜温暖潮湿,适合种植在多雾的山区;也是实用树,出板材量大。细叶香柏是做棺材的好木料。

下牯岭的那天早晨,我又去了针叶林。太阳早早出来了,虽是 4 月,但风还是有些凉飕飕。我沿着林中小路慢走了一圈。有十来个老人在慢跑。对面的山是一大片天然次生林。那片森林我去过三次。站在山腰上,可以把针叶林尽收眼底。针叶林郁郁葱葱,密不透风。让人感觉是一个熙熙攘攘的闹市(假如森林是一座城市的话),高楼大厦林立(每一棵树都是一栋高楼)。徜徉针叶林多次,我知道,其实内部枯燥乏味,空空荡荡。在林外所看到的蓬勃气象,只是假象。可以预料的是,针叶林的单一性决定了必然的灭亡结局。一片单色森林从内部土崩瓦解。唯有灭亡,其下的土地才会再现丰富多样的自然生态。

那么多粗壮的针叶树被连根拔起,倒地而死,逐渐化为一堆烂纤维,最后化为腐殖物。对这些树的死亡,我并不怜惜,更谈不上心疼。针叶林的终结是从个体的终结开始的,我目睹了针叶林走向灭亡的过程。

杨方　进入一座城的方式

从石梁出发，在草木葱绿的丘陵地形中向南走两天，就可以到达临海。如果骑马，大半天就可以到达。骑驴的话，要一天。驴走得比人快，比马慢，到达时，落日刚好停顿在巾山西边那座塔的塔尖上。

这是古代进入临海的方式。古代一切都慢吞吞的，孟石人进入临海，也是慢吞吞的。

我进入临海的方式比较快捷。晚宴结束，一拨人把另一拨人送上车，我在被送之列。高速行驶的车，以一百公里的时速将我带离天台，途中我沉沉睡去，一梦醒来，已是临海。

我是以做梦的方式进入临海的。这使我在临海不管是白天还是夜晚，都有一种身在梦境的感觉。河口海湾充满泥腥气的风，沿紫阳古街长驱直入，亮着灯光的房屋，窗口空空荡荡。临窗梳妆的女子，早已跑到深山老林里成精。门口的石头狮子，用一双雕刻出来的眼睛看着我。某家店铺的石阶上，一盆半米多高的植物，长着十数个淡绿色的泡泡果。店家告诉我，这是气球果。他脸上闪烁的表情，让人觉得他泄露的，是原本不可泄露的天机。

我从未见过此物，也未听说过这种植物。几十年来我一直生活在地球表面指甲盖那么大点的范围内，凭有限的地理知识，我猜测气球果应该是从某个热带国度移植而来，比如那个叫爪哇岛的地方。气球果在那里有着原始的叫法和奇怪的发音，它不可能叫“气球果”，因为它出现时，气球还远没有出现。

店家强调千万不能用手碰气球果。碰了会怎样呢？我满心好奇，趁他不注意，暗中出手，碰了一下气球果。气球果好端端挂在那里，没有像我担心的那样，一碰就针扎了一样瘪下去。但我知道，肯定有我不知道的什么，已经发生。小时候我家门前种了一丛玫瑰，弟弟被玫瑰扎过之后，认定长刺的都是些坏心肠的植物。他经常把尿撒在玫瑰上。那一年，玫瑰一朵花也没有开。玫瑰一定是因为生气才不开花的。第二年，我在玫瑰下埋了几颗苏联糖果，那时候苏联还没有解体，彩色玻璃纸包裹的苏联糖果在伊宁的巴扎上成堆地闪闪发光。夏天，玫瑰开了很多花，比往年多出两倍。仿佛前一年没有开的花，全集中在这一年开了。气球果不能用手碰，一定有类似的原因。也许我一转身，那个圆鼓鼓的小球就会怒气冲冲，啪的一声爆掉。

气球果的主人是个长得圆鼓鼓的中年男人，他和气球果一样饱胀着气体，他们给人一种梦境的悬浮感。夜晚的紫阳古街确有一种梦中街道的味道，古街窄而细长，像通向梦境的路径。从古街走过的人，做梦一样摇晃着身子。作为一座城市的来路，紫阳古街被迫停留在过去。旧式店铺，老式招牌，雕花门窗，传统工艺，民间小吃，手工作坊，时间在这里是慢吞吞的，人们进入这条街，就会中了魔法似的慢下来。他们慢吞吞的表情和慢吞吞的动作，似乎是为了配合这条街的慢吞吞。快递和外卖在这条街上是不合适的，古代人做什么都不着急，古代人过一辈子的时间，足够我们浮光掠影地过完八辈子。我们把一切都缩短了。

但我们并没有因此多出时间来。

古长城属于临海过去的部分。

夜晚的古长城，像是临海的灵魂。因为灯光和梦境的原因，临海会在夜里不断膨胀，变大。古长城随着临海的变化，在原有的长度上，沿海岸线向两端延伸。它在夜晚延伸出去的部分，在白天是看不见的。白天古长城在明晃晃的阳光下，经过的每一个人，都可以伸出手去触摸，可以把耳朵贴紧城砖倾听它内部的声音。每个人听见的都不可能一样。但有一点是肯定的，古长城不可能像隧道一样产生回音。任何声音进入它，既不可能穿透，也不会反弹回来，而是被吸收得干干净净。古长城的墙体上，有青绿的苔痕，说明古长城在呼吸，它还活着，在夜晚不为人知地生长着。很多年过去，长城被人们称作了古长城。但江南的地气、天象、水流、烟岚、风向、倾斜度、大气压和海洋带来的暖湿气流，并没有让它变得苍老，而是让它具有了永恒的生命力。

风从大海吹来，一部分穿过城门洞，在城市游走。另一部分拐一个弯，往巾山上刮。我跟着风，沿城墙往巾山走。城墙的某一处，因为依傍了巾山的高度，墙体只有两米多高，一只有老虎斑纹的猫，蹲在墙垛上，长时间地望向某个莫名的方向。它是在眺望上苍，还是在观察天气？墙体上有一个凹陷的坑，刚好容下一只脚尖。这是一个适合攀爬的暗示。我顺着这个暗示，以梦游的形态往上爬。梦游是一种类似魔法的东西，借助梦游，人会变得轻盈，平日里不能的，这时候尽皆可能。

我即将爬上墙头的时候，一只迎头飞过的鸟冲着我大叫一声，鸟鸣凌厉，像是叱骂。我惊醒般停住。出梦游的状态，立时轻功尽失。这就像崂山道士穿墙而过的时候，口中必须念念有词，一旦忘记了咒语，就会撞墙，头破血流。我担心回归常态的自己，会因突然发现的自身重力，像一只断尾的壁虎吧嗒掉下城墙。

有老虎斑纹的猫见证了我攀爬的整个过程，它用睥睨的眼神看我，然后它转过身，从城墙上一跃而下。我骑在墙垛上，犹如骑虎，内心感到前所未有的孤独。一片浮云正被风吹往天际，远方一片开阔，大海仿佛可见。

我突然想到，进入临海应该还有另外一种方式：海路。用这种方式进入临海的，多是倭寇。这个坐落在半月形海边的城市，夏季常有热风吹过，倭寇乘风而来，海潮般哗啦涌上岸，又哗啦退却回去。北方的长城，挡的是野蛮彪悍的胡人，修建得高而坚实。江南的长城，挡的是倭寇，倭寇体形矮小，短脚短手，随便筑一道墙，就能挡住这群乌合之众。在我的理解里，倭寇长期生活在海上或海岛，类似一个海生物种，善泅水，不善攀爬。他们对陆地，只能进行短暂的劫掠，却无力侵占，更无法长时间在陆地上停留。及至这群海生物种被戚继光灭绝，长城便闲来无事，成了一道阻挡海水进入的墙。某年，海水带着大海的蓝，从城门洞涌入临海，整座城海水漫漶，海水退去后，满城咸湿，鱼类贝类果实一样悬挂于树木，海草纠缠，珊瑚顶着梦幻的犄角。古长城的墙体，至今仍隐约显现海水浸泡的水位，像是镶了一条海浪的花边。

我不知道今天是否还有人从海路进入临海。海边港口，堆积着成堆的货物，成群海鸟围绕巨大的货船飞翔鸣叫。港口似乎没有开通客船，只有极少数人乘货船来到临海。临海这座城市，给从陆路和海路进入的人不同的风貌。但不管从哪个方向进入临海，用哪种方式进入临海，入城第一眼看见的，是巾山上的四座塔。一座百米高的山，有四座塔，这是不多见的。为什么会有四座塔？有人会对此做出详细的解说，这些解说对初来此地的人是一种伤害。有些东西，一旦被词语固定住，就失去了意义。我曾经在大雪的早晨，对野地上一行奇怪的脚掌印产生了浓厚的兴趣，这有可能是一种地球上还没有被人类所发现的物种。我打算沿着脚掌印追踪下去。有好事者告诉我，这不过是一只穿着保暖鞋套的宠物狗，他刚刚目睹了它从雪地上跑过，并且在一根电线杆子下撒了一泡尿。我对这个好事者恨意顿生，他破坏了我对世界的好奇和想象。可想而知，一个对这座城市无所不知的解说者会是多么的无趣，他的梦里没有奇怪的脚掌印，没有金矿，也没有红衣女子。他的解说注定会让临海像一条干巴巴的咸鱼干。为了保持对世界的新奇，我每到一个地方，都确信这是一个我从未到达过的地方。我用崭新的视角看它。我希望看见的，都是属于我自己的发现，而不是那些资料和史料告诉我的。

因为不知道四座塔的塔名和来历，我只能用这样的方式进行描述：

四座塔里面最高的那座塔，塔尖直指天空，其上明月，摄取了汪洋之心，它和大海的涨落遥相呼应。四座塔的塔尖，呈圆弧状依次排列，仿佛专供每晚移动的月亮在上面轮流休息。

第二座塔在西边，最靠近落日。它的作用是让落日在塔身的腰檐上多停留一会儿，以延缓黄昏的降临。这座塔和其他塔一样，有九层，层层置腰檐，落日每向下滑落一层，都要在腰檐上停顿一会儿，仿佛被伸出的手掌托住。巾山上的黄昏，因此比其他地方延长了许多。临海高楼林立的现代部分，落日在某座大楼的玻璃幕墙上，像一滴彩色的水珠快速滑过，它没有时间想很多问题，它还没有来得及站稳，就一下子滑了下去。居住在那片区域的人，几乎感受不到黄昏。而黄昏的长短，决定了人们夜晚梦境的长短。那片区域的人，注定缺乏黄粱美梦，日子过得匆忙而疲惫。

第三座塔，位于隆起的山脊上。因为地势，看上去更接近天空和梦想。塔身因为山的衬托略显倾斜，但它的倾斜恰到好处，导致塔尖与其上的星星构成了某种默契的关联，当塔尖对应的那颗星开始闪耀，接下来，其他满天的繁星便跟着在临海的头顶开始无边无际地闪烁。

第四座塔与其他三座塔有所不同。其他三座塔对应的是天上的事物，第四座塔对应的是人间。它在山脚，在低处，它是四座塔里时间最久远的，塔身的每一块塔砖上，都有一尊小小的佛，佛保持着不朽的微笑。那种微笑，是塔砖的结构中没有的。我怀疑这些佛是自己从什么地方走来，打坐在塔砖上的。他们用这种方式把自己留在塔身上，是为了有一天重新走下来，带着持久永恒的微笑，混迹到人群中去。我们脸上的微笑，来自于他们的传播和传染。

构成巾山的绝不止四座塔。但因四座塔，巾山有了某种伟大的苍凉，有了自体的静，那是一种太古的静。四座塔纤细的塔尖，皆指向未知、未来和遥远，有一种宇宙的惘然和昧然，令人生出敬畏。一个人站在巾山上，会以为自己站在荒古的时间里。往山下走，手中会握了一把天地凉气，草木拂动，疑是孟石人衣袖飘过。孟石人在翠微寺对牛弹琴，对老虎讲经，独坐，或与空上人对坐，谈论天下事。

古代无大事。古代就是有大事，我也无从知晓。我只能看见古代的墙壁上落日相照，蔓生的植物，被空气、雨水和幻觉供养。徘徊寺外的，都是些和我一样心无着落的人。近旁一棵高大的栾树，籽实在初冬格外鲜艳，顶端的红像是涂上去的。一群乌鹊，倭寇般聒噪飞来，落于树上。它们以飞翔的方式进入临海，这是进入临海的又一种方式。我向人打听进寺的门，那人随手一指，指向半空，仿佛那道门并不存在。

王剑冰

塘河，江南的一首词

一

叫声碎落了一河。群鸟的翅膀划得很低。有一只划破水面，水的绸立时向两边剪开。几条鱼摆着尾溅在上面。

风，说不清什么味道，淡淡的，甜甜的，沾得哪里都是。

水中生长着芦苇，或生长着荷花及飘摇的野草，与那些杂树构成塘河的副词与形容词。

榕树的须子长长地垂下来，垂到水中就变成了另一棵。那是瓯柑吧，一片红红黄黄的小灯笼。还有桂花树，此时正浓浓密密地播撒着清香。那馥郁的清香，让人想起瓯海籍女作家琦君儿时的情景："一到八九月份桂花盛开之季，岂止是香闻十里呀，简直是整个村庄都香喷喷的呢。"

一条条老街，一座座庙宇，多是旧时模样。一座塔，高高矗立在岸边。那是塘河的徽章。

塘河是温州版的曲水流觞，诗情在一个又一个婉转里徜徉。

水留下了时间，时间改变了温州的格局。有了河，便有了沿河的房屋与街巷，有了一座城市的经络与气质。

名气不小的茶山、仙岩、梅雨潭在它的周围，白象塔、白云观、洞文观在它的周围，但都不影响它的一枝独秀。塘河的个性，展现为温州的另一种乡愁。

二

这里的水是免费的，景是免费的，一丝丝的风也是免费的，但你又感觉它们是最昂贵的，所以你就有了珍惜，有了不舍。你得慢慢消受。

不同的时间来，你会发现，塘河的姿态是不一样的，即使一天中的一早一晚，也是不一样的。水的色光，水的纹理，甚至水边的衬托也会发生变化。到底是怎样的变化，一下子也说不清。

塘河是温州享受不尽的福利，外地人只有一次次来蹭这福利。在外来的客人中，还有鸥鸟、白鹭和黄鹂，它们同样喜欢这片水域，喜欢来这里恋爱，生子，将自己变为永久居民。

过了划龙桥，过了妙鸿桥，一座座的桥还在前面等着。据说唐宋以降，桥多为木制，这些石桥不知起于何时。一根根石柱子深扎于水，绿色的苔藓爬上了顶端。

顺着塘河往前，还会看到山峦，山峦不高，但各有特色。其中的仙岩，就跌落一个仙瀑，跌成了朱自清笔下的一潭“女儿绿”。

不知道一条条纵横交错的水道都通往哪里，叶适等永嘉学派的代表人物，曾在哪一处水边隐居？

塘河据说从晋代就有了，水流直通飞云江与瓯江，而后通向大海。王羲之任永嘉太守时，曾一次次登舟，体会“清流激湍，映带左右”的美妙。而另一位太守谢灵运的小舟，也让塘河泼洒出一条山水诗路。

水边还有许多的台阶，也就有了洗洗涮涮的女子，在手上弄出一圈圈的涟漪。男人们喜欢坐在高处，在这些涟漪里沉迷。

吉敏说，由于是水乡，过去人们很多事情都在水上做，比如有卖果舟、卖餐舟、卖水舟，方便别人，也方便自己。吉敏说，以前还有十分热闹的“水上迎亲”，比如一个女子住在瓯海的仙门，出嫁到郭溪，男方就划着船来。迎亲队伍与娘家亲戚以及嫁妆都是一溜儿的船队。船上响着喜庆的吹打，岸上围着观看的乡亲，颇为热闹。还有“水上台阁”，就是在船头搭戏台，演员在船上唱，观众在两岸看。遇打赏的，船上的人就伸出一只长杆子接了。吉敏说，塘河上最热闹的时光，莫过于五月端午赛龙舟，那天，人们会早早地守在河边，等着一声鼓。赛船的分成组，有家族的、街道的，有男有女，有老有少。一时间，水上的岸上的都发疯般的嚷成一团，像是与一条河较劲。

吉敏的话，让我眼前出现了一幅民风淳朴的水乡画境。

三

间或有雨下来，让画境更有一种水墨氤氲的气息。随着清新深长地吸入，再深长地吐出，心神顿时爽快起来。这时再看水，水上已经烟尘缥缈，船儿在烟尘间钻进又钻出，做了画中的自己。

看着时，着木屐的谢灵运、穿长衫的朱自清在水边闪现。或许还有浣纱的西施，人们传说她曾随范蠡在这一带隐居。

水环抱着温州，也藏着秘籍。

你随便从哪一处上岸，都会有一个惊喜的发现。等在那里的不是一座安静的老城门，就是端肃的老祠堂，或是一片热闹的新街市。明清的遗存与巴洛克建筑及现代的楼群交相辉映，让人感觉这是一座魅力十足的城市。

我以为，塘河既是温州的母亲河，也是温州的代言者。它透露着一种温州气象，这种气象比你看到的其他数字更有价值。在以往的印象里，来温州就是来感受现代的节奏，感受房地产的晴雨表。其实应该来看看塘河，来感受一下真正的江南，感受一下温州的舒缓与润泽，清新与透彻。

塘河两岸还有不少梅花，入冬时节一片灿白又一片炫黄，古代就有文人雅士划船赏梅的传统。还有杨梅林海，初入梅雨期也正赶上梅熟。那时来，可以看到河两边满是梅子的艳红。温州人会迭声地说："入梅了！""入梅"一词，意味隽永。

船已经行走很久，塘河还在绕着，无有穷尽地绕着，它不是山呼海啸那种铺排，而是轻拢慢捻那种悠然。大海在不远处候着，塘河不急，它要在这里好好地绕一绕。它对于温州，有着太多的不舍。

望见了八百里大罗山，起起伏伏，郁郁葱葱，成为温州的壮丽画屏。山洼处有高高的状元坊，还有叠着黄色的卧云寺。

弃舟上到山上，竟然清晰地看到了这条河。此时正是黄昏，夕阳在山，放射出最后一缕光芒，这缕光芒将温州美丽地映现出来，尤其是塘河，现在镀上了一层金黄，就像温州系着的一条华贵绶带。

渐渐地，颜色在变，已经变成了深红，深红一点点远去，那里，或就是大海的方向。

陈美英　在牦牛们身旁

嗨，牦牛！我呼唤它们，我的声音穿透稀薄的空气。

接近五千米海拔，石渠县菊母部落的夏季牧场极美，使我想下辈子变成一头野牦牛。我的青藏游牧考察在这个远牧点，距县城五十公里，离开公路后，摩托车在草甸上行驶一小时，再步行半小时，才能抵达我寄住的酋长家的帐篷。

山坳间浮动着厚厚的云霭。滩流上石块薄宽，多方形。溪流清浅，分束漫过。云影覆盖时，阴凉感就带来深重的寒意。我靠着大石块望天，那么低矮，那么蓝。没有孤独感，只与天地合一。

如此负重，如此庞大，如此耐寒的牦牛啊！如果我是牦牛，虽然不喜欢被石块的嗖嗖声和牧鞭的抽打控制，但是如果有人吆喝，我会欢快摇尾，尽管在老了的时候，我无力回应这种爱。

神思杳渺中，我看到穿紫色藏装的邻居妹妹吆喝累了，躺在山坡上等牛下山。牛冲下山坡，腾起沙尘，大地似乎都在震动，跟石渠宣传片中万牛奔腾一样。早上次长出去放牧，牛在斜坡上，缓缓将庞大的身躯驱动向前，短促的四脚匀速开往一个方向。

8 月是游牧的最佳季节，草地上下雨，山顶已在下雪，晚上温度在零下。早晨起来，望见刀脊样的山顶都戴上白帽子了。牲畜被绳套在地上，承受风雨侵袭，背上结出白霜，冻得不出声。寒流如剑，直刺呼吸道，羽绒服抵挡不了大风，须穿上藏袍。担心感冒和肺水肿，我每天都在想走想留之间犹疑。夜里狗叫不止，很晚才睡着。时而马嘶，像有人闯入。

这一切无不惊心动魄。传染性强的包虫病又称“虫癌”，高发于石渠，人畜共患，外地来支援的干部谈之色变。镇长嘱咐带东西进去吃，然而在牧场是难以隔离的。

酋长走后，语言不通是最大问题，和牧民交流就靠意会了。一开始我牢记酋长的话，就在帐篷里。次长早上让我一起出去放牧，我几分钟就走不动，眼看他在山坳间消失。草姆早上拾很久牛粪，在一处堆完，用铁锨摊平，铺成薄薄的一堆，晒干后分块敲碎，翻一翻。我也去翻，用力过猛磕磕碰碰。干完这些，她回帐篷，洗手做早餐。酥油里有水，加少量热水后，将水拍打出来。弄完牛，才做晚饭，很晚睡。很早就起，把牛赶出去。牛会跑，发现不在了，得找，备有望远镜。给一百多头牛挤奶，一天三次。草姆把牛的两条后腿捆住，蹲在旁边戴上手套，捏住牛乳头，所有手指同时伸缩，牛奶便直线射向奶桶，挤完一头牛，得花好几分钟。次长松开地上铁质挂扣上的绳，小牛犊以箭般速度，跑向挤奶后的老牛吸吮。

下雨天适宜做帐篷内的活。草姆看到我拿起牛毛线团，就接了过去。她将毛线拉开，双臂向身后伸直丈量。三根搓起一条套牛绳，再将搓好的折叠悬空，搓成更粗的。牛毛绳牢实，有粗细规格。放牧用的牛毛鞭子俄尔朵尾端是个圈套，用来框住小石块。次长坐在一边，打磨铁质插销后，从杂物包里找出粗针，穿上粗线，缝制藏刀的刀鞘。这藏刀，一天到晚在他的腰上系着，随时用来割东西。

和牧人就这样生活在一起了，酋长的儿媳草姆二十岁，儿子次长二十四岁。草姆能说汉话“倒茶”，同时为我倒奶茶。她喝奶茶时，沿碗边快乐地舔，什么也不看。主要吃糌粑，我调制青稞汤吃，以防无法消化。没有白开水喝，奶茶我肠子受不了，就减少了。也做米饭吃，在铝锅里蒸，饭粒硬。用火锅底料煮白菜，一棵白菜吃了好多顿。做牛肉干米饭，放火锅底料。我们坐着面对灶火，煮着奶茶，三个灶上都放炊壶。烟囱伸出帐篷顶部，新式帐篷天窗是活动的。

我坐在熊皮上，皮毛沾着草，除不掉。那是靠牛粪堆的角落，不会影响他们干活，添牛粪进灶时他们会过来。铁铲子在我身边，他们拿起从牛粪堆上面挖，滑落一些牛粪，我如果不躲开，会掉到头上。熊皮很小，只够我伸腿及地。坐下时单手撑地，减少手脏的面积，慢慢将着力点移到臀部，我摸索出落地的诀窍。靠着沿帐篷支柱的编织袋，我坐下双腿一伸，像要摔个仰面朝天。草姆和次长为此大笑，我也笑，感到在笑声中释放了一切。

草姆的脸上有些晒斑，她在早上洗脸后搽化妆品。洗脸用很少水，我也一样，小塑料盆不干净，就用那脏水。做饭、煮奶茶也一样。水是从河里提回来的，草姆一左一右提着两只塑料水桶，身体平衡保持得好。次长马尾巴扎在脑后，衬托棱角分明的脸。他走路轻快，配合他的身形。他在小盆水里洗头，洗完后擦干，草姆给他扎好马尾巴，他就戴上毛线帽子出去找牛了，也没感冒。

我睡在帐篷边地铺上，担心影响他们，担心安全，但想到是镇长安排的，又默念上帝爱我，还是能睡着。他俩在被盖里说一阵话，回头望望我，还向我笑一笑。有时我晚睡，次长会等我睡下后，去把太阳能聚光灯的连接断掉，帐篷里进入黑暗。牛粪成片状，在我睡的帐篷边堆着，还带着青草，我的鼻涕中有了牛粪颜色。只能自己取暖，抱一个热水袋。

牧场生活是新奇的，我不断面对新挑战，至少，在极高海拔得感冒的危险性，也足以让人心悸了。和牧人们交流几乎只能靠意会，而不是言传，无法交流我的各种担忧。好在前一阵，在新都桥半耕半牧区考察，当地小伙子告诉我，牛粪是最干净的，于是我相信，鼻涕里的绿色，也是干净的。

帐篷摇晃在狂风大雨中，我冷得发抖，不停地踱步取暖。雨渗进帐篷，把我的笔记本打湿了。透过帐篷的窗，我看到对面山坡上走着两个人。渐近时看到紫色藏装，是邻居妹妹和次长紧挨着回来了。他们走在雨中，没有穿雨衣。看到他们，我感到身上有了热气。次长把牛粪烧燃了，帐篷内暖和起来。

最近的邻居帐篷，在几分钟路程以内。妹妹穿的紫色藏装，我很喜欢，她为我喝停过狂叫的狗。她看到我，就邀请我去她家坐。和她协作晒牛粪的草姆对我表达了这意思，我能意会草姆的藏语了。妹妹和她的父亲一个字的汉话都不会，我们说着对方不懂的话，为此恍然地笑。我们喝酥油茶，添了又添。妹妹把编织袋拿到灶火旁，给我当座位。他们家的东西堆在帐篷壁，码得整齐，用布盖着。他们家是帆布白帐篷，脚边不及地。

他们到草姆家做酥油，老爹翻我的箱子，还有我的化妆包。他训斥地说了句话，我意会是东西多的意思。我拿出一瓶面霜，送给妹妹，对她做手势，是搽脸的东西。她像草姆接受我送东西一样坦然。次长和老爹说话，语调高亢拖长，跟平日话少不同。妹妹把这用眼神传递给我，正好我在专注地听着次长那如同唱歌的语调，次长也注意到了，都笑。下次他们来加工酥油，笑声重复响起。他们很容易爆发笑声，稍微不同寻常的事情就会引发。我喝了奶茶经常放屁，他们如获至宝，哈哈大笑。

到其他邻居的帐篷至少需要半小时路程，看起来很近。我无力去探访，倒是不时来人。一对双胞胎姐妹，十多岁，极其腼腆，都不正视我，只偷偷打量。一个俊朗的年轻牧民，一看我就双眼发亮，能说几句汉话，我不敢和他多谈。会说汉话的外国人样老爹，他请我明年来牧场，在他家住。我因为他能听懂我的话特别高兴，他走时，我和草姆他们一起到帐篷外送他。

天天劳作也太单调了，直到一天晚上我们忙完了，次长唱起歌来。双手比画边走边唱，我听出他唱的是藏语祝酒歌。我请草姆唱。草姆眼睛发亮，脸上泛起红晕。唱完后他俩要我唱，我只唱得出韩红的“我看见一座座山”，他俩鼓掌。轮到他俩唱，我不停拍手。他俩教我说一句我不懂的话，我照说，他俩坏笑。我觉得不对劲，但是毫无办法——不会藏语啊！后来他们教我念会他们的名字。

我每天写下田野笔记和生活感悟，暴雨打湿的纸页在太阳下烤干后，显得稀薄轻柔，在大风中剧烈颤动。来四川最边远的石渠做青藏牧业考察，是我的主动决定。经过相当考验，才适应了这极高海拔的远牧点，对此我倍加珍惜。

每天从日出到日落是那么漫长，我和世界却如此真实。过往像一幅远景，无法想象出去之后的生活，我终于感到宿命的漂荡无足重轻，我已成为一棵小草。

向以鲜　**乌皮儿之恋**

在晚年所作《园官送菜》诗中，杜甫说："一经器物内，永挂粗刺痕。"意思是说器物如果太粗糙，会给食物之类带来深深的伤害。日常使用的器物（尤其与饮食相关）通常要光滑晶莹才可爱，也才方便使用。

住进草堂后不久，就有一个朴素的朋友给杜甫送了一笼子樱桃来，杜甫为此曾作《野人送朱樱》一诗："西蜀樱桃也自红，野人相赠满筠笼。数回细写愁仍破，万颗匀圆讶许同。忆昨赐沾门下省，退朝擎出大明宫。金盘玉箸无消息，此日尝新任转蓬。"宋人宋范温在《潜溪诗眼》中说："老杜樱桃诗如禅家所谓信手拈来，头头是道者。直书目前所见，平易委曲，得人心所同然，但他人艰难，不能发耳。"这话说得很有道理，里面确实也藏着一点禅机。杜甫一方面为"野人"的馈赠而感动，一方面又为"野人"用以盛装樱桃的竹笼（筠笼）而觉得实在对不住"万颗匀圆"的樱桃，粗糙的竹笼子已经把其中的好些个樱桃给划破了，划得杜甫的心都隐隐疼痛起来。诗人只好小心地把樱桃从竹笼子中一颗一颗取出，放入另外的器物，"细写"二字，道尽了杜甫的疼惜。

杜甫对于器物的要求几近于严苛，可以被视为一位"精致生活"的推崇者。

大历二年（767）立春日，杜甫在夔州作《立春》诗，回忆了当年在长安食用春盘的美好场景："春日春盘细生菜，忽忆两京梅发时。盘出高门行白玉，菜传纤手送青丝。巫峡寒江那对眼，杜陵远客不胜悲。此身未知归定处，呼儿觅纸一题诗。"仇兆鳌注引《四时宝镜》："唐立春日食春饼、生菜，号春盘。"据黄生注，这里的生菜就是韭菜。此种立春食春盘的风俗，苏轼在《送范德孺》诗中也曾写及："渐觉东风料峭寒，青蒿黄韭试春盘。"在韭菜之外加上了青蒿。杜甫对春盘颇为讲究，装盘的器具要足够精美，要白玉的盘子才能与韭菜的春色相映衬；传送春盘的手要足够美丽，才能与春盘的青翠相匹配。

这就是杜甫。一个把诗歌写到极致的人，一定是一个讲究生活细节之美的人。

如此，我们才能理解杜甫为什么会为一只瓷碗而激动不已。《又于韦处乞大邑瓷碗》：“大邑烧瓷轻且坚，扣如哀玉锦城传。君家白碗胜霜雪，急送茅斋也可怜。”从诗题来看，显然杜甫已不止一次找这位韦姓朋友索要过东西，这个韦兄弟是谁？杜甫曾向做涪城县尉的韦班要过松树苗，找做绵竹县令的韦续要过竹子，因此，这个再次赠给杜甫白瓷碗的韦姓友人，很可能就是二韦中的一人，韦续的可能性更大，毕竟，县令比县尉的资源更多。

这首诗在中国陶瓷史上很知名，它填补了一段唐代陶瓷史的空白。清人朱琰说大邑在唐代属邛州，是不是可以说杜诗所述这种胎薄质坚、音脆釉白的大邑白瓷就是邛窑呢？但是，现在所见的邛窑并不以白瓷见长，而是以彩瓷称善。离大邑不远的彭县磁峰窑倒是出产白瓷，杜甫说的大邑白瓷碗有可能出自磁峰。人们称杜诗为“诗史”，并不仅仅因于杜甫对于唐代政治现实的真实记录，也体现于杜甫对于唐代生活的珍贵描述。如果没有杜诗的记载，就永远不会知道世上还有这样一只既轻薄又坚实且能发出音韵的大邑瓷碗。我们完全能够想象当年杜甫得到这只名碗时的心情，一团来自高温火焰的“霜雪”，在略显灰暗的草堂黄昏中发出迷人的光亮。杜甫忍不住屈起拇指和食指，轻轻弹击了一下瓷碗的边缘，随即便听到“哀玉”一样清脆悠长的言语。“哀玉”一词并非杜甫发明，众注家均指出自南朝诗人徐陵的一篇赋文“哀玉发于新声”。 哀玉，不是悲哀的玉，强调的不是玉质而是玉的声音，一种清丽得令人伤心的玉声。这是汉语的奇妙之处，有时候会反义为训。宋人朱松在《菖蒲》中形容泉水清泠：“流泉撞哀玉，清冽生菖蒲。”《聊斋志异》中有则名叫《罗刹海市》的故事：宫中有玉树一株，围可合抱，本莹澈，如白琉璃，中有心淡黄色，稍细于臂。叶类碧玉厚一钱许，细碎有浓阴。花开满树，状类蘑葡。每一瓣落锵然作响。拾视之，如赤瑙雕镂光明可爱。时有异鸟来鸣，毛金碧色尾长于身，声等哀玉，恻人肺腑。生闻之，辄念故土。如此看来，“哀玉”之音简直就是一种美妙得难以言喻的声音。

我要特别提及杜甫在成都得到的一件乌黑色的小家具——乌皮几。

几是隐几或凭几，用以靠身休息，可置于腹前或后背，亦可置于侧面作为依靠的支撑。几，是一种原生的中国家具，早在《诗经》中就已出现。《庄子》和《孟子》中都有关于隐几的传神写照。《周礼·春官》中以几的工艺和材质之不同而分为五种：玉几、雕几、彤几、漆几、素几。这些不同的几之间有着严格的等级划分，普通百姓是不能使用玉几的。据晋人葛洪记载，汉时的皇帝才能用玉几，玉质寒，到了冬天还得在几面铺上厚缎子（绨锦）一类的饰物。公侯贵族只能使用竹木一类的几，冬天则可以在几面铺上一条小小的毛毯（细罽为橐）。

汉以后，几逐渐市井化，也没有那么多讲究。唐宋以降，几更是成了一种日常用品。由于高脚家具的普及（尤其是椅子），几的凭靠功能被弱化，成为一种陈设雅具，多置放于书斋雅舍之处，也有直接用来摆放笔墨的。隐几在中国古代具有特殊的意义，秦汉以前主要以两足或栅足直面几为主，南北朝尤其是隋唐以降，两足直几之外，人们似乎更喜欢三足曲几。两种形式的隐几均为满足人们从低矮家具转向高脚家具时期的需要提供了极其自然的过渡。三足曲几由于造型更为优雅，靠姿舒适（上肢及后背可以凭靠），深受道士及隐士们喜爱。根据图像文献资料，唐人直面凭几的坐姿，主要以置于身前为主，两膝则位于凭几两足之间，便于身体移动伸展，故又称"夹膝"。日本正仓院迄今仍保存着三件唐代两足直面凭几的实物，著录名称为"挟轼"。

广德二年（764）早春二月，杜甫由阆州返回成都，途中作五首诗给严武，诗中首次出现乌皮几的名字。《将赴成都草堂途中有作先寄严郑公》之五："锦官城西生事微，乌皮几在还思归。"仇兆鳌注引皇甫谧《高士传》记载，隐士孙登曾送给另一高士一件乌羔皮裹几。按仇氏的意思，杜甫的乌皮几就是一件用乌黑羔羊皮包裹制作的隐几。南朝诗人谢朓有首名为《同咏坐上玩器乌皮隐几》的诗，咏一件利用木材的天然形态做成的三足隐几："蟠木生附枝，刻削岂无施。取则龙文鼎，三趾献光仪。勿言素韦洁，白沙尚推移。曲躬奉微用，聊承终宴疲。"从诗中所写来看，这件乌皮隐几一定不是用乌羔皮包裹的，这件类似现在根雕作品一样的家具，由于木材的变化屈折太多，乌羔皮无法充分包裹紧贴。此处的"乌皮"只有两种可能性：要么是树木本身的乌黑颜色随着岁月抚摸而益增深沉，要么就是表面进行了涂饰处理（漆几）。后一种可能性更大，乌皮几的乌皮大部分时候并不是用乌皮（乌羔皮或鹿皮）包裹的，而是运用一种髹漆工艺制作而成。明人管讷在《髹几》一诗中就明确说乌皮几就是髹漆隐几。成都自汉代开始即以漆艺精绝独步天下，长沙汉代马王堆出土的很多漆器即出自成都漆匠之手。

杜甫对漆艺并不陌生，在秦州时，他曾打算在西枝的西谷一带卜居，原因之一就在于那里生长着很多漆树，漆树是一种具有高附加值的经济植物："近闻西枝西，有谷杉桼（漆）稠。"（《寄赞上人》）杜甫的这件乌皮几是一件髹漆三足曲面隐几，诗人之所以对这件小家什念念不忘，除了隐几本身所具有的隐士暗喻之外，可能还有一层更重要的意义。

杜甫为什么会在写给重守成都的严武的诗中提到这么一件小家具呢？

比较合理的解释是，这件做工考究的乌皮几，正是宝应元年（762）严武第一次守成都时送给杜甫的一件小礼物。杜甫在成都期间首次写到隐几是在一首名为《大雨》的诗中："荒庭步鹳鹤，隐几望波涛。"靠在几上观望锦江波涛，那是多么惬意的事啊！此处的几应该就是这张乌皮几。谢思炜校注杜诗引黄鹤注："公宝应元年《说旱》云：'蜀自十月不雨，抵建卯非雩之时，奈久旱何。'意此诗是宝应元年在浣花作。"

杜甫躲避战乱而逃至梓阆一带差不多待了两年之后，在得知严武再次镇蜀时，立即放弃顺江东下的念头返回成都。杜甫在诗中说：没有你严武的成都太没有生趣了，唯一舍不得的是你送给我的那只小小的乌皮几啊！

从此，杜甫一直将这件小家具带在身边，走到哪儿都带着。离开成都时，绝大部分家具都放弃了，只有这件小小的乌皮几没有扔掉，一路上行船走马带着靠着，一刻也没有舍弃。像金人元好问在《发济源》诗所写的那样，不是真爱："弃掷乌皮几，装回白版扉。"到了夔州，杜甫把心爱的乌皮几放在瀼西甘林里的屋子里，经常拂拭上面的灰尘。《阻雨不得归瀼西甘林》："拂拭乌皮几，喜闻樵牧音。令儿快搔背，脱我头上簪。"只要一靠到乌皮几，杜甫就有一种安全感，身心就会得到放松。靠着乌皮几，即连听觉都会变得敏锐一些，可以听见更多更远的声音，樵夫伐薪的声音，牧人放牧牛羊的声音。乌皮几于杜甫而言，有时也是灵感触发的导具，他在夔州所作著名的《同元使君舂陵行》，就是靠着这张乌皮几写出的："呼儿具纸笔，隐几临轩楹。"心情不好时，靠在乌皮几上，看看青山也好："卷帘唯白水，隐几亦青山。"（《闷》）

由于长年倚靠，再坚固的乌皮几也会慢慢破损，局部的破损可以修补。晚唐释贯休就在《和韦相公见示闲卧》诗中写道："修补乌皮几，深藏子敬毡。"杜甫也同样遇到这样的情形。杜甫晚年在写给刘永济（与杜甫祖父杜审言同朝）孙子刘伯华的《寄刘峡州伯华使君四十韵》诗中写道："凭久乌皮折，簪稀白帽棱。""折"字一作

“绽”字，都讲得通，“折”字更准确。看来，杜甫的乌皮几因“凭久”而早已折损。杜甫实在是太喜爱这件小东西，破了又修修了又破。但是，最终的破败，最终的不可收拾必然会到来。这是万物的通则，杜甫也是知道的。

大历五年（770）冬天，杜甫漂泊在苍茫的湘江船上。

垂暮的诗人回头看着那件跟随他快十年的乌皮几，身上绑满了纵横交错的绳子：“乌几重重缚，鹑衣寸寸针。”（《风疾舟中伏枕书怀三十六韵奉呈湖南亲友》）乌皮几已经破败得不能再使用了，轻轻地倚着也无力承受，仿佛一碰就会垮掉。杜甫将目光收回，低头看了一眼自己的身躯，已经是一副比乌皮几更加不堪的枯架子，更禁不起刺骨疾风的吹拂。杜甫知道，他的乌皮几之恋行将结束，和这件乌黑闪亮的小东西彼此分别的时候，已经到来。

马温　屏风里的黄昏

一

看柳亚子的晚年照片，下巴上的山羊胡子长得潦草又在风中前仰后合，再将目光向上移，就见这个老人已经谢顶。这样的不堪，在柳亚子的青年时代还没有发生。那时的柳亚子前发齐额，后发披肩，这种发型现在都还叫文艺范儿，放在一个世纪前更是让人侧目。柳亚子毫不理会，我行我素。民国元年，有个要人聘秘书，他去面试，仍是披肩加齐额，还嫌不够酷，又披一件大红斗篷。这身打扮不光出格，还有了妖气。谁要聘他当秘书呢？大总统孙先生。这一年，柳亚子二十六岁。

这个秘书，他当了三天就挂冠而去。

是总统难伺候，还是他看不上秘书头衔？不知道。

袖子一拂，柳亚子回了老家黎里。

他对黎里的影响是全方位的，可首先，他给黎里带来的是嘈杂。

柳亚子的第一标签是诗人。每有新作，就大声朗诵，自娱自乐。大到什么程度呢？他自己有个说明："狂吟朗诵以为乐，声浪震遐迩，有天风海涛之概。"如果是在自家书斋里，怎么吼也不至于扰民，要命的是，柳亚子不仅嗓门儿嘹亮，还是个爱喝酒、喝多了爱闹事的诗人。说是归隐江湖，其实不甘寂寞，热衷于组织各种社团。夏天昼永就组织消夏社，冬天苦寒就组织消寒社，一个人写诗没劲，就成立诗社，一个人喝酒无聊，就成立酒社。不管什么社，都是那几张熟悉面孔，中心人物是柳亚子。必须承认他们是趣味相投的好朋友，聚到一起就开怀痛饮，但见诗情涌沸，意气滂泄，积攒到某个程度，屋子里就再也容不下他们，不知谁一声呼哨，全都走上街头。

镇子里的街巷，横一条，竖一条，一撇一捺又一条，局促而亲热地交织在一起，正好供这拨人用一种可笑的步态演绎乌鹊南飞、绕树三匝的乐府古意。醉酒的人，脚步不做主，眼神也东荡西移，是在找什么吧，这还要问？他们的阔论需要观众，他们的踉跄要讨喝彩，还需要有个高手和他们猜拳行令。这样的要求在黎里是过分的。黎里原是极清静的一个小镇，镇上的小河几乎看不出流速，桂花坠下树，闻见颜色和香气，声音是没有的。村妇在河边浣纱洗菜，那一圈圈的涟漪就像水中的炊烟，飘着飘着就散了痕迹。入夜之后，除了敲梆报时的年衰更夫，想要找个人都难。此刻，不论他们是夜宴刚罢还是午宴方休，能够容忍这等聒噪的，怕是只有一处废墟了。废墟不会将食指竖在唇边："嘘，安静！"废墟接纳了他们。

这个情节不是杜撰，这是载入柳亚子年表的真实事件。

年表是这样写的：柳亚子与里人"结为酒社，狂歌痛饮，滚跳瓦砾场上，以致腿部受伤"。"跳"好理解，"滚"是什么意思呢？他是大文人，我们只好用文绉绉的"舞之蹈之"来注释。一帮醉眼迷离的轻狂少年，或在夕阳晚照下，或于月色溶溶中，爬到废墟上舞之蹈之，其中肢体幅度最大者为柳亚子，直到人疲马惫、意兴阑珊。废墟可以供人凭吊发思古之幽情，也可任由醉汉蹦跶耗去旺盛的力比多，只是要留神，废墟的主要成分是残砖破瓦，走在上面，如果动作豪放，稍有闪失就会受伤。那一次，柳亚子就是在废墟上弄伤了自己的腿。

这事惊动了年表，可见伤得不轻。受伤了也不愿窝在家里，拄着拐杖就出了门。黎里的弹石路上，远远传来木拐杵地的"独独"声，里人就知道柳亚子来了。这算不算噪声？应当算了。这声音虽然有节奏，也工整，却到底不是诗。

在受伤之前，柳亚子还有什么表演吗，是不是"抬望眼、仰天长啸，壮怀激烈"？人特别容易被废墟带乱节奏，发一些深沉却无用、隽永却肤浅的议论。柳亚子以天下兴亡为己任，总想拯救时局。但这是天下最难的一件事。时局是一座山，任你在山脚下叫骂，山还是山，不会因为你的存在，山的脸上就多出一条表情，而山头只要滚下一块碎石，就能把你吓跑。

许多时候，壮怀激烈就是这样变成了空怀壮志。

二

很多事情都发生在黄昏。1920 年的某个黄昏，英国小说家毛姆独自在中国乡村旅行。古桥栏杆上的狮子、运输砖茶的商队、纤夫低沉的号子、窗户上的花格，这些印象被毛姆写进了游记《在中国屏风上》。

同一年的又一个黄昏，柳亚子和他的诗社朋友坐着乌篷船正在太湖流域数也数不清的河汊上浮游。雨笠梅岭荒芦雁，烟墟竹林疏柳蝉，两岸景致以船的速度从眼前漂过，这些缺少细节的模糊印象，是柳亚子看到的中国屏风。

在第三个黄昏，北大教授陈独秀悄然来到上海组建了一个政治社团，论到组建社团的热忱与数量，陈独秀比不过柳亚子，要是评价社团的历史功绩，就要反过来说了。柳亚子的社团是文人雅集，而陈独秀的社团直指世上疮痍。毛姆看到的屏风，柳亚子看到的屏风，正是陈独秀倡言要打碎的旧器物。可是，岁在1920年，那些屏风还属完好，堤岸没有崩裂，河流不曾改道，柳亚子的小船逐着水鸥继续在柔橹声中滑行，他们，要去周庄喝一场通宵达旦的酒宴。

夸一处地方精致幽秀，其实是说它很小。黎里就是这样的微型小镇，小得如同太湖平原上的一片树叶。太湖平原可不止这一片树叶，黎里周边的乌镇、西塘、周庄、震泽、南浔、平望和同里，都是树叶一般大，一片挨一片，如有一阵风吹来，水也绿莹莹地摇，叶也绿莹莹地摇，这般景就叫太湖美、江南好。

有一年玩太湖，去了同里和周庄，却不曾去黎里，想不起是什么原因了。同里的临河茶楼，大而破旧，茶倌跑过来沏茶，脚步重了点，居然楼板都跟着一起颤晃。我去喝早茶，记得天还暗着，几张方桌边都有了影影绰绰的茶客，拢在他们手心的苦茶冒出隐隐约约的白汽，感觉有点怪。到周庄的时候，已是红日西衔。当年的周庄大概还处于前发展阶段，街两边都是一家家的原住民，屋子里垂着一盏昏黄的灯。到了后发展阶段，原住民将会消失，满街叫卖万三蹄髈万三糕。我来周庄是想看一看迷楼。好像是在桥畔，又像是在水滨，一堵墙挡住了去路，一抬头，就看到“迷楼”二字写在陈旧的墙皮上，字下面的大门紧紧关着，吊了一把崭新的铜锁。我在门前站了一会儿就离开了。时光如果倒流，回到1920年的那个黄昏，我是愿意留下等待的，等待柳亚子，等待那条兰舟泊岸，等待一行人叮叮咚咚的步履。近了，更近了，柳亚子叩响迷楼：门是新的，墙是新的，字是新的，连这位叩门人也是长发披肩的新潮一代。

1920年的迷楼笑吟吟地敞开门户，柳亚子走了进去。他从黎里出发，泛舟而来，就是要将周庄的迷楼变成他今夜的欢场。这一夜，他们喝了许多酒，说了许多话，又要来笔墨，在墙上题诗。什么诗？门上的铜锁阻止我目击那个文化现场。直到后来我才知道，“青眼高歌二三子”“小楼轰饮夜传杯”“疏狂名士凌云气”“黄金散尽五铢钱”都是迷楼粉壁上墨写的诗行。

——那个黄昏让我心动。

三

黎里镇上有条河。与河有关的一切都很美,如过河的石桥,桥左的凉亭,亭外一株金桂,树后一溜白墙,启开门,这户人家就看见河沿的白石栏杆。天主堂的倒影像水中的一幅画,可巧有条船划过来,咿呀一声先掰折了十字架,又是一声咿呀,就把教堂剪成碎锦。这是浸沉在河里的废墟。靠拢水埠,绳子打个结套住栏杆,船就安静下来,而那桨先前点出的水纹还在波动,顺手就将水中云拍打成另一样废墟。河里的水,我们觉得颜色发黑,求证浣娘,浣娘指着篮中菜,这水很清啊,还可以洗衣服。该相信谁呢?相信自己的眼睛,还是当地人的体验?好多貌似浅显明白的事,其实没有结论,也没有答案。也可以这样说,好多事情会有好几种不同的结论与答案,相信谁都没错。

柳亚子胸怀锦绣,口吐珠玑,作诗就像草窠里的蝈蝈儿张口就来。将诗人形容为绿蝈蝈儿,不是矮化,实在是羡慕他的神思快疾。周庄那一夜,好比一群蝈蝈儿闹迷楼,走斝飞觞,赋咏酬和,弄得满地都是虫鸣蠡跃。

蝈蝈儿这种昆虫,天生是不幸福的,不幸福的根源在于它会弹跳。不管黎里多么的岁月静好,也就是区区一片叶子,巴掌大小,如何配做蝈蝈儿的舞台?纵身一跃,蝈蝈儿就从这一片弹到了另一片。蹦跳是蝈蝈儿的宿命,所以蝈蝈儿总是不安分,没有恒定的家园,只有永远的颠沛流离,在飘零中寻找舞台,又在浪迹中黯然神伤。哪里有什么出类拔萃的超大树叶,能被蝈蝈儿找到的都是鸡零狗碎的小戏台。开场锣鼓声中,蝈蝈儿运足气力想做一个亮相,却发现一条腿已经跨出台口踩了空,只能慌慌地蹦到其他叶子上去找新的立锥之地。可怜这只蝈蝈儿,一辈子就不曾演过一场一气呵成的戏目。

在一片片叶子上跳扑的蝈蝈儿,所过的不是闲云野鹤式的神仙日子,而是流离失所、东迁西徙,做了一个惶惶不安的骚人谪客。但柳亚子自有一种达观的本领,就是给他的各处寓所题上名号,用来释伤解痛、抒情明志。

黎里老家的读书楼叫“磨剑室”,这是仗剑高歌走天涯的少年人设。

因为军阀追杀,柳亚子亡命日本,避难屋就叫“乐天庐”,这是高调抗议:让子弹飞吧，我怕谁？老子快乐得很呢。

上海沦陷，柳亚子困在孤岛后，在门楣上大书“活埋庵”，亡国的滋味，痛不欲生啊，生不如死啊，一切尽在三字之中。

逃出孤岛，远走香港，他住的地方叫“羿楼”，羿，不是说空话的假英雄。

紧接着香港也失守，柳亚子辗转去了桂林，暂栖丽君路某号，取个什么名，他似乎失去了雅兴，直接就抄了路牌，叫作“丽君庐”，可以想见，流亡生活带给他的压力是多么沉重。

桂林山水还没有看够，内战又开始了，柳亚子再次移居香港，说要定下心来著书立说，为了配套，他住的地方就被命名为“史楼”。

心能定下来吗？不能的，不仅因为蝈蝈儿的性情，更因为这场内战的胜负日趋明朗。他不想为旧时代立传，他要和红色诗友携手书写另一部影响中国的大著了。

四

他一直有浓重的英雄情结。据说在陪都重庆，有一次柳亚子和郭沫若街头小酌，二两酒下了肚，两个诗人就成了两个小市民开始互粉。柳亚子夸郭沫若“才子居然能革命”，郭沫若就赞他一句“诗人毕竟是英雄”。当英雄是要具备条件的，柳亚子名满天下，一般人看他如望星空，但他有自知之明，知道自己的英雄路走得并不顺，心比天高，双脚还是站在泥土上。好风凭借力，送我上青云——现在风来了：这个风是红色诗友派来接他的一艘船，不是黎里往返周庄的乌篷船，是真正的大海轮，接他北上，目的地是新都。这不能不让柳亚子产生某种合情遐想，以为从此有了大舞台，可以惊天动地唱一出大戏了。

他有了一处名曰“上天下地庐”的新家，匾额由诗友亲笔题写。这是莫大的荣幸。在这样的背景下，柳亚子还能在自己家中高悬“上天下地”的口号，他所享受的待遇，真是可以想见。“我真的要当大英雄了！”产生这样的幻觉，柳亚子何错之有？没有，主观和客观都在引诱他下这样的预判。可惜的是，就在这个关口，他的健康发生了问题。他老了，病了，他的身体背叛了他的理想。这只会作诗的蝈蝈儿，这只豪气干云的蝈蝈儿，再也跳不动了。一切都会流失，可是风始终健硕，风吹叶动，这让趴在叶面上喘气的蝈蝈儿头晕眼花，叶子随风倾伏，好像要将蝈蝈儿甩出去。头发稀疏、胡子拉碴、目光涣散的柳亚子从未有过这种糟糕感觉，不是他向蓝天进军，而是黄土地正向他扑来。

在正确的时间和正确的地点,出现了一个错误的人——这个人叫柳亚子。

诗友不是战友,不是歃血而盟的患难兄弟,而柳亚子,可能想多了。

1958 年的端午节,柳亚子走了。

五

他生命的终末期,其实给年表作者出了难题。死水微澜,无事可记,又不能不记。1950 年 9 月,北京饭店有两场宴会,第一场招待战斗英雄,柳亚子"任第二十三席之主人",第二场招待各民族代表,柳亚子"为第三十五席主人"。主人云云,也就是现在的"桌长"。这一年柳亚子载入年表的大事就是当了两回桌长,不知传主本人是否真心看重这份荣誉。

当大英雄是他始终的执念,小英雄他看不上。区分大小英雄,简单粗暴的办法是排座次,此一传统可以上溯到大宋宣和年间。某一日,梁山好汉在一间大屋子里排江湖地位,及时雨宋江第一,玉麒麟卢俊义第二,排到小旋风柴进已是第十名。谁不想争强好胜,又有哪个人心中没有江湖幻想?故事虽然是假的,柳亚子却记得很熟。1909 年,南社宣告成立,公举陈去病为盟主。柳亚子对陈去病说,你是及时雨宋江,我是小旋风柴进。何以如此谦恭?因为当时他只是南社的书记员,一个小秘书。

1932 年,一名波兰人在中国被捕,文化界名流巨子共三十六人联署发电要求当局放人。这么多人就需要排座次了,一番商量,最终方案是领衔第一人为柳亚子,鲁迅屈居其后。日后回忆这件事,他的脸上仍有得意之色:"余为及时雨,迅翁则玉麒麟也。"这是柳亚子第二次以水浒人物自况,第一次他排名第十,第二次就当了榜首。

柳亚子有过高光时刻,可是到了暮年,却要将当了桌长的经历郑重写进年表,也是无奈。

我读年表翻到这一年,就像看一则幽默,柳亚子一生有无数头衔,就数"桌长"最特别。桌长的正经职责是忽悠大家提杯举箸,吃喝起来方有欢声笑语,桌桌如此才能普天同庆。但柳亚子果真能融入此情此景吗?可能不容易。宴会厅不是迷楼,佩戴勋章的人不是南社诗友,花枝招展的少数民族姑娘也不是当垆卓女。"一身萍寄,酒徒云散,佳人天远",陆游的词摹状的正是此刻柳亚子复杂难言的心态,是落寞的，孤清的，恍若隔世的，不须别人指出，他自己也意识到他是局外人。

无从求证了，那一次筵宴，觥筹交错中，桌长柳亚子有没有过一秒钟的分心，让自己坐进乌篷船，穿越三十个春天的杏花雨瓣，倒卷三十个秋天的南渡雁鸣，重回过往，从那个黄昏出发，去把周庄的一扇门扉，再次拍响？

易清华　往返之途

一

知道陆蠡，缘于十年前一本偶然得到的书。

这本由湖南人民出版社出版于1982年的小书，名曰《现代散文诗选》。书体业已泛黄，透着时光浸染过的轻斑，翻开时书页在指尖掠过，像寒冬里的枯叶蝶。首篇鲁迅先生的《火的冰》，是第一次读到。这也没有什么奇怪的，虽说热爱鲁迅，但也绝对没热爱到非要读尽他每一个文字的地步。

很显然，鲁迅在创作时并没有将《火的冰》当作一首散文诗。《火的冰》源自他发表在1919年《国民公报》新文艺栏的一篇连载，篇名为《自言自语》，貌似一组小品文或微型小说，一共七节，连载了五天，在第七节末尾注明未完，想必大先生是要当一个大工程来计划的，不知何故却成了烂尾楼。说是自言自语，却不是他在说，而是假托了一个水村的老汉陶老头子，这老头已然昏聩，一辈子没有进过城，见识有限且耳聋眼花，水村里大人不屑与他谈闲，小孩无意听他讲古，于是他只有闭着眼自言自语，讲些昏话。《火的冰》是他所讲的第一席昏话，被大先生在夜深人静时记录下来。

“流动的火，是熔化的珊瑚么？”想不到，开首一句，就击中了我，一瞬间，胸次仿佛堆砌了千峰万仞。我完全没有想到，鲁迅在1919年就写出了这样的句子。而要在多少年后，中国才出现了北岛那样的诗句？

要是早在北岛之前就遭遇了鲁迅的《火的冰》，我的阅读和写作生涯又将会是怎样一番情形呢？

二

《现代散文诗选》将原本是一个片段的《火的冰》单列，当作一首散文诗，可谓别出心裁。

散文诗文体寿脉不长，在外国的肇端是法国的波德莱尔，在中国则是刘半农。早在1918年，曾留学法国的刘半农在《新青年》杂志上发表了由他转译的印度歌者拉坦·德维的短章《我行雪中》，并在附言中称之为结构精密的散文诗，后一些报刊在发表此类抒情短章时才得以蹈袭此称谓。至今我都不认为收录在《现代散文诗选》里鲁迅的《秋夜》《雪》《风筝》等是散文诗，那些短文我早在语文课本上读过，甚至因为要背诵而心生腻烦。接踵而至的，还有朱自清的《匆匆》《春》，茅盾的《雷雨前》《白杨礼赞》，对我来说都高不可攀，或是一头雾水。倒是散文诗的首创者刘半农，在《现代散文诗选》里收录的《在墨蓝的海洋深处》《雨》，谈来颇有些打通任督二脉的感觉。

> 在墨蓝的海洋深处，暗礁的底里，起了一些些的微波，我们永世也看不见。
> 你就把我的小雨衣借给雨，不要让雨打湿了雨的衣裳。

一个初秋的夜晚，暑气尚未全消，闷热像不知名的小兽潜伏在书房的某个角落，不觅踪影，但散发出盛气凌人的体息。我的手指在一排排紧密相倚的书脊上划过，划过卡夫卡，划过荷尔德林，划过王维，划过苏东坡，划过博尔赫斯，划过狄金森，划过沈从文，一路划过去，最后抽出的那本，竟然是暌隔多年的《现代散文诗选》，这是我没想到的，于是硬着头皮翻开。

不再是《火的冰》，我读到的是陆蠡的散文诗《桥》，继而是《海星》《失物》和《松明》。一个字一个字读着，一些动人的情愫迎合着自然的节奏，在寂静的氛围里飘浮，弥漫，我暗自庆幸，要不是这次冥冥使然，我这一辈子恐怕都会与他失之交臂。

三

陆蠡所写的第一篇文字是《海星》，只有两百来字，当时他已经二十五岁，正是歌德出版《少年维特之烦恼》的年纪。那是1933年的秋天，经过一番失业流离的陆蠡在一所平民中学任理化教员，照他的话说是“因了一种喜悦”，每次写两三百字给比他年轻的小朋友们看。有了十几篇后，被一位朋友推荐到报刊上发表，但之后就停了下来，两年间只字未写，不知是因为忙碌还是心境出了问题。直到1936年，他才出版了第一册小集《海星》，二十五篇文章总共不到两万字，在他心目中，这只是一串未成熟的青葡萄，要不是朋友催促，他根本无心将其付梓。

两年后，陆蠡的第二本集子《竹刀》面世，全书九篇文章总共不到三万字，书中多篇仍未能使他满意，尤其是定作集名的《竹刀》。其实，《竹刀》在喜欢他文字的人眼里，真正是削出了一片崭新的散文境界。最后一本集子《囚绿记》也只有三万来字，虽然在这本散文集中他的写作已经臻于炉火纯青的境地，但他出版此书的目的，只是为了告别，他不想写什么了。

相比歌德和亨利·米勒，甚至卡夫卡、狄金森，陆蠡无疑是脆弱的。他的朋友巴金在一篇文章中也谈到这点，认为他有写作才能，却不肯轻易发表文章，他的散文和翻译得到了读书界的重视，却不愿登龙文坛。

陆蠡不是一个自信的写作者，在写作中，他没有宏大的结构和野心，而且老天爷也没有留给他更多的时间。1942年，日本人进入上海租界，他所供职的文化生活出版社被查抄，为要回一卡车被抄的书籍，他独自前往巡捕房交涉，却被移解到日本宪兵队，从此下落不明，其时只有三十四岁。

在他身后，一些朋友撰文赞扬他的勇气与担当，但在评论他的文学成就时，仍嫌他的视界不够开阔，写的多是身边琐事，下笔也不够恣肆。尤其致命的一点，是他写得太少。所以在他不幸离世后，也没有谁认为他是文豪或巨匠。

后来的事实也证明，他注定是个湮没无闻的作家，和世界上很多的作家一样。

四

叔本华在谈论书籍时说，如同地层依次保存着古代的生物一样，图书馆的书架上也保存着历代的各种书籍，那些书也许曾纸贵一时，而现在已等同化石，了无生气，只有一些文学的考古学家在鉴赏而已。

我不是叔本华所说的那种鉴赏家，在图书馆寻找陆蠡，并不是为了哪篇论文或某项研究，只是因为《现代散文诗选》上的一次偶遇。那惊鸿的一瞥，让我念兹在兹，无日或忘。陆蠡显然是个湮没无闻的小作家，但对我而言，他并不是化石，打开蒙尘的书页，他的那些文字会不知不觉间飞动起来，像梦的羽翼一样扑在我的身上。

那是一个午后，我从袁家岭那边的图书馆里出来，在一座白玉般的石桥上，遇到一个十二三岁的男孩，在见到他的那一瞬间，我发现他跟我很像，那眉眼，那口唇，根本就是少年时的我，一股好奇心驱使着我跟住他，来到一道山丘下的小街上。山影移上短墙，风从巷口吹来，微有一丝凉意。我找了个理由和那个男孩攀谈起来，他说话的声音和模样也与我年少时一样。在惊诧间，我跟着男孩来到了他家里。在他家中，我知道了这个男孩叫陆蠡，或许是一种类似血缘的亲近感，我贸然的来访没有让陆蠡家人有丝毫不适，相反，我们相谈甚欢。陆蠡的母亲告诉我，陆蠡是个不喜欢说话的孩子，他们甚至说起他的隐私，说他掉第一颗牙齿时的趣事，说他九岁时的画作和生过的各种疾病。

不可思议的是，为了拒绝与同龄人玩耍，他还装过病，咳嗽或腹痛，当同龄小孩在空坪上疯闹的时候，假装生病的他来到屋外的大树下，独自养他的蟋蟀。他将它养在一只瓦盘里，盘里放了在溪中洗净的清沙，在沙中用手指掏一个小洞，在洞口放两颗白米，一茎豆芽。白米给它当作干粮，豆芽给它作润喉的果品。为了让它安居，小陆蠡还别出心裁地种上花草，造了一座假山。

听大人说，蟋蟀最长活不过白露，他翻开墙上的挂历，找白露的那一天，屈指计算着他的蟋蟀还可以活几天，不能盼望它不死，只盼望它是最后死的一个。他希望能够延长这小动物的生命。一个早秋初凉的日子，他用棉花层层围裹住那只瓦盘，沙中的草因不见天日枯黄了，便换上绿苔。他天天察看这小虫的生活，常见它头埋在沙洞里，屁股朝外。是避寒吗？是畏光吗？他便把这洞掏得更深一些，又在附近挖了一个较浅的洞。一天，他惊异地发现，它吃了自己的触须，又有一次啮断自己的一条大腿，那蟋蟀终于在白露临近前死了。他用一只火柴盒子装着，在园子的一角，一株芙蓉花下挖了一个小洞，用瓦片砌成小小的坟，把匣子放进去，掩上一把土，复在一只树叶上放了三粒白米和一根豆芽，暗暗地祭奠一番。

那天，他真的病了，母亲为他请来大夫，开了两服中药，一以驱寒，一以安神。

陆蠡家人的叙述纷乱而零碎，但在我听来却那么完整，那都是发生在我儿时的事情，我和他得过同样的病，甚至也装过病，养过蟋蟀。陆蠡就是我。我们有过一样的幼时，倒不是一模一样的复制品，至少是一个相似的镜像吧。

我不知道那个梦是怎么醒的，醒来之后，在床头乳白的灯光下翻开《陆蠡文集》，看着他对童年生活的记叙，才明白，不是他重复了我的童年，而是我重复了他的。时至今日，陆蠡已经死去快八十年了，而我还活着，一点一滴地感受着人世的悲与欢，但我也知道，我的生命正在一天天流逝，不论长短，最终都有结束的一天。

陆蠡早在我出生的二十多年前就离开了这个世界，我早就活过了他的生年，且比他活得更为长久，然而我终究会死去，我不知道，在我死后，是否还会有人长得像我，和我生一模一样的病，且在没病时装病，还养过一只蟋蟀呢？

五

他的文字里贯穿着一种沉默，是难以感知和体悟的沉默，带着忧郁与高贵的气息，不管时间过去多少年，那种沉默仍然闪着光，一点一点地将人照亮。

> 孩子手中捧着一个贝壳，一心要摘取满贝的星星，一半给他亲爱的哥哥，一半给他慈蔼的母亲。
>
> 他看见星星在对面的小丘上，便兴高采烈地跑到小丘的高顶。
>
> 原来星星不在这儿，还要跑路一程。
>
> 于是孩子又跑到另一山巅，星星又好像近在海边。
>
> 孩子爱他的哥哥，爱他的母亲，他一心要摘取满贝的星星，献给他的母亲。
>
> 海边的风有点峭冷。海的外面无路可以追寻。孩子捧着空的贝壳，眼泪点点滴入海中。
>
> 第二天，人们发现了手中捧着贝壳的孩子的冰冷的身体。
>
> 第二夜，人们看见海中无数的星星。

陆蠡的这首散文诗《海星》，仿佛一则忧伤的童话，看得出来，是夜晚海中的星星启发了他的想象，那些星星像泪滴，如果仅仅是靠这个变幻莫测的意象，无论运用得多么精巧感人，都只是抒情的常态，那短暂的情感通道，注定会在漫长的岁月里自动关闭。陆蠡匠心独运的是，他通过泡沫般易逝的意象，拓开了另外一个世界。在那个世界里，无有凡尘，也非仙境，那是心最初的领域，时间静止，欲念消失，那孩子冰冷的身体，海中无数的星星，一同构成了陆蠡独特的本原世界。

在陆蠡的笔下，那是一只怀孕的母鼠，她细心地捡起片片红叶，叠成未来的产褥。她无须忧虑给养，巨大的粮仓和广袤的田畴都是她的采邑。她是命定的安闲者，一切都有人为她预备端整；她是命定的幸福者，别个的灾祸正是她的侥幸。怀着这极有把握的骄矜，母鼠诚然有时未免忘形，但谁也无法妒羡，因为这世上自有命运注定。

那是一个出生在富裕家庭的农家少女，出嫁时风光一时，为人所羡慕，却命运多舛，最终自焚于储藏在箱底的嫁衣。

还有那个靠打柴烧炭为生的年轻人，为了大家的利益，毫不费力地用自削的竹刀刺进一个奸商的肚皮，官厅在检验凶器的时候颇怀疑竹刀的能力，他拿了那竹刀，捏在右手里，伸出左臂，用力向臂上刺去，入肉有两寸深了，差一点不曾透过对面，复抽出这竹刀，掷在地上，鄙夷地望着臂上涔涔的血，说：便是这样。

陆蠡说，往事如坠甑，他颇懒于一顾，若不幸遗下一丝感喟，那不过是凡人之情而已。

的确，打破的甑，能拾起的只有碎片。

安于沉默的陆蠡，相比同时代的作家，他的心中似乎没有那么多恨，也似乎没有那么多爱，那些凡人之情，抗争、抱怨、希望与叹息，是他心灵起伏的痕迹，他用文字的彩衣将它装扮起来，那是他用一个字一个字精心缝纫的彩衣。

一个锦衣夜行的人，隐身在他的文字里，就像七十八年前的一天，他在亲人和朋友的期盼中离开，再也没有回来。

赵瑜　感官手札

一切安静的

一个行为艺术表演。表演者阿部幸子在一个艺术馆进行剪纸表演，和其他艺术剪纸不同的是，她的剪纸只是将纸剪成细细的线条，每一天剪十个小时。将纸剪得细细碎碎的，这治愈了她的精神病。

二十岁那年，阿部幸子因为有自杀倾向住进了精神病院，其间多次自残。

直到有一天晚上，她拿起剪刀剪开一张纸时，被纸张破碎的声音和剪刀行进的节奏吸引，便一直剪了下去。连续剪了很多天之后，她爱上了剪纸。医生发现剪纸转移了她的厌世倾向，同意她不停地剪下去。

直到有一天，她的剪纸行为成为一个行为艺术作品。

我听到了剪刀的声音，经由扩音设备的放大，我仿佛听到一个人在黑暗中渐渐走远的脚步声。是小提琴刚开始调试的声音，又或者是一首情歌过后，听歌的人发出的一声叹息。剪刀在纸上行走，一步一步走近的是每一个参观者，或者是听众的内心。

我们在她的剪刀制造的音乐中陶醉、沉迷，直到迷路。这大概便是安静的力量。

曾有一次特别的听音乐的经历，在大理的一个院子里，我听到了小院主人录制的音乐，分别是风吹动湖面的声音、两个彝族人说话的声音，以及集市上的吆喝声。在夜晚，听到那一声吆喝声，我突然坐直了。那不再是集市上单纯的商业招呼，而是孤独感的具体表现方式。

是的，那个吆喝的人拉着长长的腔调，大概在强调他的物品低廉的价格。那声音里饱含着不舍、长路奔波后的疲倦，以及种植收割的委屈。

当声音被保存在一个特殊的场域时，当听众变成夜晚的旅人时，信息丢失了，我们一厢情愿地将自己的内心打开，接收那声音里的凉意。于是，生活获得了可以被多向理解的美感。

那天晚上有月，主人家院子里的石榴熟了，甜。就那样，在那段录音里，我感动极了。觉得那安静的夜晚被一声叫喊切开，有了丰富的标志。那个夜晚是属于音乐的，属于所有有孤独感的人的。

在城市生活久了，总觉得身边的面孔太多了，声音太嘈杂。即使是将窗子关住，也关不掉那些声音。我多次打开电脑里的音乐，试图阻击这些日常生活的忙碌，均告失败。这些热烈的生活现场，不只是声音，还有购物车、售房人员的推销电话。我们不只是活在自己的家庭生活和工作环境里，还活在推销员的电话目录里，以及微信朋友圈里。

安静，意味着我们需要将生活中全部的开关关掉，包括电源、汽车发动机和手机。

而现在，一把剪刀剪纸的声音将我拯救了。我陶醉在那纸被一点点剪成线条的声音里。这声音充满了象征。日复一日的生活在这声音中被激活了。是的，我们的人生，多像被剪碎的纸，难以复原。

有时候想，安静是如何来到我们身边的呢？是注意力突然集中，世界停止了。心跳放缓，我们睁大眼睛，屏住呼吸，只为了听到一声清晰的叹息。这个时候，我们身体里的抽屉大都关闭了，只开了感官，或者说只打开了有关声音的捕捉系统。

由小声到大声，由点到面，由欢快到悲凉，由湿润到干枯，由春到夏，由一个人到两个人，或者更多的人。当我们安静下来时，声音便可以统计，可以选择，可以忽略了。

安静时的我们灵魂是打开的，我们内心的磁场打开了，我们清查内心里所有与音乐无关的内容，清除它们，以便有更多的空间盛放那安魂的声音。

听着那剪刀剪纸的声音，我在内心里开始修建台阶，想着该如何摆放阿部幸子剪好的那些碎纸条。是啊，其实，已经碎了的纸像已经碎了的心一样，无论如何摆放都会有疼痛感。而现在我要做的，是将这声音里的坚决和艺术感收藏，标识它们，给这些声音编号，承认这声音不是精神病人的药方，而是音乐，是一扇通向安静的门。

行为艺术属于社会学范畴，除了艺术感这一性质之外，似乎还强调着行动的必要性。所以，才会有那些将自己关在笼子里三天，不说话不睡觉不吃饭一类的极限挑战。也有找一个女人用绳子捆在一起生活一年的试验。这些行为艺术作品，大多是基于人与人之间的关系进行考量。而剪纸的阿部幸子，对于我们这些观众发生影响的，除了她手里剪刀所发出来的声音以外，还有她的命运感。她的生命和这把剪刀分不开了，要么用剪刀将自己剪碎，要么用剪刀将纸剪成一段一段音乐。

如今，她选择了后者，将自己拯救的同时，也为我们制造出了一个艺术表演。

深夜里，我听着她剪纸的声音。浅的，深的。纸条落下来，我觉得，她剪下的，是她生命的段落，是诗，是小说中的一行又一行句子，是音乐的间奏部分。

阿部幸子安静地坐在那里，扩音设备将她的一举一动都放大了，然而，我却没有听到她的呼吸声，只听到她用剪刀剪下纸条的声音。

还有比这更枯燥的事情吗？然而，还有比这更安静的事情吗？几乎，我在阿部幸子剪刀奏出的音乐中走到了遥远的地方，陌生，且很难找到返程的路。

是的，所有安静的事物，都像神一样，会打开我们的认知，会让我们将那种安静盛放在内心里后，变成温和的人，变成一个人性丰富的人。

众所周知的孤独

傍晚时，我去龙舌坡的一个盲人按摩店里做按摩，走得慢，一路听久石让的《雨》。

小提琴的声音落下的时候，一个骑橙色单车的少年唰地从我身边擦过。想来，他的书包里装着大把的时间，毫无用处。这样的年纪，想必丝毫不知孤独是什么。这些孩子不需要听久石让。

我在人行天桥上停了一会儿，钢琴声响起。《雨》是北野武的电影《菊次郎的夏天》中非常重要的背景音乐，没有这首曲子，这部电影便少了一半的动人。

我第一次看《菊次郎的夏天》是在海口，2006年，初冬，我刚刚抵达海口不久。租住的房间里没有电视，周末时到解放西路买盗版光盘，买了北野武、金基德。看《那年夏天，宁静的海》，全篇没有台词。看《菊次郎的夏天》，音乐迷人死了。我并不知道久石让是谁，只是被这部电影的音乐迷住了，深夜里，看着电影片段，内心里一些柔软的部分被音乐铺满。《雨》确定是湿的，小提琴是爱的前奏部分，热烈，但不久便被大提琴的伤感取代。我觉得这部电影被这一段音乐救活了。一个坏坏的男人，帮着一个孩子找他再嫁人的妈妈，其真正的原因是，这个坏坏的男人和孩子命运相似。

像《雨》这样的曲子，通俗到咖啡馆或者甜品店里都会放，但是，这样的曲子并不适合和人一起欣赏，只适合自己听，最好是夜晚。夜越深，越安静，悲伤便越浓。这曲子有中年感。怎么说呢？这样的曲子不适合骄傲的人来听，骄傲的人听不出这曲子的孤独感来。适合有一点点自卑的人来听。

或者说，世间的人，总会在某个领域有自卑感，那么，便都会在这首曲子里找到共鸣。这首曲子的力量在于，它能将我们的信心以及浅薄的骄傲，通通瓦解。每一次在夜里听这个曲子，身体的酸性会增加，过往的不堪由模糊到清晰，是我梳理自己记忆的过程。

如果说小提琴是青春时的记忆，那么大提琴或许就是最近的一件挫折。音乐将我淋湿，果然是一场雨。我在人行天桥上愣了一会儿神，桥下是海府路，不远处的家乐福四楼是银龙电影院，这是我在海口看电影最多的地方。我被现实从音乐里拖了出来。

南亚广场边上有一排小店，一个姑娘坐在店门口闭着眼睛，她的怀里抱着一只泰迪狗，和女孩一样，也闭着眼睛。往里面看一眼，是一家宠物用品店。再往前走，路口的甘蔗店排了很长的队，一个男孩姿势暧昧地抱着女孩的腰，女孩在看手机。路过店铺的时候，被烤热的甘蔗的甜味像一场刚刚结束的争吵，有女人爽身粉的味道，又或者是冰淇淋的味道，仿佛又都不准确。

我曾经在一篇文章里赞美过烤甘蔗的味道，像春天的泡桐树刚刚开花，自然是女性的味道，羞涩，说不好，一首诗里用得不好的比喻，大概就是烤甘蔗的味道，它不好描述，但却相当给人启发。

路过烤甘蔗的店铺的时候，我想到的一首歌，名字是《假如我是真的》，王菲翻唱邓丽君的歌曲。甘蔗的热气从榨汁机里出来的时候，多像王菲的声音啊，假如流水能回头，请你带我走。真好。

按摩店里的客人真多。我坐了一会儿，听完了《雨》，又重新播放了一遍。

盲女按摩师喜欢和男按摩师开玩笑，那个男的便打了一下女按摩师的屁股。他们那么色情，又那么自然。

曲目中的小提琴声又起来，我整理好这几天的情绪。我身体里的关键词多么世俗：房价、茶叶。充满冲突的精神世界。但是这些都是时间的赠品，我相信即便自己不遇到这些，也会遇到另外的物事。坐了一刻钟，我听了两遍。

大提琴起来的时候，有一个三四岁的孩子坐在玻璃门外的地上，孩子的母亲蹲在地上和他说话。那孩子突然将玻璃门拉开了一个缝隙，小脑袋刚好放在门缝里。他看着房间里，一个大人用力地拍打另外一个，充满了疑惑。

我不知道他的母亲该如何向他解释眼前的这一切。

我们的人生常常处于这个孩子母亲的位置，不知道该如何向一个不懂事的孩子解释另外的事情。这样一想，便又觉得孤独。是啊，如果什么事情都需要解释对方才能懂，只能说明，对方是个婴儿。

我将耳机收起来，音乐关掉，趴在按摩床上。那个盲人师傅一用力，我一下沉入久石让的音乐里。是钢琴的节奏，之后，按摩师揉我的肩膀，大提琴声仿佛奏响了。我多想和按摩师说说我近来的悲伤，但是，他正用海南话和同事说话，一个字我也听不懂。

慢性淡忘

有一些朋友是幼年识得的，过了很多年了，模样都记不得了，但一说话，声音还认识。

我常常想，忘记一个人，常常是从最外部的印象开始的。来自内心的其他印记，则往往会成为烙印，存入内里，任时间风吹雨打，涂抹不掉。

金基德的那部叫作《时间》的电影，讲的是人对触觉的信赖。

故事几乎有些荒诞：一个女孩子，发现自己的男人对自己的爱淡了，常常和其他女人搭话。一怒之下整了容，成为另一个女孩子的模样。

男人屡屡找不到她，却发现有一个长相不错的女孩，总是往自己视野里靠。不是靠，是勾引，于是，接下来的一切便水到渠成。这个女孩自然是整容过后的女友，于是她非常生气，认为男人很不可靠，不应该这么快就把整容前的那个自己忘记。男人知道了真相，也很生气，也整了容。

生活在他们这里，像是不停地猜谜语。女人知道男人整容了，天天在他们之前约会的酒吧等男人，她会问一些以前问过男人的问题。还有，她还会和男人亲密地用五指交叉相握。在经过一系列失败以后，终于有一个男人答对了她的问话，握手的时候，也自然而然地和她五指交叉。女人极为兴奋，以为自己的男人回来了。两个人做爱。身体被进入的那一瞬间，女人却突然发现，这个人，并不是自己的男人。

她一把把这个男人掀下去，她悲伤极了。

她陷入记忆的恐慌中，那个在自己身体的田野种植了春夏秋冬的男人，那个自己熟悉的男人，只是换了一张脸，便消失，甚至让她误解别的男人就是他。

金基德的讲述偏于虚构了，生活中，这样的故事不可能出现。我们都相信，我们喜欢的那个人，哪怕是化成了灰，我们也识得。

但是，最为可靠的，不是外在的动作，而是声音、身体交流时的动作，以及他睡觉时发出的呼吸声。

所以，两个年轻的男女恋爱一阵子，通过书信，山盟海誓过，几年过去，便忘记得一干二净，有了各自的道路。

这并不奇怪，身体里有一些剧场，注定会被时间的幕布一幕一幕地覆盖，然后，被忘却。

刘诚龙　道德悲歌与消极气节

郑成功的道德悲歌

> 我家本起草莽,玩法聚众,朝廷不加诛,更赐爵命。至于今上,宠荣迭承,阖门封拜,以儿之不肖,赐国姓,掌玉牒,畀印剑,亲若肺腑,即糜躯粉骨,岂足上报哉?今既不能匡君于难,至宗社堕地,何忍背恩求生,反颜他事乎?大人不顾大义,不念宗嗣,投身虎口,事未可知。赵武、伍员之事,古人每图其大者。唯大人努力自爱,勿以成功为念。

上所引者,是郑成功写给他老爹郑芝龙的一封信,有人叫“劝父信”,有人叫“教父信”,更有的叫“绝父信”。叫劝父信者,孝道存焉;叫“教父信”者,失于人伦,天下只有父亲教子,何来子教父亲?郑成功实实是儿子给父亲上政治课,这信处处冒犯伦理,尤其是“唯大人努力自爱”,一般人是受不了的:您要自尊自爱啊。这是谁骂啊,这是骂谁啊,完全是一副教训口吻嘛。这不仅有训斥意味,更是要与父亲断绝父子关系,“勿以成功为念”,说得委婉,其实截铁。

明清易季,不仅人命易割头,便是人伦也易割脐。明朝哗啦啦土崩瓦解,大清占了京都,还剩南方小块土地,清兵挥师南下,一路横扫,福建也在其指甲边矣。这里是郑芝龙地盘,清兵来势汹汹,兵势难当,眼看大事不妙,郑芝龙拟将识时务,叛明投清。郑成功与其父亲态度不同,他坚决反对背叛故明。

郑家是海盗出身,曾经违过大明很多法,而大明不计较,“更赐爵命”,郑成功感念大明故国,誓与清兵抗争到底;而其老爹审时度势,准备投降。之前,父子俩深谈过,郑成功的意见是,福建地势险要,“若凭高恃险,设伏以御,虽有百万,恐一旦亦难飞过”；福建更是临海，经济发达，“大开海道，兴贩各港，以足其饷”。要言之，天时地利人和，都在郑家这里，不但可守大明故地，更还可以“号召天下，进取不难矣”。

郑芝龙是老海盗，海盗思维是以利取义，对儿子郑成功大训了一顿：“稚子妄谈，不知天时时势。夫以天堑之隔，四镇雄兵且不能拒，何况偏安一隅。倘画虎不成，岂不类狗乎？”老海盗判断时势，眼光还是蛮准的，算盘打得蛮好：“今招我重我，就之必礼我。苟与争锋，一旦失利，摇尾乞怜，那时追悔莫及。”

是不是因为年轻，血气方刚，影响了郑成功对大清统一这个大势的判断？也许郑成功不是眼力不行，而是心力让他不能。郑成功雄才大略，眼力是超人的；而郑成功赤胆忠心，心力更是惊人的。他是心力决定眼力，他爹是眼力决定心力。眼力看到恢复大明已不可为，心力是恢复大明不能不为。郑家父子那次深夜谈话，谁也说服不了谁，最后他爹拂袖而去，郑成功“牵其衣，跪哭”，也不能让老爹回心转意。

郑芝龙不知道他这个二十二岁的孩子有多刚烈，他写了那封致父书，决定与父亲分道扬镳，让父亲去走大清的阳关道，他自己去走反清的独木桥。他说服了他老爹部队的将领，举起义旗，走上了反清复明的不归之路，激战无数，终因屡战终败，不敌清军，1661 年率军横渡台湾海峡，没赶走清兵，却赶走了统治台湾近四十年的荷兰人。从这个意义来说，郑成功真成功矣。

郑成功枪战苦，心战更苦。清朝曾经派人持其父亲劝降书来跟他谈判，郑成功说了一句非常决绝的话：“不知有父，久矣。”老爹是叛徒，无节义，没操守，这样的父亲岂能做我郑成功的爹？反清很多年以后，他给老爹写了一封信：“违侍膝下，八年于兹矣。但吾父既不以儿为子，儿亦不敢以子自居。”还好，后面一句话与前面一句没对仗，没写成“儿亦不敢以父为爹”，意思是那个意思，措辞不是那个措辞，委婉的措辞如绵，可以让尖锐的意思变得软一些。意思是那么尖锐，措辞那么婉致，当然是父子关系使然。父子分属两个敌对阵营，还是没将父子当敌我。

郑成功虽然坚定走上反清又反爹的政治道路，“我岂非人类而忘父邪？”但每一次与清兵强战，郑成功都是心头颤的。郑成功每次胜利，就是增他父亲一次危险。清兵战死多少人，便对其父增多少恨。若是战胜，郑成功都做噩梦，他常常半夜突然起身，“轻身一掷者，徒南望吾君；云天万里，北望吾父”。南望吾君，是忠；北望吾父，是孝。忠孝不能两全，忠孝更是两敌。

忠孝是数千年以来两大道德主题，既是公民道德，更是职业道德。对百姓而言，忠要忠，但不好强制忠，明朝灭了，百姓全归了大清，没谁去指摘百姓不忠故明。但职场人不一样了，统治者对这个是特别要求的，几乎是年年月月讲，日日夜夜讲。在郑成功心底，已经牢固树立了忠德。忠与孝，在承平时代，再怎么冲突，也不过是父病母患不能请假服侍之类；而在朝廷换代时节，却常常是父子敌对，互相举着枪口，互相要扣动扳机，冲突之烈，远非一般人能够承受。

清军常常将这个议题抛到郑家父子面前。清兵多次叫郑芝龙写劝降书，多次将郑芝龙架起大锅，要"烹乃翁"。对面是父亲，是要烹煮父亲的大锅，做儿子的，心是如何如刀绞呢？郑成功面无所动，心在滴血。他远没有刘邦轻松，面对项羽要烹他父亲，刘邦要起了流氓："吾父即尔父，如若烹尔父，请分我一杯羹。"郑成功不是刘邦，清兵更不是项羽，见劝降无望，清军将叛变到了清军阵营的郑芝龙给杀了，全家被杀有十一人。郑成功听到消息时是白天，他面不改色；到了夜晚，"中夜悲号，不能自已，乃发丧，一军皆缟素"。

不是说以孝治国吗？孝之道德应该重于忠。然则在统治者那里，人伦指定轻于治道。孝，是其遮羞布；忠，是其裹尸袋。孝，只是平时用一用，忠则是在什么时候都用的。郑芝龙已经真心皈了大清，大清却没把他当人，只把孝道当诱杀人的煤油灯火。

郑成功道德感太强了，他在忠与孝间奔突，虽则把忠摆在第一位，但孝也时时来冲击忠德。忠与孝冲突，比任何道德与道德之间的冲突要激烈。郑成功与敌战，不苦，与心战，痛苦。

郑成功最后不是死于与敌大战中，而是死于与德的冲突里。他在台湾南征北战，留了大儿郑经在厦门。这儿子既不忠，也不孝，与奶妈私通，生了一个私生子。这让道德感特别强的郑成功心中怒火熊熊燃烧："我欲成大事，乃不能治家，遑问天下？"立刻命令使臣持剑返回厦门，去斩其妻董氏，追究治家无方之罪。

这个命令，使臣没有执行。他们觉得，道德算什么，为了这一点私通与乱伦而杀人，是不人道的。这样想对吗？没去杀董氏者，觉得这个一定是对的。延及现代，也没人会支持郑成功的吧。郑成功非常孤独，也非常苦闷：我追求道德，不对吗？

集体抗命不从，这让郑成功特别痛苦，他一病不起，再也没有起来，临终之际，他也无法理解自己，自己错了吗？"自国家飘零以来，枕戈泣血十有七年，进退无据，罪案日增。今又屏迹遐荒，遽捐人世。忠孝两亏，死不瞑目。天乎天乎，何使孤臣置于此极也！”

郑成功的生命，不在句号中结束，不在叹号中结束，而是在一个天大的问号中，去了地下。他去地下是不想再见苍天。郑成功死时，“两手抓其面而逝”。抓其面，是不想其面跟老天相见。

郑成功死时三十九岁，正值壮年。他没有死于与强敌作战，而是死于与内心的道德感之鏖战。与强敌作战，他是胜利方；与道德鏖战，他是失败者。

公子哥儿的消极气节

“好精舍，好美婢，好娈童，好鲜衣，好美食，好骏马，好华灯，好烟火，好梨园，好鼓吹，好古董，好花鸟……”这是明末纨绔子弟张岱的自供状，这段文字，公子哥儿气里，有名士气；玩世不恭的浪气里，有性情真气。罗列自己好鲜衣好美食之类，形象不正面，至少也不负面，但他偏偏里面要自我暴露“好美婢，好娈童”，做过的坏事，不隐，敢公开，君子不君子的，不说，坦荡是可以誉之的。坦荡真是好品质。既做婊子又立牌坊，真是讨厌，做婊子立牌坊居然还骂贞妇，就尤其可恶。

张岱官僚世家，还是文艺世家，因是世代官僚，故有公子气；因是文艺门第，故有名士气。这两者极难兼得，若可合一，指定传史。张岱曾祖张元汴，隆庆五年（1571）状元及第；祖父张汝霖，万历二十三年（1595）进士；父亲张耀芳，副榜出身，为鲁藩右长史。父辈而上都著书立说，又，“自垂髫聚书四十年，不下三万卷”。衣食无忧，书卷满堂，加上禀赋天纵，张岱之成张岱，也是天成。

张岱的贵族生活苦不长。明末剧变，想过好日子而不得。此话差矣，若是想的话，还是可以的，识时务者为俊杰，顺时变者不减泼天富贵。张岱之家，到了他爹那一代，渐成破落户。所谓破落户者，瘦死的骆驼也比马大，足以供应张岱纨绔生活。但既已破落，便不会“列入战犯”，又到底有些影响力，会列入统战名单，转个一百八十度，再为座上宾，易事耳。

朝代更迭，考验老百姓的是生命生存，考验士大夫的是精神节操。老百姓只考虑活着，不用考虑节操，老百姓欠谁的？在明朝，明朝是老百姓养活，不是明朝养活老百姓；到清朝，清朝是老百姓养活，不是清朝养活老百姓。只有朝廷欠老百姓的，老百姓从来不欠朝廷的。士大夫则不同，他们不事生产，他们的好生活都是朝廷供养的，端朝廷的碗，须是朝廷之汉。本朝要被他朝所亡，古来道德必须是食人禄忠人事。张岱家世代都吃明朝的，穿明朝的，玩的也是明朝的，他是有道义为明朝守节的。

张岱也是曾读过烈士传的。1645年，清兵渡过钱塘江，直把杭州作乱坟岗，张岱家居绍兴，清军扬鞭指日可达。张岱若想保好自家富贵，也是不难，不用举义旗，以己所长，作一篇"箪食壶浆以迎王师赋"，就可以遇难呈祥，逢凶化吉，名人求贵，不用干啥子事，表个态，举个手，好生简单。

张岱却要讲些气节。他听说朱以海在浙东当了小皇帝，朱以海者，正宗朱明子弟，明太祖朱元璋十世孙。可以跟着朱家队伍去嘛，张岱确实是想过的，也曾卷起细软，要去朱家舞忠，还从农家借来锄头梭镖啥的，打算弃笔从戎，保家卫国。什么都准备好了，次日，家童喊他启程，他却道：吵什么这么早，我还要睡个回笼觉。张岱百好，还可以继续补充上：好花鸟，好夜猫，好睡回笼觉。

1646年，清兵攻取浙东，朱皇帝朱以海屁股冒烟，跑得不知去向，张岱回笼觉睡醒，想去找老东家，老东家已跑得没踪影了。崇祯吊死煤山，朱以海逃之夭夭，不知死活，膝盖欲跪而无人可跪。罪过罪过，张岱从来不跪人的，我说的意思是，大树已倒，猢狲散了吧。张岱却想的是，烈女殉夫，烈士殉国，纵身子不保，气节仍须保全。风萧萧兮，张岱也曾站立小河边，做忠臣有甚难的？纵身一跃可也。哎呀，风好冷。

名士钱谦益，也曾遇到过同样的道德与生命的选择题，钱老带着妓女转妾的柳如是，划船到水中央，预备起，柳如是喊口号，钱老一指戳另一掌的掌心，喊：老婆，停一下，待我伸手去探探水温。嗯，可以了。柳如是又喊：预备——起字没出口，钱老大喊：老婆，水太冷了。

咱们不跳了吧。

张岱做忠臣，跳河是跳过的，喊的口号，不是水太冷了，而是风太寒了。壮举有过，没做成壮士。张岱又想，跳河不是好选项，去山头做个不食清粟的伯夷与叔齐，也气节如山。于是逃往四明山中，开始绝食。跳河是速死，绝食是慢死，跳河是一口水呛死，绝食是数日数夜折磨死，等死与死大不同，慢慢磨死，最后是死不成的，死得那么痛苦，谁还死啊。"披发入山，駴駴为野人"。张岱也曾绝食过一两天，肚子咕咕叫，受不了，也就没死成。没死有个好理由，好友祁佳彪非常及时，给他送梦来：你的《石匮书》没写完，不能死。这梦有人送还是没人送，谁晓得呢？你说这是借口，我倒是更乐意定性为理由：保存生命，发扬文化，有比节操意义更宏大者。

张岱守节故国，却有不同于众者。有人扛起锄头，战死；有人抱起书卷，自死。张岱呢，不死。张岱自㦷，喊过风太寒，但与钱谦益有异，钱谦益喊水太寒，转去清朝当两朝元老了。张岱却保住了底线，他没投降，更没绍兴易帜，新服易衣。他居在卧龙山上，短檐颓壁，终日兀坐，布衣野食，破床烂桌，常至断炊，却从没辍笔，深山里精研十年，写成了"上际洪武，下讫天启"的大著《石匮书》。张岱小品更成张氏品牌，被人誉为小品之王。

有人评张岱保持气节是消极的。消极吗？张岱一生行状，或都是消极的。要他去考功名，他不积极入世；要他去当官，他没兴趣去为圣明除弊事；要他做一个忠臣，跳一次河，多简单的，他也不去，他要苟活于乱世。不只别人这么评价张岱，他自己也是此评："功名耶落空，富贵耶如梦，忠臣耶怕痛，锄头耶怕重。"做忠臣要被砍头的，砍头脑壳痛死了；做忠臣是要上吊的，上吊脖子痛死了。

砍头上吊都是积极做忠臣，积极做忠臣，会痛的哦。那就不做积极忠臣。不积极做积极分子，莫非要做叛徒落后分子？张岱也不，张岱找到了做忠臣的别样方式：做一个消极型忠臣。大明要倒，谁都挽扶不了，张岱独木难支，多几个木头也支不起，若操起棍棒螳臂当车，不但自己脑壳落地，还有好多脑壳也会跟着纷纷然滚落河去；当官不能不干伤天害理事，我不去当官，也就少伤一次天，少害一次理。

何为消极，何为积极？消极必然孬，积极必然好？这个也是未必。当代自由主义宗师伊赛亚·伯林提出了两个概念，一是积极自由，一是消极自由。这两个自由，都是有尊严的人格与有尊严的生活所不可缺少的。而两者有区别：积极自由是，我要做什么，带有攻击性；消极自由是，我不做什么，带有自律性。这两种自由哪种好呢？都好，但如伯林所说，较之消极自由，积极自由更常被滥用，动不动就上街，也是挺麻烦的。

从这个意义来看张岱，他的消极气节不说高于积极气节，或可说要好于积极气节。一把菜刀去闹，或者一根索子去吊，积极分子是当上了，自己老命还带上其他人命便没了。张岱消极自由，没害任何人，甚至还没害自己，而且最终以文化滋养历史，也挺好的嘛。

别说什么消极积极，保持气节，就是好品质。

安琪　书话三则

道德与兵法

(《素书》,[汉]黄石公著、刘泗编译,上海三联书店 2018 年)

《史记》中的《留侯世家》开篇即说到张良用一百二十斤重的铁锤击杀东游的秦始皇而不得的事。张良是韩国人,祖父和父亲都曾当过韩国的宰相,张良此举自然是为被秦灭掉的韩国报仇。由此可见张良本也是血性男儿,但在之后辅佐刘邦成就帝业的过程中,张良主要充当运筹帷幄的谋士角色。对此,《留侯世家》也几次提及,张良"多病",原来体弱。张良的谋略和智慧来自何处?来自黄石公的一本书。此书在《留侯世家》里被称为《太公兵法》。

话说张良击杀秦始皇失败,只能隐姓埋名躲避搜捕,逃到了下邳,有一日正悠闲行走在下邳圯上,被一个老人盯上,老人直接走到他面前,把鞋子丢到桥下,要他下去帮他取鞋。张良又惊又气,转念一想,毕竟人家年纪大了,就忍住了,真的帮他到桥下取了鞋,取了鞋后,老人又伸出脚说:"帮我穿上!"好吧,张良就跪在老人面前帮他穿上。老人哈哈大笑离开,走了几步又回转身来对张良说:"小子不错,可以教也,五天后来此与我相会。"五天后张良到圯上,老人已在那里,老人说:"跟长者相约却比长者来得晚,怎么行?五天后再来。"说罢扬长而去。五天后张良又到圯上,又比老人晚,老人大怒,又说五天后再来,又扬长而去。五天后,张良终于赶在老人之前到达圯上,老人这回高兴了,给了张良一本书,说"读此则为王者师矣",并与张良约定十三年后在济北谷城山下相见,说山下的那块黄石就是我了。十三年后,刘邦已称帝建立汉朝,张良来到约定的地点,但并未见到老人,于是把那块黄石搬回家中供奉起来,老人因之得名黄石公。张良死后,这本书也消失了。又五百年,有盗墓者发张良墓,在玉枕中发现了这部书,上面有秘诀:"不许传于不神不圣之人;若非其人，必受其殃；得人不传，亦受其殃。”也就是说，这本书不能传给不配传的人，也不能不传给值得传的人。当然，现在这本书已不是秘诀，从坟墓中发掘出来的那天起，就被广为传播，只是再也没有教出一个张良了。

这本书就是我刚读完的《素书》，在《留侯世家》里被称为《太公兵法》。对黄石公，苏东坡有这样一个推测，我觉得很有道理，苏东坡认为，黄石公是秦末的隐士，眼见得始皇帝无道暴虐，想为民除害，于是寻找到了曾意图击杀始皇帝的张良传他谋略，终于借张良之手推翻强秦。当然，张良能贯彻实施黄石公《素书》一书的教诲，也与他遇到的是刘邦而非项羽大有关系。倘是后者，张良的一腔赤诚和胆识也无用武之地，兵强马壮的项羽之所以败于刘邦，最重要的就是他徒有匹夫之勇，不珍惜人才，留不住人才。很多人都同情项羽，认他为失败的英雄，我则在想，幸好天下最后不是归项羽，看他动辄坑杀降兵，攻下一个城池就一把火烧毁的残暴，就是统一了天下恐怕也是第二个秦始皇，倒不如刘邦妥妥地建立汉朝，让老百姓过些年稳定日子。是否造福人民，才是我们判定一个人是英雄还是流氓的基础。从这个角度说，刘邦是英雄。

《素书》其实并没有具体的兵法、战术，它说的更多的是道、德、仁、义、礼。所谓“素”，引黄石公自述，“素者，符先天之脉，合玄元之体，在人则为心，在事则为机，冥而无象，微而难窥，秘密而不可测，笔之于书，天地之秘泄矣”。素，是最本真的东西，子曰“绘事后素”，说的也是先有白色的底子，才能进行锦上添花的加工。本心正，就不会误判，就不会做出错误的决定。譬如修德、好善、至诚、体物、知足，这些都是《素书》推崇的；多愿、精散、苟得、贪鄙、自恃、任疑、多私，则是《素书》反对的。于今日看，也不曾过时。《素书》之所以具有现实意义，乃在于后世中国大体遵循的依旧是秦以来的体制，国民性也没有大的本源性的变化。后代人每读古典中国，均能感同身受，其间蕴含的，恰恰是悲哀。

一部书复活了一座城

（《东京梦华录笺注》，［宋］孟元老撰、伊永文笺注，中华书局 2018 年）

《东京梦华录》里的东京，即开封，今日的河南省开封市，历史上又曾用名老丘、大梁、启封、陈留、浚仪、汴州、汴京、汴梁等。每一座历史名城都有很多个不同的名字，这点往往让我很头疼，总感觉稀里糊涂的记不住。统治者看来都喜欢重新命名他打下的江山，以满足他改朝换代的成就感。

开封素有八朝古都之称，先后有夏朝，战国时期的魏国，五代时期的后梁、后晋、后汉、后周，宋朝（北宋），金朝等在此定都。确定开封显赫历史地位的自然是北宋这一时段，历史教科书给我们的印象好像整个大宋王朝（开封北宋和临安南宋）国力忒弱，成天被金朝追着打，徽钦二帝都被金兵掳走了，只好被迫南迁。但其实，与当时世界上的其他国家相比，“不论从物质文明或精神文明发展的水平来说，当时的中国（以宋政权为代表）实际上全是居于领先地位的”。历史学家邓广铭从农业生产、科学技术、天文气象、海上贸易、文学艺术、哲学思想等方面做了考证之后得出这样一个结论。有两本书，也是可以作为邓先生的论据的：一部是沈括的《梦溪笔谈》，一部就是孟元老的《东京梦华录》。

两部书采用的都是笔记体方式，不是长篇大论那种，而是一则一则记录。以一本书记录一座城市，我读过的还有杨衒之《洛阳伽蓝记》，也是一则一则的笔记体，但其以寺庙为主题，比不过《东京梦华录》的庞大。《东京梦华录》真了不得，外城、内城、河道、桥梁、皇宫、衙门、街巷坊市、店铺酒楼，朝廷朝会、郊祭大典、民风习俗、时令节日、饮食起居、歌舞百戏等，无所不包，一部书复活了一座城。如同《洛阳伽蓝记》的作者杨衒之，孟元老也是经历了从繁华到衰落的时代，孟元老在东京住了二十四年，因金人入侵才避乱南下，回望东京那段“太平日久，人物繁阜”的往事，怀想当年风情，“节物风流，人情和美，但成怅怅”，于是立志省记所及，以便后人开卷就能窥探当年东京的繁盛之状。无论杨衒之还是孟元老，文明在毁灭的命运到来之前，总是要选定自己的记录者，他们必须有足够的才华，还必须心有戚戚于逝去的文明。杨衒之和孟元老都不是当时的文化名家，但偏偏是他们，用文字保存了曾经壮丽的城市，他们仿佛就是为了命中注定的城市而降生，以至于我们想到洛阳和东京开封，脑中浮出的就是这两部书：《洛阳伽蓝记》和《东京梦华录》。从文学角度看，后者更胜一筹。

必须点赞的还有为本书作笺注的伊永文，真是了不起啊，所注之繁复用得上“叹为观止”四个字，总共有一千二百多条。这些注的价值完全可以和原典相媲美，它们涉猎面广且每一条注都如此精心用心。且举我去过的相国寺这一条目为例，书中孟元老原题为《相国寺内万姓交易》，叙述了相国寺每月五次开放万姓交易的内容：食品、日用品、工艺品、书画作品，等等。我算了一下，不长，也就三百多字，但伊永文却为此条目作了十六个注，许多注的字数都比原文还多。读完本书再回头读中华书局原总编辑傅璇琮为本书作序写下的这一段话，不禁更有同感——

(伊永文)所引用的，又不局限于传统的经学、史学等典章制度之书，而是广泛引用诗文集、笔记、诗话、话本小说，甚至笑话、相声之类俗文学图书，可以说囊括多门类的知识，真是立足于打通，还原《东京梦华录》世俗生活的特色。

反而萎靡

(《初刻拍案惊奇》《二刻拍案惊奇》，[明]凌濛初著，北方文艺出版社2016年)

读“二拍”很爽快，语言没有障碍，白话文为主体，萦绕着丝丝古典韵味，真是恰到好处。纯白话太俗，纯古典又太拗，我喜欢介于纯白话与纯古典之间的汉语，譬如“三言二拍”，譬如《水浒传》，譬如《红楼梦》。据前言介绍，冯梦龙“三言”之后出现了一批效仿之作，以凌濛初的“二拍”影响最大，后人遂以“三言二拍”合称之。

凌濛初(1580—1644)，字玄房，号初成，别号即空观主人，浙江乌程(今吴兴)人。生于官僚家庭，年轻时热衷功名，可是命运不济，五十五岁才以副贡授上海县丞。崇祯十五年(1642)，擢徐州通判，分署房村，料理河事。他一方面慨叹朝政的黑暗腐败，另一方面又敌视农民起义，最后为抗击李自成部队的进攻，呕血而死。“二拍”是他创作的小说作品集。文章千古事，凌濛初活在他的“二拍”里，和他笔下的七十九篇小说一起不朽。如同冯梦龙的“三言”，凌濛初的“二拍”也有佛教的因果报应观，坏人作恶无论如何狡诈，总归不得善终；好人如何委屈被冤，终究会在临死之前得到生机。在《许察院感梦擒僧，王氏子因风获盗》一文中，甚至让许察院用做梦的方式察知冤情并依照梦中人氏所念诗句寻访凶手，现实生活中当然不可能。古人好像挺迷信这类断案方式，不知是生活中真有其事，还是一人编造后人跟学，总之读古文，时常会有这类故事。其实也不是中国才有，莎士比亚戏剧也多的是这类神神鬼鬼，好比《哈姆雷特》，好比《麦克白》，或神巫出场，或梦境告知。当代人要是这么写，不仅读者不信，恐怕作者自己也要不好意思了。科学发达了，破解了许多神秘性，写作也就跟着与时俱进。

读“二拍”，读到凌濛初对性的宽容，饮食男女、食色性也，书中有一篇《任君用恣乐深闺，杨太尉戏宫馆客》写到了蔡京和杨戬两位威势显赫的朝臣，他们的姬妾背着他们偷情的故事。蔡杨二位史上实有其人，都以奸臣形象示人，凌濛初把这等不堪家事安在他们身上，也着实令读者解恨。读历史书可知，明朝时期资本主义开始萌芽，“二拍”中商人群体也时时登临，第一篇《转运汉遇巧洞庭红，波斯胡指破鼍龙壳》写的就是海外经商的事。其中波斯胡在闽中，我猜测就是今日泉州。泉州是海上丝绸之路的起点，宋元时期国际著名都市，商业气息十分繁茂，许多波斯人都定居于此。“二拍”里，福建这个词出现的频率不低，让我这个福建人很有几分自豪感。冯梦龙曾担任过福建寿宁知县，他的“三言”里有福建不为奇，没有福建经历的凌濛初撰写“二拍”，学的冯梦龙，其中的福建元素，或许学的也是冯梦龙。当然，福建元素的频繁出现，说明当时的福建，当然也是经济比较发达的一个地方了。

“二拍”以故事取胜，但细想起来，故事也无非是那些故事，我的看法是，挑着读个二十来篇即可，没必要都读完。现代人想从这“二拍”里获取现代意识，那是不可能的。读多了，反而把自己读陈腐、读萎靡了。

朱成玉　一只鸟无法回答一朵云的疑问【外一篇】

人间塞满了问号。我抛出问号，却并不奢望得到回答。因为我知道，一只青蛙很难回答一只蝗虫的问题，就像一只鸟无法回答一朵云的疑问。

那就把我当蝗虫好了，我不祸害庄稼，只是撒下一些问号。

把誓言写在花瓣上，和写在一棵树上，有什么不同？

石头，像我最木讷的兄弟。没有人能判别一块石头的生死。有价值的石头，就是活的吗？没有价值的石头，就是死的吗？

石头缝里钻出来一株小草，这石头就是活的吗？被人刻上一首传诵千古的诗，这石头就是活的吗？被人雕刻成伟人的头像，这石头就是活的吗？滴血的雨花石，控诉着一段悲惨的历史，这石头就是活的吗？

我不能判定一块石头的死活，但我确定，石头的骨骼上，有风雕刻的诗。

春天到底窝藏了多少人间不为人知的秘密？

我始终不能理解沙雕，这无比精心构筑起的城堡，转眼间就化为乌有，这是否值得？那么多人趋之若鹜，这是否像极了爱情？

一只鸟，有多少种办法收拢翅膀？

数一数，还有几个人活在陈旧的往事里？

诗人胡弦在一首诗里写过一条狗，这是一只被主人宠坏的狗，像个顽劣的孩子，淘出天际，惹祸不断——打碎碗碟，弄脏床单，随地撒尿……后来，主人真的有了一个孩子，把爱都转移到了孩子身上。被冷落的狗，忽然就变乖了，坏习惯竟然全部消失。有一天，它摔断了腿，又重新引起主人的注意。给它治疗腿伤，打针，抹药，无微不至地照顾。它因为重新得宠而用三条腿快乐地跳来跳去。后来它的腿好了，一切如前，但每当主人生气，或者它想引起主人注意的时候，就会改用三条腿走路。

最搞笑的是，它已经忘记是哪条腿受过伤了，所以有时把左后腿悬空吊着，有时，吊着的是右后腿。

一条狗都会耍些小伎俩，那么，你觉得有着无比聪明智慧大脑的人，会不会也是呢？

久未登录的邮箱，你是不是又忘记了密码？岁月每天都在给我们写信，每一天的朝露与霞光，都是信的内容，我们却想不起来给它回信，这是很不礼貌的。

那么，你想过用什么给岁月回信吗？

喜欢广告鬼才导演罗伊·安德森执导的诗意另类影片《你还活着》，以散文诗般的笔法描绘了芸芸众生，一幕幕有关伟大与卑微、欢喜与悲伤、自信与焦虑、爱与被爱的平凡小故事——

瑞典小城，形形色色看似普通而又古怪的小城居民。天天神经质般叫嚷没有人理解自己的胖大妈，破坏别人宴席而被宣判坐电椅执行死刑的中年大叔，一边做爱一边念叨银行基金赔钱的怪男人，口不择言伤害到对方的争吵夫妇，听了二十七年精神病人倾诉已经不堪重负的精神科医生，一个随时都会解散的业余乐团，敢于追求爱情哪怕只是梦境的女孩安娜……一段段看似毫无联系的生活片段，或荒诞滑稽或离经叛道，却共同讲述着人与人之间爱与被爱的悲喜。

这部电影的名字还有另一个版本，叫《人啊，你为什么》，我觉得这个名字很好地契合了电影本身，在看完电影之后，我们脑海中都会闪现这样的疑问：人啊，你为什么？

我在自己的一篇文章里，借树的口吻，也发出过这样的疑问——

> 人，为什么仇恨总比恩泽难以忘却？为什么欲望之壑总是难以填平？为什么金钱看是一张纸，其实是一堵墙？为什么说一座座楼房就是一只只鸟笼？为什么有人身居豪门，一掷千金，有人却在流亡的路上，没有梦想没有祝愿？为什么有人妻妾成群子孙满堂，有人却孤苦伶仃无依无靠？为什么有下岗有失业有不断高涨的离婚率？为什么有贪污有抢劫有日渐升温的犯罪新闻？为什么不停地给谎言鼓掌给犹大佩戴勋章？为什么长久地给欲望加油给撒旦扬撒鲜花……

这些“为什么”，像一根根针，我希望可以用它们刺痛那些渐渐麻木的灵魂。

我想送给那个叫嚷着没人理解她的疯女人一辆摩托车，让她逃离生活；我想学着像神父一样，为那个被判死刑的中年大叔做一场弥撒；我想拥有超能力，让女孩安娜好梦成真……明天和死亡哪一个会先到来呢？不知道，应该是今晚的酒先到吧。虽然活着意味着随时死掉，但一切毕竟还来日方长。

其实，无论有多少个“为什么”，影片开头引用歌德的那句诗，早已为我们做出了回答——知足吧，活着的人，在那温暖舒适的床上，在勒忒河的冰冷寒风鞭打你那奔逃的双脚前。

人间依旧塞满了问号。

隐匿的蝴蝶

蝴蝶坚信自己可以修炼成仙。因为它从一个虫子，魔术般变成了美丽的蝴蝶。所以，它觉得这种奇迹，可以在自己身上再发生一次。于是，它把死亡当成一场睡眠，欣欣然合上翅膀，期待着醒来之后，可以变得更美。睡着的蝴蝶，再没有醒过来。可是这又有什么关系呢？就当是一个梦，做得更长久些罢了。这大概也就是庄子梦见蝴蝶之后的想法，淡泊名利，看轻生死，活得轻盈而曼妙。

一只蝴蝶受伤了，一个女孩就把它藏到了头发里。从此，那蝴蝶再也不肯飞走，总是喜欢停落到她的发梢。它与美丽的女孩相得益彰，蝴蝶似乎没有死去，它在女孩子的头发上，绚烂地活着——这是蝴蝶发夹的由来。

电影《西线无战事》的结尾因为一只蝴蝶而被人津津乐道。与其说保罗死于一颗子弹，不如说他死于对一只蝴蝶的迷恋。蝴蝶在影片中出现了两次。一次是保罗归家看到墙壁上的蝴蝶标本而回想起儿时的快乐时光。第二次就是影片结尾，保罗守在战壕里，只有一支来复枪和他做伴，此时飘来一段悠长而孤独的口琴声，保罗从战壕中看到，在一只废弃的马口铁罐头旁，有一只蝴蝶轻轻地扇着翅膀！这个在死亡阵地的一丝微弱的美丽打动了保罗，保罗在战壕里想伸手捉它却够不到，于是他没有任何顾虑地从战壕里爬出来，却被对面的狙击手射中。

此时的蝴蝶早已不局限于其本身的意义，它的象征性不言而喻，它是美，是和平，是生命与希望。主人公并没有因为英勇杀敌而战死，却为一只小小的蝴蝶而毙命，在众人看来，他死得一点也不伟大，但是对保罗而言，这是他生命中少数的美好时刻。他与蝴蝶一起，定格成永恒的标本。

汉武帝喜欢李夫人，不论生前还是死后，可以说是刻骨铭心，因为什么呢？就是临死，汉武帝要去看她最后一面的时候，李夫人用棉被蒙着头，不给汉武帝看到。因为病中的她容颜憔悴，她不给他看自己狼狈的一面，这样，汉武帝的回忆里，就永远都是一个美丽的画面，心中，也永远都是她倾国倾城的样子。

她只想留给他最美丽的一面，她想做一只永远年轻而健康的蝴蝶，生生世世，永不凋零。

迟子建的小说《世界上所有的夜晚》有个很幻美的结局——女主人公的魔术师丈夫车祸去世，她用行走疗伤，探触到人间一幕幕更为深邃的哀伤。在经历了那一切之后的某个早晨，她打开丈夫的刮胡刀盒子，里面竟然飞出来一只湖蓝色的蝴蝶。有如精灵般的蝴蝶，落在她右手的无名指上，像是一枚蓝宝石的戒指，唯美灿烂。她把那蝴蝶当作是魔术师丈夫为她变的最后一个魔术，她的心灵因此而涅槃重生。

在西双版纳的蝴蝶园，傣族的导游带我们观看蝴蝶的人工孵化过程，从卵到成虫到破茧而出，大约需要四十五天，而长了翅膀翩跹起舞的蝴蝶，寿命只有两周。没有想到蝴蝶的生命像花朵一样短暂，像花朵一样绚烂盛开，像花朵一样迅疾凋谢。落红满地，令人伤感，而蝴蝶隐匿了死亡，不见它消失的痕迹，如同我们也寻找不到大象的坟茔，我们看到的蝴蝶，永远在飞，在风中舞蹈。

没有人把毛毛虫与美丽的蝴蝶等同，但是毛毛虫占蝴蝶整个生命周期的四分之三，孕育的过程比绽放的时间长。蝴蝶羽化的过程，让我们感觉像是一个新的幼小的生命诞生，却不知其生命已然度过了大半。蝴蝶的美，是它在生命的最后时期，没有龙钟老态，没有步履蹒跚，死亡，让生命变得非常浓烈，像西天的晚霞，像经霜的红叶，达到高潮戛然而止。

感谢世上有蝴蝶这样一种生物，让我懂得忏悔。那么多美丽的翅膀在飞，而我，却半死不活地躺在早上八点的藤椅里酣睡。感谢蝴蝶，让我懂得珍惜，用有限的人生活出自己想要的精彩。

蝴蝶落在我面前的白纸上，像一张邮票，等着把我的爱意邮寄给余下的时光。可是，我的信迟迟没有开头。我想，我也该开头了。

离响　**书与蟑螂**

××书店关门倒计时

你走在一条新旧交杂的街道上，内心不怎么平静。这是条你以前经常走的街道，是老海口和新海口的见证者，它跟这个城市一起成长，样貌经常变换，却依旧是这条路。一抬头，你发现“××书店”的字样，这书店可有些年头了，你都不记得到底有多久没来过了，以前你是经常逛书店的。就像见到了老朋友，你心里生出些难以言说的情愫来。

稍一迟疑你就走了进去，里面有点暗，书籍、杂志、碟片这些带着别人情感的东西都在跟你的内心相互应和。老板跟你对视了一眼，没说话，彼此有恍惚的熟悉感。你看到一个中年男人背着手，眼睛凑近一本书，认真的样子正符合人生的深度和复杂。你想，生活不就是这样吗？你猜到了那个陌生人烟火琐碎的生活内容。

你转了一圈，刚刚盯着一本书看的那人正背着手迈腿走出店门。

你发现老板老了，你才意识到你也老了。当年老板正是个小年轻，眼睛里有光，恍如黑夜高空中的星星，看得人心里都生出了希望，不用翅膀都能飘到黑暗的夜空中去。如今老板秃顶了，变成典型的“地中海”，一脸的褶子，眼袋下垂，带着愤世嫉俗的表情，经营这间小小的书店耗尽了他的精力和热情。

你恍然，这间书店不像以前那么热闹了，冷清，暗沉。

“现在，在路上找家书店真不容易了。”你搭讪着想跟老板说几句。毕竟他那灰暗深拧的眉心也让你感到亲近。

“唉，快维持不下去了。”老板说，语气很平常。你想，他应该是常说这句话，成了口头禅，没有惊叹，没有愤怒，倒像是说家常，只希求一点同情。

“真到了这个地步了吗？”你问，你心里也清楚，如今真正看书的人少了。毕竟你其实也并不打算买书或者碟片的。

“糟心，前段时间又被人投诉了。”老板说，还挑了一下浓密的眉。二十年前，他可不这样挑眉，那时他朝气蓬勃，对这间书店寄予很大的希望。

“怎么会有这么多事的人？连书店也投诉？”你说，心里感慨着人心的复杂。你其实也知道这老书店里有一些法律不怎么允许但也算不上罪大恶极的东西。

于是，你又和老板聊了一会儿，从店里出来，你的心更慌了，比进书店前还没着落。书店都关门了，这条街上唯一接近神接近人心的地方就没了。想着这些，你又惊又怕，再看街上全是吃吃喝喝的、花花绿绿的店面，全是需要花钱的地方，你觉得腻烦极了，越发显出你的卑微与不堪，你不由得加快了脚步。

××书店要关门的事情一直在你心里。你的感情是复杂的，一方面你暗暗希望老板突然有了新的妙法能让书店继续开下去，那条街上总算有一处接近天堂的地方；另一方面你又想，还坚持个什么劲呢，现在谁会去书店买书？你明白生活的不易，也得替老板的生计考虑。

过了些天，你在一个老友拉的微信群里看到了书店老板发的一篇微信稿，写了××书店的前生今世，同时他还公开了书店关门的时间。一些人表示惋惜，感慨不已，可谁都无能为力。大家吃的是馒头大米、鸡鸭鱼虾，还得为各种提前消费擦屁股，能生活下去就不容易了，读书学习都交给孩子们吧，成人全都为生活奔命呢。

不过，在你心里，书店的命运仍然悬而未决，有时候你真希望它能继续存在下去，仿佛它在那儿，即便不买也不读，你的心也安稳些。你仍期待着这城市中能有什么是可以长久存在的，××书店，就承载了这样的希望。

然而第三天，书店老板就推送了一篇“××书店关门倒计时第×天”的文章，你想，这件事看来是真的了。以后每隔几天他就推送一篇，时间是越来越近，你总是第一时间看见他的推文并且认真阅读，你知道这书店的门是一定要关的了。想着没有××书店的街道，你觉得很荒凉。可你总是忙，再也没走进过××书店。

你心想，以后不会轻易从那条街路过了，像失去了重要的东西一样，心里空了一处。世界上最能牵动人情感的该是进行时，悬而未定。

关门的最后那期文章迟迟没出来，你等不下去了，你知道××书店消失了，可你非要确认一下。你不敢问书店老板，只好问住在那条街附近的朋友。他竟也没有注意到书店关门的事情，不过，他听说了书店关门这件事也唏嘘不已，回忆起陈年往事来，热络地跟你谈了很多以前的事情，街道啊，人啊，你们很久没这样聊天了。

你们说了半天，约好了改天见面。你仍不死心，朋友说他会替你去看看。

你跟朋友说不急，不过，你却一直留意手机等着他的消息，直到第二天朋友才有了回音，书店不在了，店面在装修，一家小吃店正准备开张。你心想，无论什么时候人总跑不了的要吃喝。

什么都回不去了，都会成为曾经，被岁月蒸发干净。不过，你很想知道，走进一家书店，除了想成才成功，到底还能干点什么。什么才能真的让人幸福起来？读书多了到底会不会让人真正幸福，还是会生出更多的烦恼？

月光、蟑螂和书架

一

一只蟑螂静静地躺在书架上，这不是一只普通的蟑螂。它没有了生命，成了一只蟑螂标本。

它一定不知道它会成为一个标本，它的族类大多死无全尸，葬身在垃圾堆里。

它一定不是一只贪吃的蟑螂，贪吃的蟑螂在油污的残羹剩饭前成群结队。它是一只不合群的蟑螂。

在一个月光如水的夜晚，带着对未知的探索，一只不合群的蟑螂独自爬上了这高高的书架。

它惊讶于书架的纯净，这里与它以往的世界截然不同。

至少书架让它舒心，它在书架上过了一个夜晚。于是它经常到这书架上来。

白天就藏身书籍之间，晚上它是月光下自由的王者。

二

我看着这蟑螂标本，眼前浮现无数场景——

我曾跟一只蟑螂对峙，我用水冲它，它在水涡中旋转。

水流走了，它顽强地向上爬，我被它这样顽强的精神吓到了，它比我强大。

我固执地认为所有的蟑螂都不过是一只蟑螂，那丑陋的、顽强的、打不死的黑东西。

我不敢细看，它是仰着身体的，背部凸起的地方挨着书架。

腹部朝上，几条腿弯曲着，黑乎乎的——即便死去，它依然带着邪恶和肮脏，让人不忍直视。

它和书架上的尘埃融为一体，它从尘埃中来，终归尘埃。

三

透过荒凉的时光，我看见这只蟑螂站在一本书上。

仰望星空，它酝酿着一场无人能解的梦境。

它回想它的祖先，几亿年前它们就拥有月光一样的梦境。

几亿年来，它的族群庞大如汪洋，遍布地球。

可是，它们竟然无法忍受阳光，仰望夜空，那如水的月光也让它迷茫。

月光隐去的时候，它必须要躲入黑暗。

四

它曾冒死窥视阳光，经历生死劫难后，它明白太阳是神对它们的惩罚——

一只蟑螂，永远别想踏入光明。

它们死伤无数，顽强的生命力是唯一的筹码。

每个夜晚它的同胞们都尸横遍野，这可怕的现实从未遏阻它们生活的脚步。

它们在黑暗中舞蹈，四处攀爬，甚至飞翔。

可是这只蟑螂对生命有更高的期望，它是一只清高的蟑螂，与孤寂为伴。

它在书架的一角踽踽独行，不能拥有光明，至少还能拥抱黑暗。

它长时间流浪，寻找，寻找一个角落，静静地拥有整个星空和月亮。

五

它栖居于陋室残垣，这书架的一角就是它的天堂。

它曾经翻开过一本书的一角，里面全是它看不懂的黑色符号。

它知道这些符号是神秘的东西。它曾试图去理解这些符号，无奈和焦灼吞噬了它。

一只蟑螂永远无法弄懂另一种秘密，因为这些秘密不属于蟑螂。

它的同胞从不想抬头看月亮，它们也忽略了月光和星空。它们习惯贴地爬行，它们生来就贴地爬行，无法站立。

这书架的一角，是它的同胞从不涉足的地方，一只蟑螂却在这里升华了。

日夜轮转，它的生命流逝，它决心死于月光之下，书架之上，在它无法知晓的秘密中结束自己短暂的一生。